赤き紋章の伝説

見えざるピラミッド

下

ラルフ・イーザウ

酒寄進一 訳

D1935757

ろ書房

見えざるピラミッド——赤き紋章の伝説㊦

DIE UNSICHTBARE PYRAMIDE

by Ralf Isau

© 2003 by Thienemann verlag,Stuttgart/Wien.
Japanese translation rights arranged with
Thienemann Verlag GmbH., Stuttgart,Germany
through Tuttle-Mori Agency,Inc.,Tokyo

bookdesign 丸尾靖子

もくじ

第五の波動
第13章 雲居寺（うんごじ） 地球 006
第14章 別れと出会い アンクス 061
第15章 バッダ族 トリムンドス 139
第六の波動
第16章 反乱 アンクス 206
第17章 ドームの下で トリムンドス 308
第18章 英知の間 地球 367
終章 それぞれの旅立ち 464
訳者あとがき 470

第五の波動

第13章 雲居寺（うんごじ）

（虫食いの穴（ワームホール）か）

科学雑誌がひざからすべり落ちた。フランシスコは安楽椅子（いす）の背にもたれかかって目を閉じた。ホテルのエアコンがかすかな音をたてている。だがその雑音も、物思いにふけるうち気にならなくなった。二カ月前、グラストンベリーで起こった出来事を理解しようと、ヴィセンテが収集した自然科学と考古学の論文にまで目を通してみたが、よくわからない。今読んだばかりの科学雑誌には、平らな時空間に異なる時空をつなぐバイパスが存在するという理論が載っていた。そうした小さな空洞を使えば、宇宙船はそのあいだを容易に行き来できるという。アインシュタイン＝ローゼン・ブリッジと呼ばれる理論だ。またの名を虫食いの穴。

「異界に通じる虫食いの穴なんかもあったりするのかな?」フランシスコはつぶやいた。部屋には彼しかいなかった。兄のヴィセンテはチェック・インしたあとすぐに出かけた。那覇市内でもう一度木村教授と会う約束をしていたのだ。フランシスコとヴィセンテは、昼ごろにこの町にもどったばかりだ。この数日は大変だった。今後どうするか、話しあうことになっている。

　フランシスコは床に転がっている科学雑誌を見た。古代の人間はそうした多重宇宙のぬい目を見つける術(すべ)をもっていたのだろうか。ヴィセンテが各地に点在するピラミッドを訪ねまわるのは、自分の理論を補強するためだ。

「粒子が反粒子とぶつかると、光を発する」いましがた読んだばかりの論文の要点を、フランシスコはつぶやいた。多重宇宙が互いに接近したら、やはり明るい光を発するのかな。物理学者ポール・ディラックは、世界を安定させるために、すべての粒子には負の質量をもつ反粒子が存在するといっている。ほおに傷のあったトプラが仮に鏡像だとして、トレヴィルと名のった、あの元気な若者はどうなるのだろう。フランシスコは雑誌をけとばすと首をふった。

「わけがわからない」

　虫食いの穴だか、異界をつなぐ接点だか知らないが、ヴィセンテはそれを長期にわたってひらこうとたくらんでいる。そうすれば人類の新時代が幕をあけるというのだ。しかしフランシスコは、旅のはじめからばかげたたくらみだと思っていた。

「どうも腑(ふ)に落ちない」フランシスコの意識の中で悪魔のささやきが聞こえた。キリスト教の教えに疑問を投げかける、あのささやき声だ。スケリグ・マイケル島の近くやグラストンベリーの枯れかけた菩提樹（ぼだいじゅ）を見たときに感じた、あの奇妙な感覚。転生を前提にした既視感だというつもりはない。ないが、あれはなんだったのだろう。精神の病にでもかかっているというのだろうか。

　ヴィセンテの理論によれば、フランシスコは一九九四年四月六日に第四の波動を体験したことになる。その日、多重宇宙の力がフランシスコの中でひときわ大きくはたらいたという。〈血の泉〉であのふたりの顔を見たのはそのせいだというのだろうか。ヴィセンテは「めざましい進歩だ」と喜んでいたが、フランシスコは、自分の未知な部分に不安を覚えた。

　じつは〈血の泉〉での体験にはつづきがあった。翌朝、計画どおり、トールの丘にのぼったのだが、フランシスコは、草におおわれた丘のゆるやかな坂道の途中で突然、底知れぬ奈落（ならく）の縁を歩いているような感覚に襲われたのだ。多重宇宙の結節点を感じている。心はそう告げていたが、頭はそれを拒否した。フランシスコは無意識に、斜面を平らな大地のように思いえがいた。すると突然、地面からはがれた芝生や小石が下から転がってきた。

　ほんの数秒のことだったので、丘のてっぺんに建つ塔に気をとられていたヴィセンテはなにも気づかなかった。芝生や小石は丘の頂上の直前で、見えない結界にはね返されたみたいにぴたっと止まった。フランシスコは、無視して歩きつづけた。すっかり面くらったが、ヴィセンテには、今日にいたるまでいわないままだ。だまっていることにしたのは、「均衡を破ろうとする敵に気をつけろ。次の波動までがんばれ！」とトレヴィルにいわれたからでもある。ヴィセンテが邪な考えをもっているとは思わない。だが、ヴィセンテの調子のよさがどうも気に入らなかった。期待しすぎるのは学問には危険なことだと、フランシスコはよく理解していた。期待にそわない事実を無視したり、自分に都合のいいように解釈したら、なんでもありになる。だれでも主観をもっているものだ。みんな、ふたつの小さな穴からしか世界を見ることができない。偏見をなくすのはいちばんむずかしいことだ。だからこそ、なにかを判断するとき、フランシスコはかならず視点を変えてものごとを見るよう心がけていた。

フランシスコがそうした別の視点を得られたのは、グラストンベリーの丘まで行ってくれたタクシー運転手のおかげだ。あのとき運転手は、アヴァロンがケルト神話に登場する地下世界の神に由来すると教えてくれた。ヴィセンテは隠していたのだろう。いたずらに教えて、フランシスコを不安にさせたくなかったのだろうか。しかし、異界に通じる門をくぐるのなら、向こうでなにが待ちうけているかちゃんと知っておきたかったし、宇宙の均衡にどんな影響を及ぼすか自覚しておきたかった。だからフランシスコは、グラストンベリーでなにも見ず、聞かなかったふりをしたのだ。

それでも、ヴィセンテの楽観主義はびくともしなかった。妖精の王グウィン・アップ・ニュッズの玉座で「めざましい進歩」をとげたあと、フランシスコはヴィセンテに連れられて、地球の裏側に行くことになった。ヴィセンテの思考方法からすれば当然のことだ。イギリスやアイルランドの聖地は、数の上では日本の足もとにも及ばないという。もちろん本物を見分けるのはむずかしい。というのも、そのころ、日本ではピラミッドがブームになっていたからだ。みんながピラミッド探しに熱中していた。歴史家気どりの人々が、さまざまな山を人工物だと主張し、ピラミッドだと呼んだ。だがそういう発見にはきまって、UFOの目撃情報がセットになっている。フランシスコはそうした例は眉唾（まゆつば）だと思った。

ヴィセンテが日本に関心を寄せたのには別の理由があった。レムリア大陸に相当する消えたムー大陸の伝説が、形を変えて今なお語りつがれているからだ。二十世紀のはじめ、インドの寺院にあった石板の記録を英訳したというイギリス人ジェームズ・チャーチワードの言葉を信じるなら、ムー大陸の人々は体が大きく、美しく、頑強だったという。五万年前に、彼らはすでに空を飛ぶ道具をもち、排気ガスを出さないエンジンを開発し、住居は太陽の光がさんさんと降りそそぐ透明な屋根におおわれていた。人々はいさかいをせず、平和に暮らしていた。そしてこの人々こそ、人類の祖なのだという。

「これこそ、おまえの助けを借りて再現したいと思っている、統合された世界なんだ」ヴィセンテはそうフランシスコに語った。

フランシスコは自分なりにいろいろ調べてみた。何冊かの本によると、今、流布しているムー大陸のイメージは神智学（しんちがく）（特定の宗派に属さず、霊的世界を研究する神秘主義の色が濃い神学）によって作られたものだという。ブラヴァツキー夫人という霊能者が、十九世紀の終わりに自分の理想郷として思いえがいたものが元になっているらしい。神智学者たち、とくにブラヴァツキー夫人は霊界に精通していたといわれている。フランシスコはうさんくさいと思った。おなじように、日本神話に出てくる高天原の言い伝えも手放しで信じる気になれなかった。

高天原は神々の住む天界だ。ちょうどギリシア神話のオリンポスにあたる。高天原は異界へ通じるピラミッドにちがいないと、ヴィセンテはしきりにいっていた。そして、紀伊半島が高天原だとする説があると信じていた。じっさい、その半島には天ノ川という名前の川があって、大昔、紀伊は天界と結ばれていたという言い伝えが残っているらしい。天ノ川は、英語でミルキーウェイと呼ばれる銀河、つまり天の川に相当するということか。

「だめだね。なにも感じない」紀伊半島を訪ねたフランシスコは、ヴィセンテにいった。日本各地を訪ねあるいたが、これといった成果はあがらなかった。そこでふたりは日本の南端、沖縄に足をのばすことにしたのだ。琉球諸島周辺の水深二十メートルから三十メートルの海底に、人間の手で作られたと見られる八つの遺構が発見されていたからだ。学者の中には、作られて八千年から一万二千年たつと考えている者もいた。その遺構は階段ピラミッドかもしれない。沖縄の大学にいる木村教授はこの理論を主張するひとりだった。ヴィセンテはイギリスにいるうちから教授にコンタクトをとっていた。

沖縄の玄関口である那覇に到着するまで、フランシスコはそこでなにが待ちうけているか知らされていなかった。沖縄ワシントンホテルに宿をとってからはじめて、ヴィセンテが告げた。

「ダイビングの速成コースを受けてもらう」

「えっ？　あの重たいボンベをかついで海にもぐって、サメの餌食になれっていうの？」フランシスコはぞっとした。なぜかわからないが、ものすごい吐き気を覚えた。

「はじめはみんな、そういうけど、体験したら夢中になるさ」ヴィセンテはいった。

だがヴィセンテの思惑ははずれた。フランシスコは海にもぐったとたん恐怖におびえ、まわりを見るどころではなかった。それでも針金のようにやせた潜水のインストラクター、荒竹から最低限の訓練を受けると、さっそく那覇に近い沖合で潜水した。荒竹、木村教授、そしてヴィセンテの三人とともに、フランシスコは巨大な城壁を思わせる岩棚におりていった。

しかしそこでも、そしてそのあと訪れた六カ所の潜水地点でも、コンパス代わりにされていたフランシスコに、針の揺れはまったくなかった。

そうこうするうち、フランシスコは海底遺跡に否定的な論文を読んで、自然の浸食によって遺構のように見えるだけだという意見に傾いた。もちろん、人間の手がまったく入っていないとまでいい切る自信はなかったが。そのことをいうと、荒竹はいった。

「まあ、今度見せる遺跡を見てからいってくれ。与那国島の近くで一九八五年にあれを発見したとき、異界に迷いこんだかと思ったよ」

与那国島は東シナ海と太平洋をへだてる南西諸島のひとつで、日本最西端の島だ。四人は小型のプロペラ機で石垣島に飛び、そこから漁船で七十海里沖に出た。小さな与那国島のすぐそばに問題の遺跡は沈んでいた。

水深十六メートルまでもぐったとき、たしかに別世界と思える台地が目の前にあらわれた。遺跡は海底から高さ三十メートルほどせりあがり、長さは百八十メートルくらい。整然と作られた階段や岩のテラスを見ると、これが自然の浸食とはとても思えなかった。

ヴィセンテが、耳もとで手をふった。「なにかピンとくるものないか」というのだ。

フランシスコは、なにも感じないというしぐさをした。うそではなかった。グラストンベリーのトールの丘で感じた、奈落(ならく)が口をあけるようなあの感覚はいっさいなかった。ヴィセンテは見るからにがっかりした。自分についてくるように合図すると、ヴィセンテはもう一度、意図的にそこに置かれたと思われるふたつの巨大な岩とそのあいだの「切り通し」を泳いだ。

フランシスコはいらついたようすで首をふった。(いいかげんにしてくれ！　なにも感じないよ、早くふつうの空気を吸わせてくれ)そういう意味だった。

ヴィセンテはそれを無視してフィンを強くうち、遺跡のまわりをめぐる道らしいくぼみに向かった。と、突然、フランシスコたちのまえにサメがあらわれた。全長一メートル半もないサメだったが、近づくにつれ、みるみる大きくなった。飲みこまれると思って、フランシスコはすっかり気が動転してしまった。サメの口が、暗黒の虚空のように見え、息がつまった。思わずマウスピースを払いのけ、空気を吸おうとした。だが口に入ったのは海水だった。

さいわい荒竹がすぐに来てくれて、フランシスコにマウスピースをくわえさせ、息を吐けと合図した。そして潜水服に空気を入れ、フランシスコをかかえながら浮上した。

それからというものフランシスコは潜水するのをいやがった。それにしてもなぜサメが巨大になったと錯覚し、飲みこまれると思ったのか、自分でもわからなかった。

ホテルにもどったフランシスコは、本気で逃げだしたいと思った。ヴィセンテは今回の失敗にもめげず、次なる探索に出るといっている。フランシスコにはまったく理解できなかった。今ごろは、木村教授といっしょに次の計画を立てているだろう。海洋地質学者の木村教授は、ヴィセンテの情熱に感化されてか、今後、遺跡の研究を重点的におこなうといっている。

フランシスコは安楽椅子(いす)から立ちあがると、東シナ海が見える窓辺に立ち、ため息をつきながら考えた。

（このまま旅をつづけるべきなのかな？　ここまでつきあう義務はないんじゃないか？　なにひとつ成果があがらないのに。でもヴィセンテは〈見えざるピラミッド〉の言い伝えが本当だと信じきっているしな……）

今朝も、ヴィセンテは必死になって頼みこんだ。

「あきらめないでくれ、フランシスコ！　おれたちが正しい道を進んでいる確かな兆候がいくつもあるんだから。最近、木村教授が教えてくれたんだが、暗黒の時代のあとにもどってきた日の光を祭る、重要な儀式が神道にはあるそうだ。そうした伝承が歴史的な出来事にもとづいていることは、おまえにもわかるだろう。グラストンベリーで、例の光を見た。おまえは〈均衡の守り手〉なんだ」

部屋の窓に背を向けると、フランシスコはつぶやいた。

「あの光のことは否定しない。ほかの奇妙な現象も認める。だけどそれ以外は……」

フランシスコは机に向かい、引き出しから便箋を出した。クララに手紙を書くことにしたのだ。これまで何通も書いたが、クララからも、ラ・ラビーダ修道院からも一通たりとも返事はなかった。フランシスコは、もう一度だけ手紙を出すことにした。便箋にはホテルのロゴである古い書体のWが印刷されていた。

（なんて書きだしたらいいかな？）便箋にそえてあったボールペンに目をとめた。するとボールペンがひとりでに動きだし、机を転がった。床に落ちる寸前でつかむと、フランシスコはほほえんだ。物の重心を動かすのにだんだんなれてきた。

愛するクララへ

きみに何通書いただろう。いつか返事がもらえると、今日までずっと希望をつないできた。この手紙はぼくの最後の希望だ。今でもきみを愛している。姪だということはわかっているけど、きみから返事をもらえないのがつらい。どうか非難しているととらないでくれ。正直な気持ちを伝えたいだけなんだ。この数カ月で、ヴィセンテはかけがえのない兄になった。といっても、ヴィセンテのすることにはがまんできないことも多いけど。だけど、ぼくはきみとヴィセンテの板ばさみにはなりたくない。ヴィセンテがきみにしたことはひどいと、ぼくも思う。だけど、なにもかも拒絶する気にはなれない。クララ、友だちでいることはできないだろうか？　じっと耳を傾け、くったくなくしゃべり、愉快に笑うきみがなつかしい。天使のようなきみの顔を見たい。

　それからもう一度、お願いする。兄弟ペドロがあれからどうなったか教えてくれないか。あんなことがあっただけに、ずっとペドロに直接手紙を書くことができなかった。なんとか一度手紙を送ったのだけど、返事がなかった。ペドロはどうしているだろう？　いまだに牢屋（ろうや）につながれているんだろうか？　ぼくの両親の殺害にかかわったなんて、どうしても信じられない。あとになってよく考えてみると、妙なことがある。警察はペドロを連行するとき、共謀者がいたという話はひとこともしなかった。きみの母さんのところに、この問題に光を当ててくれる証拠がありはしないだろうか？　写真でも、個人的なメモでも、記録文書でもいい。どうか返事をくれないか？　ぼくらの共通の友ペドロのためにも。

きみを心から愛するフランシスコ

追伸　ヴィセンテが次にどこへ向かうかわかり次第、宛先（あてさき）を知らせる。

フランシスコは便箋（びんせん）をたたむと、封筒に入れた。宛名を書くと、フロントに向かった。そこで制服を着たホテルのボーイに、ここからスペインまで航空便を出せるかどうかかたことの日本語でたずねた。フランシスコの聞きとりづらい日本語に、ボーイはていねいに答えた。

「もちろんお出しになれます、セラフィンさま。郵便料金はお部屋につけておきましょうか？」

「そうして……」といいかけて、フランシスコは気が変わった。「いや、今、払います」

フロントの女性がほほえみながら郵便料金を受けとると、コンピュータで客室をチェックし、あらためて笑顔を見せた。

「アルヴァレスさま宛の郵便物がちょうどとどいております。おもちになりますか？」

いつもは別々に部屋をとっているふたりだが、日本は宿泊料金が異常に高いので、ツインにして節約することにしたのだ。フランシスコは手をのばして、うなずいた。

「ええ」

フロントの女性は大きくて分厚い封筒をカウンター越しに渡しながら、何度も頭をさげて、封筒のひどい状態をわびた。一部が完全に破れていた。とどけられたときにはもうそうなっていたという。フランシスコはぜんぜん気にしないといってうけとると、エレベーターの中で、その分厚い封筒を調べてみた。アムステルダムから送られてきたものだった。

（オランダにピラミッドがあったかな？　ヴィセンテから聞いたことはないけれどな）

部屋に入ると、フランシスコは封筒をヴィセンテのベッドにほうり投げた。すると、破れ目が大きくなって、中身の書類が出てしまった。

フランシスコは迷った。のぞいてみたいが、ヴィセンテはふだんから自分のものをぜったいに見せたがらない。小さなアルミのアタッシュケースにしまって、宝物のように大事にしている。この書類も、やはりアタッシュケースに入れられるものかもしれない。

「急に必要になったものなのかな？」結局フランシスコは好奇心に負けて、書類を手にとったが、表に返したとたん、はっとしてとり落とした。

腰が抜けそうになって、ベッドに倒れこんだ。目は書類の一枚目を見すえていた。きわめて古い本のコピーだ。その謎（なぞ）めいた題名なら、フランシスコも知っていた。

コルプス・ヘルメティクム

『ヘルメス文書』だ。その本のことは、よく耳にしていたし、抜粋を読んだこともある。あらためて今その書名を見て背筋が凍りそうになった。いろいろ翻訳が出ているのに、ヴィセンテはわざわざギリシア語の原典をとりよせたのだ。ヘルメス・トリスメギストスの黙示録にあたる全十五冊の初版本のコピーだ。ヘルメス・トリスメギストスは実在したかどうか不明の秘教の祖だ。その名には「三倍偉大なヘルメス」という意味がある。

「またしても三か」そうつぶやきながら、フランシスコは指先でコピーをパラパラめくった。導師ヘルメスが対話形式で弟子のアスクレピオスに教えを伝授したものだ。送付書のリストを見ると、それ以外に全部で二十四の論考も入っているらしい。魔術や音楽や医学や数学などを論じたものだ。フランシスコは落ち着きをとりもどせなかった。おぞましいものでも見るようにそのコピーを見つめた。ギリシア語ができたおかげで、悪魔のなせるわざともいえるこの本に気づき、遠ざけることができる。ヴィセンテがどうしてこの本のコピーをとりよせたかは痛いほどよくわかった。世界の謎を解く暗号が『ヘルメス文書』に隠されていると考えているのだ。そして翻訳本は不完全で、誤訳があると判断して、原典を注文したにちがいない。

ヘルメス・トリスメギストスの黙示録は古代から伝わる魔術、占星術、錬金術の手引書だといわれている。そうした魔法書はすでに紀元前三世紀のエジプトでひろまっていた。その後、新プラトン主義やキリスト教、ユダヤ教の影響を受け、物質と霊、光と闇の二元論を基本とするグノーシス主義へと統一されていく。グノーシス主義の考え方によれば、人と宇宙は善なる光の世界を内にもっていて、神に敵対する悪なる物質からいずれ救済されることになっている。そして、この救済のために光の使徒たちが存在しているという。

(霊と物資、光と闇。いずれもこの数カ月、ヴィセンテが使ってきた言葉だ。偶然だろうか?)

フランシスコはさげすむような眼差(まなざ)しで『ヘルメス文書』を見つめた。この秘書はいわゆる魔術と一線を画しているとする人もいるが、フランシスコは疑いを抱いていたし、秘教の奥義(おうぎ)を究めようとして『ヘルメス文書』を瞑想(めいそう)の源泉にする人が今もいることが信じられなかった。

「こんなもので、奥義が究められるものか」フランシスコは首をふりながらつぶやいた。かつて導師ヘルメスを信奉した人々は、彼をギリシア神話の神ヘルメスと文字や知識や魔術を司(つかさど)る古代エジプトの神トトが習合した存在だと考えていた。またカラスの姿になってノアの箱船に身を寄せ、大洪水後の世界に太古の知を伝えたともいう。トト神の像はヒヒやトキの姿をしている。以前夢中になったので、フランシスコもよく知っている古代エジプトの聖獣だ。

フランシスコは第十巻の一節を訳してみた。「プネウマは血にしみ込んで静脈、動脈を流れ、生きものを動かす」

プネウマは聖書にも出てくる言葉だ。「精神」とか「息」とか「風」を意味するこの言葉は、神の「精霊」をさすと同時に「悪霊」のことでもある。だがたまたまひらいたページで、ヘルメス・トリスメギストスはさらに踏みこんだ解釈をしている。精神を、命のない物質に生命を吹きこむ入魂の力とみなしているのだ。そういえば、ストーンヘンジの駐車場でヴィセンテは、物理学者ロバート・フットの『超対称性(スーパーシンメトリー)』を話題にしていた。その鏡像世界では精神が物質に、物質が精神になるという。学問は、古代の魔術に新しい名前をあたえただけじゃないのか。それとも、長く忘れられていた英知をあとすこしで再発見しようとしているということか。

「人はわかりやすい説明にのせられやすく、よくわからない過ちに心をひかれるものだ」兄弟ペドロは、弟子たちがなにか考えこむたびに、そういって諭した。フランシスコはその言葉を思い出すと、魔術書のコピーをまとめ、さらに破けるのもかまわず封筒に押しこみ、ヴィセンテのベッドの下に隠した。明日にもホテルをたつはずだ。清掃係は、どうでもいい紙くずだと思ってごみ箱に捨ててしまうだろう。

「それでいいんだ」フランシスコはベッドのわきにひざまずき、神に祈った。「どうか正しいことができるようお導きください、神よ。悪魔のわざと魔術の罠からわたしをお守りください。どうかわたしの進む道をお示しください。神よ、なにゆえこのような力をわたしにおあたえになったのですか……」

「いつまでそんなくだらないことをいっているんだ?」

フランシスコはビクッとした。ゆっくりふり向くと、ドアのところにヴィセンテが立っていた。アルミのアタッシュケースをもってニヤニヤしている。

「祈りをささげていたんだよ。見たことないの?」不意をつかれたせいで、フランシスコはつっけんどんな口の利き方をした。

「そんなことはないさ。親父を見ていたからね。だが、おかげで聖職者というのは奇妙な連中だと思うようになったよ。あの敬虔な親父は、神への信仰心を篤くしてくれなかった。多重宇宙について知ることができたのは感謝しているけどね。多重宇宙の謎はもうすぐわかる。あと数日で、おまえの人生で五度目の波動がやってくるんだ」

「ずいぶん自信満々なんだね」

「木村教授と話してきたんだ。おれのことを変人だといっていたくせに、ものすごく有力な情報をくれた」

「いやな予感がするな。今度はオーストラリアのエアーズ・ロックに行くなんていいださないよね」

「いや、バハマに飛ぼうと思う」

「まさか、カリブの浜辺で日光浴というわけじゃないんだろう？」

「そんな余裕はないさ。時間がないんだ。木村教授の話では、バハマ近海でとんでもない発見があったらしい。二十年近くまえの話だが、医者だか自然療法家だかが、水深四十メートルの海底で水晶のピラミッドを発見したというんだ。海底から三十メートルほど突きでていて、埋もれている部分を含めると全体の高さは三十六メートルくらいらしい」

　フランシスコはあきれてしまった。

「高さ三十六メートルのピラミッド？　それもバハマの海底に？　海の中ってことだろう？　そんな、ありえないよ」

「おれもそう思った。だがその後、何人も訪ねているらしい。外観は巨大なラピスラズリのようだという話だよ。ラピスラズリって石がどんな色かわかるかい？」

「青だろ」

「気にならないか。しかももっと興味深い話があるんだ。そのピラミッドの発見者レイ・ブラウン博士は、その中に入ったというんだ。天井がピラミッド状の正方形の部屋があって、海藻もサンゴもついていなかった。そしてそこを出たとき、なにか気配を感じた。しかも二度とここへは来るなという警告の言葉が頭の中でひびいたというんだ。そのあと何人かが青いピラミッドを訪ねたんだが、おなじように不思議な力を感じたらしい。なかには、ピラミッドの奥深くに踏みこんだ者もいて、三つのピラミッドの図を見たというんだ。ピラミッドは大中小になっていたらしい」

「三つのピラミッド？」

ヴィセンテが目を輝かせてうなずいた。

「面白い話だろ！　その青いピラミッドで瞑想にふけった者の中には四つ目のピラミッドの図が見えた者もいるらしい」

「それじゃ数が合わないね」

「恍惚状態でメッセージを受けとったというエリザベス・ベーコンなる人物は、そのピラミッドがエジプトの神トトにささげられているといっている」

「トトだって？　その化身がヘルメス・トリスメギストスだっていう、あのトト？」

「そうだよ」ヴィセンテは、フランシスコの言葉に一瞬、小首をかしげたが、すぐにまた興奮して話をつづけた。「しかもその人物は、ギザの大ピラミッドの近くに『知恵の秘所』が隠されているといっているんだ。その青いピラミッドの中に描かれた三つのピラミッドは、いまだ発見されていない第四のピラミッドを見つけるための鍵になると主張している」

「見えざるピラミッド」フランシスコはつぶやいた。

「それは地中に眠っているらしい。伝説の〈英知の間〉にまちがいない。それがなにを意味するか説明する必要はないだろう。おまえはずいぶんエジプト文明の本を読んでいるはずだから」

フランシスコはうつろな目をした。

「先史時代の知識、別世界の英知がそこには保管されているという話だけど」

「なにがなんでもバハマに行かなくては。水晶のピラミッドはわれわれが訪ねて、話しかけるのを待っている。そう感じるんだ」

「冗談じゃない！　建物と話をするなんてごめんだ。しかも海の中だろ」

ヴィセンテは眉間にしわを寄せた。

「なにをいっているんだ。そのピラミッドは、われわれがこの数ヵ月探しもとめてきたものなんだぞ。第一発見者のブラウン博士は、そのピラミッドが宇宙のエネルギーを吸収し、発散していると信じている。木村教授の話では、そこに近づいた何人かはさまざまな超常体験をしたらしい。不思議な風を感じたり、声を聞いたり……」

「声？」フランシスコはがまんできなくなって叫んだ。怒りで目が血走り、むやみやたらと腕をふりまわした。「なにをいっているかわかってるの？　ぼくは得体の知れない霊となんてかかわりたくない。話をするなんて冗談じゃない。ぼくはキリスト教徒だ。古代エジプトの神官じゃない。モーセは魔術に警戒するようにいったし、イエスは悪魔（デーモン）をこらしめた。ぼくが信じる神はトトじゃない。ぼくの聖なる書は聖書だ。『ヘルメス文書』なんかじゃ……」フランシスコははっと息をのんだが遅かった。

「さっきはヘルメス・トリスメギストス、今度は『ヘルメス文書』。まさか……」ヴィセンテは、ベッドのわきのアタッシュケースを見た。

「まさかって、なにが？」フランシスコはしらんぷりを決めこもうとした。

「アタッシュケースの中をのぞいたな？」

「そんなことできるわけがないだろう。いつも鍵をかけているじゃないか」

そのとたん、ヴィセンテは鋭い声を発した。

「おれ宛（あて）の郵便をあけたな？」

フランシスコは口をつぐんだ。なんて答えたらいいだろう。フランシスコはうそをつくのが下手だ。というより嫌いだ。

「やっぱりそうなんだな。どこにある」ヴィセンテがいった。

フランシスコはしばらく口をつぐんでいたが、やがて下を指さしていった。

「ベッドの下だよ」

ヴィセンテはかがんで右手をベッドにつきながら、封筒を引っぱりだした。封筒がずたずたになっているのを見て、フランシスコに冷たい視線を向けた。

「ぼくは封を切っていないよ。うそだと思うなら、フロントの人にきいてみればいい……」

「読んだのか？」

「パラパラめくっただけさ」

「それで？」

「悪魔の産物だね。ぼくはそんなものにかかわりたくない」

「この版には、まだ翻訳されていない部分が含まれているんだ。そこに多重宇宙の謎を解く鍵があるかもしれない」

フランシスコはあごを突きだしていった。

「海底のピラミッドとおなじようなものだっていうの？　たしかにどっちにもエジプトの月の神トトがからむからね。ヴィセンテ、あんたがなにを考えているかだんだんわかってきたよ。なにもかも元はひとつだと、そう思いこみたいんだ。そうだろう？」

「たしかに元はひとつだと思っている。おまえの信仰心を傷つけて悪いが、現実から目をそむけていてはだめだ。『ヘルメス文書』の英語訳の中で、意味深い言葉がある。『ここ地上にあるものは、天上にあるものに等しからん』。この言葉の意味を解き明かそうと、昔からいろいろな思想家がとりくんでいるが、最初に成功するのはおれたちふたりだ。ヘルメスがいっている。『知らなかったのか、アスクレピオンよ。エジプトではすべてが天に似せて作られているのだ』ってな。この言葉の裏の意味がわからないか、フランシスコ？　ヘルメス・トリスメギストスは多重宇宙に並行して存在する別の世界のことを知っていたんだ。もしかしたら、そっちの世界からやってきたのかもしれない。彼は実在しなかったといわれているからな。おれたちの世界で生まれもしなかったし、死にもしなかった。うまく符合すると思わないか？」

　フランシスコはあきれて首を横にふった。

「口ではなんとでもいえるよ。だけど、黒を白にするのはむりだ。その魔書と縁を切らないのなら、今この場で別れる」

「つまりバハマには行かないというのか？」

「行くもんか！」フランシスコは叫んで、ヴィセンテが手にした封筒を指さした。「とにかくその悪魔の書を部屋の外に出してくれ。でなきゃ、ぼくが出ていく」

　部屋がほんのしばし沈黙に包まれた。ヴィセンテは、いくら説得してもむりだとわかったようだ。

「しかたない。それじゃ、B計画に移ろう」

　しばらくすると、ため息をついていった。

　フランシスコは眉間（みけん）にしわを寄せた。今度はなにを考えているんだ。

「B計画？」

「僧院に行くというのはどうだい?」

　フランシスコは面くらった。

「道を踏みはずした息子を母なる教会のひざもとに連れかえるっていうの?」

「そうじゃない。大きな声ではいえないが、神の本質なんてしょせん人間にはわからないことさ。神が存在しようがどうしようが、おれにはどうでもいいことだ。それでも、たくさんの僧侶が使命に命をかけていることには感銘を受ける。くだらない魔界探しはやめよう。それより太古の知を伝えている文書を調べた方がいい」

「『ヘルメス文書』のようなもののこと?」

「『ヘルメス文書』のことは忘れてくれ。教授から別世界のような場所があることを聞いたんだ。そこにピラミッドはないけど、千年以上まえから人類の知を保管している図書館がある。雲に居する僧院、雲居寺のことだよ」

「聞いたことないけど」

「北京から八十キロメートルほどのところにある寺さ」

「中国?」雲をつかむような話から具体的な提案に話題が移ったので、フランシスコはほっとした。「今までまわってきた場所と比べれば、北京はすぐそこじゃない。さっきはひどいことをいってごめん」

「気にするな。おまえとおれでは世界観が白い犬と黒い犬くらいちがうことをつい忘れてしまう」

「その雲居寺のなにが特別なの？」

「一万五千点近い石経板が残されているんだ。大部分は地中に埋められているらしいけどね」

「地中に？」フランシスコはとたんにいやな予感がした。「まさか地面を掘るわけじゃないよね？」

「その必要はないさ。発見されたあと、石経板の拓本がとられているんだ。その拓本は北京の法源寺に保管されている」

「だれでも見せてもらえるの？」

ヴィセンテがほほえんだ。

「われわれはただの観光客ではない。安月給の役人にしてみたら、文化を訪ねあるく太っ腹の旅行者さ」


北京に到着すると、ヴィセンテはドル紙幣にものをいわせて、二日後には石経板を見せてもらえる手はずを整えた。ドル紙幣の力に苦笑を禁じえなかったが、ヴィセンテがなにより喜んでいたのは、ドル札の裏にピラミッドと目が刷られていることだ。秘密結社フリーメイソンでよく使われるこのシンボルもまた、〈見えざるピラミッド〉を暗示するものだという。三角形に囲まれた神の目。それはもともと、エジプトの神ホルスを表していたという。そうした背景を知るにつれ、キリスト教が異教のさまざまなイメージをとりいれていることにフランシスコはますます違和感を覚えた。神はイスラエルの民に、けがらわしい偶像崇拝を禁じたのではなかったか。十戒の最初の言葉は「ヤーヴェのほかにいかなる神も信じてはならない」ではなかったか。

フランシスコからいくら疑問を投げかけられても、ヴィセンテはまったく動じなかった。ドル札の裏に刷られたピラミッドの下に「新しい世界の秩序（ノヴス・オルド・セクロールム）」という言葉がある。それをさしていった。

「目的を達成しさえすれば、世界に新しい秩序が生まれるんだよ」

そのための第一歩が法源寺訪問だ。法源寺は度重なる政治の嵐に耐えぬき、近代都市北京の中心で、フランシスコたちにとって新世界への門となるはずの宝物を守っていた。僧侶（そうりょ）は中国語しか話せなかったので、ヴィセンテは通訳を雇うためにピラミッド紙幣を使った。通訳を買ってでたのはヤン・シー教授だった。四十代後半の小柄で温厚な人物で、メガネをかけ、ふさふさのひげをはやしていた。小太りの体格を見れば、学者階級が農村の生産者階級のように汗だくになってはたらいていないことがわかる。

教授は午前八時をすこしまわったころ、北京飯店にふたりを迎えに来て、タクシーで法源寺へ向かった。仏教の寺院は、西洋の教会とちがって、いろいろな建造物で構成されている。仏法の源となるその寺の建造物には、絵はがきで見なれているような金ぴかの伽藍（がらん）のほかに立派な朱ぬりの山門があった。門前には二頭の石の狛犬（こまいぬ）が鎮座している。見たところ、地獄の犬のようにも見える。フランシスコには、どういう意味をもった動物なのかわからなかった。優雅にそり返った山門の屋根には灰色の瓦（かわら）がふかれていた。その山門を入ったところで、フランシスコたちは、足もとまでとどく褐色の袈裟（けさ）を着たひとりの僧侶に迎えられた。その僧衣を見て、フランシスコはなつかしさがこみあげてきた。フランシスコたちは、六つの大きな伽藍が一列に並んでいて、それらをとりかこむ木立や草やこけを配した緑の中をゆっくり歩いた。最初の伽藍のまえで、六十歳くらいの貫首がフランシスコたちをにこやかに出迎えた。

　法源寺の貫首リー・イー師もまた、ヨーロッパ人がイメージする針金のようにやせた小柄な中国人とはまったくちがっていた。ヴィセンテよりも背が高いくらいで、ふくよかな顔をしていた。頭にはわずかに毛髪が残っているだけで、無精ひげを生やしたあごのように見える。教授とリー師は旧知の間柄のようにあいさつした。ヴィセンテとフランシスコに対してはずっと形式的だったが、それでも深々とおじぎした。

　リー師はフランシスコたちを書庫に案内して、石経板の拓本を紙に包んで積みあげた大きな棚を見せた。リー師は案内しながら、法源寺は北京最古の寺で、文化大革命による破壊をまぬがれた古い仏像が数体安置されていると説明した。とくに大遍覚堂の仏像が自慢だった。台座はハスの花びらをかたどり、その一枚一枚に仏が刻まれている。その上に東西南北をあらわす仏像が鎮座し、さらにその上に五番目の方位である中心をあらわす仏陀（ぶっだ）がいる。

ヴィセンテはそれを見て、フランシスコにささやいた。

「多重宇宙の原点に通じる門だな」

「なにかおっしゃいましたか？」教授がたずねた。

ヴィセンテは笑ってごまかした。

「いや、なんでもないです。それより、石経板のことをきいてください。そこにはどんなことが書かれているのですか？」

教授が通訳すると、リー師はカラカラ笑ってから、笑った理由を説明した。説明は二分ほどに及んだが、教授は簡単にまとめた。

「石経板は膨大なのです、アルヴァレスさん」

「膨大といいますと？」

リー師が教授を通して答えた。

「ご存じのように、中国の文字は表意文字で、たった一文字でも概念を表すことができます。雲居寺(うんごじ)で発見された数千枚に及ぶ石経板に刻まれた表意文字を数えたら、三百億にはなるでしょう」

「三百……億？」フランシスコは絶句した。「でも、読まれたことがあるのでしょう？　全部、お経なのですか？　それとも」

そのとき、ヴィセンテが両手でフランシスコを制した。

リー師が答えた。

「大部分は経典で、僧侶（そうりょ）が百人がかりで読んでも五百年はかかるでしょう。しかし樹（き）の植え方など自然との賢いつきあい方や、飢饉（ききん）や疫病を避ける方法、それから沐浴（もくよく）したあと香油を使ってはならないとか、午後から夜にかけて食事をしてはならないとか、二週間に一度は断食をするべきだとか、そうした日々の指針なども記されています」リー師はそういうと、人差し指を立てた。「そうそう、肉食も禁じています。これは大事なことです」

「ふうむ」ヴィセンテは満足していないようだ。木村教授の話では、石経板は別世界のような場所から来たものだという。

リー師も、ヴィセンテの落胆がわかったのだろう。ほほえみながらこうつけくわえた。

「とにかく道徳や医学をはじめあらゆる古代の知恵が石経板には刻まれているのです。なにを知りたいのかもっとはっきりいっていただかないと、答えようがないですね」

フランシスコはニンマリした。ヴィセンテはあごをなでながら考えている。本当の目的を隠したまま、どういうふうに質問するつもりだろう。

「雲居寺の石経板はいつごろのものとおっしゃいましたか？」ヴィセンテはたずねた。

「制作年代はまだ申しあげていません。当時の知恵を石板に刻むのに、およそ六百年を要しました。もっとも古い石経板は唐代のものです。あなたがたの暦でいえば七世紀のはじめです」

「では千三百年以上まえのものということになりますね」

リー師はうなずいた。

「不思議ですね。中国にはとっくの昔に紙も印刷技術もあったのに、なぜ石板に刻んだりしたのでしょう？」

「答えはそんなにむずかしくありません。六二八年に作られた碑文に、恐ろしい予言が残されています。それによると、末世が近づき、暗黒の世界になろうとしているというのです」

ヴィセンテは興奮してたずねた。

「その予言には、世界が滅びる原因についてなにか書かれていますか？」

「ここには一万五千枚拓本がありますが、原因は書かれていませんね」

「まちがいないですか？」

「わたしはほとんど一生を石経板の研究についやしているのです。仏陀（ぶっだ）の教えにしたがった、わずかな選ばれし者が山などの高みに逃れ、どのように大昔の末世を生きのびたか記された三十枚の石経板があるだけです。末世がもたらした惨事についても記録があります。山火事による森林の消失、洪水による大地の荒廃、未知の病魔や疫病、地上で人が暮らせなくなるような天変地異。しかしどうしてそのような禍（わざわい）が起こったのか、原因は記されていません」

「その予言は現代のことをいっているといっても不思議ではないですね」フランシスコは背筋が凍るような思いでつぶやいた。

「あるいは、予言ではなく、はるか大昔に起こったことかもしれない」そういうと、ヴィセンテはリー師に顔を向けた。「今のお話を聞くかぎり、石経板は黙示録のような……あっ、すみません。キリスト教の用語を使うべきではなかったですね。いいたかったのは、世界の破局を超えて、人類の知恵を後世に残したものかもしれない、ということなんですが」

「そのとおりです。皇帝もそうした末世が来ると覚悟していたようです。雲居寺に行かれたら、寺近くの雷音洞の上にある金仙長公主塔をご覧なさい。それは皇帝一族が末世にそなえて建てさせたものです。金仙長公主は唐代の女帝則天武后の孫で、魂の救済と石経板制作のために雲居寺に広大な土地を寄進しました」

「今、話に出た洞ですが……」

「雷音洞です」

「そこは石経板とどういう関係があるのですか？」

「雲居寺の裏手にある山の尾根に全部で九つの洞がうがたれているのですが、雷音洞はそのうちのひとつです。世界の英知を後世に残そうと最初に決意したひとりの若い僧侶がこもった洞です。その僧侶は、最初の石経板百四十七枚をそこで刻んだのです。それらの洞をタイムカプセル代わりにして石経板は保管されてきましたが、のちに僧院内に大きな洞が作られ、およそ一万枚がそちらに移され、文書が傷まないようにあいだに土をはさんで積みあげられました」

「待ってください」教授の通訳に、ヴィセンテが割って入った。「さきほど石経板はおよそ一万五千枚とおっしゃったはずですけど、僧院内に埋めなおされたのが一万枚だとすると、残りの五千枚はどこにあるのですか?」

「最初に保管された九つの洞の中です」リー師が通訳を介して答えた。「雷音洞(らいおんどう)以外はすべて封印されました」

「石経板はすべて拓本にとったのですか?」

「いいえ。拓本は中断されました。なにも刻まれていない石板が数百枚、それから未完成の石経板も数十枚ありまして。石経板は鑿(のみ)で彫るまえに、筆で下書きされるのです。その下書きのまま残された石板があるのです」

「文字は今でも読めるのですか?」

「ええ、おどろくべきことですが。しかし、石板に彫られたものでないと拓本にとれないので、そうした未完成の石板の写しは……」

「その未完成の石板を見せてもらうことはできますか?」ヴィセンテは興奮してたずねた。

通訳をじゃまされて、教授はむっとしたが、ヴィセンテの質問をリー師に告げた。

「むりです」

「しかし貫首はご覧になったのでは……」ヴィセンテはそういいかけてリー師を見つめ、教授の方に向きなおると、ほほえみながらいった。「なんなら学問と法源寺の保存のために喜んで寄進しますが、それでもだめでしょうか?」

「洞に入って、なかを漁(あさ)ることは、何人(なんぴと)にも許されないでしょう」リー師はきっぱりいった。

ヴィセンテは空気を抜かれた風船みたいにしょぼんとなった。

フランシスコには、なぜヴィセンテが末世という言葉に目の色を変えたのかわからなかった。ヴィセンテの関心は世界を癒すことじゃなかったのか。ヴィセンテがやろうとしていることは末世と癒しが表裏一体になっているような気がしてきた。フランシスコは小声でいった。

「新しい世界の秩序を解く鍵がどこにあるかあらかじめわかれば、封印を解く洞はひとつですみますよね。それならどうでしょう？」

「どういう意味だ、フランシスコ？　どの洞にあるか突きとめられるというのか？」ヴィセンテがたずねた。

「なくしたものを見つけるのが得意だって話したことなかったかな？」

ヴィセンテは目を丸くした。

「得意って、そんな才能があったのか？」

ふたりは教授にもわかるようにと英語で話していたが、教授にはちんぷんかんぷんだったらしい。リー師にたずねられた教授は肩をすくめた。

フランシスコはリー師にいった。

「未完成の石経板を見せてもらえれば、ぼくの兄は高額の寄付をするといっています。あけてもらう洞はたったひとつでけっこうです。どうでしょう。かけあっていただけませんか？」

リー師はけわしい目つきでフランシスコとヴィセンテを見つめた。

「洞を封印したのは理由があってのことです。それに入口は重い石でふさがれていまして」

フランシスコはがっくり肩を落とした。するとリー師はさらにこういった。

「しかし、洞の中をのぞく方法はあります」

北京から雲居寺（うんごじ）まではおよそ八十キロメートルある。同行してくれることになったヤン教授のフォルクスワーゲン・パサートで、たっぷり三時間かかった。どんな宗教でも、昔から僧院は人里離れたところに作られるものだ。したがって、道路事情もいいわけがない。教授は車の中で、雲居寺の歴史を教えてくれた。建立は一説に六世紀にさかのぼるという。第二次世界大戦のときに日本軍の攻撃を受けたが、今では再建されて、南塔の修復を待つばかりだ。石経板の発見は一九五六年のこと。当時、近くの村の学校で奇妙な銘文の入った石板が見つかったのだ。そこには「南塔の地下に洞あり。その洞に石経板を収める。その数四千五百枚」すぐに北京の研究者が雲居寺を訪ねた。そして南塔の下で大発見をしたのだ。しかも石板の数は四千五百枚どころか一万枚に及んだ。

後部座席にすわっていたフランシスコは、教授の説明を半ば聞きながしていた。心がざわついてならなかった。第五の波動が頂点に近づいているのだ。そのことを教えてくれたのはヴィセンテだ。これまでの波動の周期から、次の波動が来る時期を正確に予測していた。フランシスコも、自分の不思議な力をバロメーターにして波動の揺れをかなり正確に感じとれるようになっていた。今は波動が大きくせりあがったところだ。それで心が落ち着かないのだ。うまく説明できないが、不思議な力を発揮することにいまだにおびえていたし、恥ずかしく感じてもいた。だから不思議な力のことはヴィセンテにもいっていなかった。唯一の例外はなくしたものを見つけだす才能だ。波動が頂点に達すれば、その力も強くなるはずだ。

　雲居寺は山のふもとの小さな川のそばにあった。自然に囲まれたのどかで瞑想（めいそう）にふけるにはふさわしいところだ。かつてここで数百人の僧侶（そうりょ）が鑿（のみ）をもち、石経板に数百億の文字を刻んだなんて想像を絶する。現在、この寺に住む僧侶たちは明暗二色の僧服に身を包んでいた。ふたりのヨーロッパ人を見て、僧侶たちはその対応にとまどっていたが、ヤン教授はここでも顔を知られていた。教授はわずか五日で、必要な許可証を手に入れ、隣村の村長を通して、ふたりの「スペイン人研究者」の目的を事前に知らせていた。ヴィセンテはそのあいだも無為に過ごしてなどいなかった。洞を調べるための電子機器を日本からとりよせたのだ。

　雲居寺の貫首はウー・メンフー師だった。かなりの高齢だが、はっきりした年齢はわからなかった。おそらく七十歳から八十歳のあいだだろう。おそろしくきゃしゃな体つきで、古色蒼然（そうぜん）とした寺院ににつかわしい。みずから寺院を簡単に案内してから、一行を洞に連れていった。まだ昼を過ぎたばかりだった。

　ウー師はまず雷音洞（らいおんどう）を見せた。朱ぬりの重そうな木製の扉が入口をふさいでいた。右手の岩に、碑文が彫られている。ウー師によれば、西暦六一八年のもので、「末世が近づき、暗黒の時代になろうとしている」という警告の言葉だという。法源寺のリー師がいっていたものだ。

「ほかの洞を見せてもらってもいいですか？」ウー師が扉をあけようとすると、フランシスコがいった。

「ほかの洞は封印されています」ウー師はいった。村長の指示書がとどいているはずなのに、フランシスコたちがなにを望んでいるのかまるでわかっていなかった。

「封印されていることは知っています」

ウー師はため息をひとつついて、山の上を指さした。

「あまり立ち入ったことはききたくないのですが」通訳役のヤン教授は背中に両手をまわし、そっとヴィセンテに近づいてたずねた。「弟さんが新しい世界の秩序がどうのこうのといっていましたね。あれはなんのことですか？」

フランシスコは耳をそばだてた。

ヴィセンテはすこし迷ってから答えた。

「人類がはじまったころからあるものです」慎重にそういってからつづけた。「大昔からさまざまな文化圏で、そうした新秩序の予言や伝承が残されているんです。たとえば大洪水伝説です。世界じゅうに伝承が残っているでしょう。世界の没落を描いた神話もおなじです。ネイティブ・アメリカンのあいだでは、世界が一定の周期で大きく変化し、没落することもあると信じられています。中米の先住民に伝わる伝説によると、すでに四回、大きな破局が人類を襲い、これから想像を絶する第五の破局がやってくるといいます」

「あなたは人類終末の伝説を収集しているのですか」

「いや、それはわたしの研究の副産物です。医者は危険な病原体に対処するため、人体がその病原体によってどのように破壊されるか調べようとするでしょう。わたしの場合もおなじです。人類がどのように闇の世界に没落するかわかれば、光へ通じる道もひらけるというものです」

「立派な志ですな」教授はほほえみながらいった。「ところで、共産主義のもとではどのようになるのでしょうか？」

そうこうするうちに、四人は二番目の洞にたどりついた。入口は分厚い岩でふさがれていた。錠前も引っぱる鉄輪もない。残る七つの洞も同様だった。どんな知恵が隠されているか知らないが、来るべき暗黒時代後の世界再生にそなえて、大切に保管することになっていたのだ。

フランシスコは入口のまえに立った。封印は完璧ではなかった。穴をふさいだ岩の隅に虫や小動物なら入れそうなすきまがある。自分もそこからもぐりこめるだろうか。フランシスコは目を閉じた。

ヴィセンテはじっとフランシスコのようすを見ていた。骨の髄まで研究者のヤン教授はいかがわしいものでも見るように眉間にしわを寄せた。ウー師は日々の務めとして瞑想しているのだと思ったようだ。三人三様に見つめられて、フランシスコは精神を集中できなかった。結局、新しい世界の秩序を解く鍵がこの洞にあるかどうかはっきりしなかった。

「どうだ。なにかぴんとくるか?」ヴィセンテがこらえきれずにたずねた。

「集中できなくて」フランシスコは答えた。

「きっとこの洞には、おまえのコンパスの針が反応するようなものはなにもないんだろう。次の洞で試してみようじゃないか」

すべての洞で試してみたが、結局、フランシスコはなにも感じなかった。

ヤン教授は、案の定と思ったのかニヤニヤし、ヴィセンテはあからさまに落胆の色を見せた。

フランシスコは恥ずかしくて、穴があったら入りたいくらいだった。だがウー師は、修行の足りない見習い僧をやさしく見守るように笑みを浮かべていった。

「今晩は寺に泊まって、明日もう一度試したらいいでしょう」

「むだではないですかな」ヤン教授はいった。

「お申し出はありがたいのですが……」ヴィセンテはためらいがちにいった。

「ええ、喜んで」フランシスコはいった。


真夜中、フランシスコはついにがまんできなくなった。もう二時間近くも、寝床の中でもんもんとして寝返りばかり打っていたのだ。静かに起きあがると、服を着た。その小さな部屋はウー師があてがってくれたもので、ヴィセンテもいっしょだった。ヤン教授はほかの僧侶(そうりょ)と大部屋で寝ていた。雲居寺(うんごじ)は参拝者を泊めて利益を得るタイプの寺ではなかったが、それでも客を泊める用意はおこたりなかった。石経板ではつつしむようにいさめていた夕食まで出たくらいだ。

フランシスコが外に出ようと引き戸をあけたとき、ヴィセンテが体を起こした。

「どこに行くんだ？」

「外の空気を吸おうと思って」

「このままえみたいにか？」

「なんのことをいってるの？」

「グラストンベリーでのことさ。第五の波動が来る。おれもその場にいたいんだ」ヴィセンテは掛布を払いのけた。

「いやだね」フランシスコはそっけなくいった。

「そんなけちなことをいうなよ」

「ことわる」

「頼むよ」

「ぜったいにいやだ」

「おまえの兄貴なんだぞ、フランシスコ。恥ずかしがることないじゃないか」

「どうしてぼくが……」

「さあ、いいぞ」ヴィセンテは一分もしないうちに服を着ていた。「装備をもっていった方がいいかな？」

「かってにすれば」フランシスコは部屋からそっと出ると、ランプがうっすらと灯る廊下を歩いた。いくつもの壁画や引き戸のまえを通って外に出た。すぐに機材をかついだヴィセンテが追いついた。

午後、雷音洞までのぼったとき、寺の横手にある小さな門を通った。今も鍵がかかっていなかったので、その門をくぐって山をのぼった。銀色に光る丸い月が山道を照らしていた。寺がはるか下に見えるようになったころ、ヴィセンテがいった。

「はじまったようだぞ」

青いオーラの淡い光に包まれていることに、フランシスコはそれまで気づいていなかった。だがそうなることはわかっていたので、少しも動じなかった。右手を見ていった。

「本当だ」

「どんな気分だ？」

「気持ちがざわざわする」

「隠すなよ。もっとなにか感じているはずだ」

フランシスコはぷいと顔をそむけて、のぼりつづけた。体が凍えているかのように腕で胸を抱いた。トプラやトレヴィルと接触するにはひとりでいなければならないのかもしれない。トレヴィルは〈血の泉〉で「次の波動までがんばれ！」といっていた。いよいよその時が来た。

フランシスコは、ひとりになるため、どこか別の場所に飛んでいきたいと思った。だがすぐに首をふった。なんて子どもっぽい考えをするんだ！

「フランシスコ、なにかいってくれ！」

ヴィセンテの声で、フランシスコはわれに返った。

「なに？」

「高圧送電機が発したアークのように光ってるぞ」ヴィセンテはまぶしくてたまらないのか、Tシャツをめくって顔にかぶせていた。

ヴィセンテにせっつかれて、フランシスコはようやく話をした。

「なんか台風の目の中にいるみたいな感じだよ。まわりがグルグルまわっているのに、心の中は静まり返ってるんだ」

「さっきは心がざわざわするっていっていただろう。それはどうなったんだ？」

「消えたよ。完全じゃないけど。まだ頭がくらくらする。でも理由は別にある。どうなっているのか、ぼくにもわからない。なんか、こう、腕をもぎとられそうな感じだ」

「多重宇宙の力だ。その力がおまえの中を流れて、それで光を発しているんだ」ヴィセンテは興奮しきっていた。核分裂を発見した科学者みたいに声をふるわせているのに、Tシャツを頭からかぶっているところは、おびえて顔を隠している子どもみたいだ。

「粒子と反粒子がぶつかったってこと？」

「ようやくわかったようだな！　探そうと思っている石経板はどうだ？　本当に見つける力があるなら、今が最高潮のはずだぞ」

そうだ、石経板を探さなきゃ。フランシスコはヤン教授が写真で見せてくれた石経板を思いえがいた。

「新しい世界の秩序（ノヴス・オルド・セクロールム）」フランシスコは何度もそうつぶやいた。

新しい世界の秩序を刻んだ石板はどこにある？　雲居寺（うんごじ）の僧侶（そうりょ）たちは、その存在を知っているのだろうか。フランシスコの脳裏にはどんな像も結ばなかった。コンパスの針はぴくりとも動かない。フランシスコは心に問いかける言葉を変えてみることにした。石経板を作った人たちは、そうした知恵がどこにあるか、どうしてわかっていたのだろう……。

考えがちゃんとまとまるまえに、なじみ深い感覚を味わった。置きわすれたもののありかを思い出したときの、あの感覚に近い。フランシスコはぱっと目をあけ、山の奥を指さした。

「あっちだ」フランシスコはすぐに走りだした。

ヴィセンテはビニールのバッグをかかえて、つまずきながらあとを追った。

「おい、なにを感じたんだ？」

「目指す石経板のありかがわかったんだ。いちばん奥の洞だ」

「信じられない」

「だったら寝室にもどれば？」

「なにをいうか。なんのためにここまでカメラやパソコンをかついできたと思ってるんだ」

それからしばらくして、ふたりは九番目の洞にたどりついた。ヴィセンテはハロゲンランプをつけて、超小型カメラを入れるのにちょうどいいすきまを探した。リモコン操作で首をふることができる、胃カメラそっくりの超小型カメラだ。撮影した写真はそのままパソコンの画面に映しだし、ハードディスクに保存できるようになっていた。

ヴィセンテは顔にかぶせていたTシャツをおろし、フランシスコに背を向けて、パソコンの画面にオーラが当たらないよう影を作った。ヴィセンテがすぐに吐息をもらした。

「すごい。光が洞の中にまでさしているぞ。ライトがなくても、中が見えそうだ」

フランシスコも、ヴィセンテの肩ごしにパソコンの画面を見ようとしたが、自分のオーラが反射していた。

「なんにも見えないけど」

「光のせいさ。入口の岩にほかのすきまがないか探してみてくれ。あったらそこからオーラがさしこむようにして、中を照らしてくれないか」

超小型カメラにも補助光がついていたが、そこにフランシスコのオーラとライトの光が加わって、洞の内部がパソコン画面にくっきりと映しだされた。

「すごいぞ」ヴィセンテが歓声をあげた。「石経板に書かれた文字がはっきりと見える。ズームして、ハードディスクに保存しよう。明日、ヤン教授に解読してもらえばいい」

「だけど、石経板はものすごい数だよ。これだけの文書を解読するとなると、数週間、いや数カ月かかるんじゃないかな」

「どうして石経板の数がわかるんだ？　パソコンを見てもいないのに」

「入口をふさいでいる岩を透視したといえば、納得してくれる？」

ヴィセンテはびっくりして、フランシスコをふり返った。

「信じられない。本当にそんなことが……」

「それができるのさ」

フランシスコはふたたび超小型カメラをつかんだ。カメラをさしこんだすきまは、地面から五十センチほどの高さにあった。

「カメラをちょっと左に向けてくれ。そこに未完成の石経板が八枚あるはずだ。筆で書かれた文字がうっすら見える」ヴィセンテが指示を出した。「よし、もっと左だ……いや、すこしもどしてくれ……もうすこし……そこだ！　石経板が画面にばっちり映っている。画像を全部保存するか？」

「いや、その必要はないと思う」そういうと、フランシスコは目を閉じて、鼻が岩にぶつかるほど近寄った。「左から六枚目、つまり右から二枚目を保存すればじゅうぶんだよ。できるだけ近くに寄ってくれ。文字がかなりかすれているから」

ヴィセンテは信じられないというように首をふりながら、フランシスコの指示にしたがった。

何度か照明の当て方を変えて、何枚も写真におさめた。

「これで満足？」フランシスコがいった。オーラがすこしずつ弱まっていた。

「大満足さ！」ヴィセンテはうれしそうにいった。「教授を今すぐ起こして、翻訳してもらいたいくらいだよ」

「なんでそんなに急ぐのさ？　計算では最後の大接近まで二十日もあるんだろう？　ところで頼みがあるんだけど」

「なんでも聞こう」

「ぼくをひとりにしてくれない？」


翌朝、フランシスコは元気がなかった。トレヴィルとトプラがあらわれなかったのだ。機会を逸したのだろうか。もしかしたらヴィセンテが近くにいたせいかもしれない。

ヴィセンテは、そんなフランシスコにおかまいなく、写真におさめた未完成の石経板に夢中になっていた。夜どおしパソコンに向かい、画像処理ソフトで写真の画質をよくしようと悪戦苦闘していた。そして朝食のまえに、教授を寝室に呼んで、夜中の成果を見せた。

教授はしきりに感心していた。石経板の最初の一行を読んだだけで、フランシスコの勘が当たっていたことがわかったからだ。

「たしかに世界の没落が話題になっていますよ」教授はそういって、石経板の右端の一行を指さした。「正確にはこう書いてあります。『人間の傲慢（ごうまん）さによって、均衡の律動が壊れるとき、人の住まうところは破壊され、暗黒が生きとし生けるものをおおいつくす』」

フランシスコはぞっとした。

「均衡の律動が壊れるって、どういうことです？」

教授はパソコン画面から顔をあげていった。

「たぶん自然の調和ということでしょう」

「そのことなら法源寺でさんざん聞きました」ヴィセンテはじれったそうにふたりの会話に割って入った。「ほかには、教授？　その先を訳してください！」

教授はニヤニヤしながら首をふった。

「それは、食事をすましてからにしましょう」

僧侶（そうりょ）たちとの食事の時間はとうに過ぎていた。フランシスコたちは豆腐と飯を盛ったお椀（わん）をもらった。水は好きなだけ飲むことができた。教授はともかく、フランシスコもヴィセンテも食欲がなかった。

雲居寺（うんごじ）の貫首ウー・メンフーは、フランシスコが夜中に洞を訪ねたことを知って、寺の宝に敬意を払い、決まりを守るようにいった。だが、写真におさめた未完成の石経板には興味を抱いたようで、拓本にとるために長年使われてきた作業場で、教授といっしょになって墨跡の解読にとりかかった。色が褪（あ）せているためにところどころ読みとれない文字があった。何カ所かでふたりの解釈がまっぷたつに分かれることもあったが、なんとか英語訳ができあがった。その内容はヴィセンテとフランシスコの期待どおりのものだった。そこには世界の没落がこう記されていた。

> 恐るべきことが起こるだろう。もはや避けることはかなわない。わが身を守り、神に祈るのみだ。われらが存在の三つの柱を崩壊から守る魔界の術（すべ）を知るのは、人の手になる山の国に君臨するイムホテプただひとりだ。しかしイムホテプは雌雄（しゆう）を決する場所のありかを隠したまま舟に乗り、黄泉（よみ）の国へと旅立った。かくて英知の書を知る者はひとりもいなくなり、そのありかも知れない。

「〈英知の間〉だ！」教授の翻訳を何度も読みなおしたあと、ヴィセンテはつぶやいた。あたりの空気は張りつめていた。

三人がいっせいにヴィセンテを見た。

「そのような部屋のことはどこにも出ていないですが」教授はそういってから、ヴィセンテの言葉をウー師に通訳した。ウー師も教授とおなじように首をふった。

「そこは〈記録の間〉と呼ばれることもあります」フランシスコがいった。「その名前はこの世に存在しなかったといわれるひとりの男が名づけたものです。その男が書いた本には、その部屋に占星術や数学や医学や錬金術、魔術に関するすべての知恵が保管されているそうです」

「エジプトのことはよく知りません。その謎の人物はだれなのです?」ヤン教授がたずねた。

「ヘルメス・トリスメギストス」そういうと、フランシスコはチラッとヴィセンテを見た。

ヴィセンテはなんの反応もしなかった。大発見に放心状態だったが、説明だけはした。

「まさか中国の僧院でイムホテプの名前に出会うとは思いませんでしたよ、教授。『人の手になる山』はエジプトのピラミッドにまちがいないでしょう。イムホテプという名前は『平和のうちに来たりて』という意味になります。太陽神ラーの大神官で、レオナルド・ダ・ヴィンチに匹敵するくらいさまざまな才能に恵まれた天才です。ヘリオポリスでトト祭祀集団の読経師にして祭祀長でもありました。エジプト神話では、人間に文字をもたらしたのは鳥のトキとされています」

「そしてくちばしで砂に字を書いたトキは、学問と魔術の神トトの象徴で、ヘルメス・トリスメギストスはトトの化身といわれています」フランシスコがとげのある言い方をしたので、教授とウー師はけげんな顔をした。

ヴィセンテは素知らぬふりをして、ほほえみながらいった。

「とにかくその読経師という役職は、謎に包まれた奇妙な宗教儀式を司っていまして、冬の第二月二十一番目の日、つまり冬至にあたる十二月二十一日に英知の書の一節を信者のまえで読みあげることになっていたのです。言い伝えによると、イムホテプは不思議な方法でその書を天から授かったといわれています。またその英知の書には、ピラミッドの設計図が記されていたということです。それで、イムホテプは最初のピラミッドの建設者となったのです」

ヤン教授はひげをいじりながらいった。

「たしか昨日、人類を導く光の道を見いだそうとしているというようなことをいいませんでしたか？ それと今おっしゃったピラミッドの書とどういう関係があるのです？」

「いや、英知の書に記されているのはピラミッドの設計図だけじゃありませんよ。それは偉大な知の宝庫なのです。あらゆる英知と奥義(おうぎ)の書で、大洪水前の時代の記憶やファラオの正体などもそこに記されていると考えている人もいます。そして英知の書は、伝説の部屋に保管されているといわれています。〈英知の間〉と呼ばれるその部屋は、古代エジプトが当時の知識をすべて結集したデータバンクだといえるでしょう」

「そしてそこに世界を救う鍵(かぎ)があるというのですか？」教授が眉唾(まゆつば)だと思っているのが、その声の調子からもわかった。教授はうなずいて、こうつづけた。「しかしようやく、あなたが興奮しているわけがわかりましたよ」

ヴィセンテはほおを染め、パソコンの画面に映しだされた石経板を見つめながらつぶやいた。

「ええ、これで当てずっぽうに探求する必要がなくなりました。これからまっすぐエジプトに向かいます」

北京での出国検査はやたらと時間がかかった。空港の出発ロビーには、係官による厳しい検査を待つ四十メートルもの長い行列ができていた。

「まったく、なんてぐずなんだ」ヴィセンテは行列の先端にいる税関の女性係官を見て、文句をいった。

「そんなことはない。いたずらにものごとを面倒にするやり方が気に入らないだけさ」

「女だからだめだってこと?」フランシスコがいった。

「見られたくないものでもあるわけ?」

「なにをいってるんだ。パリ行きの便に乗りおくれたくないだけさ」

北京からカイロへの直行便がとれず、ふたりはパリを経由することになっていた。

「ところで、なんで〈英知の間〉が見つかるって確信をもったのか、ぼくにはまだよくわからないんだけど。〈英知の間〉のことをいろいろ読んでみたけど、いろんな人が発見しようとして、ことごとく失敗したっていうじゃない」

ヴィセンテがニヤッとした。

「ああ、そうさ。おれも失敗した。地震波測定でギザの大スフィンクスの下にいくつも空洞があることはわかっているんだ。だが二十年前、アメリカの発掘隊がそのあたりを大きな掘削機で掘りおこしたことがあって、エジプト政府はスフィンクスが壊されたら大変と、爆破やボーリングによる発掘を全面的に禁止してしまったんだ。その後、フランス・チームは比重計を使って〈英知の間〉を探索しようとし、ドイツ・チームは小型ロボットをクフ王のピラミッドにもぐりこませて調査しようとし、ほかの調査隊は超音波で遺跡の地下を検査して……」

「それより、変わり者の考古学者ヴィセンテ・アルヴァレスは、なんでその〈英知の間〉が見つかると自信をもっているのかな？　わかっていることといったら、イムホテプのことや、英知の書のことや、人の手になる山の国のことくらいじゃないか」

「なぜなのか教えようか。おまえがついているからだよ。雲居寺（うんごじ）の洞で探していた石経板をみごとに見つけたじゃないか。あれには正直いっておどろいたよ」

「〈英知の間〉なんてないかもしれないじゃない」

「ない方がいいと思っているからそういっているんだろう。以前、ベルリンでエジプト中王国時代の記録文書を見たことがある。貴重なパピルスに書き残された文書だ。そこには、クフ王が伝説に残る〈英知の間〉を探したと書かれている。クフ王は魔術師を呼んで、トト神の聖所へ通じる鍵（かぎ）のありかをたずねたというんだ」

「石棺の碑文によく書かれているよね。プタハ神は、己の考えを言葉にすることでこの世を創造した」フランシスコはそういって、ヴィセンテの言葉をさえぎった。「神聖文字（ヒエログリフ）で書かれたことをなんでも鵜呑（うの）みにするわけ？」

「われわれが今知っている世界は、本当にそうやって生まれたのかもしれないからさ」

「ぼくはそんなこと信じないよ」

「まったく頭がかたいな。『はじめに言葉があった』とヨハネの福音書にも書いてあるじゃないか。それに、『すべてのものは言葉を通して創られた。言葉によらずに創られたものはなにひとつなかった』ともある。エジプトの宇宙創生神話とたいしたちがいはないじゃないか」

「頭がかたいのはそっちだろう。事実を都合のいいようにねじまげている。モーセはエジプトで教育を受けたわけだろう。だとしたら、創世記で太陽神ラーは己の涙から人間を創ったと書くべきだったんじゃないの？　でもアダムが大地の土から創られたっていっている。現代の科学では、ぼくらの体とおなじ化学成分が土に含まれていることがわかっている。さあ、教えてくれないか。神から教えられていなかったら、どうやって現代の科学とおなじ結論に達したのかな？」

ヴィセンテはニヤニヤしながらいった。

「たぶん〈英知の間〉から得た情報さ」

フランシスコはあきれはて、ヴィセンテに背を向けた。このときほど兄と絶交したいと、強く思ったことはなかった。パリで乗りかえるときに、なんとしても別れたいと思った。

出国検査の順番がまわってくるまで、ふたりは口をきかなかった。国外逃亡をはかっている中国人に見えるはずなどないのに、ビザをはじめ諸々の書類が厳しくチェックされ、手荷物検査がおこなわれた。中国の貴重な文化遺産を外国人がもちだそうとすることがあるからだ。

ヴィセンテはいつものように、フランシスコを先に行かせた。フランシスコは見るからに正直そうだから、つづいて通る連れの者のチェックが甘くなるはずだというのだ。しかし中国の係官にそんなこざかしいまねは通じなかった。ヴィセンテのアルミ製アタッシュケースを目ざとく見つけると、係官はたずねた。

「中身はなんです？」

「学術書類です」

「あけてください」

ヴィセンテはフランシスコに手をふっていった。

「先に行ってくれ。時間がかかりそうだ。待合室で会おう」

いつもならいうとおりにするのだが、フランシスコはぐずぐずしていた。

「アタッシュケースをあけなさい！」係官がくり返しいった。

ヴィセンテは目のまえの棚にアタッシュケースを置いて、ダイアル式の鍵をあけると、係官の方に向けて、ふたをあけた。アタッシュケースの中はたしかに書類だらけだった。

だがいちばん上に『ヘルメス文書』がのっているのを見て、フランシスコはむっとした。日本で捨てるといっていたのに、ヴィセンテは約束を破ったのだ。見られていると気づいたのだろう、ヴィセンテは中身が見えないように、アタッシュケースの向きを変えた。

「これはなんです？」両手で書類をかきまわしていた係官がいった。

「先祖代々伝わる宝物です」ヴィセンテは答えた。

フランシスコは首をのばしてみたが、係官がなにをさしていっているのか見えなかった。

「翡翠ですか？」係官がたずねた。

「いいえ、サファイアです」そういって、ヴィセンテはアタッシュケースの内ポケットから書類を出した。「これはその宝物がわたしのものであるという証明書です。その下に英語訳がついています」

係官はその二枚の書類をしげしげと見た。フランシスコはアタッシュケースに一歩近づいた。さらにもう一歩。なにか青く光るものがチラッと見えた。そのとき、係官がいった。

「いいでしょう。次に来るときは、入国する前に申告しておいてください。そうすれば、こんなに手間をとりませんからね。ではよいご旅行を」

ヴィセンテは急いでふたをしめると、鍵をかけないいままもちあげ、わきにかかえてすごい勢いで歩きだした。怒りで顔が真っ赤になっている。出国審査場から離れると、ヴィセンテはすごい剣幕でののしった。

「さっきの聞いたか？　偉そうに。まるでおれのせいで、行列ができてしまったみたいな言いぐさだ」

フランシスコはアタッシュケースをチラチラ見ながらいった。

「さっきのはなんだったの？　先祖代々の宝物とかいっていたけど、見せてくれたことなんてないじゃない」

「たいしたものではないさ」ヴィセンテはわきにかかえたまま鍵をかけようとして手をすべらせ、アタッシュケースを通路に落としてしまった。

無数のメモやファイルや雑誌や封筒が、リノリウムの床にばらまかれた。ヴィセンテは悪態をつきながらしゃがみこみ、あわててかき集めた。

フランシスコの目はアタッシュケースの中の宝物に釘づけになっていた。

「短剣じゃない？」

それはアタッシュケースの灰色の内ぶたにのっていた。長さ二十五センチほどの青い短剣だ。サファイヤ製のようだ。握り部分は丸く、針のように細身の刃は三角錐の形をしている。かなり高価なものにちがいない。

「父親の遺産さ。ペーパーナイフに使っているんだ」

「ペーパーナイフにするには刃先が太くない？」

ヴィセンテはぱっと短剣の上に書類をかぶせていった。

「おれが作らせたもんじゃないからな」

「まさかぼくが遺産の分け前をよこせっていいだすと思ったんじゃないよね？」フランシスコはからかうようにいった。

「いいださないともかぎるまい？」そういって、ヴィセンテはひざをついて、残りの書類を拾っていった。

「心配ご無用さ。管区長の立場を利用して父親が手に入れた財産なんて興味ないから。なんなら……」フランシスコは息をのんだ。トランプのようにばらまかれた小さな封筒に目がとまったのだ。

「その封筒はなに？」

「ただの手紙さ」そういって、ヴィセンテは封筒を隠そうとした。

フランシスコはヴィセンテの手首をつかんだ。

「差し出し人はだれ？　C・アルヴァレス・イ・モゲール？　クララからの手紙じゃないか！」

「それがどうした？」ヴィセンテはフランシスコの手を払いのけると、手紙の束をアタッシュケースに放りこんだ。

フランシスコはかっとなって握りこぶしを作った。アベルを襲ったカインのようにヴィセンテに飛びかかりそうになった。怒りのあまり目に涙が浮かんだ。

「なんでだ、ヴィセンテ？」フランシスコはどなった。そばにいた旅行者がおどろいてふり返った。「なんでクララの手紙をもってるんだ？」

第14章 別れと出会い

トプラは、テグアル族の長(おさ)がいったとおりになったと思った。愛娘(まなむすめ)が助かって、宴(うたげ)をもよおした族長は千里眼のトプラにこういったのだ。

「そなたの不思議な力の秘密を明らかにできるのはそこだけだ。モロエのホプナイを捜す手がかりも、お告げ所で教えてもらえるだろう」

その言葉は現実のものとなった。だが残念なことに、族長は母であるギザが無事に見つかるとはいわなかった。

砂漠がもっとも暑い季節になった。ラクダのゴロは、砂漠の炎天下をものともしなかったが、テグアル族の馬はすぐに水を必要とした。テグアル族は経験と伝承をもとに確実に水場を探しだした。その腕前に、トプラはすっかり感心した。砂漠の旅をはじめて数日後、トプラと五人の仲間はテグアル族の装束を脱ぎ、ぼろぼろの服と手錠をつけた。奴隷になりすますためだ。

ナイル川が近くなると、小さな集落をひんぱんに見かけるようになった。ふつうバカト王国の警察は奴隷商人と歩く商品に興味を示さないのだが、一度だけ、トプラがその地区の警察署長の目にとまって、アスファハンはずいぶんと難儀した。署長は健康そうな若い奴隷を買いたいといいだしたのだ。ことわると権力をふりかざしたので、ホプナイの仲間が偽造した〈万世の館(やかた)〉への送り状を見せて、しぶしぶあきらめさせた。

こうして一行は無事にメンフィスにたどりついた。

ホプナイはすでに一週間前から都に潜入していた。船をもつ仲間が何人もいて、船室に隠れて港にたどりついたのだ。そこはトプラの放浪の旅がはじまった場所だ。波止場からそう遠くないところに、仲間がねぐらを見つけていた。トプラたちは総勢十三人になる。一軒に全員を住まわせたのでは人目につくので、六カ所に分散することにした。トプラとアスファハンには、せまい路地にはさまれたくずれかけた建物があてがわれた。いざというとき逃げるのにおあつらえむきの建物だ。それにその界隈(かいわい)はお世辞にも評判のいい場所ではなく、秘密警察(アムジブ)も住民登録所もほとんど手を出さなかった。

ホプナイは何人もの仲介者を通して、王宮にいる仲間に連絡をつけた。返事はすぐにもどってきた。

「明後日、母君に会えます」ホプナイはいった。

トプラは胸が躍った。

「信じられない。ずいぶん金をばらまいたんじゃないの？」

ホプナイはニヤリとした。

「それほどではありません。イスフェト王の官僚制度は腐敗していますから、意外と安くすみます」

「かかった費用はあとで返済するよ」

「その必要はありません。母君からいただいた資金でじゅうぶんにまかなえますから」

牢屋（ろうや）を訪問するまでの二日間は異様に長く感じられた。だがどんなにのろいカタツムリでも、いつかは目的地に着くものだ。港近くに隠れたのは正解だった。秘密警察も、まさか自分たちののどもとに敵がもぐりこんでいるとは思わなかったようだ。

〈万世の館〉はおよそ横四キロ、縦六キロ四方の壁に囲まれている。最初の宮殿が建てられてから四千五百年以上の歳月を経て、今では地上も地下も迷路のような状態だ。豪華絢爛（けんらん）たる巨大宮殿を中心に、無数の池や人工の川をもつ広大な庭園がとりかこみ、バカト王国の神々にささげられた十二棟の神殿が点在する。さらに石造りの要塞のような秘密警察本部、軍参謀本部をはじめとするさまざまな庁舎が建ちならび、病院や近衛連隊の宿営地、そして監獄があった。

朝の九時すこしまえ、その監獄のまえで、トプラの乗るタクシーは止まった。

トプラは深呼吸をして、タクシーをおりた。水素エンジンで動くタクシーは音もなく走り去った。いかめしい階段をのぼる。砂岩で造られた監獄の正面玄関には大きな列柱が並び、レーザー銃を構えた警備兵が数人立っていた。トプラは手にした面会許可証を見せた。もちろん面会相手の名前はギザではない。ギザは公式には監獄にいないことになっている。書類を見せれば、看守がギザのところへ連れていってくれる手はずになっています、とホプナイはいっていた。

「面会許可証はどこに出せばいいのですか?」トプラは右側に立っている警備兵に声をかけた。警備兵はこの千年、列柱とともにずっと立ってきたかのように身じろぎひとつしなかった。もう一度たずねたが、まったく反応がない。トプラは、おなじく石のようにじっと立ちつくしている左側の警備兵にたずねた。やはり返事はなかった。トプラはしかたなく、そのまま扉をあけて建物に入った。

トプラの背後でものすごい音がして扉がしまった。内部の装飾は、裁判所ならともかく、監獄としてはこりすぎだ。天井を見上げたが、薄暗くてよく見えない。そのとき、とがめるような声がして、トプラはそっちを向いた。

「なんの用だ?」

十年まえなら青い制服が似合っていただろうと思える、太った男が立っていた。トプラは面会許可証を盾のように突きだしたまま歩みよった。

「面会許可証です」

「だれに面会するんだ？」男はつっけんどんにいった。

「書類を見てください」

　奪うように書類をとると、男はのぞきこんだ。突っ返す理由を探しているようだが、必要事項はすべて正確に記入されていた。

「しかたないな」男はため息をついた。

「どういうことですか？」

「なにひとつ、もれがない」

「それはどうも」

「まあ、いいってことさ。この仕事は退屈なんだ。あんたにはわかるまい。そこのベンチにすわっていろ。迎えを呼ぶ」

　一時間ほどして、建物の奥から靴音がひびいてきた。長い通路の奥に、小柄で太った人影があらわれた。女性だ。肩章と胸ポケットがついたぴちぴちの制服を着ている。下はスカートだが、それがゆったりしているのは、囚人が暴動を起こしたときに戦いやすいためだろうか。左胸の名札に「ホブヌート」と書いてある。

　ホブヌートはトプラに手をさしだした。握手かと思ってトプラも手を出すと、ホブヌートはすぐに手を引っこめた。

「書類を見せなさい！」ホブヌートはいった。わざとつっけんどんな言い方をしているようだ。さっきの守衛とおなじように書類をくい入るように見てからいった。「ついてきなさい！」

まもなくわかったことだが、建物の外観が豪華なのは、地上の階がすべて執務室だったからだ。窓に鉄格子がないのもそのせいだ。地下におりるなり、牢獄の醜い姿が全容をあらわした。

ホブヌートは古めかしいエレベーターにトプラを乗せた。天井には監視カメラがすえつけてある。ホブヌートはエレベーターの格子扉をしめると、「地下八階」のボタンを押した。エレベーターが動きだすと、ホブヌートは一瞬、表情をゆるめて、歯を見せずにささやいた。

「手遅れになるところでしたね」

トプラの不安はつのったが、ホブヌートはトプラをチラリとも見ようとしなかった。

エレベーターが地下におりていくあいだ、トプラは息苦しくてならなかった。じっとりと蒸し暑い空気には死臭がただよっている。格子扉の向こうに、薄よごれた壁とうっすらと明かりが灯った通路があらわれては消える。壁と通路、壁と通路……おりていくにつれ、どんどんすさんだ感じになっていく。やがて炭坑さながらになった。エレベーターの振動音が砥石でナイフを研ぐ音のように聞こえはじめ、金属がこすれる音がするたびに、トプラはびくりとした。一度、悲鳴も聞こえた。ガタンと揺れてエレベーターが止まっても鳥肌が立ったままだった。

「こっちへ！」

そういって、ホブヌートは岩をうがった長い通路を指さした。アーチ状の天井に、太陽神を象徴するコガネムシの一種をかたどったスカラベのような形のランプがうっすら灯っている。といっても、ところどころ光が消えていた。トプラはホブヌートのすぐ後ろについて歩いた。通路の両側には錆びついた鉄扉が並び、目の高さに小さなのぞき穴がついている。扉があいている監房があったのですきまからのぞいてみると、女の足が見えた。トプラはドキリとした。

まさかあれが？

ホブヌートはそのまま通路の奥まで歩き、突きあたりの壁のまえで立ちどまった。トプラはただぼうぜんと分厚い石壁のまえで立ちつくした。ホブヌートはポケットから小さな黒いケースを出した。ケースにはテンキーと指紋検出装置がついていた。ホブヌートは親指を指紋検出装置に押しあててからキーをたたき、緑色の小さなボタンを押した。ギシギシと岩のこすれる音がして、正面の岩壁がゆっくりと横にすべった。ホブヌートはトプラの方を向いていった。

「ここから先は公式には存在しない牢獄よ。第三王朝のときに作られた王宮最古の牢獄なの。ジョセル王とその後を継いだ王たちは、特別な『友人』をここで歓待したというわけ。ここは四千年間、封印していたけど、イバー＝アイティ妃さまがふたたびあけさせて、昔とおなじ使い方をしているわ」

この秘密の牢獄がどんなに過酷なところか想像して、トプラはぞっとした。

「なぜそんなことを教えてくれるのです？」

「それだけに用心してかからないと、わたしたちの命はないってことよ」

「そこらじゅうに監視カメラがあるじゃないですか。内密にすることはできないでしょう」

そのとき、ホブヌートがはじめて人間らしい表情を見せた。ほほえんだのだ。

「たしかに王妃さまはけちじゃないものね。この秘密の牢獄(ろうごく)にも最新式の監視カメラがついているわ。でも監視センターのケーブルや電線は百年以上まえの古いものが使われているのよ。つまりあなたがやってきた直後、監視システムがダウンしてしまったというわけ。ここではそういう事故があっても、だれも気にしないわ。それに、あなたがこれから訪ねる名もない囚人には、もうひとり訪問者が来ているし」

「えっ？　そんな話は聞いていませんが……」

「心配しなくていいわ。行けば、だれかわかるから。それと、中に看守がひとりいるけど、あなたを無視するから、あなたも彼が見えないふりをして。それから一時間でここにもどってきて。いい、わかったわね？　きっかり一時間よ」

トプラはうなずいた。

「時計はもってる？」

「いいえ」

ホブヌートはため息をついて腕時計をはずした。

「これを使って。さあ、行きなさい。通路の奥に広間があるから、そこを左にまがって。監房はその奥よ」

トプラはホブヌートの顔を見つめた。ホブヌートは表情を変えなかった。「ありがとう」といって、トプラは牢獄に入っていった。

ジョセル王の監獄は、おどろくほど巧みに岩をうがってあった。床も壁も天井もなめらかに磨きあげられ、通路の断面は完璧(かんぺき)な四方形をしていた。頭上にケーブルや監視装置がある。とりつけてから二十年もたっていないようだ。隠し扉の手前よりも空気が薄い感じがする。

十歩ほど進むと、明るい照明に照らされた四角い部屋に出た。そこからいくつも通路が枝分かれしていた。壁面には神聖文字(ヒエログリフ)や図像が彫られている。歓待しているのがだれか、客にわからせるために彫られたのだろう。図像の中には、ひれふす敵のうなじに足をかけるファラオ像がある。部屋の左手には三本の通路が口をあけていた。だが奥に明かりが見えるのは一本だけだ。トプラはその通路に入っていった。

通路の右側に監房が並んでいたが、どれも中に人はいない。三十歩から四十歩ほど進むと、看守の部屋があった。扉があいていて、明かりがもれている。ホブヌートの言葉を思い出して、トプラはまっすぐまえを見た。目の片隅に青い制服を着た人影が見えた。男は新聞で顔を隠していた。

ようやく通路のいちばん奥にたどりついた。ドアは半開きになっていた。囚人が逃げる心配はないと考えているようだ。トプラはその扉をそっとひらいた。

ふたりの女がいた。ひとりは寝床に横たわり、年老いたもうひとりはスツールにすわって、ひざにのせたエナメルの白い洗面器にタオルをつけていた。看病しているのだ。「手遅れになるところでしたね」といったホブヌートの言葉が別の意味をもちはじめた。トプラはひざがふるえた。母と会う場面を何度思いえがいただろう。だが現実はそれとはまったくちがっていた。

「母さん？」足が床に張りついてしまったように動かない。動かせたのは唇だけだった。

「トプラ！」横たわっていた女がいった。ホプナイの話では、ギザは四十一歳のはずだ。だが目のまえの母ははるかに年老いて見えた。かつて歌にまでうたわれた美貌（びぼう）の面影はまるでない。黒髪は男のように短く刈られ、ほおはこけ、黒い瞳には生気がなかった。

「さあ、こっちへいらして、母君にあいさつをしてください。あなたをひと目見ようと、今までがんばってこられたのです。でも、ギザさまの命の灯火（ともしび）はもうすぐ消えてしまうでしょう」スツールに腰かけていた女がいった。力強く低い声だった。

トプラはやっとの思いでよろよろと母の寝床に近づいた。

女が立ちあがって、腰かけていたスツールをトプラにさしだした。

「ここにおすわりください。転びそうですよ。それにそんなにわたしを見ないでください。岸に打ちあげられたクジラじゃないんですから。わたしが何者か不審に思っていらっしゃるんでしょうけど」

トプラは三本脚のスツールにすわった。

「看護人だと思ったのですが……」

「看護人にしては年をとりすぎているでしょう。ホプナイから聞いていませんか？　わたしはヴィーラといいます」

そのときトプラは、骨張った指に手をつかまれたのを感じてギクリとした。するとやさしそうな、小さな声が聞こえた。

「トプラ。おまえをとりあげてくれたのは、この人なのですよ」

トプラはギザを見た。

「すみません。いきなりだったので。どうしてぼくをとりあげてくれた産婆が〈万世の館(やかた)〉にいるんですか？　やはり囚人なの……」

「囚人ではありませんよ」トプラがいいおえるまえに、ヴィーラは答えた。五十代半ばだろうか、背はトプラの肩までしかないが、毅然(きぜん)としている。ヴィーラは憂いを隠さずいった。

「ホプナイは、あなたさまがお生まれになったあと、わたしの面倒をみてくれたのです。本当によくしてくれました。数年後には、わたしが王宮にもどれるよう、国外から手をまわしてくれたのです。それ以来、彼の活動をいろいろと手伝っています。そんなことより時間をむだにしてはなりません。母君のおかげんは本当によくないのです」

トプラはギザのやつれた顔を見つめた。ギザはずっとトプラの右手を自分の胸に押しあてていた。ホブヌートの言葉がふたたび脳裏をよぎった。最悪の事態を覚悟しながらたずねた。

「母さん、具合はどうなんですか？」

ギザは弱々しくほほえんだ。

「わたしはもうすぐ死ぬでしょう」

「そんな、いやです！」

「しっ！　そんなわがままをいってはなりません、トプラ。十八年間この牢獄(ろうごく)につながれていたことに比べれば、死神は歓迎すべき友だといえます。それに、こうしてあなたにまた会えたのですから、わたしはほほえみながら死神にあいさつすることもできるでしょう。ホプナイは最後の密書で、あなたが見つかったことを知らせてくれました。おかげで今日まで生きる気力がわいたのです。それより話しておくれ。今までどんな暮らしをしてきたのです？」

このような状態の母に、これまで自分がどのようにして生きてきたかを語るのはそう簡単なことではなかった。だがその話を聞いて、今にも消えそうな母の命の灯火(ともしび)があらたに輝きはじめた。メンフィスの港からはじまってふたたび都にもどってくるまでの十八年間の体験を、トプラはかいつまんで話した。

涙があふれてトプラが話せなくなると、ギザはトプラを自分の方に引きよせて、抱きしめながら耳もとでささやいた。

「わたしの愛はイバー＝アイティの憎しみに負けませんでしたよ。王妃はわたしに勝ったと思っているかもしれません。しかし、トプラ、あなたという愛の結晶を破壊することはできませんでした。あなたはイスフェト王の子です。秘密をひとつ教えましょう。偉大なるバカト王国の世継ぎアーブワは、じつは王の子ではありません。本当の父親は近衛連隊総司令官ヴァリス将軍です」

そうした事情はすでにホプナイから聞いていた。だが自分が正統な世継ぎであると考えてみたことはなかった。トプラはびっくりして、青ざめたギザの顔を見た。

「このようなときになにをいうのです？　イスフェト王にはたくさんの王子がいるはずです。世継ぎになる気はありません」

ギザは首をふった。

「それがちがうのです。イバー＝アイティは、側室が王女しか生まないようにしっかり手を打ってきたのです。わたしは王の寵愛（ちょうあい）を受けていたので、〈英知の間〉に隠れ、王妃のたくらみから逃れることができたのです。そうしてファラオの第一子たるあなたを産みました。王妃の子はファラオの子ではありません」

「しかし側室の子には王位継承権はないのでしょう」

「これまでにも側室の子が王位を継承したことはあります」

「でもファラオの称号なんてどうでもいいです」

ギザはふたたび首をふった。いったん目を閉じると、力をふりしぼっていった。

「トプラ、わたしにとっても、あなたが幸せになることが一番の望みです。しかしタンヒル号でののんびりした暮らしは、王たるものにふさわしくありません。いかなる者でも、人のために生きてこそ本当の人生なのです。漁師は人の空腹を満たすために魚をとるではありませんか。国を治める者は、民が公平で幸福で平和な暮らしができるよう心がけるべきなのです。しかしイスフェト王やそれ以前の為政者たちはみな、そういうことをまったく気にかけず、かって気ままに人々を翻弄し、筆舌につくしがたい苦しみと戦を世にもたらしたのです」

国王を断罪する言葉を口にしてから、ギザは、長い牢獄生活のありさまを話した。はじめのうちは、寵愛する側室に王妃がどんな仕打ちをしているか耳にすれば、イスフェト王が助けてくれるものと思っていた。しかし、ホプナイの最初の密書がとどいたとき、その幻想はもろくもくずれさった。王は、イバー＝アイティがすることをすべて黙認していたのだ。それがギザには、なによりも耐えがたいことだった。王妃が退屈しのぎにすることが、ギザには残酷な拷問となった。ときには王が心づくしのものを贈ってくれた。机、スツール、本。だがすこしでも希望を抱くと、王妃はその希望をすかさず打ちくだくような仕打ちをした。監房に押しこめられていても、友や崇拝者はいた。彼らのおかげで心のなぐさめは得られたし、さまざまな秘密も耳に入った。しかし彼らも、ギザを自由の身にすることまではできなかった。生きる気力をなくしはしなかったが、いためつけられた体はもう限界に達してしまった。

話の途中でギザは何度も大きく息をついた。ヴィーラは、ギザの額に浮かぶ冷や汗をぬぐい、体が楽な姿勢になるようにしたり、水をふくませたりした。トプラは再三休むようにといったが、ギザはいうことをきかなかった。死期が近いことを知っていたのだ。

「天をも恐れぬひどい仕打ちだ！」

母の話を聞きおえたトプラはいきり立った。

「王妃は母君を裁きの場に出すこともなく、ここで人知れず朽ちはてるにまかせたのです」

ヴィーラがいった。

ギザはもう一度、最後の力をふりしぼって唇を動かした。トプラは、ギザの言葉を聞きとるために、耳を口もとにもっていった。

「トプラ、あなたに祝福を！　勇気をもつのです。あなたが生まれたとき、わたしたちを包み、敵をはね返したあの光。あなたは選ばれし者なのです。あなたの力を善きことのために使いなさい。そして成すべきことをするのです。イバー＝アイティの手はわたしの血で染まっています。いつか罪をつぐなわせる日が来るでしょう。しかし……王妃がいくら卑劣に見えても、本当に危険なのはイスフェト王です。自ら世界の王と名のるあの方を甘く見てはいけません。しかし……復讐を考えてはなりません。王に奪われるわたしの命などたいしたことではないのです。戦うのです、バカト王国のために。いえ、もしかしたら全人類の運命がかかっているかもしれません。王の権力欲は……際限がないのです。わかっていますよ……あなたが見たという夢。お告げ所の巫女が語った言葉。あなたの父親は、あなたが産声をあげた〈英知の間〉に自由に入れる立場にあります。もしかしたら太古の秘密を解き明かしているかもしれません。気をつけるのです、トプラ。しかし父親と王妃の子の好きにさせてはなりません。そうなれば、あなたたちは……終わりです」

ギザの頭ががくりと横に傾いた。

「母さん！」トプラはギザの顔を両手で包んで、二度、三度と口づけした。「母さん、死なないでください。ようやく会えたというのに……」

おどろいたことに、ギザはもう一度目をあけて、首をもたげた。だがその眼差しは、トプラのはるか向こうを見ていた。

「行きなさい、プタハ神のもとへ……ヘト・カー・プタハへ。神の杖をつかむのです……」

ギザの頭が枕に沈み、うつろな目は天井を見すえていた。ヴィーラの手が肩にのるのを、トプラは感じた。

「お母さまの苦しみは終わりました」ヴィーラがいった。

頭では母が死んだのだとわかっていたが、心は事実を受けとめられずにいた。イスフェト王とイバー＝アイティは、この数千年の時を刻む牢獄で母を死の間際まで苦しめた。トプラは怒りで体をふるわせながら、仰ぎ見て叫んだ。

「母さん！　お願いだ、死なないでくれ！　なんでぼくを残して逝ってしまうんだ。母さんが必要なんだ。母さん……」

あふれる涙に、言葉がつづかなかった。トプラはがっくりと頭をたれた。ヴィーラがやさしく背中をさすってくれているのも感じなければ、なぐさめの言葉も聞こえなかった。どれくらいたっただろう、ようやくヴィーラの言葉が意識にとどいた。

「ここへ来てもう一時間くらいになります。時間はどのくらいあたえられたのですか？」

涙でぬれそぼった顔をヴィーラに向けると、トプラはいった。

「なんですか？」

ヴィーラは天井からぶらさがっている監視カメラを指でさした。

「いわれた時間に出ていかないと、見つかってしまいます。看守は何時にもどってこいといいましたか？」

「十一時十五分です」

ヴィーラは腕時計を見た。

「もう時間ですよ。行かなければ。わたしにも経験がありますから、どんなにつらいかよくわかります。しかし、これ以上ぐずぐずしていたら、お母さまの最後の望みをかなえてさしあげることができなくなります」

「捕まえたければ、捕まえればいいんだ。ぼくは母さんのあとについて死者の館に行くよ」

「なにをおっしゃるのです！」ヴィーラがいった。「あきらめてはいけません。お母さまの思いを無にすることになりますよ」

ヴィーラの言葉がようやくトプラの心にとどいた。力なくうなずくと、トプラは天井を見つづけている母の目を閉じ、両手でもう一度顔を包んで、額にキスをした。そしてその耳もとでささやいた。

「母さん、あなたは、どこへ行こうとも、ぼくの胸の中にいます」

立ちあがったトプラはヴィーラの両手をにぎりしめた。

「母の世話をしてくれたこと、感謝します」

「当然のことをしたまでですよ。母君のことを愛していましたから。ご遺体のことは心配いりません。わたしが最後までお世話します。またお会いしましょう。そのとき、〈ナイルの華〉のことをもっといろいろお話ししてさしあげます」


約束の時間に遅れたトプラは、看守のホブヌートに怖い目でにらまれた。別れを告げると、ホブヌートの指示どおり遠まわりをして港にもどった。トプラは隠れ家にもどると、仲間に報告をした。ホプナイはギザの病状をじゅうぶん承知していたが、それでも亡くなったと聞いて激しいショックを受けた。こぶしをにぎりしめ、必死で涙をこらえるホプナイの姿に、その愛の大きさがあらためてわかった。トプラは、王と王妃への恨(うら)みつらみを吐きだし、復讐(ふくしゅう)を誓った。それ以上なにもいえないほど疲れていたが、しばらくすると話をつづけた。

「意味がわかりさえすれば」がたがたする木の椅子(いす)にすわり、額に手をあてながら、しきりに首をふった。

ホプナイは涙でうるんだ目を袖(そで)でこすった。

「なんのことです？」

「母が最後にいった言葉ですよ。もう正気じゃなかったかもしれない。死の神プタハのことを口にしたんです。まるで死の国についてこいといっているように聞こえた。どういうことだったんだろう？」

「正確にはなんとおっしゃったのですか？　思い出せますか？」

トプラは首をふった。いってもむだだと思ったのだ。

「妙な言い方だったんです。『行きなさい』っていわれた。それから、ひと呼吸おいて、『プタハ神のもとへ』って」

「それだけですか？」

「いいや、なにかの名前らしいんだけど、『ヘッタ・プタハ』とかなんとか」

「ヘト・カー・プタハではなかったですか？」

「そうだ。そういっていた。どういう意味なの？」

ホプナイは部屋の隅に置いていたずだ袋をごそごそさぐると、小さく折りたたんだ地図を一枚とりだし、テーブルにひろげた。

「この地図は王立観光局でいつでももらえるものです」

「〈万世の館(やかた)〉の地図じゃない」トプラはつぶやいた。

「ええ。絵入り地図とはいえ、町の本屋で買えるきれいな宮殿写真集のようにていねいには描かれていません。でも今はそこまで必要ないでしょう。ここです」ホプナイは庭園の中央にある黄色くぬられた建物を指さした。「これがヘト・カー・プタハという神殿です。古代バカト語で、『プタハ神の生命力(カー)の館(やかた)』という意味です。中央の宮殿からは五百メートルしか離れていません。母君はこの神殿に入れとおっしゃったのだと思います。あるいは……」

「あるいは？」

「ほかにもなにかおっしゃっていませんでしたか？」

「神の杖(つえ)をつかめといっていたけど」

ホプナイはこぶしでもう一方の手のひらをたたいた。

「それです！　よく聞いてください、トプラさま。神殿のことを話す直前、イスフェト王のことを話題にしてらっしゃいませんでしたか？」

「なんでわかったの？　たしかに、王は〈英知の間〉の太古の秘密を解き明かしているかもしれないといっていた。父親と王妃の子の好きにさせてはいけないとも」

「これではっきりしましたね」

「ホプナイ」トプラは口ごもりながらいった。「ぼくにはぜんぜんわからないんだけど。どうやったら母の復讐(ふくしゅう)ができるだろう」

「復讐はよくありません。復讐にかられると冷静な判断ができなくなります。しかし王に正義の鉄槌(てっつい)を下すのなら、お伴します。プタハは、メンフィスの死の神ソカルと結びつけられて闇(やみ)

の一面をもつまでは、天地創造の神だったのです。思いついたことを口にすると、それが誕生したといいます。ものごとの表面ばかり気にしていると、大事なことを見誤るものなのです」

「わかったよ、ホプナイ。でも、早く教えてくれないか……」

「わかりました。全体を理解してもらうには、ときとして前置きが必要なのです。でも、結論をいいましょう。ギザさまはイスフェト王の居室に通じる隠し通路をご存じだったと思われます。じっさい、ギザさまはイバー＝アイティ妃にずっと嫉妬（しっと）されていましたからね」

「だけど、母は王の寵愛（ちょうあい）を受けて、側室の宮殿に住んでいたわけだろう」

ホプナイがそのとおりだというようにうなずいた。

「あなたに教えられるまでもありません。わたしは母上の護衛でしたから。しかし、ご存じないようですね。宮廷ではすべてのことが記録されるのです。〈お館さま〉の書記官は、王をとりまく女性たちのことも記録しているといわれています。真偽のほどはわかりませんが。ともかくイスフェト王は母君をこよなく愛し、母君も王を愛しておられました。ですから、書記官の目を盗んで母君が直接訪れることができるよう、王が隠し通路を教えたのだと思われます。考えてもみてください、トプラさま。母君は王と王子に用心して、『行きなさい』とおっしゃられた。どういう意味だと思いますか？」

「ふたりをしめ殺せというのかな？」トプラは自分の気持ちをそのまま口にした。

「そのようなことはお忘れください。王と王子になにかしかけるなら、周到な準備が必要です。

さもないと、ただの自殺行為です。王の宮殿に堂々と歩いていって、王と王子を殺すことなどできるわけがありません。それに、あなたにそのような冷血なことができるとも思えません し」

「たしかに冷血漢じゃない。でもぼくの血は怒りで煮えたぎっている。両親を見つけだしたいとずっと願ってきた。それなのに母を抱きしめたのは永遠に別れる時だった。イバー＝アイティがどんなに残酷な仕打ちをしたか母は教えてくれた。しかも、ぼくの父である王はそれを黙認した。ふたりが心底憎いんだ、ホプナイ。だけど残酷なイバー＝アイティよりも父王の方がはるかに憎い。息子として愛すべき相手のはずなのに。イスフェト王は死に値する奴（やつ）だ！」

　トプラはテーブルから地図を払いおとし、部屋を飛びだした。われを忘れ、なにひとつ冷静に考えられなかった。「お館（やかた）さま」に対する謀反（むほん）をくわだてるならくわだてればいい。だが自分は母をゆっくりと苦しめ、死に至らしめた張本人に面と向かい、そして……いや、なにをしたいのか、トプラは自分でもわからなかった。

〈万世の館〉に夜の帳（とばり）がおりてすでに三時間以上になる。だが城壁や庁舎や軍事施設からなる王宮の外壁のまわりには、身をひそめられる暗がりなどなかった。それでもトプラは外壁のそばまでやってきた。最初に忍びこもうと思った場所からさらに八百歩ほど北に行った地点だ。

そのあたりの外壁はかなり古い時代のものだ。横の路地から、壁のようすをうかがった。大きな砂岩を積んで築かれている。そのまえの通りにはサーチライトが当てられている。陽動作戦をとるにはちょうどいい場所だ。

　トプラは目を閉じた。いまだに気持ちが落ち着かず、なかなか集中できない。数カ月前の体験が脳裏に浮かんだ。砂丘の斜面、砂と岩、おびえた幼い少女、雌のライオン……砂と石を動かして、ライオンを追いはらった。あのとき、足もとの地面が傾いて、なにもかもがすべりだしたのだ。目は閉じたままだったのに、まぶたの向こうに〈万世の館〉の石造りの外壁が見える。トプラは外壁の下の地面を傾けた。地中から巨大な怪物があらわれたみたいに、地面がもちあがった。すべてが脳裏に鮮明に映しだされた。

　突然、ズズンと轟音（ごうおん）がとどろいた。トプラは目をあけた。ものすごい土煙が自分の方に向かってくる。手前の通りはなにひとつ変化していないのに、外壁はみずからの重さに耐えきれず自壊した。ファティマのいうとおりだ。〈二つ子の宇宙〉の力を操ることができたのだ。トプラはくるりときびすを返すと、路地から姿を消した。

　警報が鳴りひびいた。近衛兵が走ってきた。近衛連隊総司令官のヴァリス将軍も駆けつけた。近衛兵たちはくずれた外壁の警備についた。だが監視カメラに怪しい人影は映っていなかったし、爆発音も聞こえなかった。どうして外壁がくずれたのか、だれにもわからなかった。

　築数千年の古い外壁は以前から倒壊の危険があるといわれていたが、そのとおりだったなと近衛兵たちが考えているころ、そこから五百メートルほど南の外壁に二つめの穴があいた。礎石がふたつ、外壁から抜けたのだ。石はまるで斜面をすべり落ちるように通りを横切り、向かいの倉庫の壁をぶちぬいて止まった。その直前に、外壁の上にすえつけられていた監視カメラが斜め上に首をふり、映すべき対象をとらえそこなっていた。

トプラは監視カメラの死角をついて、外壁の暗がりから王宮にもぐりこんだ。王宮の電動式の見張りには弱点があった。光ダイオードが闇(やみ)の中でうっすらと光っていたので、設置場所がたやすく突きとめられることだ。トプラはふたつ目の監視カメラが壁の下の道を見張っているのに気づいた。とたんにカメラはくるりと横を向き、壁の単調な岩肌を映しだした。

トプラは近くの木の陰に走りこんだ。さっき隠れ家で見た〈万世の館(やかた)〉の地図を頭に思いえがき、ヘト・カー・プタハ神殿を目指した。生命力(カー)とプタハ神にささげた神殿まではおよそ千歩くらいの距離がある。途中、芝生や道を何度も横切らなければならない。監視カメラをすべて発見し、監視センターに気づかれないようこっそり向きを変えるのはまずむりだ。だがそんなことはどうでもよかった。母が死んだことへの怒りにひたすら突きうごかされていた。イスフェト王に仕返しをしないではいられない。王が愛したという〈ナイルの華〉であり、王の最初の男子を産んだ母であるギザをどうして見捨てたのか、そのことをトプラは問いただしたかった。ベルトにさした短剣に手をやりながらつぶやいた。

「この短剣をおまえの首にあてて、死の恐怖を味わわせてやるぞ」

だが、それからどうする？

「出たとこ勝負だ」そういって、トプラはまた別の監視カメラの向きを変えた。

トプラは〈万世の館〉の中心にまっすぐ向かおうとしたが、途中で考えを変えた。外壁の崩壊で警備が混乱するのはごくわずかな時間だけで、すぐに警備体制が整えられるはずだ。おそらくイスフェト王の居室の警備も増強される。王の寝室にもぐりこむには神殿を探すしかない。

ヨバクス船長から地図の読み方を手ほどきされていたおかげで、トプラは迷わず庭園を進むことができた。その夜は満月のうえ、庭園の道や建物には外灯がついていたので、ほとんど暗がりがなかった。木立をまわりこむと、ヘト・カー・プタハ神殿があらわれた。壁といわず柱といわず、極彩色のタイルで飾られた絢爛豪華な神殿だった。色あざやかな釉薬がぬられたタイルがライトの光を受けて輝いていた。トプラは神殿に圧倒され、同時に光りかがやく罠に落ちるような感覚を覚えた。監視カメラや赤外線探知機を注意深く探したが、その神殿にはなにひとつついていなかった。

「なんてまぬけなんだ。監視装置はないに決まっているじゃないか！」トプラはそのことに気づいて苦笑した。独裁者というのは生来、猜疑心のかたまりだ。イスフェト王も例外ではないはずだ。王に会うためここを密かに訪れる者が監視カメラのモニターに映ったら、書記官に訪問を記録されてしまう。映らなければ記録もされずにすむということだ。トプラは足音を忍ばせながら、神殿の入口に近づいた。見上げんばかりの列柱は無数の神聖文字で飾られていた。

柱頭はすっと優雅にのびた葦（あし）の葉をかたどっている。列柱をくぐると、そこは祭壇の間に通じる前庭だった。プタハ神の生命力（カー）にささげられた祭壇の間は天井が床よりすぼまっていた。そこに入るには、気後れしそうなくらい威厳に満ちた通路を抜けなければならない。左右にオベリスクが立ち、そのあと二対の巨大なファラオ像があり、怪しげな笑みをたたえるスフィンクス像が向かいあわせに鎮座している。その眼差（まなざ）しを受けても平気でいられるのは、神殿に入るのにふさわしい者だけなのだろう。あるいは隠し通路を知る者だけか。

祭壇の間の入口の上に、縦に重なるようにいくつかすきまがあるが、位置が高すぎて内部のようすをうかがい知ることはできなかった。黒ぬりの観音扉は小さな子どもならすべりこめそうなくらいのすきまがあいていた。扉に建立者の碑文が彫られていたが、真夜中の侵入者は目もくれなかった。右の扉を内側に押して中にすべりこんだ。

目のまえにあらわれたのは正方形の広間だった。左右の壁に十二個の大きな灯明台が立っている。常夜灯だ。炎がゆらゆら揺らめき、広間にうっすらと光を投げかけている。内部もまた外観にひけをとらないくらい華やかだった。色あざやかな壁画や文字をあしらった長い帯装飾が壁面を飾っている。そしていちばん奥の祭壇に、職人の守り神にして世界の創造神であり、黄泉（よみ）の国の支配者でもある神がいた。人々はプタハ神にかくも多くの称号をあたえていた。

トプラは小走りに広間を突っきり、黒い御影石（みかげいし）の祭壇にのぼって、神像の前に立った。ふつうの大人の身長よりもすこし小さい。そしてバカト王国の大人のように黒いひげを編んでいる。

台座は小さな玄武岩で、どうやら黄金像のようだ。彩色はほとんどされず、ミイラのような姿で直立している。その体を包む包帯など細部にいたるまでじつに精巧に作られている。両腕は包帯から出し、頭に青いかぶり物をのせ、両手で三本の杖をつかんでいた。

「神の杖をつかむのです」トプラはすぐに母の言葉を思い出した。たしかに王笏を三本まとめてつかんでいる。人の手になるものだと思えば、神像はすこしも恐ろしくなかった。トプラは杖の束をつかんで引っぱった。

見えないものを見つけだす力のおかげか、あるいは幸運に恵まれたのか、トプラは隠し扉のメカニズムを見抜いていたのだ。すぐに石のこすれる音がして、プタハ神が横に動いた。台座に正方形の穴があらわれた。階段が見える。胃が引きつったようになったが、おりていくことにした。

階段はそれほど長くなかった。おりたところに「光」と「プタハ」と書かれたふたつのスイッチがあった。神殿の地下通路は作られて数千年の歳月がたつようだが、その間、なにかにつけて利用されてきたようだ。照明のスイッチを入れ、プタハ神を元にもどした。母は何度この隠し通路を使ったのだろう、とトプラは考えた。

いきなり過去の光景があらわれた。ギザの姿がはっきりと見える。目のまえの通路を歩いていく。顔に柔らかいヴェールをつけ、きゃしゃな体に薄い布をまとっている。優雅な身のこなしだが、まわりの影におびえる臆病な動物を思わせる。

「母さん、待って！」そうつぶいて、トプラは母の幻影を追った。

地下通路はまっすぐ庭園の地下にのびていた。五百歩ほど進んだところで地下通路は終わり、のぼり階段になった。若い母の幻影を追いかけるようにして、その階段をのぼった。隠し通路は宮殿の地下か一階に通じていると思っていたが、たどりついたのは細長い部屋だった。

地下通路の出口のスイッチを押すと、小さな電球がいくつも灯った。そこがどこかすぐにわかった。塗装していないむき出しの壁に木製の小さな杭がいくつも突きでている。そのうちの一本を抜いて、中をのぞくと、玉座の間が見えた。他の杭を抜いてみると、華やかな謁見の間をのぞくことができた。これではっきりした。そこは二重の壁になっていて、盗み聞きや盗み見をするのに使われているのだ。

のぞき穴に気をとられているうちに、トプラは母の幻影を見失ってしまった。呼びもどそうとしたがだめだった。おそらく神経が高ぶっているせいだろう。小部屋の奥に階段を見つけた。トプラは上の階にあがった。そこにもたくさん杭がさしてあった。そして、レバーで開け閉めする古い作りの出口が四つ。

「世界の王の部屋に通じているのはどれだろう?」トプラはそうつぶやきながら短剣を抜いた。手がふるえている。レバーのひとつを下げてみた。扉の向こうは明かりの灯ったひろい通路だった。

「集中しろ！」自分にそういいきかせてきびすを返すと、右側のいちばん奥の杭に手をかけた。

そしてニヤリとした。

　のぞき穴を見て、部屋を確かめた。勘ははずれていなかった。壁の向こうは寝室だ。バルコニーのドアがあけはなってある。月明かりに浮かんだカーテンがふくらんで見える。すずしい夜風がおさまると、カーテンの動きがしずまり、大きな天蓋(てんがい)つきのベッドが見えた。だれかが横たわっている。トプラの心臓が高鳴った。一瞬、色白の腕があがって、またおりるのが見えた。小さなため息も聞こえた。

「良心がいたんで、眠れないんだな」トプラはつぶやいた。のぞき穴から離れると、二歩ほど行ったところにある隠し扉のメカニズムを調べた。開閉レバーは壁にあけた木製のくぼみについていた。レバーは上を向いている。隠し扉をあけるには下げなければならないようだ。

（どうしよう）

　人の家に押し入ったことのないトプラはちゅうちょした。隠し扉が音をたてれば気づかれてしまうし、ゆっくりあけていたりしたら、衛兵が駆けつけてくるかもしれない。もっともファラオの寝室に入る許可を得ていればの話だが。

　いろいろ考えておかなければならないことはあったが、トプラはすべてわきに押しやった。怒りが、冷静な判断を忘れさせたのだ。若者特有の無鉄砲さも手伝って、迅速(じんそく)に動けば不意打ちは可能だと思いこんでいた。扉のあく音は覚悟し、右手に短剣をにぎりしめレバーを下げた。

　隠し扉は思ったよりもスムーズに、ほとんど音もなく内側にひらいた。目のまえにタペストリーの裏側があらわれたので、一瞬ドキッとしたがさっと横にすりぬけると、のぞき穴のある方ににじり寄った。天蓋つきのベッドをうかがうと、なんという幸運だろう、横になった人影は寝苦しそうにしているが、目覚めてはいないようだ。「復讐を考えてはなりません」というギザの言葉が、毒された心の沼から浮きあがる気泡のように脳裏をかすめた。数歩の間合いを一気に駆けると、ベッドに飛びのり、目指す相手を羽交いじめにした。助けを求めようとする口もとを左の手のひらでふさぎ、のどもとに短剣をあてると、相手の耳もとでささやいた。

「騒いだら、殺すぞ」

トプラは、組みしいた相手の体から力が抜けるのを感じた。イスフェト王にしては妙に甘い香りがする。トプラはすこしとまどった。それに、世界で最も力をもつ恐ろしい支配者だというのに、おびえた子犬のようにすすり泣いている。バカト王国の上層部には腑抜けや腰抜けが多いというが、いくらなんでも弱々しすぎる。トプラは怒りを込めて、耳もとでささやいた。

「〈ナイルの華〉の話をあなたとしたくて来たんですよ。あなたはまだ知らないかもしれないが、〈ナイルの華〉は今日の午前中、亡くなった。あなたの冷酷な仕打ちにあってね！」

ふたたび、子犬の泣くような声がした。口がふさがれているので、まともに言葉を発することができないのだ。トプラはそっと体を起こしていった。

「大声を出してみろ。プタハ神のいる黄泉の国に送ってやるからな。わかったか、国王陛下？」

「あなたは、相手をまちがえています」

トプラは石のように体をこわばらせた。イスフェト王の声ならラジオやテレビでよく耳にしている。今聞いた女のような声ではない。相手の顔にかぶさっている髪を払った。絹のような黒髪で、とても長い。テレビで見た王の髪はこんなに豊かではなかった。

「だれだ?」トプラはたずねた。

しわがれた弱々しい声がした。

「わたしはイヌキスといいます。あなたのお名前をきくのはぶしつけでしょうか?」

ぼうぜんとしたトプラは思わず答えた。

「トプラだ」

「ひょっとしてギザさまのご子息?」

トプラは短剣をもつ手を力なくおろした。なにがなんだかわからなくなっていた。

「ぼくを知っているの? ファラオが話していたわけ? ということは、きみ、側室のひとり? ここはファラオのベッドじゃないの?」

「最近まではイスフェト王の寝室でした。でも、暗殺者が忍びこむ恐れがあるということで、部屋を変えたんです」

「なるほどね。それで、ファラオはときどきここに通ってくるというわけか」トプラは、イヌキスの髪の香りにうっとりした。女性がこんなにいい香りがするとは、今まで思ってもみなかった。イヌキスの声はしっかりしていたが、どこか憂いを含んでいることに気づいた。

「あなたの質問に喜んでお答えしますけど、そのまえにわたしの上からおりてくださらない？」

「あっ、ごめん」トプラはどぎまぎした。あわてておりようとして、右足を掛布に引っかけ、ドサリと床に落ちてしまった。

「あなたって、不器用なのね」

イヌキスがクスクス笑った。

「女性にはなれていないもんでね」

「しっ！　衛兵に音を聞きつけられたわ。早く、ベッドの下に隠れて」

トプラは迷った。イヌキスののどに短剣を押しあてて、人質にした方がいいんじゃないだろうか？

「急いで。見つかってしまうわ！」イヌキスがささやいた。

トプラは急いでベッドの下にもぐりこんだ。

ドアの向こうからくぐもった声が聞こえた。

「姫さま、なにか物音がしましたが、いかがなさいましたか？」

「ベッドから落ちてしまったのです」

「念のため、お部屋を拝見できないでしょうか？」

イヌキスは迷った。

「部屋を見せて、出ていかせるんだ」トプラが小声でいった。

イヌキスはベッドわきのテーブルにのっているランプをつけ、ベッドからすべりおりると、掛布を床までたらし、それから安楽椅子にかけてあったガウンをはおった。

「待ってください。なにも身につけていないのです」

トプラはびっくりした。掛布が床までたれさがっているとはいえ、イヌキスの後ろ姿が肩まで見える。ということは、相手がすこしかがめばトプラが見えてしまうということだ。

イヌキスはガウンのひもを結んだ。長い髪が黒い滝のように背中にかかった。こんな女性をファラオとまちがえるなんて、よほどどうかしていたんだと、トプラは思った。

イヌキスがドアをほんのすこしひらいた。トプラはできるだけベッドの奥に身を寄せた。イヌキスの声はおどろくほどはきはきしていた。

「なにも心配ありませんよ、隊長殿」

「念のためにお部屋を拝見させてくださいませんか?」

イヌキスはすこしためらったが、ため息をついていった。

「どうしてもというのであれば、しかたないでしょう。そういえば、先ほど警報が聞こえましたが、なにかあったのですか?」

ベッドの脚のそばに素足が見えた。それからゆっくり歩いてくる重たい軍靴の音。

「ついさっき外壁が二カ所崩壊したのです。まさかとは思いますが、何者かが〈万世の館〉に忍びこんでいたらいけませんので。なにか怪しいことはありませんでしたか？」

「王室の宝をねらう泥棒とか、わたしののどをかき切ろうとする暗殺者？」

「まあ、そのようなものです」

「だいじょうぶです」

「それはそうですな。くせ者がここに侵入しようとすれば、われわれが気づかないはずがありませんから」

「ヴァリス将軍配下の近衛兵がうわさどおりの方々なら、わたしもそう思いますよ。ベッドに入ってもよろしいかしら、隊長殿？」

「もちろんです。おじゃまをして申しわけありませんでした。ゆっくりおやすみください」

「おやすみなさい、隊長殿」

トプラは近衛兵の足音に耳をすまし、ドアがしまると、汗にぬれた額を床につけ、ほっとして息を吐いた。

「あぶなかった」

「あなた、ベッドの下で寝てしまったの？」

トプラは仰向けになって、ベッドから上半身を出すと、あぶないところを救ってくれたイヌキスを見上げた。その瞬間、体に電気が走った。思ったよりも若い。十六、七歳だろう。

トプラははっとわれに返った。急いで体を起こし、「うまくうそをついてくれてありがとう」といった。

「あら、うそはついていないわ」

「だけど、さっき……」

「宝石泥棒や暗殺者は見なかったわ。ちがうかしら？」

「だけど、ぼくは……」

「イスフェト王を殺そうとしたんでしょう？　わたしを見て。ファラオに見える？」イヌキスは腕をひろげ、くるりと体をまわした。

トプラはあっけにとられたが、内心うれしかった。それにしてもなぜどぎまぎしてしまうのだろう。まえにどこかで会ったような気がするせいかもしれないし、その美しさのせいかもしれない。

「い、いや、ファラオじゃない」口ごもりながら、トプラはうつむいた。「ファラオが……そんなにきれいな足をしているわけがないもの」

「あなたって、わたしが知っている若者たちとずいぶんちがうのね」楽しそうな声だったが、そこにもすこし憂いのこもったひびきがまじっている。トプラの返事は嫉妬深い恋人のようだった。

「若者とつきあいが多いってこと？　偉大なファラオがよく許してくれたもんだね」

イヌキスはいきなり背を向けた。

「なにも知らないくせに！」

イヌキスは泣いていた。

トプラはそばに寄って、一瞬イヌキスの髪をなでようとしたが、思いとどまった。

「どうして泣くの？」トプラは小さな声でたずねた。

イヌキスがふり向いて、涙にぬれた瞳でトプラを見つめた。

「わたしはファラオの側室ではないわ。王子の花嫁なの！」

「アーブワがきみの……？」トプラは最後までいえなかった。

「わたしは王子と結婚する約束をさせられたの。だけど、わたしは彼と彼の父親を憎んでいるわ。アーブワはたくさんの人を殺し、傷つけてきた。パマイのこともよ」

「パマイ？」

「わたしの許嫁だった人よ。彼が好きだったわ。五つ年上で、高官の息子だったの。パマイは、わたしがまだ子どもだったとき、プロポーズしてくれたの。なのに……」イヌキスはガウンの袖をかんで、すすり泣いた。

「それじゃ、きみも宮廷の人なの？」トプラはイヌキスの気をそらそうとした。

イヌキスは急に泣きやんで、びっくりしたような表情をした。だがすぐになにを思ったか、友だちを相手にするような調子で話しはじめた。

「わたしは黄金の鳥籠（とりかご）に閉じこめられた小鳥よ。宮廷でわたしのことをだれかにきいてごらんなさい。イヌキスはファラオの宰相アポフィス大公を後ろ盾にしたみなしごだと陰口をたたくでしょうね。でもそれは真実の半分でしかないわ。たしかに孤児として〈万世の館（やかた）〉で育ったけど、わたしの世話係は本当の母だったの。でも、母はそのことを口にしなかったわ。さもないと、わたしの命があぶなくなるから」

「どういうこと？」

「連帯責任よ。秘密警察（アムジブ）がよくやる手でしょ。わたしの両親は亡命先で結婚したのよ。ふたりとも、秘密警察に追われているの」

「それじゃ、どうしてきみときみのお母さんは宮廷にいるんだい？」

「あなたが今晩この部屋に忍びこんだのとおなじ理由よ」

「まさか、きみ、ファラオを……」トプラはおどろきのあまり声が大きくなった。イヌキスがすぐに口をふさいだ。

「声をたてないで」

イヌキスの甘い息に、トプラはくらっとした。

イヌキスはトプラの口から手を放すと心配してきいた。

「だいじょうぶ？　すぐに息が切れるのね」

「だ、だいじょうぶだよ。いざとなれば、魚といっしょに泳ぐことだってできるさ」

「おかしな人ね」

「おかしくなんかないさ。ひとつだけききたいんだけど、きみの母さんはなんでアーブワとの結婚に反対しなかったの？　まさか謀反のためじゃないよね？　結婚した夜にアーブワの胸にナイフを突きたてるとか」

イヌキスの美しい顔が曇った。

「そんなことしないわ」

「だけど……」

「わたしの話を聞いていなかったの？　わたしの後見人アポフィス大公はバカト王国の高官なのよ。大公は国王にこの結婚話をもちかけられたとき、国王の足にキスをしてありがたがったわ。わたしたちが結婚すれば大公は得をするもの。わたしは婚約者のパマイのあとを追おうと思ったけど、結局、死にきれなかったの。でもいざとなったら……」

「死ぬなんて、だめだよ！」思わずまた大きな声が出て、トプラはびっくりした。「そんなことを考えちゃだめだ。なにか方法があるはずだ。ぼくらで、見つけだそう」

イヌキスがトプラを見つめた。

「わたしたちで？」

トプラは今置かれている状況をあわてて考えた。ファラオを暗殺する気は、イヌキスと出会ったことでなくなっていたが、復讐はしたい。

「だって、立場は似たようなものじゃない。直接の相手はちがうかもしれないけど、ファラオ一族を憎んでいるということではおなじだろう。イスフェト王とその一族は人を苦しめ、殺してきた。いつまでも思いどおりにさせてちゃいけない」

「でも、それなら、ファラオの寝室に忍びこんで、のどをかき切るだけではだめよ。悪の芽はたしかにファラオだけど、その根は深いわ」

イヌキスのいわんとすることは、〈砂漠のお告げ所〉のファティマの話とおなじではないかと、トプラは思った。だが、神経が高ぶってそう錯覚しただけかもしれない。がっくり肩を落とすと、トプラはいった。

「友の忠告を聞けばよかった。冷酷な暗殺なんてぼくにはできない、愚かなまねはするなっていわれたんだ」

「そういうことをいってくれる友だちがいるなんて、あなたは幸運な人ね。うらやましいわ」

トプラは顔をあげて、小さな声でたずねた。

「ぼくら、友だちになれるかもしれないね」

ふたりの目が合うと、トプラはまた顔を赤らめた。

イヌキスはほほえんだ。

「友だちになれたらうれしいわ。ギザさまのご子息と知り合いになれるなんて。しかもご子息から、そんなふうにいわれるとはね」

「だけど、どうしてギザがぼくの母だって知っていたの？」

「そのことはあまり話したくないわ」

「一年くらいまえ、ぼくはファラオの追っ手に捕まりそうになった。ファラオかアーブワがぼくのことでなにかいっていたの？」

「いいえ。聞いていないわ。ギザさまと〈英知の間〉で生まれた不思議な王子の話は、ずいぶんまえから子守歌にもなっているのよ。それが答えだと思って」

イヌキスは秘密を隠して生きぬいてきたのだ。トプラにも、そのことがわかった。根掘り葉掘りたずねて、せっかく実を結びかけた友情を台無しにしたくないと思った。

「さあ、そろそろここから姿を消さなくちゃ」

すると、イヌキスがいきなりトプラの腕をつかんだ。

「ねえ、あなたが目的を果たす手伝いをしてあげられるかもしれないわ」

トプラはドキリとした。

「ぼくらの目的ってこと？」

「そうよ」

「どうやって？」

「まずは今晩を生きのびないと。何日間かは王宮の警備は厳重になるはずよ。ここに泊まるしかないわね」

「ここ？　きみの寝室に？」

「そうじゃないわ。隠し扉の奥の壁のあいだで寝るのよ。午前中、ファラオに謁見できるようにとりはからってあげるわ。近衛兵に志願するのよ。ファラオは、有能な家来を登用するために一週間に二度、二時間ずつじきじきに面接をしているの。明日がその日。ファラオのそば近くに行けるかもしれないわ」


日が昇るまえに、トプラはファラオの謁見にふさわしい格好をし、イヌキスの世話係に連れられて、謁見を待つ人々にまぎれこんだ。イスフェト王は決まった日の朝八時、謁見をおこなう。臣民を気にかけているというのはただのポーズで、じっさいには頭が切れさえすれば、王宮でのしあがれるという神話を生みだすためのものだった。

しばらく待ってトプラの番になり、広大な玉座の間に通された。パピルス模様の黄金の円柱、豪華な壁画、完璧な立像、注意を怠らない近衛兵たち。威圧感に満ちた部屋だ。トプラはそこを歩いて進まなければならなかった。どんな役どころか知らないが、官吏たちもおおぜいたむろしている。玉座のまえにひとりの官吏が立っている。頭髪をそった上半身裸の初老の男だ。腰布を巻き、デジタル音声記録装置とメモ帳を手にしている。お館さまの書記官ネフェルマートだった。ネフェルマートは床に引かれた赤い線まで来るよう、手で合図した。

イスフェト王は数段高い壇上の黄金と象牙でできた豪華な玉座にすわっていた。その横に、そこまで豪華ではない椅子がある。すわっているのは王子アーブワにちがいない。父と子はバカト海軍のそろいの白い軍服を着ているが、父親の方がはるかにたくさんの徽章を胸につけている。世界一の権力者は、目のまえに立った若者を興味津々の目で見つめた。若者は背筋をのばし、王宮で立身出世を夢見る軽薄な若者たちとはちがう目つきをしていた。

「名を申せ」イスフェト王が直接声をかけた。

書記官がおどろいて目をあげた。ふだんは王の付き人が声をかけることになっていて、この日は王子がその役を仰せつかっていたのだ。

「タクバと申します」トプラはテグアル語のなまりを入れていった。

「そなた、辺境の者か？」

「わが部族は、何世代にもわたって御国と同盟を結んでまいりました。テグアル族の奴隷は王宮でも評判が高いはずです」

「なるほど、そなた、砂漠の民だというのだな。ターバンはどうしたのだ、タクバとやら」

「ターバンをつけての仕官はむずかしいと聞きましたもので」

イスフェト王は笑った。

「なかなか機転が利くな。気に入ったぞ。テグアル族の者は勇敢で誇り高いと聞いておる。わが近衛兵の中にもそなたと同族の者がおる。タケロート！」王は右手をのばして、ひだのついたスカートをはいた上半身裸の衛兵を呼んだ。筋骨隆々とした衛兵が玉座のまえに来ると、トプラは男が手にした大きな槍を見た。形こそ槍だが、投げたり突いたりするための昔ながらの槍ではなく、じっさいにはレーザー銃だ。

「その者と話をしてみろ」王はその衛兵をさしていった。

トプラは心臓が止まるかと思ったが、なにくわぬ顔をして衛兵に声をかけた。

「ジャマール、タケロート、アン・アフヴェン・トゥ・インム・アル・ジェフェル・ポポト・ネ・サム・アラハイ?」

「どうだ?」王がせっかちにたずねた。

タケロートと呼ばれた衛兵はすこし困惑ぎみにイスフェト王に顔を向けた。

「剣という意味の名をもつこの若者は、南のテグアル方言を話しています。しかしいっていることはよくわかりました。『こんにちは、タケロート、こんな寒い日にそんな制服でよく凍え死なないものですね』といいました」

イスフェト王はゲラゲラ笑いだした。

「なかなか面白い奴だ。持ち場にもどってよいぞ、タケロート」そういうと、すぐにまじめな顔にもどってトプラに声をかけた。「この宮廷では古い伝統が重んじられるのだ、タクバよ。過去を思いおこせる者だけが、未来を制することができる。ではきくが、そなたのような頭の切れる者を手放した愚か者の名はなんと申す?」

「わたしは族長アスファハンの部族のものです。しかし族長の意志にそむいてメンフィスにまいったわけではありません」

イスフェト王はうなずいた。

「アスファハンの名は耳にしたことがある。優秀な奴隷を供給してくれていると聞く。ところで、ヴァリス将軍がわが近衛兵の増員を求めている。そなた、馬を駆り、弓を引き、剣をふるう以外に特技はないか？」

待ちに待った質問だ。どう答えたらいいか夜どおし考えていた。

「陛下、わたしは爆弾を見つけだすことができます」

イスフェト王は身を乗りだした。

「なんと申した？」

「テグアル族の中には、水を見つけることが得意な者がおります。砂漠ではその能力が部族の生存に欠かせないため、聖人として尊敬されます。しかしわたしは水を見つけることができないため、だれからも評価されませんでした。わたしにできることといえば、なくした耳飾りや迷子の子どもなどを見つけだすことだけなのです」

「そして爆弾も見いだせるというのか？」

トプラは肩をすくめた。

「この能力は砂漠よりも宮廷でこそ役立てられると考えたのです」

イスフェト王は玉座にすわったまま、背筋をのばした。

「わが臣民は余を愛しておる」

「それは存じあげております、陛下。しかし外国のスパイには、陛下のご威光を軽んじ、世界に平和をもたらそうとする陛下の御心にしたがわない者もいるのではないでしょうか？」

「たしかにそういうけしからん輩がいる」

「試してみてはいかがですか？」アーブワが口をはさんだ。広間にいる人々が凍りついた。ファラオの話に口をはさむのはけっして許されることではないのだ。しかし王子は許されるタイミングを知っているようだ。左にすわるイスフェト王の方に顔を寄せると、やはり顔を寄せてきたイスフェト王の耳もとでなにかささやいた。

トプラはふたりのやりとりを見守った。アーブワは目鼻立ちがはっきりしていて、じっさいよりも年齢が上に見えた。白い軍服姿はなかなか凛々しい。うわさでは運動神経にすぐれ、バカト相撲では向かうところ敵なしだという。黒髪を短く刈り、あごが丸い。けんかっ早そうだ。外見はイスフェト王とはずいぶんちがう。王は背が高く、やせていて、髪は黒々している。五十代半ばなのに若々しい。気品ある細面の顔はトプラにそっくりだ。だがそのことに気づいたのは、ファラオの愛されざる息子だけだった。

姿勢をもどすと、王はあらためてうなずいた。

「王子よ、そなたのいうとおりにしよう」それから、トプラに顔を向けた。「そなたどのくらい自信があるのだ？　試験を受けてみるか？」

「はい」トプラは即座に答えた。

「よかろう。しばしこの場から出ておれ。そのあいだに爆弾を隠す。見つけられれば、ヴァリス将軍の近衛連隊に配属し、余の身辺警護を命ずる。だが見つけられなければ……」イスフェト王はそこでニヤリとした。

トプラは外に出され、昨晩、隠し廊下の穴からのぞいたとなりの控え室で、三十分ほど待たされた。気のせいかイヌキスがそこからのぞいているような気がした。ふたたび玉座の間に通されたとき、トプラは背筋が凍る思いがした。

衛兵がガスマスクをつけていたのだ。

ほとんどの官吏は退出していたが、残っている者たちは全員ガスマスクをつけている。

「みな、変装がすんだぞ」トプラが玉座のまえまで来ると、イスフェト王が愉快そうにいった。黒いガスマスクの奥から聞こえる声は奇妙にかすれている。目をおおった大きな丸いガラスと鼻をおおうフィルターを見ると、まるで宇宙人のようだ。

「試験の説明をしよう」アーブワがいった。「この広間に毒ガスの入った爆弾がある。およそ五分で破裂し毒ガスが出る。みごと爆弾を見つければ、王宮に迎えいれよう。だがもし見つけられなければ、ペテン師ということになる。ファラオをだまそうとする者に命はない」

トプラはゴクリとつばを飲みこんだ。

「王子のいったこと、わかったな?」イスフェト王がたずねた。

「はい、陛下」

「では、なぜ探さぬ？」

イスフェト王は愉快そうだ。玉座にどっかとすわって、トプラがあわてふためくのを楽しもうというのだ。

トプラはゆうぜんとしていたが、すでに頭の中で爆弾探しをはじめていた。ガスマスクの奥で、イスフェト王はニヤついているようだ。王子の方は、じっとトプラを見つめている。同席した官吏たちがそわそわしだした。秘書官の手がふるえている。ガスマスクに気密性があるかどうか試すのは楽しいことではないようだ。トプラの頭の中で、母やイヌキスの言葉がこだました。トプラに力がわいてきた。イスフェト王がゆっくりといった。

「そろそろはじめるがよい」

その言葉を機に、トプラはくるりとふり返ると、頭がライオンの形をした御影石（みかげいし）の神像の方にまっすぐ歩いていった。ほっそりした彫像には腰布も彫られていた。台座の上で軽く右足をまえに出し、今にも歩きだそうとしている。頭には太陽を表す黄金の円盤をのせ、左手には生命の象徴である護符（アンク）、右手にはパピルスの束をもっている。ファラオを守るため敵と戦う女神セクメトにちがいない。爆弾の隠し場所にこの像を選ぶとはいくらお遊びにしても悪趣味だ。

トプラはセクメト像のまえで立ちどまった。罠（わな）にかけようというのだろうか。ぐずぐずしていたら命がない。身をかがめて女神の腰布の裏をさぐると、オレンジほどの大きさの爆弾が貼（は）

りつけてあった。トプラは、すぐ近くに立っていた衛兵のところへ行くと、ガスマスクをはずした。おどろいて目を見張った顔があらわれた。雷に打たれたみたいにぼうぜんと、トプラが目のまえにもっているガスマスクを見つめた。

「機械のことはまるでわからないんです。そこの爆弾の起爆装置を解除してください」トプラはいった。

玉座からゆっくりとした拍手がした。イスフェト王はトプラの能力に満足したようだ。

「テグアルの剣のいうとおりにするのだ」王は衛兵に命じた。衛兵はすぐに起爆装置のスイッチを切った。

「近う寄れ！」王はトプラを手招きした。

トプラが広間を歩きだすと、アーブワが王になにかささやいた。王は笑みを浮かべてうなずいた。秘書官の横にトプラが立つと、王はいった。

「そなたが王家に忠誠を誓い、命を投げうつ覚悟であること、しかと見とどけた。気に入った。召しかかえよう」

トプラはおじぎした。

「ありがたき幸せです、陛下」

「とはいえ。そなたはバカト王国の市民ではない。今後の忠誠心を確かなものとしておきたい。それでよいかな？」

（どういう意味だ？）

アーブワがなにか入れ知恵したなとトプラは思ったが、こう答えるしかなかった。

「今お見せしたことでまだ不じゅうぶんならば、さらなる試練をお受けいたします」

イスフェト王は満足そうにうなずいた。

「よかろう、タクバ。今日より、服従の証（あかし）に黄金の首輪をつけるがよい。奴隷商人の一族であるなら知っておろうな、〈絆（きずな）〉がなんであるか？」


それからの数日、トプラは眠れない夜を過ごした。イスフェト王がいつ爆破ボタンを押すかわからない。それに、二週間ごとにバッテリーを充電しなければ、その美しい首輪は自動的に爆発する仕組みだという。それよりなによりあと二カ月もすると、〈三つ子の宇宙〉がふたたび接近して、トプラの体はオーラを発するだろう。そのとき、首輪の敏感なセンサーがどんな反応をするかわからない。トプラは気が気ではなかった。

それでも特別な地位を享受した。服装も黒い軍服にベレー帽という特別なものだった。ファラオを警護するだけでなく、引きたてるために伝統的にあまり衣服を身につけない他の近衛兵とは明らかに異なる扱いだ。もし上半身裸になるよう要求されていたら、母斑（ぼはん）を見られて、早々に首を飛ばされていただろう。

こうしてトプラは権力の中枢、アスファハンの言葉を借りれば「ヘビの頭」にくいこむことに成功した。爆発物や毒物を捜索するために本宮殿のすべての部屋を見まわることが日課になり、イスフェト王が用事で宮殿を出かけるときは、事前に、王が通る場所をチェックしてまわった。

仕官から二日後、陸軍省の大会議室で、プラスチック爆弾を見つけた。トプラは一瞬、報告すべきか迷った。気づかなかったことにしようかとも思ったが、そのときアスファハンの言葉「コブラの頭を捕まえなくてはだめだ。尻尾（しっぽ）はただの縄でしかない」を思い出した。王国の政府機関をいくら傷つけても、肝心の頭であるファラオを倒さなければなんにもならない。だがホプナイはファラオを倒してもだめだと考えていた。イスフェト王が大いなる災いを計画しているという点については、ホプナイと〈砂漠のお告げ所〉を守るファティマの意見は一致していた。その計画を実行に移すため、王は先代の〈均衡の守り手〉を殺し、自らその地位についたのだ。しかしイスフェト王を爆弾で木っ端微塵（こっぱみじん）にしても、ファラオの称号は王子であるアーブワが継ぐだけだ。それにイバー＝アイティ王妃はほかに王子が生まれないように手をまわしてきた。だから皇太后として権力をにぎりつづけることになる。また王と王子を同時に暗殺しても、イバー＝アイティを王国の頂点から追いおとすことはできない。それどころか「王朝維持法」を盾にとって、側室の息子トプラに王権をゆずらず、王室の血を引く別の男子が成人するまで摂政として君臨するかもしれない。

復讐心（ふくしゅうしん）に駆られていては、大事なことを見誤ってしまう。ヘビの頭をしっかりつかむには、勇気をもち、よく考えて行動しなければならない。権力者とその一党を一気に根こそぎにして倒す好機を待つのだ。トプラは正義を信じることにした。だから復讐心を押しころして、円柱に飾られたファラオの胸像の下に爆弾がしかけられていることを報告した。

あとでわかったことだが、その決断は正しかった。爆弾は、トプラが信用できるか試すためにしかけておいたものだったのだ。もしだまっていたら、とっくに命はなかっただろう。イスフェト王の政治体制とはそういうものなのだ。

爆弾を首尾よく見つけたおかげで、トプラの評価はあがった。ひとりで王宮から外出することは禁じられていたが、〈万世の館(やかた)〉の中なら、特別な身分証明書がないと入れない一部をのぞいて、ほとんどどこでも自由に歩きまわれるようになった。トプラは毎日、ファラオ一族をはじめとする要人の居室をていねいに調べた。要人の中には、アーブワの許嫁(いいなずけ)イヌキスも含まれていた。トプラが爆弾探しにやってくるのを、イヌキスがいつも待ちかねていたのはいうまでもない。トプラはイヌキスの部屋をとくに念入りに調べた。

部屋が安全かどうかは一瞬にしてわかったので、だれにもじゃまされずおしゃべりを楽しむ時間はじゅうぶんにあった。トプラは、イヌキスの運命にしばしば腹を立てた。はじめのうちは義憤だと思っていた。イヌキスはひどい目にあっている。専制君主はけしからん、と。イヌキスもそんなトプラになぐさめられた。

トプラは忠実なしもべのようにイヌキスに接した。ホプナイがかつて母と出会ったときもきっとこんな気持ちだったのだろう。すっかりうちとけたイヌキスは、トプラにいたずらをするまでになった。部屋のあちこちにチョコレートをぎっしりつめたグレープフルーツ大の「爆弾」や、お菓子の導火線をつけたビスケットをつめた「爆弾」をしかけてトプラをおどろかせた。トプラは本物の爆発物や毒物に神経をとがらせていたので、はじめのうちこのいたずらにぜんぜん気づかず、イヌキスにさんざんからかわれた。それからはこうした甘い「びっくり箱」にも注意するようにしたが、それでもわざと見つからないふりをして、イヌキスの遊びにつきあった。

イヌキスはそういういたずらでいやなことを忘れようとしているんだと、トプラにはよくわかった。憎んでいる相手と結婚しなければならない。しかも式の日はしだいに近づいてくる。トプラはイヌキスが希望をつなげられるように心をくばった。イヌキスを抱きしめてなぐさめの言葉をかけたくなることもあったが、トプラはぐっとこらえつづけた。

それにはいくつもの理由がある。分不相応に思えたし、近衛兵やアーブワがいつ部屋に入ってくるかわからないからでもあった。それでなくても、トプラはそういうことに臆病だった。イヌキスもすぐそのことに気づくと、わざとはじめて出会った夜のことを話題にし、トプラをどぎまぎさせた。

やがてトプラは、単なる義憤ではなく、イヌキスを死ぬほど愛していることに気づいた。同時にイヌキスにはけっして手がとどくことはないのだと知って苦しむことになった。イヌキスは王子の花嫁だ。恋敵は断固排除されるに決まっている。トプラが宮廷ではたらくようになってから最初の一カ月が過ぎようとするころ、トプラの心の炎はもう抑えようがないほど燃えあがっていた。イヌキスのそばに長くとどまるためには、他の部屋の検査にもおなじくらい時間をかける必要がある。そうでなければ怪しまれる。だがそれがもどかしくてしかたなかった。トプラが部屋に入ってくると、イヌキスはいつも青い瞳を輝かせた。イヌキスもトプラとおなじ気持ちだったのだ。

トプラはときどき、ファラオや王子、そして王子の母のことをイヌキスにたずねた。それというのも、連日イヌキスがファラオの一家と過ごしていたからだ。それにマスコミがアーブワとイヌキスを「世紀のベストカップル」と賞賛してからは、ふたりそろってさまざまな公務をこなしていた。トプラは、ファラオと王子がふたりでなにを話しているか知りたくてしかたなかった。だが、なにか小耳にはさまなかったかとたずねるたび、イヌキスは不機嫌になった。

「きみを愛しているんだ。ふたりでなんとかファラオの手から逃れるために情報が必要なんだ」そう説得してもだめだった。イヌキスは、自分がいろんな人間にいいように利用されているような気がしていたのだ。トプラはまず、イヌキスの傷ついた心を理解しなければならなかった。城壁の石をひとつひとつはずすように、意識の底に押しこめたイヌキスの不安をとりのぞいていった。そんなイヌキスがおどろくべき情報を教えてくれたのは、トプラが近衛兵になってちょうど四週間が過ぎようとした朝だった。

「昨日の晩餐会で、イスフェト王とアーブワがひそひそ話しているのが聞こえたの。わたしたちにとって重要なことかどうかわからないけど」

トプラは、時限爆弾代わりの古い目覚まし時計に入っていたチョコレートを食べていたが、あやうくのどをつまらせそうになった。

「教えてくれ。早く！」

「イスフェト王がいっていたの。『三つの世界がふたたび接近している。そなたの偉大な時が来るまであと二回だ。なにか感じるか？』」

トプラはチョコレートで歯を茶色く染めたまま、口をぽかんとあけた。

「世界が接近している。なにか感じないかって、イスフェト王が王子にたずねたっていうの？」

「わたしじゃ役に立たないのなら、ほかのスパイを捜したら……」

「そんなことないって。ごめんよ、イヌキス。ぼくが鈍いもんだからさ」

「あら、ようやく気づいたの？」

「かんべんしてよ、イヌキス。それより、アーブワはなんて答えた？」

「いつもより気持ちがざわざわするっていってたわ。どういうことかしら？」

トプラは安楽椅子にドサリとすわりこんだ。

「まいった。なんでもっと早く気がつかなかったんだ。アーブワはぼくとおなじ日に、代々のファラオが使ってきた聖なる分娩室で生まれたんだ。母親は……。そうだ。王妃はどうしていた？　晩餐会には出席していたんだろう？」

「ええ、いたわ。でも、ちょうどシバの総督となにか話をしていたわ。それからイスフェト王は王妃の方をさしてアーブワにこうささやいたわ。『例のことは、母親にいわぬ方がよいぞ。そなたのライバルがあらわれたと知れば、時が満ちるまえに殺そうとするにちがいないからな』って」

　トプラは針の山を飲みこんだような気分におちいった。

「ライバル、イスフェト王はそういったの？」

「わたしは歩く録音再生機じゃないわ。一言一句そのままだとはいえないけど……」

「よくやってくれたよ、イヌキス。あの魔女がイスフェト王たちの計画にからんでいないのはさいわいだ。だけど気になるのは『ライバル』だ。たぶんぼくのことだ」

「なんですって！　それじゃ……」

「ぼくは死刑宣告を受けたようなものさ」

「それじゃ、時が満ちるまえにっていうのはどういうこと？」

　トプラはぼうぜんとして答えた。

「イスフェト王は年表みたいなものをもっているのさ。それは六つに区切られているんだ」

「なんで六つなの？」

「あとで説明するよ。それより、アーブワの反応はどうだった？」

「顔つきでわかったわ。イスフェト王がライバルのことを話題にしたのが面白くなかったようだけど、すこししてからうなずいたわ」

「ひとつききたいんだけど、アーブワに母斑（ぼはん）はないかな。バカト王国の紋章にそっくりのなんだけど」

「ピラミッドの帯のこと？」

　トプラはうなずいた。

「見たことはないわ。だからといってないってことにはならないわね。あいつのいいなりになっていたら、あいつはとっくにわたしのまえで服を脱いでいたでしょうけど、わたし、ずっとこばんできたから」

　トプラは、イヌキスがいった意味を想像して胃が引っくり返りそうになった。それでも必死に笑みを絶やさずにいた。

「ぼくにはそういう母斑があるんだ。生まれたときにいろいろあって、そのせいらしいんだけど、アーブワがイスフェト王のいうようになにかを感じることができるなら、おなじような母斑が……」

「わたしは見たことがないわ。さいわいにしてね！」

「これは外見の問題じゃないんだ。〈砂漠のお告げ所〉の巫女（みこ）から教えられたことなんだけど、ぼくには不思議な力があるらしいんだ。アーブワにもその力があるとしたら、ぼくらはものすごい危険にさらされていることになる」

「わたしたちふたりが?」

「いや、ふたりだけではすまない危険だ」

「メンフィスが危険だということ? まさか都全体に災いが及ぶというの?」

「いや、もっと大きい」

「バカト王国全土なの? いくらなんでも……」

「いや、もっと大きい」

イヌキスの顔が蒼白になった。

トプラは首を横にふった。

「アンクスが?」

「もっと大きな危険がせまっているんだ」

トプラはやっとひとりで〈万世の館〉を出る許しをもらった。ほぼ七週間にわたって宮殿で爆弾探しをし、二日前、正門の近くで本当に爆弾を見つけた。今回は訓練ではなかった。何者かが、競技場完成式へ向かうファラオの乗用車を爆破しようとしたのだ。もしトプラの特別な能力がなかったら暗殺計画は成功していただろう。ヴァリス将軍じきじきのおほめにあずかり、午後いっぱい自由行動をしていいことになったのだ。

トプラは通用門から王宮地区を出た。王宮に忍びこむときに着ていた服に着替えていたが、それでも以前とは決定的にちがうところがあった。首の〈絆〉だ。

奴隷の印である首輪をはめたまま公衆の面前に出るのは、いろいろな意味で気分のいいものではない。バスに乗ると、木製の座席にすわった。黄金の首輪をちらちら盗み見るまわりの視線は、無視しようとしてもしきれなかった。ベドウィン族のすりきれた衣装をまとった小柄な男が目のまえにすわっていた。彫りの深い丸顔で、浅黄色の大きなターバンを巻いている。目が合うと、その男がニヤリと笑った。黒ずんだ歯が六、七本のぞいて見えた。

トプラはなにくわぬ顔をして、自分の指先を見た。だがどんなにのんびりしたふりをしても、心中おだやかではなかった。〈三つ子の宇宙〉の次の波動がせまっているのをひしひしと感じていたからだ。青いオーラを放つところを人に見られるのだけは避けたい。もし人前でオーラを放ってしまったら大騒ぎになる。血の海になるかもしれない。トプラには物理学の知識がほとんどないが、光がエネルギー量子とも呼ばれる光量子からなっているくらいのことは知っていた。つまりそうした量子が発生したとき、〈絆〉の敏感な電子回路が反応して爆発しないともかぎらない。

トプラは冷や汗をかいた。こんなにこんでいるバスの中で爆発したら大変なことになる。車内は汗のにおいでむせ返っていたし、もうひとり乗客が増えたら、車内で雨が降りだしてもおかしくないほどむしむししていた。停留所をいくつか通りすぎた。トプラは目を閉じて精神を集中させた。

(見張られているだろうか?)

心の中で発した問いにはすぐに答えが返ってきた。もちろん目のまえでにやついている老人ではない。見張りは後部の昇降口に立っていた。

次の停留所に止まったとき、トプラはチラリとその男を盗み見た。白と黒のチェックのシャツに黒い木綿のズボン。黒髪は薄く、褐色の角縁メガネをかけている。顔には無数の傷痕(きずあと)があり、わき腹にはぜい肉がつき、わきの下に汗をかいている。おそらく秘密警察(アムジブ)のスパイだろう。ニワトリをかかえた女と黒い僧服の聖職者にはさまれるようにして立っていた。

新入りの近衛兵を秘密警察に見張らせるのはいつものことなのだろうか。聞いたことはないが、考えられないことではない。ファラオに謁見(えっけん)して、近衛兵にめしかかえてもらうことになったとき、アーブワがファラオになにやらひそひそ話しかけていたじゃないか。その結果、トプラは〈絆〉を首につけられた。法的には〈絆〉をつけてお館(やかた)さまに忠誠を誓うのは奴隷にかぎられていた。自由人に〈絆〉をはめるのは例外中の例外なのだ。今ではアーブワにも特別な知覚能力があるとわかっている。だとすると、自分とアーブワは互いに相手の動向がわかるのだろうかと、トプラは自問してみた。今までは王子から発せられた信号のようなものを感じたことはないが、よく考えてみれば、なにに注目したらいいかわかっていなかったからかもしれない。ファラオの方は、〈英知の間〉に自由に出入りできるわけだし、神官が太古の秘密をファラオに明かしたかもしれない。だとすれば、ファラオはトプラが夢にも思ったことのないような能力を王子に教えているかもしれない。それでトプラの正体を見抜いたのだろうか？　トプラはファラオたちの策略を突きとめようとしたが、わからずじまいだ。時間が指のあいだからどんどんこぼれていった。

（イヌキスがアーブワと結婚するのは明後日じゃないか！）

　そのことを考えただけで、トプラは頭に血がのぼった。仲間の助けが必要だ。ホプナイは港近くの隠れ家を引きはらって、ねぐらを変えたはずだ。だからトプラは、メンフィスの大バザールを訪ねることにした。ホプナイの連絡員がそこで金物屋をひらいているという。ギザを牢屋（ろうや）に訪ねたとき、いざというときは、その男のところへ行くようにホプナイからいわれていた。

　新たに乗りこんできた黒服の太った女が、騒がしい子どもたちを連れて、後部に進んできた。女がそばを通ったとき、トプラはスパイのようすをうかがった。汗をかいたスパイの方も、騒ぎに乗じてトプラの方に目を向けた。トプラがとっさに目を伏せたので、見合わずにすんだ。

（すぐにスパイをまかないとだめだ。それもさりげなく）

　バスはナイル川ぞいのプロムナードに出た。そのとき、トプラはいいことを思いついた。遊覧船の乗り場のそばで、目のまえにすわっている歯のかけた老人に会釈し、走るサウナからおりた。

（うまくいきそうだ！）

トプラは内心、歓声をあげた。ひまをもらった近衛兵が数時間の船遊びを楽しむ。これなら、なんの疑問も抱かないだろう。思ったとおり、スパイもバスをおりて、距離をとりながらあとをつけてくる。

船着き場は観光客の団体や、市内の渋滞を避けて船を利用している一般客でごった返していた。トプラは、エンジンを始動して出航間近の汽船を探した。

「待った。乗せてくれ！」タラップをはずそうとしている船員に向かって、トプラは叫んだ。

「早く来い、若いの！」船員がせっついた。

トプラはしっかりした足どりでタラップを渡った。トプラが船員にありがとうと声をかけたとき、背後でスパイの声がした。

「待て！　待ってくれ！」

船員はため息をついた。といっても、形だけのため息だ。バカト王国では、時刻表どおりに動くものなどほとんどなかった。国営であればなおさらだ。

トプラは息をつめた。

（自分の不思議な力が見込みちがいだったらどうしよう？）

太ったスパイが駆けよってくる。トプラは大きな船体に意識を集中させた。すぐに汽船の重心をつかみ、手のひらにのせた鉄球を思いえがいて、ぐるりと転がした。

スパイがタラップに足をかけるのと同時に、船尾がいきなり岸を離れ、タラップがぐらりと揺れた。スパイはバランスをとろうと腕をふりまわした。船を岸につないでいた太い舫(もや)い綱(づな)がぴんと張り、綱を巻いた柱がギシギシ鳴った。その瞬間、船員は声を失った。綱がものすごい音をたてて切れたのだ。鋼鉄の船体がぐらりと揺れて、スパイは川に落ちた。

船の甲板は大騒ぎになった。みんな、川の中で悲鳴をあげながらもがいている男を見ようとしたのだ。トプラはほくそえんだ。イメージどおりにいったからだ。

スパイは川から引っぱりあげられ、野次馬の拍手を浴びた。男がだいじょうぶだといくらいっても、船員たちはしつこく世話をやいた。そのすきにトプラはこっそり船をおり、別の船に乗りかえた。


夏の日差しが容赦なく照りつけるころになると、メンフィスの大バザールには色とりどりの日よけの布がかけられ、人でごった返す路地はどこもあざやかな色彩に包まれる。数千年にわたってつづく港近くのその市場は、卸問屋から泥棒までさまざまな人と屋台で埋めつくされ、下手をすると右も左もわからなくなる。商品にしても、上は高価な装飾品や美味な食品から、下は安っぽいがらくたや家畜の餌(えさ)にいたるまである。どんな値段であろうとここではつねに値切ることになっていた。入り組んだ路地からなるこの迷宮では、一週間のうち六日、一年をとおして売り手と買い手の声がひびきわたっている。神経の細い人間にはまったく耐えられないところだ。

トプラはしばらくのあいだ、この大バザールの中をさまよい歩いた。生まれたところとはいえ、まったく知らない町だ。一時間ほどして、やっとムスタファの金物屋が見つかった。ほかのスパイにつけられていないか確かめるためわざわざ船着き場から遠まわりしたのに、なんの意味もなかった。秘密警察（アムジブ）はいたるところにいたのだ。もっともほとんどの秘密警察は怪しい者がいないか日課の見まわりをしていただけだったから、彼らを避けるのは簡単だった。そしてようやく金物屋にたどりついたのだ。

ムスタファはアルミの鍋（なべ）やナツメの種抜き器やネズミ捕りを路上に並べて売っていた。店の入口のわきに、空き缶で作ったミニカーや飛行機の模型を並べた棚がある。トプラはそれを左に見ながら、店に入った。店内は細長く、奥の方が薄暗くて奇妙なにおいがただよっていた。まるで機械油にバカト産の蜂蜜（はちみつ）をまぜたようなにおいだ。しばらくして目が暗さになれると、あまりの乱雑さにトプラはあきれはてた。飯盒（はんごう）やさまざまな道具が天井からぶら下がり、壁面の棚板は、なにに使うのかまるでわからない奇妙な道具類の重さでたわんでいる。しかも品物はほこりだらけだ。床には木箱が積みあげられ、その奥に樽（たる）や棚が見える。毛むくじゃらの黒い子犬が、自分の縄張りを奪われまいとして、ワンワン吠（ほ）えていた。

「うるさいぞ、コブラ。あなたに平安を！」いきなり暗い奥から野太い声がした。

どうやらその声は、犬とトプラをいっしょくたにして向けられたようだ。トプラは首をのばし、がらくたをかきわけ、山積みされたホーローの深鍋の奥に丸い顔を見つけた。

「あなたにも平安がありますように」それからいまだにうなり声をあげている子犬を指さしていった。「コブラって、その子犬のことですか？」

店の主人はクスクス笑った。

「そうさ。ファラオの王冠にのっかっている恐ろしい毒ヘビとおなじ名さ。かなり危険な奴だから気をつけな」

トプラはうさんくさそうに子犬を見た。

「そのようですね」

「こんなしがない店に、王宮の者がなんの用だい？」

あざ笑うような主人の口調に、トプラはさっと首輪に手をやった。王宮のおべっか使いと呼ばれなかったことがせめてもの救いだ。主人はホーローの深鍋をまわりこんで、まるで堡塁のようなくたびれたカウンターのまえに立った。柔和な顔つきだが、本心から歓迎しているようには見えない。ぼさぼさの眉毛を動かしながら、店に入ってきた客をじろじろ見つめた。おなじくぼさぼさの口ひげはセイウチを思わせる。そんな印象をご破算にしているのが赤い帽子で、フェルト製でなかったら、鍋をさかさにしてかぶっていると思っただろう。シャツはバカト産の上等なリネン製で、その上から黒いベストを着ていた。

「ムスタファさんですか？」トプラがたずねた。

「店の看板にそう書いてあっただろう」主人は無愛想にいった。

「友だちを捜しているんです」

「こんなご時世だ。だれだって友だちが欲しい。そいつは金物かい？」

「いいえ」

咳払い(せきばらい)をしてから、トプラはホプナイから教えられた合い言葉をいった。

「ナイルの急流ではたくさんの船が転覆しているそうですね」

ムスタファは表情を変えなかったが、黒い瞳が一瞬キラリと光った。そしてゆっくりと答えた。

「たしかに多くの船乗りにとって、ナイルの急流は地獄の七つの門に等しいな」

「七つとはどういうことですか？　ナイル川の急流は六つしかないはずですが」

トプラがそういったとたん、主人の態度ががらりと変わった。スツールから立ちあがると、主人はかえって小さくなったように思えた。ニコニコしながらカウンターから出てきて、トプラを小さな胸に抱いた。

「心配していましたぞ。あの犬ども、あなたを絶対に外に出さないつもりかと思いました」

主人に呼ばれたと思ったのか、コブラが尻尾(しっぽ)をふりながらふたりを見上げた。

「犬ども？」トプラがたずねた。

「ヴァリス将軍の手下のことですよ」

「ぼくになにがあったかわかっていたのですか？」

「ええ、もちろんです。かたくるしいいい方はやめましょうや。おれはムスタファ、そしてあなたは……タクバと呼んでいいかね？」

トプラはびっくりしてうなずいた。

「ホプナイはいたるところに同志がいるんですね」

ムスタファはウィンクした。

「同志といっても男ばかりじゃないぞ。女もいるんだ。さあ、奥にどうぞ。そこで黒檀肌(こくたんはだ)の友が来るのを待とうじゃないか」

ムスタファはトプラをカウンターの奥に案内した。壁にファラオをたたえる大きなポスターが貼(は)ってあり、そこが隠し扉になっていた。その奥に、窓のない小部屋があった。天井から裸電球がぶらさがっている。店と小部屋をへだてる壁には、うずたかく書類を積みあげたデスクと回転椅子(いす)があった。ムスタファはその椅子にすわるようにトプラにいうと、書類の山をかきわけて電話を探した。紙の束がドサリとすべり落ちて電話機が見つかると、油でよごれた指でダイアルをまわした。

ムスタファはニヤニヤしながら、受話器の向こうから聞こえる声に耳を傾け、それから上機嫌でこう告げた。

「おれたちの船は五番目の急流のまえで岸に着いたよ」

受話器をもとにもどすと、ムスタファは申しわけなさそうにトプラの方を向いた。

「今の合い言葉はおれが考えたものじゃないんだ。ホプナイはどういうつもりなのか……」

「ぼくにはわかりますよ」トプラはつぶやいた。

三十分ほどたった。そのあいだに、ムスタファは天幕用の杭一式と下水管のつまりを直すブラシを売った。いきなりコブラが吠えだした。布で顔を隠したテグアル族の男がふたり、店に入ってきた。ひとりは族長のように胸を張り、もうひとりは大男だが、天井からつるした鋳鉄製の鍋に頭をぶつけて大きな音をたてたため、身をかがめていた。

壁で仕切った奥の小部屋には、バザールの喧噪がほとんどとどかなかった。トプラはのぞき穴から店のようすをうかがった。

ホプナイとアスファハンだった。トプラは歓声をあげた。互いに抱きあってあいさつした。金物屋の主人はじゃまが入らないようにと、店の外に出ていった。

「最悪の事態を覚悟していましたぞ」ホプナイはそういいながら、頭に巻いた藍色の布をはずした。

「ムスタファがいっていたけど、ぼくがどうなっているかわかっていたようだね」

「ええ。最初の二、三日は気が気ではなかったですが」

トプラはアスファハンの腕をつかんだ。

「心配をかけてしまってすまない。母が死んでしまって、ぼくはすっかり……」

「そのことはもう話しますまい」ホプナイが口をはさんだ。「あなたが無茶なことをしたおかげで、われわれは幸運をつかんだかもしれません。それにしても大胆なことをしましたね！」

「どうやら、なにもかも知っているようだね。なんでそんなに詳しくわかっているの？」

ホプナイは白い歯を見せた。

「〈万世の館（やかた）〉にいる同志の名は伏せておいた方が無難でしょう。だからといって協力を得られなくなったわけではありません。ところでファティマが町に到着しました。なにか助言ができるかもしれないといっています」

アスファハンは笑いながらホプナイの肩をバシンとたたいた。

「テグアル族にこんなことわざがある。『よい木にのぼれば、だれかが上に押しあげてくれる』」

ホプナイは眉間（みけん）にしわを寄せると、「気高い目的に身をささげれば、支持者はすぐに見つかるものだ」と、自分の部族の格言を口にした。

そのとき、トプラが目を見ひらいた。

「待ってよ。王宮の門のまえにしかけられた爆弾。あれは、あなたたちがやったの？」

「なんというけしからんことをいうのだ？」アスファハンはそういい返したが、あきらかに笑いをこらえている。

「あれはあぶない賭けだったね。無実の者に罪を着せる危険があったから」

「どうやら自分の力をあまり信頼していないようですな」アスファハンに代わって、ホプナイが口をはさんだ。「あなたが爆弾を見つけるのを、われわれは確信していました。われわれははっきりとした目的をもって行動に出たんです。つまりあなたの信頼性を高めるためだったのです。ヴァリス将軍があなたの忠誠心を認めないかぎり、〈万世の館〉を出て自由に町を歩くことはできないと思ったんですよ」

「でも、そんなに自由にはしてくれなかったけど。秘密警察のスパイにつきまとわれた」

「しかし尾行は文字どおり水泡に帰しましたね」ホプナイはニヤリとした。「われわれの仲間もそばについていたのです。場合によっては尾行のじゃまをするため、なにかしかけるつもりでした。それにしても、じつに洒落たことをしましたな。遊覧船のトリックはみごとでした！」

トプラはため息をついた。

「イヌキスの運命を変えるのがこのくらい簡単だったらいいんだけど。明後日、彼女はあのいやな奴と結婚することになっているんだ」

ホプナイはじっとトプラを見つめた。

「アーブワの花嫁に恋しているのですか？」

トプラはうなずいた。

「もう知られているんだね。王宮にいる仲間というのは彼女？」

「仲間がだれか当てっこをしているひまはないでしょう。どうやったらイスフェト王の計画を阻止できるか考えなければなりません。あなたが王のために爆弾探しをしているあいだに、いろいろ気になる情報が入ってきたのです。われわれが危惧したとおり、王はやはり〈三つ子の宇宙〉をわがものとするための知識を手にしているようです。アーブワは王の計画の手駒らしいのですが、どのようにかかわってくるのかさっぱりわからないのです」

「彼はぼくとおなじ力をもっている」トプラは説明した。ホプナイがそのことを知らないとすれば、情報源はイヌキスでないことになる。

「なるほど！」ホプナイが額をたたいた。「あなたたちはおなじ条件でこの世に生を受けたのですからな。イスフェト王、あるいはイバー＝アイティ、あるいはあのふたりが結託して王子がああいう状況で生まれるようしくんだのでしょう」

「それなら母の場合はどうなの？　ぼくは目的のために作られたただの道具？」

ホプナイはトプラの肩に手を置いた。

「そのようなことを考えてはなりません。わたしは母君とイスフェト王のつながりに心を痛めていましたが、母君は王の愛をかたく信じておられました。あなたはあの大きな波動の日に偶然お生まれになったのです」

「あるいは神の思し召しで」アスファハンがいった。

ホプナイは白い手のひらを見せていった。

「理由はどうでもいいでしょう。ファティマが、イスフェト王の好きなようにさせてはならないといっていました」

トプラは大きく息を吸った。

「そのことは、〈砂漠のお告げ所〉でも聞いたよ。でも、どうしたらいいの？」

ホプナイはトプラの首にかけられた〈絆〉にさわって、けわしい顔になった。

「これからその話をします。そのまえに教えてください。どうしてこんなものを首につけさせたのですか？」

「ファラオに仕えるにはこれしか手がなかったんだ」

「王の考えですか？」

「アーブワでしょう。はっきりとはわからないけど」

「王子があなたの素性に気づいているということですか？」

「それがわかればいいんだけど。でもその可能性はあると思う。ぼくらは同類だからね」

「だとすると、あなたは危険な立場にいることになります。われわれは……」ホプナイが口をつぐんだ。

「どうしたの？」そうたずねたとき、トプラはホプナイの顔に光が当たっていることに気づいた。

「オーラが！」アスファハンがささやくようにいった。

トプラはがくぜんとしていった。

「こうならないことを願っていたんだけど。みんな、すぐにここから出て！」

アスファハンが手をひろげて、肩をすくめた。

「なぜ出るんだ、タクバ？　そなたのオーラなら知っている。シバにあったホプナイの屋敷でも……」

「トプラは、〈絆〉が爆発するかもしれないと思っているんですよ」ホプナイはおどろくほど落ち着いていった。

トプラは気が気ではなかった。

「天とアンクスの創造主にかけて！　早く逃げて！」

「奴隷の首輪がオーラに反応するとは思えませんがね」

「でも、そうじゃなかったらどうするの、ホプナイ？　早く外に出て。三十分たっても爆発しなければ、もどってきてよ」

「千里眼の言葉にしたがうべきではないか？」アスファハンはそわそわしながらいった。オーラがまばゆかったので、ホプナイとおなじように藍色の布を目にかざしていた。

ホプナイは首を横にふった。

「トプラが生まれたばかりのとき、わたしはずっと抱いて歩いたが、オーラを浴びて具合が悪くなりはしなかった。しかし出ていきたいなら、それでもかまわない」

「タクバを見捨てろというのか？　冗談ではない！」

「頑固者！」トプラがどなった。「出ていかないなら、この〈絆〉をはずすぞ。あの力を使えば……」

　ホプナイがあわてて手をあげた。

「だめです！　やめてください！　港でわたしをタンヒル号の倉庫に移動させたとき、ものすごい引力を感じました。あのような力を首輪にかけたら、それこそ爆発するでしょう。オーラのエネルギーをあなたとその悪魔の首輪にかかりすぎないようにうまく逃がすのです」

　オーラはしだいに強さを増していた。壁のすきまからもれだしたまばゆい光に、ムスタファが店のまえで目を丸くしている。通りがかりの者たちは、雪かき用のほうきやネズミ捕りを売るぐらいのことにレーザー光線で人目を引くこともあるまいに、とあきれているにちがいない。

　すぐに、店のシャッターがおろされた。秘密警察（アムジブ）に目をつけられるくらいなら店じまいした方がいいと、ムスタファはいった。これからもっと大変なことが起こると観念したらしい。

　トプラも最悪の事態を覚悟した。回転椅子（いす）にすわって目を閉じた。〈三つ子の宇宙〉のエネルギーをうまく逃がすため、たわいもないことを思いえがこうとしたが、とてもむりだった。そばにとどまったふたりの身が心配でならない。それに死への恐怖も半端ではなかった。もし黄金製の悪魔の賜物（たまもの）が爆発したら、どうなるだろう。一瞬のうちに頭を吹きとばされてなにも感じずにすむかもしれない。だがそんな思いがなぐさめになるはずもなかった。

　時間が遅々として進まなかった。手のふるえを抑えるため、デスクの角をがっしりつかんだ。ふたりの友が息をつめて、トプラを見つめている。さまざまな音が耳にとどいた。バザールの喧噪(けんそう)がやけに大きく聞こえる。

　トプラはドキリとして、ぎゅっと目をつぶった。〈絆(きずな)〉が爆発すると思ったのだ。だがそれは、アスファハンが重心を移した拍子に床がきしんだ音だった。

「オーラが消えていく！」アスファハンの声に、トプラはほっと胸をなでおろした。

　トプラは右目をあけ、自分の目のまえにあるターバンを巻いたホプナイの頭を見た。その頭がうなずいた。

「どうやら山は越えたようだ」

　それからまた数分間、沈黙がつづいた。青いオーラはしだいにかすんでいった。ホプナイが首をふりながら口をひらいた。

「わたしなら、そんなものを首につけさせたりしませんね」

　首に爆弾をつけたトプラはほっと安堵(あんど)の息をついた。

「でも、昔はホプナイもつけていたんでしょう？」

「そしてうまくはずしました。しかしあれから十九年もたっています。技術は日進月歩ですからね」

トプラはがっかりした。

「ホプナイなら、この〈絆〉を使えなくする方法を知っていると思ったのに」

「その〈絆〉は最新式のものです。はずすのは不可能ですね」ホプナイは表情を変えずにいった。しかしなにか楽しんでいるように、瞳をキラキラさせている。「ま、少なくとも、王国宣伝省は、そう主張しているということです」

翌朝、イヌキスの部屋を訪ねたトプラは、あまり元気がなかった。できることなら、イヌキスを庭に連れだしておいて、ファラオ一族もろともに宮殿を破壊してしまいたかった。そういう衝動に駆られはしたが、やはり自分をあざむくことはできなかった。トプラは殺人鬼ではない。ホプナイもそのことをよく知っていた。だから金物屋で密談をしたとき、ホプナイは別の計画を主張し、トプラはじっとがまんすることになった。それも結婚式の日まで。

「あれっ、今日は甘いびっくり箱はないの？」イヌキスの部屋を見まわったとき、蜂蜜爆弾ひとつ見つからなかったので、トプラはそうたずねた。

「今日はあなたが用意してくれるんじゃなかったの？」イヌキスの声はふるえていた。

トプラはイヌキスの手をとった。それがどんなに危険なことかわかっていたが、もうどうでもよかった。

「きみが悲しい顔をすると、ぼくもつらいよ」

イヌキスが身をふるわせた。泣きだすか、やさしい答えが返ってくるかと思ったが、イヌキスはいきなりあごを突きだし、激しい口調でいった。

「それなら、なんで手をこまねいているの？　あなたが仕官できるよう手助けしたのは……」

イヌキスはそこで口をつぐみ、力なく首をふった。

「ぼくがファラオの首を切ると思ったから？」トプラはイヌキスがいいかけたことを口にした。

「そうじゃないわ」イヌキスはさめざめと泣いた。「この国はくるっているわ。あなたなら、なんとかしてくれると思ったのよ。あなただって……。もう、なんだかわからない」イヌキスはついに声をあげて泣きだした。

トプラはイヌキスの手に口づけした。

「きみに約束する。イスフェト王とその取り巻き連中に、これ以上恐怖政治ができないようにしてみせる」

「でも、わたしにはもう時間がないのよ！」

「わかっておくれよ。今のぼくには打つ手がないんだ。でも、希望を捨てちゃいけない」

「逃げましょう。あなたとわたし、ふたりで。昔、わたしの母さんがしたように」

「でも、きみのお母さんは結局ここに舞いもどってきたんだろう？　いいかい、イスフェト王の計画から逃れる術（すべ）はないんだ」

「それはだれの入れ知恵？」イヌキスはむせび泣きながらいった。「今晩、隠し通路を使って逃げるのよ。このあいだみたいに、あなたが城壁を壊せば……」

「イヌキス！」トプラがいった。トプラ自身も泣きたい気分だった。気づくと、イヌキスのほおに手をあてていた。親指でイヌキスの目にたまった涙をぬぐった。胸が張りさけそうだった。どうしてイヌキスの望むとおりにしてやれないのだろう。ふたりは赤い糸でつながれているのではないか。ふたりは愛しあっていないのか。それだけでは幸福になれないものなのか。

トプラは首をふった。はじめはゆっくりと、そしてしだいに激しく。

「だめだよ、イヌキス。きみと逃げたいのはやまやまだけど、でもそれは問題を先のばしにするだけだ。ぼくはここにとどまって、自分の定めにしたがってすべてを終わらせなければいけないんだ」

イヌキスが急にトプラから身を離した。

「あなたの定め？　男って、みんなおなじなのね。考えるのは自分のことばかり。愛しているといっておきながら、わたしのことはちっとも考えてくれない。アーブワが明日、わたしのベッドに入ってきてもかまわないんでしょう」

「そんなことないよ、イヌキス！　そんなこといわないでおくれよ」

イヌキスは首をふりながらあとずさり、腕を突きだして、トプラを遠ざけた。心が傷つき、涙でぬれそぼったイヌキスの瞳には、もうトプラの姿は映っていなかった。すでにトプラのことも、廊下で警備するボディーガードのことも眼中になく、われを忘れてどなった。

「でも、そういうことでしょ！　わたしは一度、恋人を失っているのよ。アーブワがわたしからあなたを奪うのをだまって待っていられると思うの？　あいつがあなたの〈絆〉を爆破したら、わたしの心もつぶれてしまうわ。そんなこと受けいれられるわけがないでしょう、トプラ。いやよ！　ぜったいにいや！　そのくらいなら、あなたと別れて、自分の運命にしたがうわ。出ていって！」

「だけど……イヌキス。ぼくは……」トプラにはもうどうしていいかわからなかった。

イヌキスは手の甲でほおの涙をぬぐうと、背筋をぴんとのばして、ドアを指さした。

「すぐにわたくしの部屋から出ていきなさい、タクバ！」

トプラはがっくりうなだれて部屋から出た。廊下ではボディーガードがニヤニヤ笑っていた。

「どうしたい。なにがあったんだ？」

「なんでもないです」トプラはそういうと、そそくさとその場を立ち去った。

第15章 バッダ族

トレヴィルはその奇妙なかたまりを見ながら、いったいなんだろうと首をかしげた。錆(さ)びついたくず鉄なのだが、左右に車輪の跡らしきものがある。

「馬車かな？」

ドウィーナは金髪を払って、けげんな顔をした。

「でも、馬をつなぐ道具が見あたらないけど」

トレヴィルは、馬車のように見えるそのかたまりをぐるっと見てまわった。くず鉄のまえの地面に丸いメダルのようなものが落ちている。杖(つえ)の先で突ついてみた。よくみると、古代ゲルマン族が用いたルーン文字のような記号が上下に重ねてある。

「VW。どういう意味だろう?」トレヴィルがつぶやいた。

「馬車の御者が使っていた魔よけのお守りじゃないかしら?」

「ああ、そうかもね」トレヴィルはうなずいた。

「なんだか、ここって気持ち悪いわ。行きましょう」ドウィーナがせっついた。

〈均衡の守り手〉トレヴィルはすぐに答えなかった。記憶を頼りに賢者アバクックが書き残した手記を思い出していたのだ。

「馬を中に積みこんだ馬車なんてあると思う? 自分で動くから、自動車っていうらしいんだけど」

「ありえないわ。どうやってここに馬を入れるの?」ドウィーナは、馬車の前面にあいている穴を見ながらいった。そこには馬の骨ひとつ見あたらなかった。

「ねえ、そこに銀色のプレートがあるけど」

「なんか書いてある?」

「数字や文字がびっしり書いてあるわ。でもちんぷんかんぷん。あっ、待って。下の方に『メイド・イン・ゲルマニア』って書いてあるわ」

トレヴィルは町の入口にあった標識を思い出した。

「もしかしたら別の町の名前かもしれない。きっとこの自動車はそこで作られたんだ」

「あなたのその突拍子もない考えが正しいってことにしましょう。だから、もういいでしょう。

行きましょうよ」

「もうちょっと待ってくれないか。たしかに不気味だけど、それより町はずれから見えた、くずれかけたドームを見つけなくちゃ。〈三位教団〉を設立した賢者アバクックが三重宇宙の不動結節点と呼んだものはずなんだ」

ドウィーナは腰に手をあてていった。

「それ、なに？」

「コード・オブ・リザードが死ぬまえにいっていたろう。モロクはそのために、あのドームを探しているにちがいないんだ」

失った友の名前を聞いて、ドウィーナはますます不安になったようだ。

「コードさまはいっていたわ。モロクは三重宇宙に鎖をかけようとしているって」

「そうなんだ。そうなったら宇宙の均衡がくずれる。ぼくの導師さまも、そのことを警戒していた」

「あなた、昨日の夜、均衡について説明してくれようとしたけど、あたしにはちんぷんかんぷんだったわ。三つの世界が接触して、鎖につながれたら、なんで世界が崩壊してしまうの？」

「独楽(こま)はわかるよね？」

「もちろんよ。子どものとき遊んだもの」

「それじゃきくけど、まわらずに立っていられる独楽はある？」

「それはむりよ。すぐに倒れてしまうわ」

トレヴィルは笑みを浮かべた。

「そうだろう」

ドウィーナが眉をあげた。

「そういうことね！　独楽は回転することで立っていられる。均衡が保てるのは動いているときだけっていいたいのね？」

「わかったようだね。ごらんよ。この都はすごいところだったはずだ。想像を絶するくらい進歩していたはずなんだ。なのに、どんなに賢い学者や、最高の技術をもってしても、道徳心を失った人々の過ちからこの都を守れなかった。ここで起こったことが欲望の末路だったのか、慢心によるものなのか、それはわからないけど。アルウィン導師はいっていたよ、人間はなんでも知っていると思いあがるところがあるって」

「たしかにモロクは謙虚さの見本にはならないわね」

「そうだろう。あいつの残虐さには身ぶるいするよ。三重宇宙をわがものにするためならなんでもする奴だ。投げたコインはいつもおなじ面を上にして落ちてくるとはかぎらない。それとおなじで、人類は運にばかり頼っていちゃいけないんだ。なんとしても次の破局を阻止しなくちゃ。ぼくらはあいつを止めなくちゃいけないんだよ、ドウィーナ。そのためにも、ここでなにがあったか正確に知りたいんだ」

「でも、もうすぐ日が落ちるわ。風の当たらない場所を見つけて、そこで考えることにしない？」ドウィーナはふたたびやさしい声になっていた。

トレヴィルはうなずいて、ドウィーナに手をさしだした。

壁のない境界に「ロンドン」と書いてあった禁断の都へと、ふたりはどんどん分け入った。くずれおちた家々は通りに瓦礫（がれき）の山をつくっていた。ふたりはジグザグに歩きながら都の中心へと進んだ。遠目には、ロンドンの北東部が爆心地のように思えた。

しばらくして赤く錆（さ）びついた鉄の骸骨（がいこつ）に行く手をはばまれた。かつては巨大な建物だったにちがいない。瓦礫の山から看板が顔をのぞかせていた。

「ニュー・スコットランド・ヤード」

ドウィーナは鉄の骸骨を見上げた。

「スコットランドの農家には見えないし、ぜんぜん新しくないけど」

「スコットランドがなにか知っているような言い方だね」

「倹約の代名詞といえるわね」

「どういうこと？」

「だって、せまい敷地にこんなに高い建物を建てたんだもの」

「すごい論理だな！」トレヴィルは首をふり、それからドウィーナの手を引っぱった。「さあ、行こう。本当に暗くなってきた」

日が暮れるまでにドームには着けそうもないな、とトレヴィルは思いはじめた。廃墟（はいきょ）が闇（やみ）にまぎれてよく見えなくなった。もうすぐ真っ暗闇になるだろう。トレヴィルは、適当なねぐらを探しはじめた。そのとき、ドウィーナがいきなり叫んだ。

「あれ見て！」

トレヴィルはきょろきょろしながらたずねた。

「なんだい？」

ドウィーナは物陰を指さした。

「あそこでなにか動いたのよ」

「本当？　廃墟の影をなにかと見まちがえたんじゃないの？」

「そんなことないわ。そこの窓で、なにか動いたの」

トレヴィルは、ドウィーナが指さしたくずれかけた建物の窓をじっと見てから首をふった。

「動物じゃない？」

「空を飛んでいる鳥以外には、ここではぜんぜん生き物を見かけていないわ」

ふたりはねぐらを探して、せまい通りに入った。奥には樹木が黒々とそびえている。そのとき、トレヴィルはなにかが動くのを目の端でとらえた。ピタッと足を止め、すぐにふり返った。背中に悪寒が走った。

「きみのいうとおりだ」トレヴィルはささやいた。ドウィーナもトレヴィルの視線を追って顔を向け、トレヴィルの手を強くにぎりしめた。

七、八歩離れた建物の一階の窓から、青白い顔がふたりを見つめていたのだ。上半身に比べて頭が異様に大きい。トレヴィルは、大きな目ににらまれているような気がした。夕暮れの光の戯（たわむ）れにちがいない。そう思いかけたとき、ドウィーナに手を引っぱられた。

「トレヴィル！」

「なに？」

「あっちにもっといるわ」

いわれた方をふり返って、トレヴィルはギョッとした。人影がいくつも暗がりでうごめいている。トレヴィルは、すぐにそれが何を意味しているか気づいた。

「罠（わな）だ！　逃げよう！」トレヴィルはドウィーナを引っぱって駆けだした。

ふたりは手に手をとって、来た道を引き返した。

「あれはなんだったの？」息を切らしながらドウィーナがたずねた。

「わからない。きっと呪（のろ）われた都の住人だ」

「これからどうする？」

「向こうに森か公園みたいなところがある。あいつら、瓦礫（がれき）の山からは出てこないかもしれない」

「もし出てきたらどうするの？」

トレヴィルは答えようにもそのひまがなかった。いきなり二十体をこす得体の知れない生き物が、空から降ってきた。あたりを見まわすと、廃墟（はいきょ）のいたるところで生き物がうごめいている。一見人のようだが、とても人とは思えない動きだ。体にぴったりの黒い服を着ているらしく、闇（やみ）にまぎれて細い首にのった大きな頭や、手や裸足（はだし）の足が、ばらばらに動きまわっているように見えた。体が小人のように小さく、かなりやせこけている。その体でリスのように壁をするする伝い、びっくりするほど高いところから平気で地面に飛びおりた。

小人たちの動きは敏捷（びんしょう）で、いつのまにかふたりはとりかこまれていた。

「どうするの？」ドウィーナがささやいた。

「包囲を突破しなくちゃ。あっちだ！」トレヴィルは左をさして、ドウィーナを乱暴に引っぱった。

すぐに小人たちが地面に飛びおりて、包囲の甘いところに集まると、なかでも勇ましいひとりが、トレヴィルに飛びついて腕をつかんだ。

「痛いっ！」するどい爪に引っかかれて、トレヴィルが悲鳴をあげた。

「やめてよ！」ドウィーナは小人の腹をけとばした。小人は悲鳴をあげて、体を丸め、もだえ苦しんだ。

「ありがとう」トレヴィルは包囲網の真ん中にもどった。

「どういたしまして」ドウィーナはてれ笑いした。

ふたりはしだいにせばまってくる包囲網を見まわした。相手がひとりならともかく、これほどの群れに囲まれては、命があぶない。トレヴィルは怒りを抑えられなくなった。数多（あまた）の危難を乗りこえ、世界を放浪してきたのは、廃墟の町で小人にずたずたにされるためじゃない。

右の方でシャーと鋭い声がした。トレヴィルがそっちを向くと、すぐそこにアンズのように大きく目をむいた小人がいた。トレヴィルはびっくりして腕をあげたとたん、手にしていた杖（つえ）が当たったわけでもないのに、小人は空高くはねあげられ、瓦礫（がれき）の山に落ちて、ぐったり横たわった。

「オーラが出ていなくてもできるんだ」トレヴィルはびっくりしてつぶやいた。自分の力がどれだけ強くなっているか、今まで気づいていなかったのだ。

小人たちは、トレヴィルに敵意があると思ったのか、歯を向いて、いっせいに飛びかかってきた。

トレヴィルはとっさにドウィーナを左手で抱きしめ、右手を小人たちの方に突きだして体を回転させた。奇妙なダンスに見えたが、ドウィーナに杖が当たらないようにするためだった。

小人たちは大騒ぎになった。大きなほうきではかれるように、次々と吹きとばされたからだ。威嚇（いかく）のうなり声はうめき苦しむ悲鳴に一変した。トレヴィルに、小人を殺（あや）めるつもりはなかったが、自分の力をまだうまく使いこなせなかったため、勢いあまって何人もの小人の骨をガラスのように粉々にしてしまった。

それでも小人たちは執拗に襲ってきて、旋回するトレヴィルたちにじりじりとせまってきた。数人がふりまわされる杖をうまくよけた。痛烈にはじきとばされる者がいても、次の小人たちがじりじりと間合いをつめた。

「痛いっ！」ドウィーナが叫んだ。ふくらはぎを引っかかれたのだ。

トレヴィルは杖をにぎったまま、引っかいた小人にこぶしをふりおろした。こぶしがふれた瞬間、小人の姿は忽然と消えた。かつては豪壮な建物だったらしいすぐそばの廃墟の高い壁の上に飛ばされたのだ。いくら壁をよじのぼるのに長けた小人といえども、目がくらむ高みへ飛ばされるのは、骨を砕かれるのと変わらないくらい恐ろしい、いやむしろ、より大きな衝撃となった。小人たちは身を低くしてあとずさった。

そのとき、トレヴィルたちの背後で、気品のある、それでいて奇妙な発音の声がした。

「あなたさまとは気づきませんでした。なにとぞお許しくだされ、やんごとなき感応者殿」

トレヴィルとドウィーナはふり返った。少し離れたところに、ほかの者よりはいくぶん背丈のある小人がいた。銀色に輝くマントに身を包み、うやうやしくこうべをたれていた。広い額には深いしわが寄っていて、背中に小さなこぶがあった。

「言葉が話せるんだわ！」ドウィーナがおどろきの声をあげた。

「少なくともあの小人はね。どうやら長老のようだな」トレヴィルは銀色のマントの小人に顔を向けた。「あなたはどなたですか？　どうしてぼくを感応者と呼ぶのです？」

「これは失敬しました。わたくしはケオッバと申します。バッダの祭司にして裁き司（つかさ）であります。しかし称号が長すぎるので、みなは『長（おさ）』とだけ呼んでおります。そしてあなたさまのふたつ目の質問でございますが、わたくしがあなたさまを感応者殿とお呼びしたのは、予言のとおり、力に感応なさったからです」

「予言？　つまりだれかが、ぼくがここに来ると予言したというのですか？」トレヴィルは鳥肌が立った。導師アルウィンもトレヴィルのことを感応者と呼んだ。ここにいる奇妙な小人たちには古代の知が伝わっているのだろうか？　ケオッバの言葉に不安がつのった。

　トレヴィルは平静をよそおった。よく見れば、バッダ族は、それほど危険そうでも異様でもなかった、すこし変わった人間というだけだ。目が大きいのは暗闇（くらやみ）の中で暮らしてきたせいだろうし、廃墟をうろつきまわるのは夜だけのようだ。トレヴィルには、伝説の国からやってきた種族のように思えたが、そうだとしてもどんな伝説の種族に属しているのかわからなかった。バッダというのが、この一族だけの名前なのか、もっとひろい種族名なのかもわからない。

　ケオッバはあらためておじぎしたが、見るからにつらそうだ。もう若くはないらしい。

「わたくしどものぶしつけなふるまいをどうかお許しくだされ、やんごとなき感応者殿。あなたさまはお疲れのこととお見受けいたします。どうかわたくしどもにお世話させてくだされ。それから、あなたさまの質問にお答えいたしましょう」

　トレヴィルはドウィーナの耳もとでささやいた。

「罠かもしれない。どうする？」

「でも、かわいらしいわ」

トレヴィルはびっくりして眉をあげた。

「さっきとぜんぜん話がちがうじゃない。連中はかなり不格好だと思うんだけど」

「だけど、かわいいわ。さっきは爪を出して、歯をむきだしてたものだから。でも、ケオッバは本心から謝っていると思うわ。罪滅ぼしの機会をあげるべきよ」

トレヴィルはうなずいた。アルウィン導師に教わったことがある。外見で人を判断してはいけないと。バッダ族の場合がまさにそれにあたる。トレヴィルは背筋をのばすと、表情をやわらげて返事をした。

「ありがとうございます。ご招待、喜んでお受けいたしましょう」

ケオッバはうやうやしくおじぎして、ゆっくりとふたりの方に近づいた。ケオッバの動きに合わせて、マントがキラキラ輝いた。まるで星の光で編んだみたいだ。急に怖くなったのか、ドウィーナがトレヴィルに身を寄せた。ケオッバはふたりに指の長い手をさしだした。

「御身近くに寄ることをお許しくだされ。ロンディノールのわたくしどもが暮らしている地区のことは、あなたさま方はご存じないかと思いますので、どうかお手をおとりくだされ。わたくしがご案内申しあげます」

トレヴィルは迷った。ケオッバにすべてを託してだいじょうぶだろうか。だが見知らぬ地で友を見いだす者は新たな知見をひろげることになる。アルウィン導師はそういっていたじゃないか。トレヴィルは深呼吸すると、ケオッバの手をとるために、ドウィーナの手を放そうとした。と、そのとき、はっとした。

「ひとつお願いがあるのですが」

「すみません。なにか不都合なことでもございますかな、やんごとなき感応者殿」ケオッバは心配そうにいった。

「いいえ、そんなことはありません。名前で呼んでもらいたいと思いまして。ぼくはトレヴィルといいます。それから連れはドウィーナといいます」

「すみません。お言葉ですが、長らく待ちこがれてきた感応者殿と……」

「お願いです、ケオッバさん！　それからもうひとつ。そんなに謝ってばかりいないでください」


バッダ族はトレヴィルたちを近くにある廃墟の入口に案内し、そこからせまい階段を伝って地下室におりていった。床には大きな亀裂が走り、そこからさらに地底深く入っていくことができた。おどろいたことに完全な闇ではなかった。ケオッバのマントが緑がかったかすかな光を発していたからだ。ほかの者も上着の下からうっすら光を放つ薄手のマントを出した。バッダ族の多くが背中にこぶがあったり、腹が出ているように見えたのは、マントを入れていたからだ。彼らの暗闇になれた大きな目で見たら、マントのかすかな光もたいまつなみに明るいにちがいない。その光のおかげでトレヴィルたちも、なんとか天井に頭をぶつけずにすんだ。

　通路はおどろくほどひろいトンネルにつづいていた。マントの光が両側の壁にとどかないほどだ。こぶし大の石や腐った厚板の道なのだが、それをはさんで左右に二本、なにかレールのようなものが並行して置かれている。トレヴィルが杖の先で突っついてみると、鉄のような音がした。

（バッダ族はなんのためにこんな妙な道を作ったんだろう？　それとも、これを作ったのは、禁断の都にかつて住んでいた住民だろうか？）

　闇の中を二キロほど行くと、トンネルは大きなホールの左右に掘られた堀に出た。ホールは壁から天井にかけてアーチ状で、大きさはともかく、スケイルグ・ダナーン島の僧坊にそっくりだ。トレヴィルは思わずにんまりした。薄暗がりの中を、黄緑色に光る卵形のランプをもったたくさんのバッダ族が歩きまわっている。

「ここがあなたたちの国なのですか？」トレヴィルはたずねた。

　ケオッバは答えた。

「すみません。自慢をするわけではないのですが、ここはわたくしどもの国のほんの入口でしかありません。わたくしどもの居住区はここよりもはるか深いところにあります」

　トレヴィルは壁に貼られた、薄よごれた標識を見た。

ピカデリー・サーカス

「あなたの気に入りそうなところね」ドウィーナのささやきに、トレヴィルはわれに返った。

「どうして？」

「だって、あなたは偉大なスティフィックと旅をしたっていっていたでしょう。ピカデリーっていうあなたの同業者がここで公演していたみたいじゃない」

「らしいね。でも、サーカスって、昔はちがう意味だったかもしれないよ」

「バッダ族の人にきけば、わかるんじゃないかしら。あの人たちの言葉がなんで妙に聞こえるのかずっと不思議に思っていたのよね」

「それはむりもないさ。彼らは外の世界と隔絶されて生きてきたんだからね」

「でも、あたしたちの言葉がわかるわけでしょう。もしかしたらあの人たちの言葉に、あたしたちとおなじ過去の知恵が残っているかもしれないわ。あたし、あの人たちの体格のことを考えたの。小さいうえに、手足と体のバランスが変じゃない。それに体に毛が生えていないし、目が異様に大きいでしょ。なんだかあたしたち人間をマンガにしたようだわ」

「お話し中すみません」ケオッバは年のわりに目がよくきくし、耳も鋭そうだ。「お連れの方の申されたことは真実にとても近いといえますでしょう。もうすこしお待ちくだされば、わたくしが、あなたさま方の質問にお答え申しあげますので」

ピカデリー・サーカスのホールには、少なくとも四つのトンネルが口をあけていた。一行は石造りのプラットホームを乗りこえ、別の堀におりて、そのホールをあとにした。しばらく行くと小さな縦穴があり、そこから地下深くもぐった。そのあたりのトンネルは、それほどひろくなかった。地面にはさっきのような鉄のレールはなく、あるのは細い溝だけだ。おそらく昔は水が流れていたにちがいない。トレヴィルたちが踏みこんだその通路は、さっきの巨大なホールやトンネルが作られるよりももっとまえの時代のものなのかもしれない。一行は何度も通路をまがった。地下の迷宮の広大さに、トレヴィルはすっかり舌を巻いてしまった。

そのあと、トレヴィルたちは背をかがめなければならないほどの穴にもぐり込んで、さらに地の底をめざした。はじめのうち、壁面は荒削りで、巨大なモグラの穴みたいだったが、すぐにまたひらけた場所に出た。トレヴィルはあらためて別世界にやってきた思いがした。ここからがバッダ族の本当の領分だ。床も壁もアーチ状の天井もみななめらかで、ちょうど顔の高さに複雑な模様のタイルが貼ってあった。さらにしばらく行くと、人ふたりがまっすぐ立って歩けるくらいの大きな通路に出た。そこには奇妙な卵形のランプがあった。

バッダ族の国には細い路地や大通りや広場はもとより、小舟が行きかう運河まであった。一行はようやく大きな円形のホールにたどりついた。あまりの大きさに、トレヴィルは度肝を抜かれた。直径三十メートルはある。壁にそって細い通路や階段が作られていて、数えきれないぐらいのバッダ族が歩きまわっている。空気はすこしよどんでいたが、おどろくほど乾燥していて暖かかった。

　一行がムカデのように行列を作って通りすぎた門のそばに、石造りの小さな宮殿がうがたれていた。正面の壁はじつにみごとな作りだ。切り妻屋根、円柱、バルコニー、窓、扉。そして開口部からはやはり黄緑色の光がもれている。

「休んでいただくのにゆったりした空間がなく、あいすみません」ケオッバがいった。「わたくしのつつましい住まいにお越しいただけると、ありがたいです」

　トレヴィルとドウィーナは大きな部屋に通された。天井が低く、すこし頭を下げなければならないのは玉に瑕（きず）だったが、とにかく豪華絢爛（けんらん）だった。ケオッバに仕える娘のいう「浴室」つきだ。壁から湯と水が出るようになっていて、大きな湯船にためて全身がつかれるようになっているという。トレヴィルはすっかり感心してしまった。さっそく湯につかって、体のよごれを落とし、ゆったりと旅の疲れを癒（いや）した。

　体から湯気をたてながら浴室を出ると、身につけていたものはブーツをのぞいてすべて消えていて、かわりに暗灰色の軽くて柔らかいマントのような服が置いてあった。バッダ族が着ている服とおなじ素材のようだ。どうやらバッダ族の発明品らしい。

　トレヴィルたちはバッダ族の標準からするとずいぶん大柄な客だが、ふたつのベッドを縦につないであったので寝床は快適だった。トレヴィルは、ケオッバとの話し合いまですこしは休む時間があるにちがいないと考えて、裸のままパッチワークの掛布をかぶって横になった。そして寝心地を確かめているうちに眠りに落ちていった。

「すみません。あなたさまをお起こししなければならないのです」耳もとでネズミが鳴くような声がした。トレヴィルがまぶたをあけると、大きな緑色の瞳が目に飛びこんできた。好奇心いっぱいの若々しい丸顔。ネズミではなく、女の人、それもかなり若い顔だ。瞳の色と同じ、やはり星の光のように輝いている服に身を包んだその胸もとがふくらんでいる。バッダ族の基準からいってもかなり小柄なその娘はほほえみながらいった。

「わたくしはキッタと申します。長にいわれて、朝食の席にお連れするためにまいりました」

トレヴィルは上体を起こした。

「そんなに長く寝てしまった？」

キッタがクスクス笑ったが、すぐにこういった。

「すみません、やんごとなき感応者さま。わたくしたちが活動するのは、太陽が眠ってからなのです。すこししかお休みになれず、おかわいそうなことです」

トレヴィルはため息をついた。

「きみたちバッダ族の人はなんでいつも謝るんだい？」

「あなたさま方は、そうなさらないのですか？」

「めったに謝ったりしないね」

キッタはトレヴィルを見ながら大きな頭をかしげて考えこんだ。

「どうしたの？」そうたずねながら、トレヴィルは掛布をきつく体に巻いた。

「自分の考えをはっきり口にすることをお許しください。わたくしは、口をはさむことによって、相手さまの自由な考えを束縛しておきながら、謝っておくこともしないというのは、かなり傲慢ではないかと思うのですが。わたくしなら、そういう扱いをされたくありません」

「思いやりはぜいたくだと考える世界でぼくは生まれたからね。人を思いやれる人間なんてごくわずかさ。みんな、自分が生き残るので精いっぱいだからね」

キッタは悲しそうに目を伏せた。

「おかわいそうに」

トレヴィルは、これ以上、自分の世界の風習を説明したら、嫌われてしまうのではないかと心配になって、話を切りあげることにした。

「きみたちの習慣を批判するつもりはないよ。好奇の目で見たことを許してほしい。そろそろ服を着てもいいかな？　後ろを向いてくれるだけでいいんだけど？」

キッタは謝らずに、いわれたとおりにした。

トレヴィルはベッドから足を出すと、急いでマントを着て、ブーツをはいた。

「それじゃ、行こうか。お腹がぺこぺこだ」

キッタはふり返ると、またクスクス笑い、トレヴィルの手をとって部屋を出た。廊下でドウィーナに会うと、やはりバッダ族のマントを着て、供を連れていた。トレヴィルたちはいっしょに、宮殿の宴会場に入った。そこには長いテーブルがあり、長老ケオッバのほかにも、十人以上の評議員と称する人々が席についていた。評議員たちは順に名のって、意味もなく「すみません」とわびた。トレヴィルとドウィーナは、低いテーブルに身をちぢこませながらすわるしかなかった。おかげで足もとが窮屈だ。

料理が次々と運びこまれた。「朝食」とはとても思えない豪華な食事だった。大半はキノコ料理だったが、肉料理もあった。おそらく地下の洞穴で暮らす動物の肉だろうが、どんな動物か、トレヴィルはきくのをよした。味はいいし、量もじゅうぶん。それでいい。

人々は静かに食事をした。ケオッバと評議員たちは、食事をしながら話をするという、同時にふたつのことを客にさせるのは失礼なことだと思っているようだ。空腹がおさまり、足がしびれだしたころ、トレヴィルは自分から口火を切ることにした。

「不作法かもしれませんが、日暮れに起こったことをそろそろご説明願いたいのです。はじめはドウィーナとぼくを襲ってきたのに、突然、腰を低くして、ぼくのことを感応者とお呼びになった。すっかり面くらっていまして」

評議員らはいっせいにナイフとフォークを置いて、トレヴィルをじっと見つめた。ケオッバは大きくうなずいた。首が細いので、重たい頭が落ちてしまいそうだ。

「やんごとなきトレヴィル殿、あなたさま方を怖がらせたことを、どうかお許しくだされ。わたくしどもが敵意をむき出しにしたのは、最近、よからぬ報告を受けていたためなのです。地上の都の門のまえに大きな軍団が陣を敷いたという知らせがあったのです。二、三人の冒険家なら、いくらでも追いはらうことができます。しかし、あれほどの大軍勢をいまだかつて見たことがなかったのです。わたくしどもは、あなたさま方を軍団の斥候（せっこう）と勘ちがいしました。なにゆえロンディノールの平和を乱すのか、とわたくしどもは思ったわけです」

「ロンディノールと呼ばれましたが、町の入口で見かけた標識にはロンドンと書いてありましたけど」

「廃墟（はいきょ）となったその姿をさらすかつての都は、たしかにそう呼ばれておりました。しかしわが民は、古来の名を使っておりません。あなたさまがご覧になった標識は、人とバッダがともにおなじ種族であった時代に起こった、大いなる災い以前のものです」

「あなたたちは……」トレヴィルはいいよどんだ。食卓に居並ぶ小人たちをざっと見まわした。みな、子どものようにやせた体格で、腕が細く、鋭い爪を生やしている。目も頭も大きく、頭髪がない。人らしく見えないが、たしかに人なのだ。

「やっぱり。体つきがあたしたちとそっくりだっていったでしょう」ドウィーナがトレヴィルのわきでささやいた。

「じろじろ見てしまってすいません」トレヴィルはいつのまにか、バッダ族とおなじような口の利き方をしていた。「いったいどうして、こんな……」トレヴィルはただ首を横にふった。

「あなたさまを困惑させてしまい申しわけありません」この場の最長老と思われる老人が口をひらいた。青白い肌には無数のシミがあり、焼きプラムのように皮膚がしわだらけだった。「わたくしはダムバラグと申します。わが民最初の俚諺（りげん）学者であります」

「すみません、りげんがくしゃがどういうものか知らないのですが」

話の腰を折ったのは、バッダ族の礼儀に反するようで、ダムバラグはすこしむっとした。だがトレヴィルの不作法を大目に見て、こう答えた。

「俚諺学者というのは俚諺を収集する学者です」

「えーと、その……」

「俚諺とはことわざのことです」

「ああ、そうですか」

「わたくしどもがこよなく愛することわざにこのようなものがあります。『口をすべらす者は、足をすべらす者よりも困る』」

「なにをおっしゃりたいかよくわかります、ダムバラグさん」

「あなたさまに教えをたれるなど思いあがったことです。どうかお許しを。ところでわたくしが申しあげたかったのは、俚諺学者としてわたくしどものことわざの起源を調べているということです。したがって、お恥ずかしながら、バッダの歴史にも通じているわけです」

「ダムバラグ殿、あなたはわれら一族から一目置かれた歴史家です」ケオッバが愉快そうにいった。

「お言葉、いたみいります」ダムバラグはケオッバにそういってから、またふたりの客に顔を向けた。「あなたさま方は、わたくしどもがどうしてこのような姿をしているのかお知りになりたいでしょうな。多くのことは忘却のかなたに消えましたが、それでもかなりのことが伝わっております。太陽暦で数百年まえのこと、ロンディノール、つまりあなたさま方の言葉でいうロンドンの住民は、自然と賭けをして負けたのです。都の大半が一瞬にして破壊されました。そしてもっと悲惨なことに、死がジワジワと住民を襲ったのです。人はハエのごとく死んでいきました。しかも都の中だけでなく、ブリタニア全域、いや、もっと広い地域に及んだといわれています。この都で生きのびたのは地下のトンネルに逃げたごくわずかの者たちだけでした」

「そうやってバッダ族が生まれたのですね」トレヴィルはいった。

「でも、なんであたしたちと姿がちがうんですか？」ドウィーナがたずねた。

「わたくしどもの先祖は、当時から身体に障害をもち、人々にうとまれた者だったのです。彼らも、人類を絶滅寸前までおいやった疫病で多くの犠牲者を出しました。それでも何人かが生きのびたのです。かような姿になりましたが。というより、身体に障害があったがゆえに救われたようなのです。なんとも皮肉な話ではないですか。彼らは当時の世界では弱者でしたが、地の底ではもっとも強い存在だったのです。廃墟の下の光がささない地底で、わたくしどもは長い年月をかけて国を築いたのです。古の都に根ざした新しき都、ロンディノール地下都市です。ご覧のごとく、わたくしどもは闇と手を結びました。闇はわたくしどもの友であり、同盟者なのです。今では日の光にはほとんど耐えられなくなってしまいました。そのため、わたくしどもはめったに地の底から外に出ようとしません。出るのは夜中だけです」

「評議員のみなさん、みなさんに質問することを許してください」トレヴィルはなみいる評議員たちに向かって腕をひろげた。だれかひとりだけに声をかけては失礼にあたると思ったのだ。

「みなさんは、どうしてぼくを感応者と呼ばれるのですか?」そしてトレヴィルはケオッバをまっすぐ見つめた。「ケオッバ殿は予言があるんだといっておられました。いったいだれによる予言なのですか?」

ケオッバはトレヴィルの気持ちがよくわかるというようにうなずいた。

「そのことを説明するのを忘れておりましたことをお許しいただきたい。予言者の名はアバクックといいます。アバクックさまは災厄が来ることを予見したのですが、彼の言葉に耳を傾けた者はごくわずかだったのです。そしてそのわずかな人々とともに……」

「今、アバクックといわれました?」トレヴィルが口をはさんだ。目を大きく見ひらき、がくぜんとした表情をしていた。それを見て、ケオッバは、トレヴィルがバッダ族のしきたりに反したことを見逃した。だが、暗にとがめていった。

「あなたさまをおどろかせてしまったようですね。申しわけありません」

「その名前を知っているのです」

「そうだろうと思いました」

トレヴィルは自分の物語をかいつまんで話した。伝説の賢者アバクックが〈三位教団〉の創設者であることと、モロクの危険がせまっていることも忘れずにいった。そして最後にこうしめくくった。

「みなさんに悪い知らせをもたらしたことを許してください」

ケオッバは首を横にふった。

「すべて、アバクックさまが書き残したとおりになっています。しかしわたくしどもは希望を捨てません。アバクックさまは危険とともに解放者がやってくると書いているのです」

「ええ、それは知っています。解放者とはおそらく〈三位教団〉のことをさしているのでしょう。しかし教団はモロクによって滅ぼされてしまいました」

「すみません。お言葉ですが」ダムバラグが明るく柔らかい声でいった。「それは正しくありません」

「ぼくが生き残っているといいたいのですか?」トレヴィルは苦笑いした。「あんな大軍団に、ぼくひとりでなにができるというのです?」

「しかし、あなたさまがその戦士たちを相手にどんなはたらきをしたか、わが同胞から報告を受けています。すみません。批判しているわけではないのです。あなたさまはロンディノールに参られた。それにはなにか理由があると思うのですが」

「ぼくの世界では、そういうのをやけっぱちといいますけどね」

「『眠らなければ夢は見ない』ということわざがあります。ものごとのつながりを見きわめなければいけませんな。ことわざに深い意味があるように、あなたさまがここに来られたのにも深い理由があるのです。このようなことを申しあげること、年寄りに免じてお許しくだされ、やんごとなきトレヴィル殿。しかしあなたさまがここロンディノールへ足を向けられたのは、教団の同志の復讐（ふくしゅう）をするためでも、絶望したからでもないはずです。定めを全うしなければならないことに気づき、つつましく受けいれられたからでしょう。アバクックさまはそのことも予言しておりました」

「でも、どうしてそのようなことを……」トレヴィルはわけがわからないというように首をふった。しばらくしてケオッバに顔を向けると、静かにいった。「ケオッバさん、たしか予言の書があるようなことをいっておられましたね。ぼくの師も、三重宇宙の法則について書かれたアバクックの書が行方（ゆくえ）不明になっているといっていました。それはまだ存在しているのですか？」そうだという答えが返ってくることを期待して、トレヴィルはたずねた。

「もちろんです」ケオッバは答えた。

トレヴィルは息をのんだ。

「では、本当に希望が残されているのですね！　拝見できますか？」

「ご覧に入れましょう。しかし地下の洞窟にはありません。アバクックさまは、わたくしどもの先祖と数年間ここで暮らしてから、光の国にもどりましたので」

「遠いのですか？」

「それほどではありません。予言の書は〈知の円形閲覧室〉にあります」

「つまり円形のホールということですか？」

　ケオッバはうなずいた。

「大地に破局が訪れたとき、それほど破壊されなかった大いなる宮殿にあります。お望みなら、明日の夜、ご案内いたしましょう」

「むりをいって申しわけないのですが、明日までとても待てません。モロクに先を越される恐れがあるのです」

「戦王にですか？」

「モロクは〈三位教団〉をだまして、賢者アバクックの知識をかなり手に入れているのです。おそらくすぐにも、〈知の円形閲覧室〉を探しに来るでしょう」

　ケオッバの頭が上下に揺れた。いっていることの意味がわかったのだ。

「では急がねばなりませんな」

「やっぱりきみはついてくるべきじゃなかったと思うな。あっ、気をつけて！」トレヴィルは首を引っこめて、天井から突きでた岩をよけた。ドゥィーナもそれにならった。

「あたしが女の子だから？」

「いや……つまり、そうだけど、でも」

「あたしは三年以上、モロクの軍団で生きてきたのよ」

「わかっているよ。だけど、コード・オブ・リザードに守られていたんだろう？」

「そしてこれからは、あなたが守ってくれるんでしょう？」

ドゥィーナと並んでトンネルを歩いていたトレヴィルは、あぜんとした。ケオッバとダムバラグら三人の評議員はまえを行き、六人のバッダ族が後ろからついてきた。

「どうなの？」ドゥィーナがニヤッとした。「あなたがいるから安心だと思うのは迷惑？」

トレヴィルは答えるかわりに、今日一日ずっとつないできたドゥィーナの手をあらためて強くにぎった。今までは手をつないでいても、なにも感じなかった。それが今になってはじめて、ドゥィーナの手の感触と温もりを意識した。

おそるおそるという感じで、ケオッバが声をかけてきた。

「お話し中すみません。もうすぐ着きます。この上に〈知の円形閲覧室〉があります。ここをのぼっていきます」ケオッバはそういって、上に向かってのびる細い穴を指さした。

トレヴィルはうなずいた。

「では、行きましょう」

建物でいうと何階分ものぼることになった。最後に一行は茂みをかきわけて星空の下に出た。トレヴィルは、ドウィーナが引っかからないように、とげのある枝を杖でどかした。満天の星空だった。ケオッバは幅のひろい階段にみんなを案内した。そこから円柱の立つ巨大な正面玄関に通じている。ロンディノール地下都市にあったバッダ宮殿とそっくりだ。トレヴィルの目は石の柱に釘づけになった。柱頭の上には飾り気のない梁が渡してあるだけだが、正面の切り妻屋根にはいくつもの像が飾られている。しかし三日月の光では、それがなにの像か確かめることはできなかった。

ケオッバは八本のどっしりした円柱が立ちならぶ玄関の真ん中で立ちどまった。その奥に分厚い木の扉がある。そこが建物の入口だ。ケオッバは長いマントの下からジャラジャラと大きな鍵の束をとりだして、ここの鍵を探しはじめた。そのあいだにトレヴィルは興味津々といったようすで入口のわきの壁に貼ってある表札に近づいた。よごれがひどくて読めない。

自分の服が洗濯からもどっていなかったトレヴィルは、バッダ族の服を身につけ、その上にバッダ族が明かりがわりに着ている蛍光色のマントもはおっていた。トレヴィルは服の端で表札をふき、マントの光を当ててみた。表札はブロンズ製で、その巨大な建物が元々なんのために建てられたかが書かれていた。

ブリテン博物館
及び
ブリテン図書館

トレヴィルは杖の柄頭で一行目をさしてささやいた。

「ブリテン博物館？　どういうことだろう？」

ドウィーナは手をあげて、浮きあがっている文字を指でなぞった。

「父さんが話していたことがあるわ。昔、人は楽しむということを知っていて、今みたいに日々の暮らしに追われることのない時代があったんですって。今では想像もできないことだけど、当時はいろんなものを集めることに情熱を燃やす人たちがいたそうよ。世界じゅうから美術品や過去の宝物をかきあつめたんですって。陶器のかけらや骨までよ。考えられる？」

「ということは、ここはそういう珍品の展示館だったわけか」

「というより珍品の宮殿でしょ。たぶん……」

「待った！」トレヴィルがいった。「ブリテン図書館という文字の『ブリテン』のところにペンキがぬられた跡がある。色があせててよくわからないけど……名前じゃないかな？」トレヴィルは興奮して、マントで表札をこすると、光を当てた。

「アバクック図書館！」トレヴィルはついに、〈三位教団〉の創設者がこの世に存在したという証拠を見つけたのだ。

「おとりこみ中のところ申しわけありませんが、〈知の円形閲覧室〉はこちらです」そういって、ケオッバは、バッダ族の者たちが力を合わせてあけた扉の奥を指さした。

　トレヴィルは表札から離れると、ドウィーナの手をとってケオッバのあとについていった。玄関をくぐると、そこは大きなホールだった。建物の正面の窓からさしこむ月明かりに加えて、十一人のマントがさらに周囲を明るく照らしている。だがエントランスホールの本当のひろさはよくわからない。床は土ぼこりでびっしりおおわれ、足を動かすたびにほこりが舞いあがった。あちこちに小さな瓦礫の山があるが、建物全体はそれほど傷んでいないようだ。

　扉をしめると、ケオッバは右に向かった。一行は天井が高い廊下を進み、エントランスホールとは比べものにならない巨大なホールに出た。壁一面に本棚がめぐらしてあり、中央にもずらっと書架が並んでいる。ガラスのキャビネットもあり、ほこりをとりのぞくと、めずらしい印刷本や手写本が入っていた。壁には絵もかけられているが、ほこりにおおわれていて、なんの絵かわからなかった。ケオッバは左に向かった。大ホールをすこし横切ると、左の壁にもうひとつ、それほど大きくない扉があった。鍵はかかっていなかった。ケオッバがその扉をあけると、うっすらと月明かりがホールにさしこんだ。一行はその扉をくぐって中庭に出た。

〈知の円形閲覧室〉はその中庭にあった。

円形の建物は小柄な訪問者たちの頭上高くそびえ、てっぺんはドームにおおわれていた。トレヴィルはとまどった。賢者アバクックが『三重宇宙の不動結節点と可動結節点』でいっていた「ドーム」というのは、この〈知の円形閲覧室〉のことだろうか、それとも町はずれから見えた壊れかけたドームだろうか。トレヴィルは梁の下にずらっと並ぶ背の高い二重アーチ型の窓を見た。窓ガラスは一枚も割れていない。まわりの廃墟とちがって、この建物は無傷だ。

「アバクックさまは建物を修復させたのです」ケオッバはいった。トレヴィルがなにを考えているか察したのだ。

トレヴィルは無意識のうちにドウィーナの手を強くにぎりしめていた。あまりの痛さにドウィーナが手をふりほどこうとしたほどだ。トレヴィルは興奮して、声がうわずった。

「だけど……これって……たしか、予言者は数百年まえに地下を出たっていいませんでした？」

「バッダ族は、この場所を大切に守ることが聖なる使命と考えてまいりました。アバクックさまは来るべき日のためにわたくしどものもとを去られました。それ以来、わたくしどもが修繕してきたのです。本当なら、あなたさまがもどられたことを祝って盛大な宴をもよおしたいところですが、あなたさまがお急ぎになられたものですからお連れしたわけでして。おお、不平とおとりになりませぬよう」

トレヴィルは目を丸くしてケオッバを見つめた。

「今、もどるといいましたか？　ぼく、ここに来るのははじめてですけど」

「三重宇宙は大きな振り子のように絶えず揺れうごいているのです。遠く離れても、いつかまたもどってくるのです。あなたさまは、名前もちがえば、姿形も異なるでしょう。ご自分を別人と思っておられるかもしれない。しかしわたくしどもバッダ族にはわかります。あなたさまは〈均衡の守り手〉。第二の知の殿堂を築き、次の大いなる波動が来る日まで太古の知を守らんがために、わたくしどものもとを去っていかれたお方」

「〈三位教団〉のことはお話ししましたよね。教団が守っていた古文書は略奪され、焼きはらわれました」トレヴィルは悔しそうにいった。

ドウィーナはトレヴィルに顔を向けた。その瞳は、トレヴィルの心の奥底を見つめているようだった。

「そのためにここへ来たのね、トレヴィル。ここにその知の殿堂があるからなのね。モロクの計略を阻止するのに必要なものが、この〈知の円形閲覧室〉できっと見つかるわ」

トレヴィルはしばらく、ドウィーナの瞳に目を奪われていた。そのやさしい声に、傷ついた心が癒されるような気がした。われに返ったトレヴィルは、ドウィーナの左手を口もとにもっていきキスをし、晴ればれとした笑みを浮かべてケオッバに顔を向けた。

「それじゃ、アバクックの予言書のところまで案内してください」

ケオッバは門をあけ、トレヴィルたちを〈知の円形閲覧室〉にいざなった。

円形の広間はバッダ族の地下の大広間を思わせた。ケオッバがつつましいと呼んだ宮殿とブロンズ製の表札があった正面玄関が似ているのと同様、偶然ではないだろう。〈知の円形閲覧室〉のドームは闇(やみ)に包まれている。かろうじて見えるのは、大きな花びらをかたどった優雅なバラ窓と、梁(はり)までのびる金色の漆喰(しっくい)の帯だけだ。窓の下の円形の壁面には数千、いや数万冊の本がずらっと並んでいる。トレヴィルはこのみごとな円形ホールに日の光がさしているところを想像してみた。ここはかつてロンドンと呼ばれた都の中でもひときわみごとな建物だったにちがいない。

ここに納められたすべての本を読みとおすには、一生をかけても足りないだろう。しかも中庭の向こうの大ホールには、ここよりもはるかに多くの本があった。ドームの下にはずらっとデスクが並んでいる。この円形ホールが知を獲得する場所であって、ただの保管所でないことは確かだ。その名のとおり閲覧室だったのだ。

トレヴィルはすぐ近くに、大ホールで見たような透明なキャビネットがあるのを発見した。すぐにドウィーナを引っぱってそばに行き、表面にうっすらとつもったほこりを吹いた。中にあったのはアバクックの伝説的な書ではなく、数枚の黄ばんだ書類だった。その横にはもっとあとの時代につけられたらしい白い説明パネルがあった。

ＡＳ暦三八三〇年にジョン王が出した勅令の現存する四枚のうちの二枚。この勅令には、その数日まえ、ルニメデ島で交わされた帝国貴族らとの協定内容が記されている。大憲章はローマ帝国にとどまらず、全世界の圧政を制限し、終わらせるためにまとめられた数多くの公文書のモデルとなった。

「探していたものじゃないみたいね」トレヴィルの横に立って、ガラスに鼻がくっつくほど顔を近づけてのぞきこんでいたドウィーナがたずねた。

「モロクがこのジョン王を見ならって、こういう誓約書に署名するといいんだけどね。それより、年号に気づいた？　ＡＳ暦三八三〇年てどういう意味だろう？」

「お話し中すみません」ダムバラグが後ろから声をかけてきた。「アバクックさまはわたくしどもに、古い知恵を守るよう教えたのです。ロンディノールはかつてローマ帝国の一都市でした。ＡＳという略語は、その世界帝国の言葉でアンノ・スキスリといいます。わたくしどもの言葉に直すと、『亀裂（きれつ）の年』あるいは『分裂の年』となります」

「それではローマ帝国は、三重宇宙が分裂したときから年を数えていたということですか？」

トレヴィルは首を横にふった。どうやらこれまで伝説としか思えなかったことは、ロンドンが没落するまえ、だれもが知っていることだったようだ。

「ダムバラグさん、ロンディノールが破壊されたのはいつのことですか？」

「わたくしどもの記録によりますと、三百三十六年まえのことです」

トレヴィルはドウィーナの手を放し、頭上を見ながら、ゆっくりと体をめぐらした。バッダ族は三百年以上まえから、この〈知の円形閲覧室〉にある賢者アバクックの遺産を守り伝えてきたことになる。

「おどろいておいでのところを申しわけないのですが、ここへお連れしましたのは、あれをご覧に入れるためです」ケオッバはホールの中央ではなく、壁ぎわにひっそりと置かれたガラスのキャビネットを指さした。

トレヴィルは身の引きしまる思いがした。その気持ちはドウィーナにも伝わった。ドウィーナの手をとるとすぐ、トレヴィルはそのキャビネットにゆっくり近づいた。キャビネットにはほこりひとつなく、中に納められた本がはっきりと見える。バッダ族の九人は、ふたりをとりかこむように立った。光るマントで、本がよく見えるようにしてくれたのだ。

「『均衡の書』」トレヴィルは、褐色の革装の本に刻まれた書名を読みあげた。本は傷だらけで、いたるところに黒いシミがある。伝説の書は、がっかりするほどふつうの本に見えた。書名は金文字でもないし、小口（表紙、背以外の三方）も金ではない。大きさにしても手のひらくらいだし、厚みはドウィーナの親指の太さくらいだ。ただ小口には、両生類を連想させるめずらしい網目模様を浮かびあがらせている。

突然、閲覧室に音が鳴りひびいた。みんな、いっせいに頭をあげた。遠くでなにかが壊れ、それがホールで反響したような音だった。

「なにかしら？」ドウィーナがつぶやいた。

「なにものかが図書館の扉を壊したにちがいない」ケオッバがいった。

「ウルフだ！」トレヴィルがつぶやいた。

「戦王の養子とかいう若者ですか？　疑っているように聞こえたらすみません。しかし、どうしてあなたさまにはわかるのですか？」ケオッバがいった。

「感じるんですよ、ケオッバさん」トレヴィルがあわてていった。「それに音は一回しか聞こえませんでした。斧だったら、そう簡単に扉を壊すことはできないでしょう。感応者の力を使ったにちがいありません。早く逃げなくては。このガラスのケースはどうやってあけるのですか？」トレヴィルはふたを揺すったが、びくともしなかった。

「すみません！」ケオッバががくぜんとしていった。「乱暴はおやめください。ガラスが割れてしまいます。わたくしの鍵束にここの鍵が……」そういって、ケオッバはまた鍵の束をとりだした。

「急いでください」トレヴィルはせっついた。

「お待ちください、若き感応者殿。どうかお待ちください。どの鍵だったかな？」

「急いで！　あいつらがやってきます」

「すみません。せかされると、集中できないではないですか！」ケオッバは、鍵を探す手を止めて激しく文句をいった。連れがびっくりしてケオッバを見た。ケオッバがまた鍵を探そうとした瞬間、すぐそばで耳をつんざかんばかりの音がした。トレヴィルが杖の柄頭でキャビネットのガラスをたたき割ったのだ。

「時間がないんです」粉々になったガラスの中から『均衡の書』をとりだすと、トレヴィルは緑色に光るマントにくるんだ。

　バッダの人々はがくぜんとして、トレヴィルを見つめた。トレヴィルは彼らにとって許すべからざる行為をしてしまったのだ。

「早く逃げなくては」トレヴィルはもう一度いった。

中庭の向こう側にある大ホールから足音がひびいてくる。

ケオッバたちは石のように固まっていた。

トレヴィルは情けなさそうに首をふり、ケオッバを見下ろした。

「ぼくは感応者じゃないんですか？　今、感応力でこの本を手にしたのです。ぼくが予言者のよみがえりなら、自分が正しいと思ったことをしてもいいはずでしょう」

「長老、あなたの判断を先どりする無礼をお許しいただきたい。やんごとなきトレヴィル殿が申されたことは、わたくしどもが基準にしている法に照らしてもなんら問題はないでしょう」

　ケオッバは俚諺学者の方を向いた。

「ダムバラグ殿、かたじけない。あなたはこれまでにも、よき提案をしてくださった」ケオッバはトレヴィルとドウィーナに顔を向けていった。「ついてまいられよ！」

バッダ族は走りながらマントを脱ぐと、あっというまに丸めて、暗灰色の服の下にしまった。ドウィーナとトレヴィルにはまだそんな器用なことはできなかったが、トレヴィルはアバクックの本をくるんだマントを胸もとに押しこんだ。

トレヴィルたちが〈知の円形閲覧室〉から中庭に走りでようとしたそのとき、向かいに建っている大ホールのあきっぱなしの扉にたいまつがあらわれた。トレヴィルは、そのたいまつの手前にふたりの人影を見つけた。ひとりは手に大きな剣をもち、もうひとりの耳の後ろには何本もの矢羽根がある。

「モロクとウルフだ！」トレヴィルは仲間に注意した。

「もう逃げられないわ」トレヴィルの横で、ドウィーナが泣きそうな声でいった。

しかし、トレヴィルがいいきかせるまでもなかった。ケオッバは、ゆっくりと首をふるといった。

「すみません。お言葉ですが、ここをわが家としているのは、わたくしどもバッダ族で、あの戦士どもではありません。さ、こちらへ」

ケオッバは身をひるがえすと、〈知の円形閲覧室〉に駆けもどった。トレヴィルは、ジャラジャラとなにやら音がするのに気づいた。

「なにをしているのです、ケオッバさん？」

「隠し扉の鍵を探しているのです」

「隠し扉はどこにあるのです?」

「あそこです」ケオッバは壁に並ぶ本棚をさした。

「本しか見えませんが」

「すみません。だれにでも見えたら隠し扉になりませんので」

トレヴィルは目を丸くした。

「鍵はあるのですか?」

「すぐに出します」

「どの本棚ですか?」

「左から二番目です。厚かましいお願いですが……」

その瞬間、轟音とともに扉の枠と石と無数の本が中庭に吹っとんだ。〈知の円形閲覧室〉にもうもうとほこりが舞いあがった。

「申しわけない。穴をあけるのに、壁の重みが必要だったんです」荒っぽいやり方がバッダの人々に、精神的にも肉体的にもひどい苦痛をあたえたことは、トレヴィルにもわかっていた。

ケオッバたちが隠し扉を抜けようとしたとき、〈知の円形閲覧室〉に声がひびきわたった。

「トレヴィル!」ウルフの声だ。こんなにものすごいほこりが立ったのはだれの力によるものなのか感じとったようだ。

トレヴィルは、入口で立ちどまると、みんなに先に行くよう合図しておいて、ふり返った。立ちこめるほこりの中、黒い戦士たちのたいまつがまたたいたが、〈知の円形閲覧室〉の中の視界はゼロだった。トレヴィルは肩をいからせて叫んだ。

「ウルフワーズワース、今はちょっととりこんでいるんだ。決着をつける時が来たら、また相まみえよう。アルウィンの血にかけて誓う」

トレヴィルはすぐに身をひるがえし、仲間のあとから暗闇(くらやみ)に飛びこんだ。

禁断の都の地下はさながらウサギの巣のような状態だ。無数のトンネルが張りめぐらされ、いたるところに穴があいている。モロクの戦士たちがあらわれるまえに、トレヴィルたちはトンネルに姿を消した。トンネルへ通じる穴は、モロクの戦士がまだ配備されていなかった建物の地下にあった。しかもうまく隠されていたので、追跡をなんなくかわせた。〈黒軍団〉はしかたなく、別の穴からトンネルに入るしかなかった。おかげでトレヴィルたちは、貴重な時間を稼ぐことができた。

地下の宮殿にもどる途中、トレヴィルたちはほとんど口をきかなかった。今起こった出来事でトレヴィルの頭はいっぱいだった。ウルフが〈知の円形閲覧室〉にやってきたのはただの偶然だろうか。三重宇宙の力を操れる点では、ふたりとも似た者同士だ。ウルフにも探し物を見つける力があるのかもしれない。もしそうだとしたら、〈三位教団〉の最後の生き残りであるトレヴィルが、戦王モロクをブリテン図書館まで案内したことになる。情けない話だ。ところで、ウルフには、どのくらい遠くのものまで探しだす力があるのだろう。

トレヴィルたちはけがひとつしなかったものの、ケオッバの宮殿にもどったとき、みんな、へとへとに疲れていた。

〈均衡の守り手〉はケオッバの手に『均衡の書』をゆだねた。ケオッバは見るからにほっとしていた。〈知の円形閲覧室〉が破壊されたという知らせは、バッダ族のあいだにまたたくまにひろがった。彼らの伝承では、感応者があらわれたとき、新しい光の時代がはじまるといわれていた。失われしものが復活し、調和が再来するはずだった。だが、髪をのばした巨人トレヴィルがそのような時代を築こうとしているとはとうてい思えなかった。

とはいえ、賢者アバクックが人類に残した遺産は悲劇から救われた。トレヴィルもドウィーナも疲労困憊(こんぱい)していて、『均衡の書』の中身を調べてみる気力がなかった。トレヴィルはひとまず休むことにしたが、気が高ぶってなかなか夢の世界に行けなかった。それでもいつしか眠りに落ちていった。

トレヴィルが目覚めたとき、地上ではすでに太陽が空高く昇っていた。ドウィーナやケオッバといっしょに朝食をとりながら現状をたずねると、ケオッバは深刻な表情をした。

「〈黒軍団〉が廃墟(はいきょ)をしらみつぶしに捜索しています」

トレヴィルは口に入れたものをかむのをやめた。

「ぼくらを捜すのはわかりきったことだよ。地下の国への入口は見つかってしまうかな？」

「すみませんが、わたくしどもはそれほどまぬけではありません。以前は地下に通じる階段がたくさんありましたが、大いなる破局が来るまえに人を地下深く導いた階段は……」

「手短にお願いします」

「すみません、あなたの想像力に過度の負荷をかけてしまったようで」

トレヴィルはあきれたように首をふった。

「いや、こちらこそ、話の腰を折ってすいません」

「いいのですよ！　わたくしこそ、謝罪すべきなのです。なぜなら……」

「ああ、もうじれったいわね！」ドウィーナがかんしゃくを起こして、骨を皿に投げつけた。

ふたりはびっくりしてドウィーナを見た。

ドウィーナは両手をふりあげた。

「ごめんあそばせ、みなさま、ついわれを忘れてしまいましたわ」

トレヴィルはニヤッとした。食べ物で右のほおがふくらんでいた。ドウィーナもにんまりした。それからふたりは、涙が出るほど笑いころげた。

ケオッバはその間、だまって首をふっていた。

トレヴィルが話の途中で口をはさんだことをわび、みんなでこれからのことを相談した。ケオッバの説明によると、ロンディノールにはじめて冒険家があらわれたあと、地下への入口は落盤させてふさがれた。今では、地下世界への道はうまく隠してあるし、いざとなればいつでも封鎖できるようになっているという。これまでは廃墟（はいきょ）に住みつこうとする者たちをうまく撃退してきた。たいていすぐに逃げだし、魑魅魍魎（ちみもうりょう）が徘徊（はいかい）するゴーストタウンだといううわさをひろげた。なかには、廃墟がくずれて命を落とした者もいるということだが、バッダ族がそれにどこまでかかわっているかは明かさなかった。

「しかし状況は変わりました。〈黒軍団〉は都をかたっぱしから捜索しているのです」斥候（せっこう）の報告を簡単にまとめると、ケオッパはわけ知り顔でほほえんだ。「上のロンディノールはかなり広大ですからな。戦士のひとりが偶然わたくしどもの入口を発見するとしても、それまで相当時間がかかるでしょう。以前のように連中を追いはらえるかもしれません」

「モロクを知りませんね」トレヴィルはいった。「脱走した者は、彼の手で首をはねられます。ほかの戦士への見せしめです。目的を果たすまで絶対に退却しないでしょう」

「アバクックさまの書がなくても、モロクは目的を果たすでしょうか？」

「さあ、どうでしょうね。すでに三重宇宙の情報をかなり手に入れています。『均衡の書』を読めば、どういう状況かもっとわかるかもしれません」

　それからの数日、トレヴィルとドゥウィーナはひたすら『均衡の書』を読みつづけた。子どものころから分厚い本を読むのが好きだったドゥウィーナが探求心を燃えあがらせている一方で、トレヴィルは災厄がせまるのを肌で感じていた。トレヴィルは、キッタに助けてもらって、ドウィーナが不安な気持ちにならないように気を配り、いざというときのために心の準備をした。トレヴィルは、ウルフがブリテン図書館を簡単に見つけだしたことが頭から離れなかったのだ。ここに〈三位教団〉の若き長がいるかぎり、バッダ族はとんでもない危険にさらされるのではないか。

ドウィーナのことも心配だ。いっしょに読解していたとき、ふとドウィーナに目をやった。小さな手、肩にかかったかわいいお下げの金髪。いいにおいがした。ドウィーナが一節を読みあげながら、トレヴィルの顔を見ることがあった。目が合うと、ドウィーナは口をつぐんだ。トレヴィルは、ドウィーナの青い瞳に吸いこまれそうな気がした。時が止まったように思える瞬間だ。だがドウィーナはどぎまぎして、すぐにまた目を落とし、まるでなにごともなかったみたいに『均衡の書』を読みつづけた。

ドウィーナのことを思うと、トレヴィルの不安はつのる一方だった。それと同時に、ドウィーナをモロクの手に渡しはしないとかたく心に決めた。キッタが飲み物とふたりのためにぬった衣装をもってきたときも、トレヴィルはろくに休みをとろうとしなかった。ただ、ケオッバたちとの食事には欠かさず顔を出した。『均衡の書』の研究がどこまで進んだか報告をしたかったたからだ。

手記の厚さからすれば、もっと早く読みとおせそうだったが、あまり目にしたことのない、古くさい言いまわしが多く、理解するのにけっこう手間どった。それに細かい手書きの文字もインク壺(つぼ)に落ちた虫が這(は)いずりまわったようにのたくっていて読みづらかったし、読書好きのドウィーナでも知らないような学術用語がたくさん使われていた。ふたりはすこしずつ手記の中身を解き明かしていった。アバクックはその書で、「三重宇宙の波動の働き」について詳しく説明し、三重宇宙が接近する時期を割りだすための計算式を載せていた。読めば読むほど、ゼノール・コイトの城で手に入れた手記からトレヴィルが知りえたことがまちがいないものになっていった。トレヴィルの人生で四つ目の波動が来たばかりだ。だから来るべきふたつの波動の時期を正確に割りだすことができた。

　アバクックは、トリムンドスをあやうく滅ぼすところだった大きな破局とその後の出来事についても、非常に詳しく書き残していた。それによると、並行宇宙が発見され、人工的な虫食いの穴(ワームホール)を通って別の宇宙に行く実験が試みられたのだという。ローマ帝国全域と惑星上にひろがる同盟国の随所に巨大なエネルギー変換器が設置され、連結された。最大の変換器はロンドンに作られ、そこを中心に実験がおこなわれることになった。〈均衡の守り手〉であり、だれよりも古い伝承に詳しかったアバクックは、世界が分裂した過去の出来事を人々に伝えたが、上層部に一介の図書館員の警告に耳を貸そうとする人間は、ひとりとしていなかった。暦の基準となるASが『亀裂(きれつ)の年』という意味であることを、子どもでさえ知っていたというのに。だが三重宇宙の誕生は当時意味を失い、ただの伝説と思われていたのだ。

　こうしてXデーがやってきた。トリムンドスじゅうの人々がロンドンに注目した。カウントダウンがはじまった。エネルギー変換器に巨大な青い光の輪ができたとき、人々は歓声をあげた。しかしそれが破局のはじまりだった。突然、天がふたつに裂け、真っ黒な虚無がのぞいた。そしてロンドンはいかなる地震よりも激しい揺れに襲われた。エネルギー変換器の周辺はちりと消え、数秒のうちに市民の大半が死亡した。他の都市でもおなじようなことが起こったにちがいない。数週間にわたって夜がつづいた。人も動物も植物も死滅していった。わずかな人々が生き残ったが、彼らは強者ではなく、その対極にある者だった。

アバクックはこう書き残している。

「彼らがあの恐ろしい死に免疫があったのは、自然の気まぐれにちがいない」

だがこのとき、もうひとつ別のものが消し去られた。人類の英知だ。紙でできた書物は時代遅れのものとして顧みられなくなってひさしかった。学者も一般人も、すでに何世代にもわたって、自分たちの知識や記憶を高性能ではあるが、じつに壊れやすい機械にまかせきりにしていたのだ。「コンピュータ」と呼ばれるその機械は、エネルギー変換器から放出されたエネルギー波によって徹底的に破壊しつくされた。しかも各地の生存者は都市から逃げだしたため、大きな博物館同様、大いなる破局のあとも存在していた図書館と切りはなされてしまった。やがて太古の知にこの災厄の責任があるという根も葉もないうわさがひろがり、だれも太古の知と真剣に向きあおうとしなくなった。

「数世代のうちに、旧世界は伝説となるだろう」アバクックは、ひょろひょろとした筆跡でそう予言している。「トリムンドスに光の時代をもたらすために計画されたことが、世界を根本から揺るがした。こうして暗黒の時代がはじまったのだ」

アバクック自身は、警告を聞きいれたわずかな人々と都の地下にある洞窟に逃げこみ、災厄を逃れて生きのびた。はじめのうち、地上からの「映像」(これがなにを意味するか、トレヴィルにもドウィーナにもわからなかった)を受信することができたが、やがて電気がとどかなくなった。そして地下でも命を落とす人が出はじめ、ロンドンではついに病を得て小人となった人々しか生き残れなくなった。アバクック自身は平均的な体格の人間だったが、恐ろしい疫病にかかるのを免れた。

「なぜだったのだろう? 理由はわからない。きっと神のなせる業にちがいない。ゆえにわたしには、このような災厄が永遠にくり返されないようにする義務がある。わたしは『均衡の書』を小さき輩に託し、数多なる知の宝とともに〈知の円形閲覧室〉に保管するよう依頼することにした。わたし自身は、この都から旅立ち、いずこかに第二の英知の殿堂を築こうと思う。そこは責めさいなまれたトリムンドスを癒す特効薬を研究する僧院となるだろう。その特効薬を見つけるか、さもなくばトリムンドスの均衡がふたたび危険にさらされたとき、わたしはふたたびロンドンに帰りくるだろう。わが身をもってか、あるいは後継者の姿をとって」

手記の最後のページには、アバクック・スミスという署名が入っていた。ゼノール・コイトの城で手に入れた書類に書かれていたA・Sのイニシャルがだれをさすのか、これではっきりした。署名の下には、〈三位教団〉のシンボルである内側に三角形をかたちづくる帯の模様が描かれていた。

過去になにがあったか書かれた章はだいたい理解できたが、それ以外は、トレヴィルとドウィーナにはちんぷんかんぷんだった。アバクックは意識してそういう書き方をしたようだ。それが証拠に、〈知の円形閲覧室〉に保管されている本を参照するように指示したたくさんの注が入っていた。アルファベットと数字で、それらの本がどこにあるかわかるようにきちんと示してあったが、そのたくさんの本に目を通さないかぎり、どのようにして破局が起こり、災厄がくり返されるか突きとめることができないことを、トレヴィルとドウィーナはさとった。

そうやってふたりが『均衡の書』を調べているあいだも、モロクの戦士たちは禁断の都の通りを捜索しつづけた。夜中、闇を追いはらうためにたいまつや陣地のたき火をたいた〈黒軍団〉を、無数の目が見張りつづけた。ブリテン図書館の屋根にも見張りはついていた。石像のように何時間も身じろぎひとつせず、図書館の周囲や中庭で起こっていることを観察した。建物の出っぱり部分や出窓に立っていた醜い石像が忽然と姿を消すので、〈黒軍団〉の兵士たちはしだいにパニックになっていった。

ケオッパの斥候たちは、トレヴィルの恐れていたとおりに事が進んでいることに気づいた。ブリテン図書館はすっかり包囲され、ありとあらゆるドアと窓が四六時中、監視されるようになったのだ。アバクックがあげた本をとりに〈知の円形閲覧室〉にもぐりこむのはもはや不可能だった。

モロクの戦士たちは一日一日、捜索の範囲をひろげていった。どうやらトレヴィルがどこかの廃墟（はいきょ）をねぐらにしていると考えているようだ。地下にもうひとつの都市があることに、だれも気づいていないのだろう。

一週間以上がたった。地上の黄昏時（たそがれ）にあたるバッダ族の早朝、トレヴィルとドウィーナは警報を耳にした。どこか遠くで角笛を吹いたような音だった。すぐにキッタがふたりのいる書斎に飛びこんできた。

「おじゃましてすみません。ケオッバさまが、おふたりに評議員会においでくださいとのことです」

トレヴィルはキッタの目をじっと見つめた。

「さっきの角笛はなんだったんです？」

「お許しください。わたくしはただの小間使いでして……」

「しつこくきくのを許してくれ、キッタ。でもいざというときのことはすでに話しあったはずだ。そうだよね？　〈黒軍団〉が地下都市への境界を越えた。そうなんだろう？」

キッタはこっくりうなずいてから小声でいった。

「だれかが宮殿の場所をもらしたのではと思われるほど、いきなり戦士たちがすぐそこまでせまってきたのです」

「彼がぼくの居場所をかぎつけたんだ」トレヴィルはうつろな目をしながらつぶやいた。

「どういうこと？」ドウィーナがたずねた。

トレヴィルは首を横にふった。

「説明している時間はない。先に評議会に行っててくれないか。ぼくはまだ用があるんだ。あとで行くから」

トレヴィルとドウィーナはしばらく見つめあった。ドウィーナの目に恐怖の色が浮かんでいた。しかもなにか疑うような目つきでもある。

「行くんだ！　時間がない」トレヴィルはせっついた。

ドウィーナはトレヴィルの手をにぎってから、部屋を出ていった。

トレヴィルは『均衡の書』をつかむと、特別に大きなマントを身につけ、キッタに向きなおった。

「ぼくの頼みはわかっているね」

キッタは悲しそうにうなずいた。

トレヴィルは暗灰色のズボンのポケットから折りたたんだ紙を出して、キッタにさしだした。

「手紙だ。ドウィーナに渡してくれ。ぼくを許してくれるといいんだけど」

キッタは深刻な顔つきで紙切れをしまい、トレヴィルの手をつかんだ。

ふたりは人知れず宮殿を出た。キッタはほとんど使われなくなったトンネルへとトレヴィルを案内した。進むにしたがって、危険を知らせる角笛が聞こえなくなった。ふたりはずっとだまったまま暗闇(くらやみ)を走りつづけた。ただ一度だけ、トレヴィルがつぶやいた。

「ウルフがぼくのあとを追ってくれるといいんだけど。きみたちの地下都市から彼を遠ざけるにはそれしかない。そうすればモロクは〈黒軍団〉をバッダの国から撤退させると思うんだ」

キッタの返事には微塵(みじん)も心配している気配はなかった。

「戦士たちが見つけたのは、地上にある鉄路のホールだけで、噴きだす炎と格闘しているところです。わたくしが耳にしたところでは、二層になっている地階に通じる道は封鎖されています。ですから二本足のウルフがあなたの居場所を嗅(か)ぎつけなければ、戦士たちがそれ以上地下都市にせまることはないでしょう。それにわたくしどもの先祖が作ったしかけがいろいろありますから、モロクの戦士は恐ろしい目にあうでしょう」

トレヴィルはすこしほっとして、禁断の都の地下をぬう細いトンネルをキッタに導かれていった。

一時間ほどして、前方にかすかな光が見えてきた。出口は川岸の藪(やぶ)に隠されていた。大きな川が見える。キッタは川面(かわも)をさしていった。

「テムズ川です。昔はそう呼ばれていました。ボートを隠しておきました。それで川を下ってください。ボートがあまり大きくなくてすみません。わたくしどもの地下運河はどこもせまいものですから」

「かまわないさ」トレヴィルはそういうと、キッタの細長い腕をとった。「ありがとう、キッタ。ぼくのために危険なことをさせてしまった。きみがしたことは、なかなか理解してもらえないだろう。『均衡の書』を盗むのを手伝ったといわれるかもしれない」

「わたくしより、あなたさまの身が案じられます、やんごとなき感応者さま。これからはひとりぼっちです。それにあなたさまが犠牲にされたのは、わたくしよりもはるかに大きなものです」

「どういう意味だい？」

「率直にいうことをお許しください。ドウィーナさまに向けるあなたさまの思いに気づいておりました。別れも告げずにドウィーナさまと離れられるのは、おつらいこととお察し申しあげます」

トレヴィルは地面にひざをついてキッタを抱きしめた。キッタの大きな緑色の瞳を見たら、涙がこぼれそうだった。トレヴィルの声はふるえていた。

「きみのいうとおりだよ。ぼくは彼女が好きだ。きみに託した手紙に気持ちをつづったけど、うまく言葉にできなかった。彼女がここを出ていき、ぼくと二度と顔を合わせなくても、ぼくは彼女を悪く思わないだろう。だけどぼくはきみに約束するよ、ぼくに誠をつくしてくれた小さなキッタ。時が来たら、ぼくはもどってくる。それを止められるのは死だけだ」

トレヴィルは流れに乗って川を下った。これからケントの森の隠者としていつまで暮らすことになるのか本人にも見当がつかなかった。とにかく禁断の都から人知れず抜けだすことが先決だ。トレヴィルのひざにはアバクックの本とキッタが用意してくれた包みがのっている。中身はまだ確かめていない。トレヴィルはボートの向きを直すため小さな櫂(かい)を何度ももちかえたが、こぐたびに、ボートが揺れて、どんどん水が入ってきた。沈むのは時間の問題だ。やがてくるぶしまで水につかり、トレヴィルは凍えて全身にふるえがきた。結局、早々と上陸すると、夜を徹して、ひたすら東に向かった。やがてロンディノールが見えなくなった。〈黒軍団〉の気配もない。物を見つけるウルフの力には限界があったのだ。幸運というしかない。

それからの数カ月、トレヴィルは森の中で隠遁(いんとん)生活をつづけた。キッタの包みには、ナイフをはじめ生きぬくための必需品がいろいろ入っていた。数日たって、トレヴィルは、コウモリの住む洞穴を見つけた。それ以後、出口近くはトレヴィル、奥の方はコウモリというふうに住み分けて暮らした。コウモリといえばこれまではクルタリガスが秘薬の材料にしているくらいの知識しかなかったが、どんなにかわいい生き物か知っておどろいた。

ある夜、不思議な物音を耳にして、トレヴィルはこけを集めて作った寝床から体を起こした。バッダ族のマントの光を頼りにさぐっていくと、地面に墜落したコウモリを一匹見つけた。翼が折れ、弱々しく鳴いていた。トレヴィルは、クルタリガスがコウモリにしたことを思い、罪滅ぼしがしたくなった。おびえて必死に歯をむくコウモリをそっと拾いあげると、折れた翼に副え木をあて、オルリクという男の名前をつけた。オスかどうかわからなかったが。

オルリクは元気になると、洞穴の出口近くにとどまるようになった。トレヴィルが火をおこしても逃げようとせず、煙が流れてきたときだけ、ぶらさがる場所を変えた。しばらくするとトレヴィルが出かけるときは、彼の頭に乗ってついてくるようになった。オルリクはそれを楽しんでいるようだった。トレヴィルは新しい友に芸をしこんだ。とっておきの芸は「道案内」だ。オルリクはトレヴィルの肩に乗り、真っ暗闇でもトレヴィルが歩けるように、耳もとではっきりとわかる指示を出してくれるのだ。数週間のうちに、この芸は完璧になった。

そうはいってもオルリクにドウィーナの代役はつとまらない。トレヴィルは毎日、彼女のことを思った。夢に見ることも少なくなかった。トレヴィルは、「子羊」――ドウィーナのまえではけっしてそうは呼ばなかったが――のことをオルリクに話すときだけ心が安まった。金色の長い髪、キラキラ輝く青い瞳、赤い唇、やさしい声、明るい笑い声、やわらかい手、明晰な頭脳。トレヴィルがドウィーナのすばらしさを並べたてるのを、オルリクはいつもじっと聞いてくれた。

トレヴィルはこれまでもぜいたくとは無縁の生き方をしてきたが、今回はそれに加えて、やるべきことを最低限にしぼり、どうでもいいことは徹底的に無視した。たとえばひげそり。数週間のうちに、トレヴィルの顔はかなり濃いひげにおおわれた。欠かせないのは食料の調達だが、それほど問題にならなかった。「巡礼の旅」の途中、狩りや魚釣り、木の実や果物の採集などをさんざんした経験があるからだ。ただオルリクがほとんど冬眠していた雪の深い冬だけはつらかった。木々が葉を落としたため、トレヴィルが身を隠す場所が少なくなり、長時間、外を歩きまわるのは危険きわまりなかったからだ。しかもテムズ川が、釣りをするための穴もあけられないほど分厚く凍結し、凍てついた地面にたえず降りつもる白い雪は、獣の足音を消すだけでなく、足跡までわからなくした。トレヴィルは物を探す力で、リスが埋めた木の実を見つけ、なんとか飢えをしのいだ。いつかウルフに見つかるのではないかと恐れたトレヴィルは、ずっと落ち着かない日々を過ごしたが、二度ほど〈黒軍団〉の斥候が洞穴のまえを通ることがあっただけで、禁断の都の東に広がる森は静寂に包まれていた。

　トレヴィルは狩りをしたり、眠ったり、オルリクとおしゃべりしたりするとき以外は、ずっと『均衡の書』を読んでいた。冬のあいだに一言一句覚えてしまったが、だからといってすべてを理解したわけではなかった。自分がアバクックその人になったような気になるときもあれば、書かれたことがまるでわからず、みじめな思いに包まれることもあった。ただひとつはっきりしているのは、三重宇宙をつなぎとめるエネルギー変換器の巨大なネットワークを作りあげる力など、モロクにはないということだ。だがアバクックの記録には、どうしてもトレヴィルの頭から離れない一節があった。

結節点を手中にする者は
すべてのシステムを支配する。
結節点を解き放つ者は
すべてのシステムのたがをはずす。

この一節のことを考えるたび、アルウィン導師がいった言葉が脳裏をかすめる。

「大きな体の均衡を保つには、小さな重心があるだけでいいのだよ、トレヴィル」

〈三位教団〉の創設者の言葉と〈三位教団〉のまえの長老の言葉には共通点がある。それとも矛盾点だろうか。トレヴィルは必死で頭をしぼったが、〈知の円形閲覧室〉に隠されている参照すべき本がないかぎり一歩も先に進めそうになかった。その本を手に入れなければならないのに、その方法がわからない。おそらくモロクも探しているはずだ。ブリテン図書館には厳重な警備が敷かれているだろう。

（重装備の警備兵の目を盗んで中に入りこみ、二十冊以上の本をかかえて出てこないといけない。どうやったらいいんだ？）

トレヴィルは何週間も、そのことばかり考えつづけた。ウルフに気づかれずに自分の力を試すべく、何度も森を抜け、遠く東の方に足をのばした。近くにあるものを動かしたり、木を根こそぎ倒したり、障害物にさえぎられて見えるはずのないものを見たりすることはできたが、本を手に入れるために必要な力はどうしても発揮できなかった。

春になり、雪がとけた。トレヴィルは洞窟のまえに立って、目覚めはじめた自然の息吹に耳を傾けた。鳥のさえずり、新緑にそよぐ風の音。

オルリクは早めに冬眠から目覚め、トレヴィルの決心を聞くことになった。

「オルリク、あと二、三週間したら、本を探しに禁断の都に出かけるよ。計画を成功させられるのはたった一日だけだ。チャンスは二度とない」


コウモリの声は高音かつ小さかったので、〈黒軍団〉の兵士たちには聞きとれなかった。人影がすぐそばの暗闇(くらやみ)を駆けぬけたことに気づいた者もいなかった。人影は戦士たちのたいまつや陣地のたき火には近づかなかった。だが闇の中でもおどろくほど確かな足どりで進んだ。物音ひとつ立てないその影には、コウモリという道案内がついていたからだ。

オルリクが鳴いて、壁の出っぱりがあることをトレヴィルに教えた。トレヴィルは左に向きを変えた。オルリクがすぐ鳴いた。それでいいという合図だ。ブリテン図書館に隣接する博物館は南東から北西にのびている。トレヴィルは、その建物群に北から近づいていた。通りの反対側には、緑いっぱいの空間がある。かつては公園だったにちがいない。しかし今は四角く区切られた密林となって、木々がうっそうと生い茂っている。トレヴィルは自分の手を見た。まだオーラは出ていない。飛翔(ひしょう)の力で通りを飛びこえてもいいのだが、ウルフに気づかれてしまうだろう。ウルフはすぐそこにいるかもしれない。アバクックの記録は参照すべき本がなければ完全には読み解けないことを、モロクは知っているのだろうか。知っていれば、モロクの放った狼（おおかみ）はどこか近くで待ちぶせしているはずだ。きっと三重宇宙のエネルギー波の流れに変化がないかじっと精神を研ぎすましているだろう。ちょっとしたミスも許されない。

「〈知の円形閲覧室〉は格好のネズミ捕りだな。そう思わないか、オルリク？」そうささやきながら、トレヴィルは肩に乗ったオルリクを人差し指でなでた。オルリクは返事をしなかった。

しばらくあたりのようすをうかがってから、トレヴィルは通りを横切った。四角形の密林にたどりつくと、物音をたてないようにゆっくりと進んだ。かつての公園を通りぬけると、たいまつに照らされた図書館と博物館の裏側が見えた。裏口はあったが、つい最近封鎖されたようだ。トレヴィルは笑みを浮かべた。ここまで来れば、あとはチャンスを待つだけだ。

だがここで積極的に行動しなかったことが裏目に出た。待っているあいだに、心がざわめきはじめたのだ。青いオーラに包まれる前兆だ。

（やっぱり今晩は、テムズ川の川辺で静かに川面（かわも）でも見ながら、別世界の兄弟と接触した方がよかったかな。いや、それはあとでもできる。今は、本を手に入れることが先決だ）

封鎖した裏口のまえを行ったり来たりしている警備兵を三十分ほど観察していたが、手がオーラに包まれだしたのを見て、トレヴィルは密林と化した公園の奥にもぐりこんだ。

オーラがますます強くなってきた。トレヴィルは目を閉じて、右手をズボンのポケットに入れ、左手でアルウィン導師の杖をしっかりつかんだ。トレヴィルの心は〈知の円形閲覧室〉を探していた。濃い霧の中を手さぐりするような感じだ。正しい方向はおおよそわかっていたが、それでも確信がもてなかった。

「おい、あそこの藪を見ろ！」図書館の方から声がした。

トレヴィルは目をあけた。オーラが燦然と輝いていた。枝のあいだからふたりの警備兵が見えた。首をのばし、剣を抜いて、ゆっくりと近づいてくる。トレヴィルはふたたび目を閉じて、心の中で〈知の円形閲覧室〉の内部を思いえがいた。霧がなかなか晴れない。

「応援を呼ぼうぜ」警備兵のひとりがそわそわしながらいった。

「いや、光は消えた」もうひとりが答えた。

その声がトンネルの中で反響するようにトレヴィルの耳にとどいた。目をあけてみると、真下に明るい光に照らされた〈知の円形閲覧室〉が見えた。ねらいどおり、トレヴィルは、一階のホールではなく、その上の壁伝いにつけられた上下ふたつの回廊のうちの下の回廊に着地していた。壁面にずらっと本棚が並んでいる。トレヴィルは自分のいる場所を正確につかむまえに、ポケットに忍ばせてきた粉を室内にふりまいた。

「効いてくれるといいんだけど」そうつぶやいたが、トレヴィルは前もって自分で試し、その効果は確認ずみだった。

そのとき、下のホールに警備兵がひとりいるのを発見した。警備兵は目を丸くして、トレヴィルを見つめている。トレヴィルが階段に向かって走り、さらに粉をまきはじめても、警備兵はじっとその場につったっていた。閲覧室の内部がオーラに照らしだされた。トレヴィルはホールの中のようすを把握した。閲覧室には六人の警備兵がいた。四人はすでに粉を吸ってしまい、ふらふらしたかと思うと、ドサッと倒れこんだ。

残るふたりは中庭の警備兵に知らせようと半開きのドアに駆けだした。トレヴィルはすかさずホールの床を傾けた。ふたりの戦士はおどろきのあまり声も出せなかった。見たところ床にはなんの変化もないのに、体が石鹼水(せっけんすい)を流した斜面にでもいるみたいに、どんどん出口から遠ざかったのだ。そして上から降った粉の煙の中を通り、『均衡の書』を納めていたキャビネットの、ひとりは右を、ひとりは左を通りすぎ、壁面の本棚に激突して、気を失った。

トレヴィルは階段にたどりつくと、そのまま駆けおりた。ウルフが来るまでどのくらい時間の余裕があるだろう。ホールまでおりると、すぐそばに横たわっている警備兵に駆けよった。明日になったら、悪夢を見たと思うだろう。トレヴィルが杖の柄頭(つかがしら)でふれると、一瞬にして警備兵は密林と化した公園の草むらに飛ばされた。さっき光に気づいてようすを見に来たふたりの兵士にもうすぐ発見されるだろう。

トレヴィルは何百回となく頭の中で思いえがいてきたことを実行した。バッダ族のマントを床にひろげ、その横にアルウィンの杖を置くと、すぐに壁面の本棚に目を向けた。数カ月まえにトレヴィルが吹きとばした壁が修復されているのを目の端でとらえながら、参照すべき本を探しはじめた。『均衡の書』は胸元にしまってあるが、ひらくまでもなかった。蔵書番号は頭に入っているし、〈知の円形閲覧室〉の蔵書システムは、アバクックが本の中で説明していたのでだいたいわかっている。しかし軽視できないのは、アバクックが、「トリムンドスでもっとも名高いこの図書館は、近代的な文書館というよりもさまざまな古代の遺物が渾然一体となっている」と嘆いていることだ。

心配したとおり、一冊目を見つけるのにとんでもなく手間どってしまった。トレヴィルが侵入したことを、中庭の警備兵たちがまだ気づいていないのがせめてものなぐさめだ。さもなければ、〈知の円形閲覧室〉はとっくの昔に戦士たちであふれ返っているだろう。二冊目はすぐ近くにあった。やがて腕に八冊の本をかかえると、マントの上に積みあげた。ほんの一瞬、閲覧室を見まわして、ため息をついた。次の本を手に入れるには、上の回廊にあがらなければならない。トレヴィルは耳をすました。外ではなにも怪しい物音がしていない。さっそく階段を駆けあがった。

九冊目、十冊目、十一冊目はほとんどとなり同士で並んでいた。しかし十二冊目を手に入れるのにまたしても時間がかかった。もうひとつ上の回廊にあったからだ。これで必要な本が半分そろったことになる……。

ふたたび本を十冊かかえて、トレヴィルは一階におりてきた。腕が疲れて、力が入らない。残りは六冊。そのとき半開きのドアから、人の声と鎧のこすれる音が聞こえてきた。

「早すぎる！」トレヴィルは悲鳴をあげた。杖（つえ）をつかむと、ドアに駆けよった。ドアのすきまから外のようすをうかがおうとした瞬間、いきなりドアがあけはなたれた。目のまえに黒い鎧に身をかためた無骨な戦士が、抜き身の剣をもち、おどろきの表情もあらわに立っていた。トレヴィルは杖の柄頭（つかがしら）で戦士の頭をなぐった。ボコッという音がひびいた。戦士の兜（かぶと）がへこんだのだ。戦士はニヤッとして、剣をふりあげた。その瞬間、戦士は、足もとの地面を引っぱられて閲覧室にすべりこみ、床に降りつもった粉の上にもんどりうって転がると、そのまま動かなくなり、壊れたキャビネットの向こうで、他の戦士たちと並んで横たわった。

中庭の反対側にある大ホールから、警備兵の一隊が駆けてくるのが見えた。ウルフとモロクがいるかどうかはわからなかった。トレヴィルは深呼吸した。まだなんとかなりそうだ。ドアの外側にさしてあった鍵（かぎ）をぬくと、バタンと扉をしめて、内側から鍵をかけた。それからマントのところへもどり、四隅をつかんで肩にかけた。杖を突きながら階段をのぼっていった。いちばん上の回廊までのぼりきると、そこにマントをおろし、十九番目の本を探しに走った。

どうやら三百三十六年まえからさらに数年さかのぼったころに、だれかが本をもどす場所をまちがえたようだ。トレヴィルは必死で本の背表紙に目を走らせた。その間も、〈知の円形閲覧室〉の分厚い木の扉に剣を打ちつける音はずっとひびいていた。トレヴィルはようやく目指す本を見つけた。

二十冊目から二十三冊目までは所定の場所にあった。しかも四冊ともおなじ本棚だった。最後の一冊は回廊の反対側にある。トレヴィルは手に入れた本をいったんマントの上に置いた。「物理一二二一」トレヴィルは本の蔵書番号をつぶやいた。ドアを見ると、剣先が突きぬけている。だが完全にドアが破られるまでにはまだすこし時間がかかるだろう。

「どこに行った！　見あたらないじゃないか。物理一二二一……物理一二二一。出ておいで。ほら、早く出てこい！」トレヴィルはせっぱつまってどなった。

そのとき突然、轟音がとどろいた。ドアが吹っとび、『均衡の書』をおさめていたキャビネットを粉々にした。ガラスの破片が、三人の戦士の麻痺した体の上に降りそそいだ。入口にウルフが立っていた。青い星のように輝いている。

「よくまあ、忍びこんだな。本気で盗めると思ったのか？」ウルフがそうどなったかと思うと、腕をまえに突きだした。矢が回廊に向かって飛んできた。ウルフに操られた矢だ。

トレヴィルにはもう力をかげんする必要がなくなった。ドアが吹っとんだ時点で、攻撃は予知できた。耳もとでコウモリが鳴いた。左を意味する鳴き声だ。トレヴィルはとっさに頭を右にやった。ウルフの放った矢がすぐそばをかすめて、本の背に突きささった。

「ありがとう、オルリク」そうささやいて、マントと杖のあるところに飛んだ。

ウルフはすぐに二の矢を箙から抜くと思ったが、そうはしなかった。矢ではだめだとわかったらしい。トレヴィルがマントのすそをつかんで縛ろうとしているのを見て、ウルフは見えない手で鉄の格子板を敷いた廊下をつかんだ。金属がねじまがる音がし、留め金がはずれて、下の回廊に落ちかかるように傾いた。トレヴィルは見えない引力に引きずられるようにして格子板をすべった。下の回廊に尻餅(しりもち)をつくまえに宙に飛んだものの、マントと杖もろとも、もんどり打ってドサッと落ちた。どこかで頭を打ったのか意識がもうろうとした。すぐに立ちあがろうとしたが、目まいがして、腕に力が入らない。ウルフの矢にやられると覚悟したとき、悪意のこもったいやらしいウルフの声が聞こえた。

「おれにかなうなどと思うなっていったはずだぞ」

「それはともかく」モロクが口をひらいた。「若き友は大事なものをわれらに教えてくれた。さて、アバクックが関心をもっていた書物がいかなるものか見せてもらおう」

　トレヴィルはずきずき痛む額に手をあてた。まだオーラを発していた。ウルフもまばゆいばかりの青い光に包まれている。ウルフのすぐ後ろにモロクが立っている。黒いヴェールで目をかばい、満足そうにニヤニヤしている。〈黒軍団〉の戦士たちはふたりと距離をおいて、扇状に展開している。みんな思いおもいのぼろ布を顔のまえにかざしている。トレヴィルは、身動きできないまま、ウルフの股(また)のあいだから〈知の円形閲覧室〉の入口を見た。とたんにはっとした。錯覚かと思って目を閉じた。トレヴィルが見たものは、体にぴったりの黒服とうっすらと光を放つマントを身につけた気品に満ちた小人だった。その背後には、戦士が数人、横たわっていた。

　ケオッバが叫んだ。

「モロク殿、おとりこみ中申しわけないが、わたくしどもの友にひどいことをなさった。そういうことをされては困ります」

モロクとウルフ、そして戦士たちがおどろいて声のした方をふり向いた。

「何者だ？」モロクがたずねた。

「わたくしはケオッバと申します。バッダの大公、祭司にして裁き司（つかさ）であります」そういって、ケオッバは深々とおじぎした。

突然、ウルフが怒りをこめてトレヴィルに向きなおり、矢を飛ばした。

だが時すでに遅く、〈均衡の守り手〉トレヴィルはマントと杖（つえ）をつかみ、壁や岩を通りぬけて、ロンディノールの地下都市に移動していた。

第六の波動

第16章 反乱

　結婚式は悪夢さながらとなった。ヴァリス将軍配下の近衛兵にとっても例外ではなかった。王室一家が臣民の祝賀を受けるときは厳重警備と決まっているが、臣民と分けへだてない君主たらんとしたイスフェト王の意向で、今回はその体制が敷かれなかった。王には、王子の結婚式で臣民の心証をよくしようとする思惑があったのだ。

　爆弾探しの名人は、式当日の朝五時からはじまった警備の打ち合わせに参加した。警備隊員は、武器とともに目立たない無線機を身につけた。だがトプラだけは武器を渡されなかった。トプラは指揮官の説明をろくに聞いていなかった。トプラは眠れない夜を過ごした。イヌキスとの口げんかが心に引っかかって、いらいらしていたのだ。怒りの矛先をだれに向けたらいい

のかわからなかった。自分に非があると認めたかと思うと、一転してイヌキスに罪を着せ、またあるときはアーブワやファラオを呪(のろ)い、にっちもさっちもいかない今の状況を憎んだ。しまいにはホプナイまで悪者にされた。彼が立てた作戦はあまりに危険すぎないか。なんで仲間に犠牲を強(し)いるんだ。

　金物商ムスタファの店の奥で、トプラは、ホプナイが中心メンバーとして長年かかわってきた地下組織の存在を知らされた。バカト国内のさまざまな抵抗勢力のリーダーたちがシバのオアシスで何度も会合を重ね、ホプナイ主導のもと、イスフェト王を失脚させ、圧政を終わらせるという共通の目的のために結束したのだ。

　結婚式の日の浮かれた気分は表面的なものだった。火花がひとつ散るだけで、バカト王国という火薬樽(だる)は吹っとぶことになる。抵抗勢力は隠れ家で虎視眈々(こしたんたん)とすきをねらっていた。政府軍への反撃ののろしをあげる機をじっと待っていたのだ。

　ホプナイは分刻みの作戦を立てた。婚姻の儀ののち、新郎新婦とイスフェト王とイバー＝アイティ王妃は、お色直しのために神殿の控え室に下がることになっている。そのときを決起の時と決めていた。隠し通路を使って、反乱軍は近衛部隊に気づかれることなく王室一家を拉(ら)致(ち)し、裁きにかける。

「連中はみんな、なにかしら国民に悪事をはたらいているからな」ムスタファの店の奥で「バカト解放作戦」の説明をしたとき、ホプナイはそういっていた。

〈絆（きずな）〉に結ばれたトプラは、作戦をこと細かく説明されてもすこしも胸躍らなかった。作戦の成否は、イヌキスがアーブワ王子と結ばれるかどうかにかかっている。だが、ふたりが結婚すると思っただけでいたたまれなかった。イヌキスは、国民から、純真無垢（むく）で、すでに「心の女王」と賛美されていたので、反乱が成功した暁（あかつき）には、王妃として国を治める手はずになっている。しかしもし反乱が失敗したらどうなるのだろう。アーブワは残虐非道だ。イヌキスがアーブワの怒りを一身に受けることになったらどうする。

トプラにはほかにも気がかりなことがあった。ホプナイは、関係者の安全のため、この計画でどんな役割を担わされているかイヌキス本人に伝えていなかった。そのために、イヌキスは憎むべきアーブワの后（きさき）になるしかないと観念している。口げんか以降、イヌキスのそばに行く機会がなくなったトプラは、自分が情けなくて、すっかり落ちこんでいた。トプラの命を救うために結婚するんだといわれても、イヌキスの決断を受けいれる気にはとうていなれない。

この数日、トプラはいっときも心休まることがなかった。暗い顔でただひたすら義務を果たすだけだった。メンフィスの三柱神にささげられた神殿で爆弾を探している今も、トプラの魂は苦汁にまみれていた。豪壮な神殿は、巨大な三つのピラミッドで世界に知られる〈死者の町（ネクロポリス）〉の端に建っていた。大昔にメンフィスのモロク神がその町をのみこみ、以来、その聖域には一部の例外をのぞいて部外者の立ち入りが禁じられている。婚姻の儀は、プタハ神、セクメト神、ネフェルテム神の巨像が立つ円柱広間でおこなわれることになっていた。もともと金色に光りかがやくタイルや極彩色の壁画だけでも豪華絢爛なのに、今や金糸をぬいこんだ青、白、緑の布や赤い絨毯、色とりどりのかぐわしい花飾り、宝石をちりばめて白孔雀などのめずらしい鳥を入れた鳥籠などで飾りたてられた円柱広間に立って、トプラの感覚はおかしくなりそうだった。そもそもその大きさだけでも訪れた人にめまいを覚えさせる。見上げんばかりの円柱が二百七十六本、巨大なパピルスの茎のように床からのびている。その柱頭は外側にせりだし、円柱が支えているのは神殿の天井ではなく天空のように思えてくる。

やがて報道機関や式の参列者が群れをなして円柱広間に入ってきた。貴族、でっぷりした財界の大物、功績のあった官僚、敬虔な神官、軍の高官、友好国の大使や国家元首。こうした賓客たちには、広間にずらっと並べられた赤いビロードの椅子が用意され、ほかの客たちはその後ろに立った。

午前十一時すこしまえに、トプラのイヤホンに、新郎新婦を乗せた自動車の列が神殿のまえに着いたという知らせがとどいた。これから厳重な警備体制に入るということだ。神殿の外で大群衆の歓声があがった。トプラは円柱広間の東側にあたる祭壇近くに立っていた。神官の右側、ファラオの背後にあたるその位置から、手投げ弾や毒ガス弾などの危険物がないか見張るのが任務だった。

ファンファーレが鳴りひびき、ファラオを先頭にした一行の到着を知らせた。ファラオとその后が円柱広間の西側の入口に姿をあらわした。ふたりは並んで歩いてくる。トプラは、母ギザを苦しめた魔女であるイバー＝アイティを見かけることはめったになかった。金鎖や光りかがやく宝石で飾りたてられた黒髪が天を突くオベリスクのようにそそり立っている。肩をあらわにした空色のシルクのロングドレスには金モールの縁飾りがぜいたくに使われている。豊かな胸のあたりにはきらきら輝く布があしらわれ、ウェストはスタイルよく見えるようにカットしてあった。それに見合うように腰から下も高価な生地がふんだんに使われていて、だれもが息をのんだ。王妃のすべてが――バカト王国の整形外科の最高傑作であるその顔だけをのぞいて――光りかがやいていた。王妃は苦虫をかみつぶしたような顔をして、しきりに首をのばしている。だれを捜しているのだろう。そう思った瞬間、トプラとファラオの目が合った。イスフェト王は三重冠をかぶっていた。〈ヘドシェト〉と呼ばれる白い部分は帝国領のうちの上(かみ)バカト地域をさし、〈デシュレト〉と呼ばれる赤い部分は下(しも)バカト地域をさす。そして青い部分〈ケプレシュ〉は、かつて戦におもむくときの兜(かぶと)だったもので、アンクスのすべての民、いや、ひょっとしたら〈三つ子の宇宙〉全体を支配することを象徴している。

参集した人々が喝采(かっさい)を送った。まるでイスフェト王とイバー＝アイティ妃がこの日の花婿と花嫁であるかのような騒ぎだ。ふたりはゆっくりとした足どりで、近衛兵が作る人垣のあいだを進んでくる。そのあとからバカト王国で最高位の官僚である宰相アポフィスが妻をともなって歩いてくる。アポフィスはイヌキスの義父でもある。だから今日は花嫁の父という役をおおせつかっているのだ。そのあとにほかの政府高官がつづいた。

それまできょろきょろしていたイバー＝アイティの目が、近衛兵の人垣の最後列に立っているトプラにとまった。ウサギをねらうヘビのようにトプラをにらみつけている。トプラはぞっとした。王妃はなにを考えているのだろう。イヌキスが、ファラオと王子のひそひそ話を教えてくれたことがある。ふたりは、時が満ちるまでにライバルを殺されないよう、王妃には内密にしようと話していたという。そのライバルが自分でないことを、トプラはずっと願ってきた。だが王妃のけわしい眼差しを見てすべての希望は消えた。もう猶予期間は終了したのだ。

この日は不機嫌な王妃よりも目をひくものが次々とくりひろげられたので、トプラ以外の参列者たちはイバー＝アイティの奇妙なふるまいに気づかなかった。

祭壇のまえに安楽椅子がふたつ用意されていたが、イスフェト王と王妃はそこにすわらず、神像の右手にある三段からなる高座にすえられた玉座に腰をおろした。神像の左手には一段だけの高座があり、宰相夫妻はその席につき、他の高官たちは前の方の席にすわった。

ファンファーレが鳴りひびいて、広間の緊張が高まった。ついで〈万世の館〉専属オーケストラが二階席から聖なる曲を奏ではじめた。数分後、書記官ネフェルマートが入ってきた。紺色のビロードのクッションを両手に押しいただいている。クッションの上には黄金の結婚指輪がのっていた。バカト王国のしきたりでは、結婚したふたりは永遠に、それこそ黄泉の国までも契りを交わす証としてその指輪を右手にはめることになっていた。高価な宝石をあしらったその指輪は、神官が青きナイルの源泉から汲んできた聖なる水で浄められていた。これもまたバカト王国のしきたりだ。王国最高位の書記官は、胸をはだけた宮殿警備兵に導かれて広間を横切った。宮殿警備兵は総勢十五人。槍の形をしたレーザー銃を構え、祭壇に向かって三角の陣形をとっていた。

トプラの心は千々に乱れた。ふたつの結婚指輪のうち小さい方が奴隷の首輪に思えてならなかったのだ。イヌキスは、アーブワの嫉妬からトプラを守るためにその指輪をつけようとしている。

（なんてひどいことを！）

トプラは心の中で叫んだ。

イヌキスの黄金の指輪に爆弾がしこまれているではないか！

トプラはがくぜんとして青いクッションを見つめた。まさかと思いつつトプラはもう一度確かめた。ダイアモンドとサファイアとエメラルドを朝露に似せてデザインした小さな結婚指輪は、たしかにトプラの首輪とおなじ特別仕様だった。トプラはぼうぜんとして書記官を目で追った。花嫁花婿の席の前で精鋭部隊の兵士たちは陣形を解き、ファラオと宰相の後ろについた。ネフェルマートはクッションを祭壇の横にあるアラバスターの台座に置くと、ファラオの口の端にのぼった言葉を記録するべく、ファラオの背後にまわった。

トプラは必死に考えた。警告を発するべきだろうか。それとも、もうすこしようすを見た方がいいだろうか。イバー＝アイティの奇妙な行動はなにを意味しているのだろう。この婚姻の儀は罠（わな）だろうか。それとも、指輪の爆弾は、ホプナイがこっそりしかけたものだろうか。どの問いにもトプラは確信をもって答えられなかった。

そのとき、ふたたびファンファーレが鳴りひびき、花嫁花婿が円柱広間に入ってきた。アーブワが左、イヌキスが右。アーブワはバカト海軍の礼装に身を包み、豪華な装飾がほどこされたサーベルをさげている。イヌキスはひだをたくさん寄せたウェディングドレスに、乙女がつけるようなヴェール姿。ふたりは豊饒（ほうじょう）を意味するパピルスの茎をかたどった一本の黄金の杖（つえ）の両端をにぎっていた。古いしきたりでは、ふたりは結婚するまで互いに手をふれてはならないことになっている。結婚指輪をはめてはじめて、肌をふれあうことが許されるのだ。

ファンファーレが終わり、オーケストラが結婚行進曲を奏でた。ゆっくりした足どりで、ふたりは広間の中央を進んでくる。トプラの目がイヌキスのヴェールに釘（くぎ）づけになった。自分の決心を悔いて涙を浮かべてはいないか。それとも笑みを浮かべているのか。ふたりが席につこうとしたとき、イヌキスのヴェールが透（す）けて見えた。トプラは心臓が止まりそうになった。

イヌキスは悲嘆に暮れた顔をしている。上べすら幸せいっぱいの花嫁を演じようとしていない。いや、それどころか、左目に黒々としたあざがある。

「あいつ、なぐったな！」小声でつぶやいただけなのに、すぐそばにいたネフェルマートがとがめるような眼差（まなざし）でトプラをにらんだ。アーブワにも聞こえたらしく、トプラに顔を向けると、誤解しようのないしぐさをした。右指でのどもとをさしたのだ。

トプラは自分の目が信じられなかった。さっきの王妃の凍るような眼差し（まなざし）。そしてこれだ。前の方の列や近衛兵の人垣のすぐ後ろに立っていた参列者たちがひそひそと声を交わした。イスフェト王が眉間（みけん）にしわを寄せた。王妃はテレビカメラのまえで、引きつった笑みを浮かべている。その黒い瞳は、アーブワがパピルスの杖（つえ）でひきつれてくるイヌキスを冷ややかに見ていた。世界じゅうからやってきた報道関係者たちは、このひと幕をどう伝えるのだろう。「視聴者のみなさま、ただいま皇太子殿下が近衛兵のひとりに永遠に口をつぐむようお命じになりました」とでもいうのだろうか。

花嫁花婿は祭壇のまえにすえられた安楽椅子（いす）に腰かけた。結婚行進曲が消えると、黒玄武岩の神像の背後からもくもくと煙が立ちのぼった。煙が流れ去ると、そこにメンフィス三柱神に仕える神官たちがいた。みな頭髪をそり、さらして脱色した麻のゆったりした服を着ている。創造神プタハの神官が大神官を務めていたので、婚姻の儀も司（つかさど）ることになっていた。セクメト神の第一巫女（みこ）とネフェルテム神官団の長（おさ）のあいだに立っていた大神官は前に進みでると、祭壇をまわりこみ、花嫁花婿のまえで両手をひろげた。

大神官は結婚の権利と義務を述べた。権利は男にあり、女は義務を負う。大神官は、聖なる絆（きずな）は神々と特別なつながりをもつもので、よき忠告にそむいてはいけないと、いくつか注意すべきことを並べあげた。そして結婚の契りを結ぶかとたずねた。トプラは息をのんだ。花婿はレーザー銃のようにすばやく「はい」と答えた。しかしイヌキスはなかなか喜びを口にしようとしなかった。参列した人々はひそひそと声を交わした。アーブワがパピルスの杖をゆすった。花嫁ははっとわれに返り、蚊の鳴くような声で「はい」と答えた。

トプラは広間から飛びだしたかった。しかしふらりと体が後ろに傾いたとき、筋骨隆々とした壁があることに気づいた。大柄の衛兵が立っていたのだ。トプラが逃げるのを阻止するためにいるかのようだ。トプラは身をふるわせながら、儀式の成り行きを見守った。イヌキスの返事に大神官は見るからにほっとして、ふたりの人生が永遠に結ばれたとおごそかに宣言した。

つづいて男女ひとりずつの神官が祭壇の裏から出てきて、アラバスターの台座に歩みより、青いクッションをもちあげた。ふたりはひざまずいて大神官に指輪をさしだした。大神官は、アーブワの指輪をイヌキスの手でアーブワの指にはめるよう促した。イヌキスはふるえながら手をのばした。ところがその手がクッションにかかったとき、イヌキスのために用意された小さい方の指輪が、突然床に落ちた。

広間にいる数百人が息をのんだ。黄金の指輪は赤い絨毯（じゅうたん）に落ちると、まっすぐトプラの方へ転がっていった。さらに絨毯から石畳へと転がりつづけ、チャリンと小さな音をたててトプラの足もとで止まった。

トプラの目は指輪に釘（くぎ）づけになった。参列者は花嫁が粗相をしたと思っただろうが、トプラには真相がわかっていた。イヌキスはその指輪にさわってなどいなかった。すべてアーブワのしわざだ。アーブワも〈三つ子の宇宙〉の力を操れるのだ。そのことは、イヌキスが盗み聞きしたファラオと王子の話からも予想がついていた。だがそれでもトプラは度肝を抜かれた。トプラとアーブワの視線が交差して火花を散らした。トプラはアーブワのさっきのしぐさを思い出した。意味するところは、「おまえののどをかき切ってやる」だ。

「タクバよ、結婚指輪をもってくるのだ」アーブワの声が広間にひびきわたった。どこか愉快そうな口ぶりだ。

王妃がほんの一瞬、笑い声をあげた。

トプラは王妃や他の参列者の顔を見てみたい衝動に駆られたが、ぐっとこらえた。数百の眼差しがトプラに向けられている。トプラはゆっくりと顔をあげて、首を横にふった。

「殿下、それはできません」

「どういうことだ？」

「この指輪には爆薬がしこまれているのです」

広間がどよめいた。

アーブワはカラカラと笑った。

「冗談をいっているときではないぞ」

「わたしは爆弾を見つける名人です、殿下」トプラは、王子にというより、まわりの参列者やテレビクルーに聞こえるように大きな声でいった。「殿下の花嫁がつけることになっているこの結婚指輪には爆薬が入っているのです。陛下と殿下への忠誠の証としてわたしがつけているこの〈絆（きずな）〉の小型版といったものです。わたしの判断をどうか信じてください」

「信じろだと？　そなたをか？」アーブワがまた笑った。しかし今度はすこしも愉快そうではなかった。「そなたが〈絆〉を首につけたのは打算からであろう？　王家へ謀反（むほん）を起こすために、奴隷となったのではないのか？」

参列者たちがまた騒ぎだした。トプラが口をひらくと、騒ぎがぴたりとやんだ。

「証拠はどこにありますか、殿下」

「その者の上半身を裸にしろ。服を脱がすのだ」アーブワが命令した。

近衛兵たちはためらって、すぐには動かなかった。

「なんなら剣を使ってもかまわぬ。余のいうとおりにするのだ！」アーブワがどなった。

トプラが身構えるまえに、大柄の近衛兵がトプラの上着を切りさき、すぐに下着を引きさいた。公衆の面前でトプラは上半身裸にされてしまった。誇りを傷つけられたトプラにできたことといえば、爆薬をしこんだ指輪をありったけの精神力で押さえつけていることだけだった。

「背中を見せろ！」アーブワがいった。

近衛兵の力強い腕が命令にしたがった。イバー＝アイティが、高座から成り行きを確かめようと腰を上げた。そしてトプラの肩にあざを認めると、胸に手をあて、ふらふらっとよろめいた。そのとき王妃が吐いた悪態を耳にしたのは、そば近くにいた者だけだった。

「あの女、まだあの世に行っていないのか？　あやつめ、ろくでもない奴（やつ）を墓から送ってよこしおった」

アーブワはほとんどおどろくことなく、トプラの背後にいる参列者たちに向かっていった。

「その背中の印を見るがよい。王家の紋章だ。奴隷商人の家来ふぜいがそのような入れ墨をするとはな。なにさまだと思っているのだ。未来のファラオか？　たかがテグアル族の分際で笑止千万」アーブワは挑発するような笑い声をたてた。参列者たちもしかたなくいっしょに笑った。円柱広間の二百七十六本の円柱のあいだを笑い声がひびきわたると、アーブワはトプラのそばに来て、耳もとでささやいた。

「母斑で、そなたの正体はばれたぞ。そなたがだれの子か、みんなに教えてやろうか？」

近衛兵につかまれていたトプラは背筋が凍った。これですべてが明らかになった。正体を隠しつづけることなどむりなのはわかっていたのに、危険を知らせるシグナルを見過ごしてしまった。王宮で秘密を隠しとおせるはずがなかった。アーブワとイバー＝アイティはすべて知っていたのだ。ホプナイの計画も察知しているかもしれない。

（いや、それはないはずだ）トプラはすぐに思いなおした。自分ですら作戦の全貌を知らないくらいだ。（時間をかせがなくては。挑発に乗ったらだめだ）

婚姻の儀が中断してしまったが、この場を切りぬけさえすれば儀式は再開されるだろう。その間に、ホプナイの秘密主義が功を奏して、イスフェト王の圧政に終止符を打てるはず。

テグアル族にこんなことわざがある。「コブラを怒らせるまえに逃げ道を探せ」トプラはアーブワの方に向きなおった。

「殿下がわたしの母をご存じならば、わたしの父がだれかもご存じなのでしょうね。殿下から見れば、わたしは正式な子でないかもしれませんが、臣民の大半はわたしを殿下の兄弟とみなすことでしょう。専制政治の圧政下で生きることを望まない多くの人々がすでに抵抗ののろしをあげています。殿下が玉座につきたいがばかりにイスフェト王の本当の第一子を殺したとなれば、どのような事態を招くでしょう。殿下、わたしはどこの馬の骨かわからない者ではありません。〈ナイルの華〉は、今でも多くの人に歌われています。わたしは他国に亡命していたのでよく知っていますが、バカト王国の外でも〈ナイルの華〉はたたえられていました。殿下がわたしをギザの息子として公衆の面前で紹介してくださるのなら、異存はありません」

　アーブワはぼうぜんとした。トプラを反逆者扱いにしようとしかけたのが裏目に出たことに気づいたのだ。こともあろうに、テレビクルーたちにセンセーショナルな話題を提供してしまった。すぐに世界じゅうがこの話題でもちきりになるだろう。背中にピラミッドの御印(みしるし)をもつこの若者はいったい何者だ、と。

　そして今度は、トプラが報道陣に聞こえるような大声で逆襲に転じた。

「日々、王家に命がけで奉公する近衛兵が、ファラオをたたえるために王家の紋章を体にしるしてどこが悪いのでしょうか？　バカト軍の戦車や戦艦にも王家の紋章がついています。なぜ兵士が身につけてはいけないのでしょうか？　殿下がそれでもわたしの意図をお疑いになるのなら、どうかわたしの上司におたずねください。わたしが二度にわたって爆弾を見つけたと証言してくれるはずです。しかもそのうちのひとつは国王陛下のお命をあやうくするものでした。そのような家来が主君を殺し、王座をねらったりするでしょうか？」

アーブワは歯ぎしりした。さりげなくうなずくと、はっきりとした口調でゆっくりと答えた。

「では、そなたの忠誠心を行動で示してもらおう。そなたの足もとに落ちている指輪をもってくるのだ」アーブワは、トプラを放すよう、まわりの近衛兵たちに目で合図した。

トプラはヴェールの奥のイヌキスの顔をチラリと見た。なにか合図をするかと思ったが、これといったしぐさはない。イヌキスはじっとたたずんだまま、今にもパピルスの杖から手をすべらせてしまいそうだ。トプラは指輪を見下ろした。体をずいぶんこづきまわされたのに、不思議と指輪は踏まなかった。アーブワの要求に屈するべきだろうか。トプラはゆっくりと首をふり、アーブワの目を見すえた。

「お言葉にはしたがえません、殿下」

「余の命令にそむくというのだな？」

トプラは腰をかがめて、指輪を拾いあげた。だが王子には渡さず、まわりのみんなに見えるように高々とかかげて、こういった。

「この指輪には爆薬がしかけてあります。王女となられるイヌキスさまが大けがをなされるでしょう。だれがこのようなものをしかけたのか知りませんが、近衛兵のひとりとして、イヌキスさまを危険にさらすわけにはいきません」

数人の参列者がおびえてあとずさった。

アーブワが怒りをこめてどなった。

「そなたがしたがわぬのは本当に忠誠心からなのか？　それだけではあるまい。王宮ではうわさになっているのだぞ。そなたがわが花嫁に心を寄せているとな」

今度はトプラがあぜんとする番だった。まさかこんな手でくるとは思わなかった。世界をまえにしてイヌキスへの思いを否定しろというのか。うそをつけというのか。アーブワは次にはイヌキスの不実をなじるかもしれない。結婚の誓約を破った者にあたえられる罰は死罪と決まっている。

（だめだ）トプラは首を横にふった。（こんな悪辣な茶番は終わらせなくちゃいけない）

トプラはみんなにはっきり聞こえるようにいった。

「わたしは殿下の花嫁さまを敬っています。わたしにかぎらず近衛兵全員、そうなのではないでしょうか。みな、イヌキスさまに命をささげる覚悟でいると思います。わたしは最近、爆弾を探すためにイヌキスさまのお部屋をお訪ねしたことがあります。そのときイヌキスさまはすんで殿下と結婚するとおっしゃっていました。ですから、わたしのような若者がいくらイヌキスさまを崇拝しようが関係のないことでしょう。イヌキスさまは王冠を選ばれたのです、〈絆〉は選ばれなかった」

そのとき一瞬、パピルスの杖がふるえたのをトプラは見逃さなかった。だがアーブワがすぐに杖をしっかりにぎったので、イヌキスがなにを伝えようとしたのかはわからなかった。アーブワはイヌキスの顔をにらみつけると、命令にしたがわないトプラにあらためて向きなおった。

「そなたの言葉が真実であることを証明してみせるのだ。さもなければ、そなたを命令違反者とみなす。結婚指輪をよこせ。早くしろ！」

トプラは背筋をのばして首を横にふった。イヌキスがギザの息子であるトプラを捨てたとしても、彼女を危険にさらすようなことはとてもできない。

「殿下、指輪は爆弾処理班に渡して、信管を抜いてもらいます」

「そういっておいて、指輪をもって逃げるつもりだろう。そうはさせん」アーブワは冷たくいい放って、トプラのすぐ後ろに立っていた近衛兵に合図した。トプラはすぐに腕をつかまれ、祭壇と花嫁花婿の席のあいだに引きだされた。ふたたび円柱広間が騒然となった。

アーブワは、王妃と大神官のあいだに立っているファラオの方を向いた。

「父上、この兵士はわが婚姻の日に公衆の面前でわたしにそむきました。しかもわが妻を横どりしようとたくらんでいるのです。この者を罰するべきと存じます。今この場で」

「そのとおり。厳罰に処すべきじゃ」イバー＝アイティがいった。「十八年まえにそうするはずだったのだ。早く……」

「だまれ！」イスフェト王がイバー＝アイティの言葉を冷たくさえぎった。王妃は目をギョロリとさせたが、口をつぐんだ。王はすぐにいつもの尊大な顔つきにもどった。書記官ネフェルマートは録音機のスイッチを入れ、速記用のメモ帳にペン先をつけた。トプラは羽交いじめしようとする近衛兵に抵抗した。すぐに他の近衛兵が駆けつけた。大広間に沈黙がひろがった。

「かような職務違反を見過ごしにはできぬ」祭壇から王がいった。「しかし今日は、喜ばしき日として長く記憶すべき祝いの日である。処刑によって、この日に翳りが生じるのは望ましくない。王子よ、いかなるしおきをするかは、そなたにまかせよう。しかし条件がふたつある。その者をしばらく生かしておくのだ。そしてそなた自身で罰をあたえるのだ」

トプラは背筋が寒くなった。父と子は口から出た言葉とは裏腹に、目で会話していた。トプラの死が話題になるのはこれがはじめてではない。イスフェト王は、イバー＝アイティの殺意をかきたてないようアーブワに注意していた。アーブワは王が殺害をためらっていることが気に入らないようすだった。死罪を避けようとする王の心は、かつて愛した〈ナイルの華〉の子に対する父性愛などとは関係ない。時が満ちるまで切り札をとっておきたい一念なのだ。だが王の目的はなんなのだろう。

イスフェト王とアーブワの暗黙の格闘はすぐに決着がついたようだ。アーブワはニヤニヤしながら、いまだに指輪を手にしている犯罪者に顔を向けた。

「そなたも聞いたな、タクバ。国王陛下はしおきをするようおおせになった。精鋭部隊の規律に傷をつけた者には、他の者も反抗する気が失せるような罰をあたえなければならないだろう」そしてアーブワは近衛兵に向かっていった。「そいつの腕をしっかりつかめ。他人を傷つけることのないよう、その腕を切りおとしてくれる」

「やめて！」イヌキスが叫んだ。口に手をあてて必死で首をふっている。

アーブワはイヌキスの方に顔を向けた。

「そなたはやはり、このペテン師に心を寄せているのか？」

「殿下、祭壇を血でけがしてはなりません。しかも花嫁にそのような質問をされるとは」アーブワの注意をイヌキスからそらすために、トプラはそう叫んだ。

アーブワはふたたびトプラの方に向きなおると、先ほど同様ニヤニヤしながらいった。

「愚か者ではないようだな。そなたが仕官してきたときにもそう思ったぞ。こうしようではないか。結婚指輪を渡すのだ。そうすれば禁固刑に減刑してやろう」

「イヌキスさまの命と自分の体を引き替えにしろと申されるのですか？　考えられないことです」トプラは答えた。

アーブワは静かに笑った。

「そなた、腕を切られれば、どのみち指輪をつかんではいられないのだぞ」

「たしかにおっしゃるとおりです。しかしわたしの血で指輪はけがされるでしょう。まさかそのようなけがれた指輪を花嫁の指にはめるようなことはなさらぬはず」

アーブワはちらりと大神官と目を見交わした。大神官は、トプラのいうとおりだとうなずいた。アーブワは自分ではじめた茶番を終わらせられなくなっていた。このままでは自分が笑い者になってしまう。カメラのまえで無力な奴隷にいいようにあしらわれ、アーブワは完全に逆上してしまった。サーベルに手をかけると、うなるようにいった。

「いいだろう、タクバ。指輪がけがれたら、また浄めの儀式をすればすむこと。正義をまげるわけにはいかないのだ」アーブワは額に玉の汗をかいていた。血管は浮きあがり、顔は真っ赤だ。今爆発するとしたら、指輪ではなくアーブワの頭だとしか思えなかった。

「やめてくれ！」トプラは懇願するようにいった。

「切っておしまい！」イバー＝アイティがどなった。

アーブワが悪意のこもった笑みを浮かべた。

トプラは、アーブワを催眠術にかけるようにゆっくりと首をふった。抵抗する決心はついていた。それがなにを意味するか、円柱広間にいるだれひとりわかっていなかった。テレビのまえで成り行きを見守り、王子が考えなおすことを祈っているはずのホプナイにもわからないことだった。

アーブワがサーベルの鞘を払った。その瞬間、円柱広間の中で世界の均衡がくずれた。サーベルは半円を描いてふりおろされた。アーブワは腕を切りおとす手応えを感じるはずだった。ところがサーベルは意志をもつかのようにアーブワの手から離れ、矢のように宙を飛んだ。ふたりの視線が交わった瞬間、アーブワはトプラが挑戦を受けて立ったことに気づいた。

突然、悲鳴があがって、アーブワは後ろをふり向いた。

「母上！」

サーベルはイバー＝アイティの胸を刺しつらぬいていたのだ。

王妃はイスフェト王と大神官にささえられながら床にくずおれた。アーブワはすぐに駆けよってひざまずいた。

「母上！」

アーブワは何度も何度も呼びかけた。声には怒りがこもっていた。イバー＝アイティがなにかつぶやいたが、トプラには聞こえなかった。テレビクルーは一部始終をカラーで放送しつづけた。検閲官がいるにはいたが、あまりのショックに放送を中断させるのを忘れてしまったのだ。イバー＝アイティは一度上体を起こしてから、がくりと力なく倒れた。

トプラもがくぜんとしていた。アーブワの手からサーベルを抜きとろうとはしたが、だれかを殺（あや）めるつもりなどなかったのだ。たとえ相手が母を殺した魔女であってもだ。「あなたの力を善きことのために使いなさい。そして成すべきことをするのです。イバー＝アイティの手はわたしの血で染まっています。いつか罪をつぐなわせる日が来るでしょう」死の床でギザがいった言葉が苦い思い出として脳裏によみがえった。トプラは思いもかけず、母の無念を晴らしたのだ。いや、そう考えるのは自分を偽ることにならないだろうか。すでに感じている罪の意識をおし隠したくてそう思っているだけではないのか。

トプラはとっさに近衛兵たちから身をほどいた。思いがけない展開にぼうぜんとするあまり、近衛兵たちはまともに反応できなかった。広間にいた人々はみな、祭壇をくいいるように見つめていた。横たわる王妃は三人の神官に囲まれて祈りの言葉を受けている。イスフェト王はひざをつき、生気を失った王妃の体を抱いている。その横には両手をにぎりしめて、ただぼうぜんと首をふるイヌキスがいる。その瞬間、アーブワが体を起こした。怒りで顔を真っ赤にしながらきびすを返した。右手には血で染まったサーベルをにぎっている。

「人殺し！」アーブワの凍りつくような声が広間にこだました。それはトプラに対する死の判決を意味した。

トプラは爆薬をしこんだ結婚指輪をズボンのポケットに突っこみ、花婿たちのすわるはずだった椅子（いす）の後ろにしりぞいていた。アーブワの合図ひとつで、近衛兵たちのレーザー銃が発射されるだろう。トプラは首をふった。

「サーベルを抜いたのはわたしじゃありません。手にしたこともありません。ここにいる人たちやテレビを見ていた人に確認してください。殿下の母上にサーベルを投げたのは殿下ご自身だと証言してくれるでしょう」

アーブワはまっすぐ、しかし用心しながらトプラに近づき、首をふった。

「おまえとわたし、われわれはおなじ望みを抱く双子の兄弟のようなものだ。だがどちらかひとりしか、その望みを手にすることができない運命にある。わが母は、そのことを見抜いておられた。だから無用な争いを避けようとしたのだ。母上を殺したのはおまえだ。ほかの者がなんといおうがかまわない。ほかの者の感覚はまどわせても、われわれふたりのあいだでごまかしはきかない。ふたりしてみんなをあっといわせてやろうじゃないか、タクバ。どうだ？」

「やめるのだ、アーブワ！」イスフェト王が叫んだときはもう遅かった。アーブワが花嫁の椅子に手をのばすと、まだふれてもいないのに、その重い椅子が右に吹っとび、数人の参列者をなぎたおした。悲鳴にまじって、感嘆の声があがった。すぐに花婿の椅子が飛んだ。今度は左だ。円柱に当たって粉々に砕けた。逆上したアーブワとトプラをへだてるものはなくなった。

「死ね！」アーブワはそうどなると、両手でサーベルをふりあげた。イスフェト王がトプラを殺すなと何度も叫んだが、アーブワは聞く耳をもたなかった。

トプラをまっぷたつにせんとサーベルがふりおろされた瞬間、アーブワは天井にはね飛ばされた。サーベルの切っ先はトプラの頭にかすりもせず、クルクルまわりながら床に落ちてきた。トプラが身をひるがえしてよけると、床に激突して、ふたつに折れた。

参列者たちは騒然としたが、じっさいにはなにが起こっているのかまったくわかっていなかった。高い天井まではねあげられたのだから、アーブワは無事ではあるまいと思っただけだ。そんな高みから墜落して助かるはずがない。だがアーブワにも均衡の力を操る能力がそなわっていた。サーベルが折れるのと同時に、アーブワは自分をはねとばした力の向きを逆にして、ふわりと天井に足をつけ、頭を下にして、トプラの居所をさぐった。

トプラは足をすくわれたような感覚を覚えて悲鳴をあげた。彼もまた天井に向かって舞いあがると、手足をばたつかせながら、自分の重心をなんとかとりもどそうとした。それは振動する球体を砂の中から掘りおこすような感覚だ。天井に激突する寸前、ようやく体のバランスをとりもどし、すべるように宙を舞って、アーブワのすぐ横の天井にふわりと着地した。

広間にいた人々にはなにがなんだかわからなくなった。天井をじっと見上げ、素手でなぐりあいをはじめたふたりを目で追った。最初に声をあげたのはイスフェト王だった。

「あやつを撃て。だが殺すでない」王はボディーガードたちに命じた。

「しかしふたりとも、激しく動きまわっております。王子さまに当たる危険が」ボディーガードのひとりがいった。

「いつまでも天井に張りついてはいられないだろう」王はうなるようにいった。

参列者の頭上でくりひろげられる格闘は激しさを増していった。アーブワは海軍アカデミーで接近戦の訓練を受けていたし、トプラもタンヒル号の甲板や港でけんかの場数を踏んでいた。しかし、イスフェト王のいうとおり、ふたりは力をコントロールできなくなってきた。トプラに首をしめられたアーブワは均衡を保っていられなくなって落下した。トプラもアーブワに引きずられるようにして落ちた。観衆が悲鳴をあげた。まばゆいレーザー光線が広間を斜めに走ったが、トプラには当たらなかった。王が血相を変えて怒った。ひとつまちがえれば、アーブワに命中していたかもしれないからだ。

トプラはひと足先に均衡をとりもどした。真下で円陣を組んだ近衛兵たちが、レーザー銃で自分をねらっていることに気づくと、円柱広間を何度もゆがめ、横にすべらせた。次の瞬間、トプラは床と天井のちょうど中間くらいの高さを移動して、円柱に垂直におり立った。レーザー銃がいっせいに放たれた。瞬時にトプラは円柱の後ろにまわりこんだ。彼が逃げたコースをたどるように、円柱に真っ黒な焼け跡が残った。大神官とふたりの神官が悲鳴をあげた。

トプラにはほとんど逃げ場がなかった。広間のいたるところに、レーザー銃をもった狙撃兵がいる。トプラはズボンのポケットから結婚指輪を出して、円柱の陰から広間のようすをうかがった。イバー＝アイティの遺体のそばにイスフェト王がいる。王は、イヌキスを逃がすまいとして手首をつかんでいる。しかしイヌキスの気持ちはそこにはない。ヴェールをあげ、おびえたようすでトプラを見上げている。その顔の半分ははれあがり、青あざになっている。化粧も涙で流れていた。一瞬、イヌキスとトプラの目が合った。トプラは円柱の陰から飛びだし、円陣を組む近衛兵たちに結婚指輪を投げた。

〈絆（きずな）〉はよほど異常な力を加えないかぎり、落としても爆発する可能性は低い。結婚指輪もおなじ構造だろう。それでもトプラがなにを投げたか気づけば、近衛兵たちは身を伏せるはずだ。だがそのとき、またしても思わぬ偶然が重なった。トプラが投げた物体が爆弾だと気づいて、近衛兵たちはすぐに待避したが、反射的にレーザー銃の引き金を引いた。レーザー光線はトプラにこそ当たらなかったが、近衛兵たちの頭上近くで指輪に命中したのだ。

指輪は爆発した。

十八年まえ、〈絆〉が爆弾がわりに近衛兵たちに向けて使われる事件が起きて以来、たえず改良が加えられ、今では身につけている者だけを殺し、まわりの者には危険が及ばないようになっていた。だから今の爆発で重傷を負った者はいなかったが、それでも小さな破片が飛びちり、爆風が重装備の近衛兵たちを吹きとばした。

トプラはがくぜんとして床を見下ろした。列席者も吹きとばされ、いたるところで悲鳴があがっている。人々はパニックにおちいって、外に逃げようと出口に殺到した。指輪が爆発したあたりの椅子がいくつか燃えあがり、数人が苦しそうに床を転げまわった。みんな、血を流していた。近衛兵の多くは顔を手でおおっている。おそらく爆発時の閃光で目をやられたのだろう。トプラは無性に腹が立った。

（なんて愚かなことを！　なんでアーブワを止めないんだ）

そのとき突然、耳もとで憎しみのこもった声が聞こえた。

「これで助かったと思っているのか？」アーブワだ。となりの円柱に立っている。トプラは顔をあげてアーブワを見た。その顔は醜くゆがんでいる。手になにか金属製の装置をもち、親指を小さなボタンにのせている。手のあいだから点滅する警告灯の光がもれていた。気に入らない奴隷の頭を吹っとばすために使う最新型の無線発火装置。トプラも見知ったものだ。

「アーブワ、王子よ、やめるのだ！　その者を生かしておけ。まだ必要なのだ」イスフェト王が下から叫んだ。王の顔に困惑の表情が浮かんでいる。自分の身をかばうように左手を上にあげ、右手でイヌキスの手首をつかんでいた。

アーブワは王に叫び返した。

「なぜ殺してはいけないのですか？　この者は母上を殺したのですよ」

「だがその者は、そなたの兄弟なのだぞ。それに、あれは事故だ」

「父上がそのようなことをおっしゃるとは」

「アーブワ！　しかるべき時と場所で、その者への復讐心（ふくしゅうしん）を満足させてやろう。だが、今はいかん！」

トプラは自分の耳を疑った。しかるべき時と場所だって？　ふたりはなにかたくらんでいる。なにを計画しているんだ。どうして今はトプラの命を救おうとするのだろう。トプラの中で疑念が渦巻いたが、今はそれどころではない。

「父上のいうとおりにしろ！」トプラはとなりの円柱に聞こえるくらいの声でいった。「決着はあとでつけよう」

アーブワはトプラと目が合うと、顔をこわばらせた。迷っているようだ。トプラは希望を抱いたが、アーブワはすぐにまた憎しみの表情にもどって、首をふった。

「父上にとっては妻のひとりにすぎないでしょうが、わたしにとって母はひとりしかいない。母を殺されてだまっていられるか」アーブワはふたたび発火装置をもつ手をあげた。

「気持ちはよくわかるよ」トプラは答えた。

アーブワはまた一瞬迷った。ギザがどんな運命をたどったかほとんど知らなかったからだ。だがすぐに怒りにゆがんだ笑みを浮かべ、スイッチを押した。

安全のため発火装置はすぐには作動しない。発光ダイオードが点滅した。トプラは思わず〈絆〉に手をやり、息を止めた。

「やめろ！」発火装置の点滅に気づいたのだろう、イスフェト王が叫んだ。その声におどろいて、そば近くにいた者たちが体をこわばらせた。

「父上のいうとおりにするんだ！」トプラがいった。

アーブワはニヤニヤしながら、トプラに装置を奪われないようしっかりつかんで見つめていた。点滅が速くなり、ピーという音が三回鳴った。最後の音が長くのびた。発火装置が作動したのだ。〈絆〉が爆発する……。

アーブワがまさかという表情で、発火装置から顔をあげた。音が消えたのに〈絆〉は爆発しなかった。しかも、目のまえの円柱にあった人影がない。トプラは姿を消していたのだ。アーブワの怒りは頂点に達した。

「王子よ、おりてくるのだ。あの者を生け捕りにするのだ。殺される方がましだったと思うほど懲らしめてやればよい」イスフェト王はアーブワの残忍な心にはたらきかけた。ネフェルマートが速記した。メンフィス三柱神の神官たちが、落ち着くようアーブワに懇願している。

イヌキスは唇をふるわせながら見上げていた。

しかしアーブワの復讐心はおさまらなかった。首をふると、さっき指輪が爆発したところに手を向けた。負傷した者たちのまわりにレーザー銃が何丁も転がっている。その一丁が動いた。斜面をすべるように飛びあがり、すぐにアーブワの手におさまった。

そのあいだにトプラは円柱を駆けあがり、天井に達すると一列に並ぶ大きな明かりとりに頭から飛びこもうとした。円柱広間の出口にはいまだに人々が殺到しているが、参列者の中には、もう危険はないと思ったのか、重力を無視して展開するふたりの戦いの行方をかたずをのんで見つめる者もいた。いったいどっちが勝つのだろう。槍形レーザー銃をもった狩人か、それとも外に逃げだそうとしている獣の方か。

まばゆいレーザー光線に、トプラは行く手をはばまれた。すぐに身をひるがえして、またもやアーブワと対峙した。だが素手でどうやって戦えというのか。

「やめろ！　火遊びは危険だ」アーブワにそう叫ぶと、トプラはレーザー光線をはね返そうとでもいうようにアーブワに手のひらを向けた。

「アーブワ、亡き母の名においていう。やめるのだ！」祭壇からイスフェト王が叫んだ。

復讐の鬼と化したアーブワは笑っていった。

「少々お待ちを、父上。いまひとたび引き金を引かせてください。それであきらめます」

トプラはまだ手をあげていた。必死で首をふっている。しかしアーブワは怒りにわれを忘れ、トプラの警告が目に入らなかった。

アーブワは引き金を引いた。

青いレーザー光線の束が発射された。ところがレーザー光線はトプラの手のひらを撃ちぬかなかった。その手前で、弾力性に富む壁に当たったみたいに四方にはね返され、細かい雨のしずくとなって広間に降りそそいだ。トプラは手のひらに灼けるような熱さを感じ、あまりのまぶしさに目がくらんだ。かすかになにかのシルエットが見えたと思ったのもつかのま、いっさいが視界から消えた。

下であわてふためく人々が見たものはちがっていた。飛びちった光線がふたたび一本の束となり、アーブワにはね返ったのだ。

光線はアーブワの心臓を貫いた。

致命傷を受けたアーブワの指が引き金からゆっくり離れた。二本の青いレーザー光線が消えた。そして銃が広間の床に落ちた。アーブワの目はうつろになり、ひざを折ったかと思うと、円柱から離れ、もんどりうってドサリと落ちた。アーブワの体が床にぶつかる直前、トプラは世界の骨組みを揺るがすような激しい突風を感じた。トプラもまた、天井から墜落しそうになったが、なんとか〈三つ子の宇宙〉の力をとりもどした。人々の悲鳴は聞こえたが、目がくらんでいて、アーブワの無惨な姿を見ることはできなかった。

アーブワは、祭壇といまだに火がくすぶっている椅子のあいだに横たわっていた。床がぐにゃぐにゃ動いている。なにかにぶつかったゼリーのようだ。ドロリとした粘液のように石畳が渦を巻きはじめ、いきなりアーブワの遺体の下に裂け目ができた。三本の亀裂が広間に走った。一本は東の祭壇に向かい、三柱神を引きはなした。残る二本の亀裂は北西と南西にのびた。アーブワの遺体のまわりに環状の亀裂ができなかったら、遺体は広間を三つに引きさいた亀裂でばらばらになっていただろう。

　床の揺れはおさまるどころか激しさを増し、亀裂が広がって奈落の底が口をあけた。壁がくずれ、大きな石が逃げまどう参列者の頭上に降りそそいだ。二百七十六本の円柱がすべて揺れはじめ、足もとの天井がぐらぐらしだしたとき、トプラはやっとわれに返った。イヌキスはくずれおちた石に打たれてしまっただろうか。それとも群衆にまじって、小さな西の出口に向かっただろうか。死の恐怖に泣きさけぶ声や降りそそぐ瓦礫の音はよく聞こえるのに、目は、明るい霧がかかったみたいでよく見えなかった。

　バカト王立テレビ局の中継車にいたクルーたちは、映画並みのそのスペクタクルを映像に残した。何台かの固定カメラは、いぜんとして映像を送りつづけていた。今はショック状態におちいった生身の群衆を映しだしている。ディレクターは衛星中継を中止して録画を指示したが、あわてた担当者はスイッチをまちがえ、もっとも悲惨な状況を映しているカメラに画面を切りかえた。そのため録画のはずの映像は、ライブで全世界五分の三の家庭に流されてしまった。頭上から落ちてくる瓦礫、下敷きになる人々、血が飛びちり、土ぼこりが舞いあがり、出口に殺到する人々の悲鳴が聞こえる。その一部始終を、互いに引きさかれたメンフィスの守護神たちが成す術もなく見つめていた。

　トプラはイヌキスを捜すのをあきらめていた。目が見えず、声をからして名前を呼んでも、円柱広間にこだまする怒号にかき消されるばかりだった。突然、広間の西側で、人々の悲鳴をかきけすものすごい轟音がした。円柱の一本が倒れたのだ。ヴェールがかかったようなトプラの目にも、それはおぞましい光景に映った。巨大な円柱がスローモーションのようにゆっくり傾き、となりの円柱を押したおした。このままでは屋根が落ちる。

　トプラは腕をのばして、近くの明かりとりを探した。窓から太陽を見ていて、突然、鎧戸をおろされると、太陽の残像がしばらく見えるものだが、トプラも残像のおかげでなんとか出口をさぐりあてた。ガラスのはめていない窓に足をかけると、もう一度広間をふり返った。顔は涙でぬれ、口もとをふるわせながら、あきらめとも怒りともつかない言葉を吐いた。

「なんてことをしたんだ」

　だれに向けられた言葉なのか。アーブワなのか、イスフェト王なのか、それともトプラ自身だったのか、トプラのみ知るはずなのだが、国立テレビ局のカメラもマイクも、トプラには向けられていなかった。崩壊する広間から飛びだすトプラが映像に映しだされることはなかった。

　どうやって大神殿の屋根から地面におりたのか、トプラにもわからなかった。〈三つ子の宇宙〉の力を使ったことはまちがいない。ゴムマットを引っぱって、球をあちこち転がすように、空間をゆがめたのだ。壁を走りおりたのか、グライダーのように舞いおりたのかはついにわからずじまいだった。

地面におりて緊張がとけたトプラは、そのまま意識を失ったらしい。だれかに激しく揺りうごかされ、興奮した声に現実に引きもどされた。

「けがはないですか？」

まぶたをあけたトプラは、突きさるような痛みを覚えた。見るものすべてに、うっすらと霧がかかっていた。まわりはいまだに混乱のるつぼだった。人々の悲鳴が聞こえ、土ぼこりと煙でまともに息ができない。そのとき熱気を感じ、火が燃えさかる激しい音が聞こえた。トプラはまともに返事ができなかった。

「あの……よくわかりません。手が焼けるように熱くなって、顔が……なにも見えないんです……青い光が……」

いがらっぽい煙がのどをしめつけて、それ以上しゃべれなくなった。

「すぐここから逃げなくては。神殿が燃えています。ここにいては熱気で窒息するか、倒れてくる壁の下敷きになってしまいます。さあ、こっちへ。立てますか？　手を貸しましょう」

わきの下に大きな手がさしこまれたと思ったときには、もう引っぱりあげられていた。

「この上着を着てください」男がいった。

「なぜです?」

「えりを立てれば、〈絆〉が隠せます」

それ以上問いただす気力がなかったので、トプラはいわれるがままに渡された上着に腕を通して、えりを立てた。そのあと、その何者かが自分の肩にトプラの腕をまわしてこういった。

「協力してください。わたしは重量挙げの選手ではないんです」

「どなたなのですか?」そうたずねながら、トプラは足に力を入れた。

「結婚式に呼ばれた客です。なんなら、友人といってもいいですが」

「それはまたずいぶんあいまいですね」

「友人というだけでも今は危険な時代ですからね。さあ、こっちです!」謎の男はいきなり向きを変えた。そのとき耳をつんざく轟音があがった。

「今のは?」

「神殿正面の壁がくずれたのです」

トプラは背筋が寒くなった。

「なんで助けてくれるのですか?」

すこしためらってから、男は返事をした。

「あなたがバカト王国の民を救ってくれたからです」

「だけど、ぼくは正反対のことをしてしまったじゃないですか」

「王朝を転覆させるには、それなりのことをしなければなりません。人民の大多数はイスフェト王を恐れ、かんしゃくもちの王子を憎んでいました。アーブワを厄介払いできたのですから、大した損失ではありませんよ」

そのとき、もうろうとしていたトプラの意識が晴れた。

「ぼくのことをご存じなんですね？」

「陛下たちは、あなたをタクバと呼んでいましたね。本当の名前ですか？」

トプラは口をつぐんだ。

「そうだろうと思いました。まちがいなくあなたは革命遂行に拍車をかけましたね」

（いや、革命のじゃまをしてしまったんだ）トプラは心の中でいった。ホプナイの計画は台無しになった。だがそれより気になるのは、イヌキスのことだ。

「花嫁がどうなったかご存じですか？　まさか……」

「神殿の下敷きになったかというのですか？　わたしはすぐ大広間から逃げだしたので遠くからチラリと見かけただけです。ただ崩壊まえに逃げだせなかった人たちは、ひとりも助かりませんでした。王子がいったことは本当ですか？　あなたはあの娘を愛しているのですか？」

「彼女はぼくにやさしくしてくれた」トプラは言葉をにごした。

「それでじゅうぶんです。今は軽々しく人を信じられない時代。いたるところにスパイがいますからな。あなたにならいってもだいじょうぶでしょう。わたしは芸術家でして、人の心がわかるのです。タクバはイヌキスを愛している。そしてイヌキスもタクバを愛している。賭(か)けてもいい。あっ、お静かに。口をきかないでください」

トプラと芸術家と名のった男は検問所にたどりついたのだ。だがパニックにおちいった群衆に、警備の警官たちは成す術(すべ)がなかった。逃げてきた人々をそのままだまって通過させていた。

「すぐそこに救急車が止まっています」男がいった。

「それは困る！」トプラはびっくりして叫んだ。

「わかりました。救急車はやめましょう。しかしすぐに火傷(やけど)の手当てをしなくては。顔が赤ピーマンのようですよ」

「どこか病院に連れていってくれませんか？」

「それはまずいでしょう。病院は衛生局に連絡するはずです。衛生局は秘密警察(アムジブ)の管轄下にあります。政府関係者が根こそぎ下敷きになっていなければ、連中は強引に秩序を回復しようとしてくるでしょう。スパイをいたるところに放ち、夜間外出を禁じ、軍のパトロールや道路封鎖など専制政治のオンパレードになるでしょうね」

「人を殺すつもりはなかったんです」

「そうでしょうとも。でも、秘密警察は信じちゃくれませんよ。いい隠れ家があります。親切な人を知っているんです。以前、わたしが若気のいたりで荒れていたころ、秘密警察からかくまってくれたことがあるのです」

「王子の結婚式に招かれる人物にしては、ずいぶん変わった人脈をもっているんですね」

「自分でものを考えるのをやめようとしない人間をそう呼ぶのなら、そのとおりですね。気をつけてください。わたしの車に着きました。頭をさげて入ってください！」

トプラは自動車に乗りこみ、革製のシートにすわった。クーラーがついていて、車内の温度は快適で空気も澄んでいた。男の指示で自動車が走りだした。数分もしないうちに、トプラはうなされながら眠りに落ちていった。


「明日、包帯を換えに来ます。とにかく運がよかったですな」

「目は見えるようになりますか？」トプラは弱々しい声でたずねた。

「それはまだわかりかねますな」医師は静かに答えた。「皮膚が焼けただれているのです。でも合併症さえ起こらなければ、火傷（やけど）は自然に治るでしょう。それも完璧（かんぺき）に」

「包帯がとれるのはいつになりますか？」

「目のことを気にしているのなら、少なくとも十日は包帯しておいた方がいいでしょう」

トプラは顔をそむけていった。

「どうもありがとうございます。なんなら十八日待ってもいいです。どうせなにもかもおしまいなんですから」

トプラは似ているようで微妙にちがう夢に何度もうなされた。イヌキスの足が大きな岩の下から突きでていることもあれば、頭を割られていることもあった。最悪なのは、無傷のまま死んでいる光景だ。純白のウェディングドレスに身を包み、瓦礫（がれき）の中で息を引きとっていた。

包帯をしているあいだ、トプラはほとんどなにも口にしなかった。せめてなにか飲むようにと、ティムザーと名のる女にせっつかれたときだけ、そっとしておいてほしい一心で水や茶をすすった。ティムザーは中年で太っているにちがいないと、トプラは想像した。無力な子どもの頭を胸に抱き、やさしさを分けあたえるのが生きがいのような人だ。ティムザーからはいつも、料理に使うさまざまな香料や香草のにおいがした。せっかくの「お袋の味」をトプラの胃がほとんど受けつけなかったので、ティムザーはいいにおいのする料理をひとりでたいらげた。

「いいわよ。ひとりで食べるのはいつものことだから」ティムザーはいった。二十年前に夫に先立たれてからというもの、ずっと一人暮らしで、あいている屋根裏部屋をときどき水夫に貸していた。ティムザーの小さな家は、メンフィスの古い港の突堤近くに軒を並べる数少ない家の一軒で、もともとは夫の持ち物だった。夫はバカト海軍の水兵だったが、モルジブ軍に船を沈められ、若くして戦死したのだ。そのために、ティムザーはささやかな遺族年金をもらい、秘密警察（アムジブ）にも目をつけられずに過ごしてきた。そして屋根裏部屋を貸して、小遣い稼ぎをしていたというわけだ。

トプラはティムザーの昔語りを聞いていると、浜風に吹かれているような気持ちになった。

なぜか心の琴線にふれ、なにひとつ思いわずらわずにすんだ。傷を癒すのにこんなにいい場所はない。窓をあけると、カモメの鳴き声や船乗りの声が聞こえる。綱やマストや帆桁がきしむなつかしい音もした。

　見知らぬ友は、意に反して革命家となったトプラのために二カ月分の家賃を前払いし、必要とあればさらに面倒をみるつもりだといった。当初トプラは精神的なダメージがひどくて、罪の意識を克服するまでかなり時間を要すると心配されたのだ。トプラは十日間ベッドの中で過ごした。物思いにふけり、ムスタファの店でホプナイが信管を抜いた〈絆〉を指でなで、寝つかれないまましきりに寝返りをうち、飲み物をすすり、思い悩んではティムザーになぐさめられ、それでも自分がやったことを責めた。すなおに結婚指輪をアーブワに返していたらどうなっていただろう。もうすこし冷静に対応していたら、まったくちがう結果になっていたかもしれない。だけどそうなればなったでイヌキスの苦しみが長くつづくことになる。そもそもイヌキスは助かっただろうか。アーブワが死んだとき、なんで〈三つ子の宇宙〉の骨組みがあんなに揺らいだんだろう。大きな円柱広間を崩壊させるほどの揺れ。あそこにファラオの目的を解く鍵があるのかもしれない。ファラオは、正式に認めていないにせよ、実の息子であるトプラの腕が切られそうになったのに平気だった。それなのに「時が満ちるまえ」にトプラを殺すことだけはさせまいとして必死だった。なぜだ。なにかわけがあるはずだ。だがイスフェト王も死に、そのよこしまな計画は破綻してしまったかもしれない。

国に統制されたラジオ局は、結婚式の中断を事故によるものと報道した。アーブワの死を隠しとおせないとわかると、精神に障害をもった単独犯による凶行だったとされ、すでに犯人は逮捕されたので、騒ぎたてる必要はないとされた。だが王室がファラオの安否をなかなか公表しなかったため、騒ぎは収拾がつかなくなった。ティムザーが街で聞いてきた断片的なうわさをつなぎあわせると、以上のようなことになる。ホプナイの仲間たちは円柱広間の崩壊を反乱の合図と考えた。ファラオは死んだ。この機を逃すな、と。

結婚式が中止された二日後、バカト王国はいっせいに鎮静化のための広報活動を展開した。ティムザーの話では、イスフェト王は存命で、健勝だとラジオが伝えていたらしい。だが国のいうことが信じられるだろうか。各地で立ちあがった反乱軍もそう考えたようだ。全国にひろがった争乱を鎮め、後継政府を樹立させるために、ヴァリス将軍ら政府首脳の生き残りが情報操作をしている可能性もある。陸軍省は非常事態を宣言した。メンフィスでは夜間外出者は、問答無用で射殺されるという。ヴァリス将軍はまったく手をゆるめなかった。トプラは、アーブワの本当の父親である将軍が数日のうちにバカト王国の王冠に手を出すのではないかと思った。それよりもし本当にイスフェト王が生きているとしたら、イヌキスはどうなるだろう。

「いや、どうもならないだろう。イヌキスはファラオにとってはなんの意味もない。広間から逃げられたのなら、ファラオはイヌキスをほったらかしにしたはずだ。イヌキスはファラオの命をおびやかすじゃま者でしかないのだから。ファラオも瓦礫（がれき）の下敷きになっていればいいんだけど」トプラはつぶやき、自分の父親のことをいっているのだと気づいて、複雑な気持ちになった。だが〈万世の館(やかた)〉でしばらく暮らしたとはいえ、ファラオを父親だと感じたことは一度としてなかった。父親はやはりヨバクスだ。ホプナイとアスファハンという得がたい友もいる。イスフェト王が崩壊した広間の下敷きになったのなら、ギザの最後の望みがかなえられたことになる。死の床でギザはいった。「いつか罪をつぐなわせる日が来るでしょう」と。

階段がきしんだ。ティムザーがのぼってくるときの音だ。すぐに扉がギーッとひらいた。魚介スープのにおいがトプラの鼻をくすぐった。

「腹はすいていないよ」食べろとせっつかれるのがいやで、トプラは先手を打った。

「どうかしらね。おいしそうなスープの具を見たら考えが変わるんじゃない？　カニの身と貝が入っていることは教えてあげるけど、ほかにどんな具が入っているかは自分で確かめるのね」

「ぼくは目が見えないんだよ。忘れたの？」

「まったくどうしようもない頑固者ね。さあ、包帯をとるわよ」

トプラはあわててベッドから体を起こし、逃げるようにちぢこまると、こばむように手をあげていった。

「ほっといてくれ！」

「だめよ！」

ティムザーの重たい体がマットレスに乗って、ベッドがきしんだ。トプラは枕もとのベッドの枠にかじりついた。

「いやだ。まだ早すぎるかもしれないだろ。包帯はそのままにしといてくれよ」

「けがを診てくれた先生は、十日といったでしょう。もう十日たったわよ」

「あと一週間待ってよ。まだむりだ」

「なぜ？　臆病風は空腹とおなじよ。どっちも人を弱虫にする」

「じゃあ、三日。頼むよ、ティムザー。もうちょっと目を休ませたいんだ」

「なぜ？　そんなに自分をあわれみたいの？　とるわよ」

「どっちみち目は見えないんだ」

肉づきのいい温もりのある指がトプラの頭をおさえた。トプラは悲鳴をあげた。

「待ってよ！　せめて一日。先生がいっただろう。急いては目の光を失う危険があるって」

「仕事だもの。大げさにいえば、それだけ金が稼げるからよ」

「だけど……待った！」

おかまいなしにティムザーは包帯をはぎとった。

トプラもすばやかった。すぐに右手で目をかばった。

「お願いだ、ティムザー。包帯を巻いてよ」

「そうしたら、スープの具にカニと貝のほかになにが入っているかわからないでしょう」

「スープなんていらないよ」

「あなたのお姫さまを奪ったこの世を見たくないから？」

トプラはドキリとした。ティムザーには、他人の心の苦しみを見抜く目があるのだろうか。

「そんなことないよ」トプラはつぶやいた。

「本当？　今日、ラジオで伝えていたニュースを話しても、そういうつもり？」

包帯がわりの五本の指のあいだにすきまがあいた。まぶたを透かしてうっすら光を感じたので、トプラはびくりとした。それから小声でたずねた。

「ニュースだって？」

「イヌキスさまは生きてらっしゃるわ」

トプラの右手がひざに落ちた。トプラは一瞬おどろいてティムザーのニヤニヤ笑っている顔を見つめた。それから目を細めた。光が痛かったのだ。

「本当？　それとも、目をあけさせるためのうそ？」

「わたしがそんなひどい人間だと思うの？　あんたの心を苦しめたりするはずがないでしょう」ティムザーはあぜんとしていった。たしかにうそをついている顔じゃない。ティムザーの顔は丸くて、しわひとつなく、やさしそうだった。二重あごにまがった鼻。濃いまつげの下に生き生きとしたふたつの目。トプラはその大きな目を見て、ザクロを連想した。髪の毛はスカーフで隠し、口にはどぎついほど真っ赤な口紅。褐色の生地でできた民族服を着ていたが、その大柄な体をゆったりとくるぶしまでおおうために、たくさんの生地を買わなくてはならなかったにちがいない。

トプラはようやく首をふった。

「おばさんはそんなひどい人じゃないよ。とってもやさしいさ」

ティムザーは恥ずかしそうに目を伏せた。

「お世辞はよして」

「それより、ラジオはなんていってていたの？」

顔をほころばせていたティムザーが急に真剣な表情になった。

「いい知らせじゃないわ。アーブワの未亡人は元気らしいけど、夫君の急死に深く心を痛めているんですって。ま、いつものデマよ」

「それで？」

「ファラオの短い声明が流されたの。今日から一週間後の真夜中、アーブワ王子の葬儀がおこなわれるそうよ」

トプラはいやな予感がした。

「まさか」

ティムザーが悲しそうにうなずいた。

「そのまさかよ。イヌキスさまだけでなく、お母さままで、亡くなった王子の伴（とも）をして死者の国におもむくんですって」

トプラは冷水を浴びせかけられたようなショックを受けた。感覚を失い、手のふるえすら感じなかった。あごが胸に当たるほどがっくりうなだれた。自分の妻と家来たちを死出の旅路に伴った最後のファラオはイスフェト王の曾々祖父だ。副葬のために人を殺すことを禁じる法律こそないが、今ではもうそういう風習は受けいれられなかった。現代のバカト人は、静かな気品をもって死ぬことをよしとし、大勢の旅の供よりも派手な霊柩車（れいきゅうしゃ）に乗ることを望んでいた。

ティムザーが元気づけようとした。

「ハトルのスメンデスさまがいっていたわ。あんたなら、イヌキスさまを救ってさしあげられると。今朝、あんたがまだ寝ているあいだにみえられて、あんたの容態を聞いて帰られたわ。ファラオの近衛兵が総出でかかっても、あんたを抑えることはできないだろうって、おっしゃっていたけど」

トプラがびっくりして目をあげた。

「ハトルのスメンデス？　あの世界的なピアニスト？　ぼくを救ってくれたのは彼なの？」

ティムザーが口に手をあてた。

「あらまあ！　いってはいけないといわれていたのに」

「なんか、わざともらしたような気がするんだけど」

ティムザーがにんまりした。

「あら、ばれてしまった？　まあ、とにかく元気にはなったでしょう。ファラオに目に物見せてやるなら、力をつけなくちゃね」

トプラはベッドにじっとしていられなくなった。イヌキスを救うには、もとの世界にもどらなくてはならない。その世界とはこの十日間、ティムザーだけを接点にしていたにすぎない。それはともかく、もしこのあとの出来事がなかったら、自己嫌悪におちいり、狂気に身をゆだねていたかもしれないのだが――。

トプラはやっとのことでベッドから体を起こした。ひざに力が入らない。おそるおそる窓辺に歩いていった。船乗りたちの声、帆桁（ほげた）のきしむ音、帆船の装備が船体に当たる音。そのすべてがトプラを現実とつないでいた。そして現実から切りはなされたくなかったトプラは、命綱のようにその声や音にすがった。小さな窓にたどりつくと、窓枠に体をあずけて外を見た。潮風と魚と油のにおいを胸いっぱいに吸いこんだ。まだすこしかすんでいる目を左に向けてギョッとした。とたんに腰の力が抜けて、床に転がってしまった。

「うそだろう！」トプラはつぶやいた。そして必死に足を踏んばって、体を窓枠までもちあげた。波止場を見て、あらためておどろいた。幻ではない。

タンヒル号が港に錨（いかり）をおろしている！

青緑色の帆をのぞけば、タンヒル号は茶色にぬりなおされていた。船名も「チータ」を意味するアブジャマー号ではなく、バカト語で「月の目」をさすディスラス号となっていた。だが見まちがえようはなかった。

すぐにでも駆けだして、船に飛びのりたいくらいだったが、ベッドまで行ったところでトプラは考えを変えた。萎えた足をだましだましすれば、せまい階段をおりて、突堤を横切ることくらいはできるだろう。だが秘密警察が目を光らせているはずだ。

「ティムザー！　来てくれ！　早く！」トプラは何度も家主を呼んだ。トプラの声は家じゅうに鳴りひびいた。港の堤防まで聞こえそうな大声だった。だがトプラはそんなことまで注意していなかった。

ようやく階段がギシギシ音をたてた。

「どうしたの？」下からティムザーの声がした。駆けあがってきて部屋の扉をあけたティムザーは血相を変えていた。

「なんでそんなに大声を出すんです。目が落ちたのかと思いましたよ」

「外を、外を見てくれ！」トプラは口ごもりながら窓を指さした。

「なに？」

「船だよ」

「船なんてめずらしくもないでしょう」

「タンヒル号なんだよ」

「あら、気がつかなかったけど」

「今はディスラス号って名前になってる」

ティムザーは腰に手をやった。

「もうすこしわかるように説明してちょうだい」

トプラはなんとかかいつまんで話をすると、ティムザーに言づてを頼んだ。


数分後、ティムザーは買い物籠（かご）をもって突堤を横切り、ディスラス号のタラップのまえに立ってじろじろ見ていたが、大事な体をそこにのせるのはやめた。後甲板に革の帽子をかぶった恰幅（かっぷく）のいい船乗りがいて、船尾楼の塗装をしているのを見つけると、声をかけた。

「ねえ、あんた、大きな魚がほしいんだけど」

船乗りは手を止めて帽子をとり、はげ頭の汗を腕でぬぐった。

「それなら市場に行きな。ここには売り物の魚はねえよ」

「あら、そう。ところでヨバクス船長と話がしたいんだけど」

船乗りはびっくりして、手すりから身を乗りだした。

「船長を知っているのか？」

ティムザーは船乗りの近くに寄っていった。

「まあね。息子の伝言をあずかってきたのよ」

船乗りは、いぶかしそうにいった。

「船長に子どもはいねえけどな」

ティムザーは波止場から身を乗りだしてささやいた。

「血を分けた子どもっていうんなら、あんたのいうとおりでしょうよ。だけど、あんた、船長がトプラに再会するのをじゃまする気？」

船乗りは刷毛（はけ）をとりおとして、あんぐり口をあけた。

そのまま船乗りがつっ立っているので、ティムザーはしびれを切らした。

「わたしのいったことがわかったの？　それとももう一度、わかるようにいわないとだめ？」

船乗りは、はっとわれに返り、返事もせず船尾楼に駆けこんだ。


トプラはすぐに気がついた。階段をあがってくるのはひとりじゃない。ベッドに腰かけて、緊張して扉を見つめた。だれが入ってくるのだろう。養い親のヨバクスはまだ生きているのだろうか。船長が変わっていたらどうしよう。だが扉がひらいたとき、不安は一気に吹きとんだ。

「トプラ！」ヨバクスが叫んで、ベッドに駆けより、トプラを抱きしめた。

トプラは言葉が出なかった。ヨバクスにしがみついて、おいおい泣きだした。

ティムザーも、いっしょになってすすり泣いた。目にあてたエプロンを涙でぬらした。

しばらくして気持ちが落ち着くと、質問攻めの嵐となった。巨大なジンベイザメに飲みこまれたあと、どうなったのか、そして父と子はそれぞれどうしていたのか、夢中で話した。ティムザーは居間を兼ねる台所にふたりを誘(いざな)った。

　そのあと三人は床に敷いた柔らかいクッションにすわり、茶をすすった。

　離ればなれになって四百日以上。そのあいだに起こったことをまずトプラが話した。つづいてヨバクスが語った。バカト海軍をうまくまいたあともずっと逃げまわっていたのだが、ある日、小さな入り江に錨(いかり)をおろしていたとき、目のまえの海をバカト海軍の魚雷艇が通りすぎたのだという。逃げ道はなかった。ところがすぐにわかったことだが、タンヒル号の拿捕(だほ)命令は解除されていたのだ。魚雷艇はそのまま向きを変えて走り去った。

「それで、おれはおまえがもう生きていないって確信したんだ」ヨバクスは声をふるわせながらいった。当時のことを思い出すだけでもせつなくなるようだ。

「秘密警察(アムジブ)は死人を追わない。そう思ったんだね。連中の手に落ちたとは思わなかったの？」

「もちろん、はじめはそうも考えたさ。それで、いつも情報をもらっている奴(やつ)を訪ねたんだ。ほら、情報屋に知り合いが多いことは知っているだろう。それで、魚雷艇がおれたちを見逃したあと、なにがあったかわかったのさ。おまえが巨大な海の怪物に飲まれてしまったという話だった。それでおれは希望を捨てたんだ。まあ、タンヒル号の仲間たちと安宿のテレビで、あの猿芝居を見るまではな」

　トプラがなんのことをいっているのかというように眉(まゆ)をあげた。

「王子の結婚式だよ」ヨバクスはいいなおして首をふった。「おまえがテレビ画面に映ったときは、目が飛びだしそうになったぞ。まったくいい気なもんだ。近衛兵の制服を着て、アーブワをあおっているんだからな。おれは、頭がおかしくなったかと思ったよ。円柱広間がくずれて、テレビ放送に検閲が入ってから、精神異常のテロリスト、つまりおまえが殺害されたという報道があったが、信じるわけがないだろう。おれたちはすぐに錨(いかり)をあげて、ここまで全速力でやってきたってわけさ」

「ずいぶんあぶない橋を渡るね、父さん。船の名前を変えたり、書類を偽造したりするくらいじゃ、秘密警察(アムジブ)をだましつづけるのはむりなのに」

「連中、ほかにも心配の種をかかえているからだいじょうぶだ」ヨバクスはいった。「信頼できる情報筋によると、王国のあちこちで反乱が起きているらしい。上(かみ)バカト地方の第七州では政府軍が反乱軍と手を結んだそうだ。イスフェト王は反乱を強引に押さえこもうとしている。もちろん報道機関はどこもそんな情報を流さないがな。おれにいわせれば、あいつの時代ももう終わりだ。おまえのおかげだよ」

「ぼくの？」

「そうさ。メンフィス三柱神の神殿におまえが登場したのは小さな火花でしかない。だがその火花が革命の火薬に引火したのさ。反乱分子は、ファラオが円柱広間の屋根の下敷きになったと思って、政府軍に立ち向かう勇気をふるい起こしたんだ。いいか、息子よ、ファラオの時代はもう終わりだ」

「だけど、ガマガエルの大きさは死んでからはじめてわかるものだよ」

「なんだって？」

「テグアル族のことわざさ。人の悪行は、死んではじめてその酷さがわかるってことだよ」

「なにを考えているんだ？　大量殺戮兵器か？　自分の臣民を絶滅させるようないかれたことを奴らがするっていうのか？」

「この世にありえないことなんて、なにもないさ。だから、なにが起こってもだいじょうぶなように準備しておかなくちゃ」

「それも遊牧民の知恵なのか？」

「いや、ぼくの言葉だよ。ファティマが話してくれたことが頭に引っかかっているんだ。ファティマっていうのは……」

「〈砂漠のお告げ所〉の守り手だろう。知っている」

トプラはびっくりした。ファティマという名前はめずらしくない。どうして〈砂漠のお告げ所〉の守り手をさしているとわかったのだろう。トプラが気をとりなおしてそのことをたずねようとしたとき、玄関をノックする音が聞こえた。トプラはビクリとした。秘密警察の突入部隊が外で銃を構えているところを想像してしまったのだ。

ヨバクス船長がニヤッとした。

「ちょっとおどろかすことがあるんだ」

ティムザーはすでに事情を知っているようだ。ニッコリ笑うと、すぐに立ちあがって玄関に走り、ドアをあけて、ふたりの客を招きいれた。

ひとりはフードで顔を隠した大男の修道僧、もうひとりはターバンを巻いたテグアル族だ。

「ホプナイ、アスファハン！」トプラは叫んだ。筋力が衰えていることも忘れ、床から立ちあがった。三人はこれ以上の幸せはないというようにがっしり抱きあった。

「あなたにはすっかり度肝を抜かれましたよ」ホプナイがいった。

「素手でコブラの頭をつかむテグアルの男とおなじくらい勇敢だった」アスファハンが笑いながらいった。

「好きでしたわけじゃないよ」トプラはまじめな顔でいった。それから床に敷いたクッションをさした。「すわって。どうやらぼくの父とは知り合いのようだね」トプラはヨバクスがさしのべた手にすがって、腰をおろした。

ホプナイはふたりのやりとりを見ていた。

「あなたが〈万世の館(やかた)〉で体験したことを考えれば、船長を父と呼びたくなるのは当然でしょう。しかし、イスフェト王の悪巧みをどうでもいいと思っているわけでもないようですな。見たところ、いまだに信管を抜いた奴隷の首輪をつけておられる」

トプラの手が黄金の首輪にのびた。

「ぼくの命をのぞけば、これは父親からもらった、たったひとつの贈り物だからね」

「たしかアーブワがイスフェト王に入れ知恵したとおっしゃっていませんでしたか?」

トプラが苦笑した。

「父親の発想が貧困だからって、文句はいえない。ぼくは、ファラオの脅威をとりのぞくまでこの〈絆〉をはめていることに決めたんだ。もしかしたらこの首輪が役に立つことがあるかもしれない。そんなことより、もっと楽しい話をしようよ。どうやって知りあったの、三人は?」

「二日まえ、ディスラス号という三本マストの帆船とその船長の話を友だちから聞いたのです。そして数時間後、ヨバクス船長とわたしは友だちになっていました」

テグアルの族長アスファハンは笑った。

「わたしのことはすこしもふれてくれないのか? どうやらそなたのことを話題にすると、われらは三人三様に父親のような気になる」

「その気持ち、よくわかるわ」ティムザーが口をはさんで、笑みを浮かべた。「わたしも母親のような気になるもの」

「さもありなんですな」ホプナイがニヤリとした。「あなたが死んだというわさが流れたとき、ファティマがどんなに心配したことか。無事だと知ったら大喜びするでしょう。ところで、自分がいなければわれわれはやっていけないと案じて、ファティマはいまだにメンフィスにとどまっています」

どうしてこんなすばらしい仲間に恵まれるのか、トプラは不思議でならなかった。ハトルのスメンデス、ファティマ、海賊のダラバード。いつもだれかしらトプラの探求の旅の助っ人(すけと)があらわれる。ふとそのとき、トプラはシバにあったホプナイの屋敷の泉を思い出した。あのとき、自分のほかにもうひとりの姿が泉に映った。今になってみると、双子のような思いがする。なんとしても彼に再会しなければならない。うまく説明できないが、第六の波動が近づいている今、イスフェト王の計画を阻止するには双子の助けが必要だと思った。それとも、宇宙が三つ子なら、ぼくらもひょっとして三つ子なのだろうか？

ヨバクス船長たちと再会してからの一週間というもの、体力が回復したトプラは、部屋を行ったり来たりして、体力をもてあましていた。

「あとどのくらい待たないといけないの？」トプラはじれったそうにたずねた。

ホプナイはどっかと構えて、トプラをじらすようにのんびりと答えた。

「丸窓にさしこむ日の光をごらんください。そうすればわかるでしょう。太陽はようやく沈むところです。真夜中になるまでまだ五時間はあります」

その日の午後、タンヒル号の船倉にホプナイ、アスファハン、ヨバクス、ファティマが集まっていた。トプラとこれからのことを相談し、人によっては行動を共にしようというのだ。

といっても、意見がまとまったわけではない。船倉の床に絨毯（じゅうたん）を敷き、穀物を入れたずだ袋や木箱に囲まれながら、もう何時間もすわりこんでいた。ヨバクス船長は甲板のようすを見にあがっていった。

タンヒル号は〈死者の町（ネクロポリス）〉の近くに錨（いかり）をおろしていた。三つの大ピラミッドのかなたに血のように真っ赤な太陽が天の印のように浮かんでいる。メンフィスの町並みから散発的に銃声が聞こえる。ただの小競りあいだ、とアスファハンはいった。〈万世の館（やかた）〉へ大攻勢をかけるまでまだ時間があるという。

「〈英知の間〉のまえで近衛兵にじゃまされたらどうしよう?」トプラはおなじことをもう何十回もたずねている。

ホプナイはため息をついた。

「だいじょうぶだといったでしょう。今度は、どうしてときかれるのでしょうね。なぜならイスフェト王は葬儀を大きなネズミ捕りと考えているからです、と答えておきましょう。イヌキスさまは餌（えさ）、あなたがその罠（わな）にかかるネズミです」

「気に入らないね」

「それなら餌に飛びつくのはやめておくことです。すくなくとも第六の波動が過ぎ去るまでは」ファティマが真剣にいった。

「そのことはもう何度も議論したはずだ」アスファハンがいった。「残念ながら、ホプナイ殿が正しいといわざるをえまい、トプラ殿。たしかに王国各地で自由の戦士たちが戦果をあげているが、それを過信してはならぬ。反乱軍がいっせいに〈死者の町〉を襲っても、イヌキスさまを救うことはできないだろう。〈死者の町〉のまわりは近衛連隊の防衛線が何重にも張られている。打ちやぶれるものではない。数千人で一点突破をはからないかぎり、あのような防衛線を破ることはできまい」

「それとも裏をかくかですな」ホプナイがいった。

トプラはついに決心を固めたようにうなずいた。

「そうだね。計画どおり決行しよう。ファラオが、大いなるスフィンクスの眼下で決着をつけたいのなら、そうしようじゃないか」

「ファラオは、スフィンクスがそなたを石に変えると期待しているのだろう」

「男はこれだから！」ファティマがいった。あざけっているというより、腹を立てているように聞こえた。光を失った目を天井に向けた。「おなじことのくり返し。あなたたちはよく飽きないものですね。しかしとりあえずの結論が出たのなら、わたしにもひとことといわせてください。〈三つ子の宇宙〉の運命は今日ここで決まるのです。イスフェト王にとって、正規軍などなんの意味もありません。とっくに反乱軍に打ちまかされたか、合流したかしているではないですか。でも今晩は、忠誠を誓った近衛連隊だけで王にはじゅうぶんです。トプラさま、王はあなたを手中におさめたがっているのです。アーブワの代わりにあなたを使ってことを成すつもりなのです。王の思いどおりになったら、王は想像を絶する無敵な力を得、三つの世界を統(す)べることになります。さもなければ、王はすべてを失います」

「どうしてぼくをこんな罠(わな)にかけようとしているんだろう。せめてそのわけがわかればいいんだけど」トプラがつぶやいた。

ファティマはトプラに顔を向けた。

「アーブワの心臓が止まったあと円柱広間でなにがあったか、わたしたちふたりとも見ることができませんでした。しかしなにが起こったかわかっているはずです」

トプラは目を伏せた。イスフェト王がなにをたくらんでいるか、もちろん予想はついている。あの忌まわしい生贄(いけにえ)の夢が忘れられなかった。それに、〈影の間〉でファティマと交わした会話も脳裏から消えない。ファティマは、血ぬられた行為がおこなわれたともいっていた。「そのために、わたしたちの世界はあやうく破滅するところでした」と。まるでトプラが今日、どういう決断をするかわかっていたみたいじゃないか。ファティマにとって、〈三つ子の宇宙〉の存続と比べたら、イヌキスの命など大した犠牲ではないのだろう。しかしトプラは死者の数でよしあしを決めたくなかった。死よりも愛の方がはるかに大事だ。だれもトプラの決断を止められない。たとえファティマでも。トプラは絨毯(じゅうたん)から腰をあげた。

「そろそろ出かけることにする」

「儀式は真夜中におこなわれるのですよ」ホプナイがゆっくりといった。

「それはイスフェト王が発表したことでしょう。でもぼくは王の言葉を信じない」

　ファティマがうなずいた。

「あなたのいうとおりです、トプラ。ですから、ここにとどまって、第六の波動が過ぎ去るのを待ってほしいのです。遅くとも明日のうちには、ファラオは打ちたおされているでしょう」

「そしてイヌキスは死んでしまう。何度でもいうよ。それはごめんだ！　人の命を天秤にかけたくない。だれの命もかぎりなく貴重なものだ。そしてかぎりなく貴重だからこそ、足し算することも掛け算することも割り算することもできるものじゃない。もしかしたらイヌキスの命を助けることで、全世界を救えるかもしれないじゃないか」

「あるいは、〈三つ子の宇宙〉を破壊するかもしれません」

「ではきくけど、ぼくがなにもしなければ救われる保証はあるの？　ファラオは〈英知の間〉の秘密を知っているだけじゃないんだよ。物理学や天文学の最新の成果を手にしているんだ。あなたが〈砂漠のお告げ所〉で警告したイムホテプの血ぬられた儀式は、ただのお飾りかもしれないでしょう。ファラオがぼくを手中におさめたがっているのは、神々を怒らせないためとか、ただ迷信深いためか、リスクを最小限にとどめたいためかもしれない。ぼくらにはそれがわかっていないんだ、ファティマ！　それにファラオは、あなたが〈影の間〉で、二度とくり返してはならないといったようなことを実現するために、ぼくを必要としているのではないかもしれない。そういうふうに考えたことはないのか？」

ファティマの乳白色の瞳がまっすぐトプラの顔を見つめた。ファティマに心の奥底を見抜かれているようで、トプラは居心地が悪かった。ファティマはしばらく身じろぎひとつしなかった。それからびっくりするほどやさしい声でいった。

「今、あなたがいったことは、わたしにもわかりません。あなたのいうとおりなら、わたしはあなたの石頭を祝福いたしましょう。しかし古い伝承が今でも有効だったら、あなたはファラオに殺され、アンクスは崩壊するでしょうから、わたしがあなたの首をはねることはできませんね」

トプラはゴクリとつばを飲んだ。

「すぐに白黒つくよ」

ホプナイも腰をあげ、申しわけなさそうにファティマを見た。

「心配する気持ちはよくわかる。だがバカト王国の自由のために何年も戦ってきたんだ。それを今になってあきらめる気にはなれない。この若者が直面する危険ばかり気にするのはやめるべきだ。歴史を変えるチャンスなんだ。もちろん、彼をひとりで行かせはしない」

「近衛連隊を撃破した名誉をわたしがひとり占めにしても、あとで文句をいわんでくれよ」アスファハンがからかった。ホプナイから無線で反乱軍と連絡をとりあうよう頼まれたことで、アスファハンは浮かない顔をしていた。あと一時間ほどしたら、官庁街攻撃の信号を送ることになっていた。その砲声を聞いたら、ピラミッド付近に結集した近衛連隊は、〈死者の町（ネクロポリス）〉の防備をかためることに必死で、裏から侵入するトプラたちふたりを見落とすはずだ。

ホプナイはアスファハンの肩をたたいた。

「うまくいくさ。われわれの信号がとどいたら、すぐ〈死者の町（ネクロポリス）〉への総攻撃をはじめさせるんだ。いいな？」

アスファハンは顔をしかめながらうなずいた。

「ぼくについてきて、命の危険をおかすことはないのに」トプラはいった。くり返しいってきたことなので、今はもうそれほど強くいわなかった。「〈死者の町〉の説明を詳しくしてくれたし、手描きの地図まで作ってくれたじゃないか。それに、ぼくは見つけるのが得意だし、〈三つ子の宇宙〉の力だって操れるんだ」

「不死身だといいたいのですか？」

「そんなことはないよ。でも……」

「あれこれいうのはよしてください。ひとつだけいっておきましょう。母君はあなたにトプラという名をおあたえになった。「三角形の底辺」という意味です。あなたが受けつぐべきものをけっして忘れさせないためでした。わたしが何年もかかって反抗的な部族長や自分かってな変わり者を集めたのはなんのためだと思っておられるのですか？　いつの日かあなたがもどってくると願っていたから、いや、もどってくるとわかっていたからです。あなたがピラミッドの御印（みしるし）を背負っているのは伊達（だて）ではないのです。わたしが命をかけてあなたを守るのは、あなたがバカト王国の運命をにぎっていると確信しているからなのです。そして……」

トプラが眉（まゆ）をあげた。

「そして？」

ホプナイは静かに話をつづけた。

「わたしがただひとり愛した方、あなたの母君にそう誓ったからです」

そこまでいう以上、ホプナイの決心を受け入れるしかない。トプラはゆっくりうなずいてため息をついた。

「しょうがないね」

ホプナイがニヤリと笑った。

「では決まりですね」

亡くなった王子の妻とその母を生贄（いけにえ）にする儀式は、数日にわたっておこなわれた。数千年に及ぶ伝統にのっとった埋葬の儀式とおなじように、生贄の儀式も大昔から危機を回避するために絶対君主がおこなう常套（じょうとう）手段だった。内部の波風をおしかくし、外に向けて平静を装うためのものだ。イスフェト王が全能者になろうとしていることを知らない者たちには、アーブワ王子を死出の旅路に出すため昔ながらの儀式にこだわることは例を見ない喜劇としか思えなかった。それに王族の墓を再利用することは軽蔑（けいべつ）すべきこととされていた。アーブワの遺体が一時的とはいえ、クフ王のピラミッドの中に安置されたと公表されたとき、ファティマがその古い風習について話題にした。そして今、ふたたびファティマはそのことにふれた。

「儀式の場所は偶然に選ばれたのではありません、トプラさま。イスフェト王はあなたを〈英知の間〉におびき寄せるつもりなのです。〈英知の間〉は〈砂漠のお告げ所〉の〈影の間〉同様、特別な場所にあります。〈三つ子の宇宙〉の力がそこでどのようにはたらくのかだれにもわかりません。そのことが心配なのです。もしかしたら、まったくはたらかないかもしれません」

ファティマがそのことをいうたび、トプラはいやな気分を味わった。ファティマは、命の保障がないといっているのだ。そしてイスフェト王を不意打ちにするなり、儀式の危険性を確信させるなりすることができなかった場合には、最終手段が使えないかもしれないというのだ。アーブワを倒すことまでできたあの力が使えれば、イヌキスをファラオの手から救いだし、ファラオをホプナイの手にゆだねることはいたってたやすい。だがもしファティマのいうことが正しかったらどうなるだろう。トプラは目を閉じて首をふった。

（悩むのはやめよう！　悩んだからといって戦に勝てるものでもない）

もう一度ファティマを見たとき、すべての不安が消えていた。トプラはファティマを抱きしめ、耳もとでささやいた。

「武器をもたず、ぼくの力が効かなくても、それでもぼくにはイヌキスへの愛がある。ぼくを信じてほしい。すべてうまくいくはずだ」

ファティマはみんなに聞こえるほど大きくため息をついた。

「風に向かってしゃべっているようなものね！　いいでしょう。その愚かきわまりない計画をどうしても実行するというのなら、わたしにも協力させてください。あなたとあなたのボディーガードに秘密をひとつ教えてあげましょう。ホプナイはいっていましたね。できることなら〈英知の間〉でファラオの不意を突きたいと。しかしホプナイの声の調子からすると、むりだと思っているようですね」

「むりだと思っているのはホプナイだけじゃないですよ」

トプラの言葉にファティマはわけしり顔でほほえんだ。

「ひとつだけ道があるかもしれません。〈砂漠のお告げ所〉を代々守ってきた者に伝わる古い言い伝えによると、地下の迷路に通じる第二の入口があるというのです。その入口は大スフィンクスの下に隠されています。正確にいうと尻尾（しっぽ）の付け根部分の左側です」

「なんでもっと早く教えてくれなかったんだ？」ホプナイは悲鳴に近い声をあげた。

「あなたたちを正気にもどせると思っていたからです」

「問題はその入口をどうやってあけるかだな。大スフィンクスのことは知っている。中が空洞で、さまざまな謎（なぞ）を秘めているということだが、尻尾の付け根に目で見てわかる入口はない」

「それなら、ぼくが入口をあけてみせるよ」トプラがいった。

「おお、そうだ。トプラならできる」アスファハンが力強くうなずいた。

ホプナイとトプラはファティマに感謝した。ファティマはもう一度ふたりを抱擁し、幸運と偉大なる創造神の祝福を祈った。

トプラとホプナイは日の入りとともに出発した。ファティマが思いがけない秘密を明かしてくれたおかげで、〈英知の間〉へのルートはすこし複雑になった。第一段階は水にもぐることになっていた。近衛連隊の防衛線を直接突破するのは危険すぎると、ホプナイが判断したからだ。近衛兵は神経が張りつめているはずだ。指揮官からイスフェト王の命令を伝えられていても、いきなり発砲する恐れがある。人目につかずに〈死者の町（ネクロポリス）〉に入れれば、それにこしたことはない。ホプナイは何度もくり返しいった。

「本当にファラオの不意を突けるかもしれない」

だが、甲板に集まった仲間の多くは、そう単純には考えていなかった。みんな、タラップをおりていくトプラとホプナイを心配そうに見送った。テグアルの族長アスファハンとヨバクス船長は手すりに並んで立ち、トプラたちに手をふろうとしたが、目立つふるまいは危険だったのでぐっとこらえた。トプラたちはタンヒル号の陰から潜水するので〈死者の町〉から見つかる心配はなかったが、甲板上だとたまたま対岸からスパイに見られないともかぎらない。

装着するのがやっかいそうに思えた潜水具も、トプラは意外なほどさっと身につけた。ウェットスーツ、潜水マスク、シュノーケル、圧縮空気ボンベ、レギュレーター、浮力調整用ベスト、ウェイトベルト、ダイバーズウォッチ、水中ライト、水深計、ナイフ、フィン、そして胸もとには防水バッグ。トプラは体重がいつもの二倍になったような気がしていた。さいわい、すこしながら潜水具を使った経験がある。荷物を肩にかついだホプナイもおなじような感想をもらした。ホプナイはこともあろうに大きな半月刀までもってきていた。

圧縮空気ボンベは小さい分、空気の容量が少ないので、当初ふたりはシュノーケルを使って岸に近づいた。聖域のすぐそばまで行くと、ふたりはもぐった。ホプナイの計画は、近衛連隊が〈死者の町〉の境界とその周辺の空域を警戒していることを前提にしていた。〈死者の町〉内部に無数にある墓所の警備には兵力をさいていないとよんだのだ。ということは、古代の水高計にも見張りはついていないはずだ。川の水かさを測る古代の装置はもう何年もまえに近代的な機械に代替わりしていた。その古代の装置は、バカト人が生命線でもある川の状態に強い関心をもっていた時代の遺物だ。その川は、バカト人がかつて「海」と呼んだ大河で、定期的に氾濫し、それによって砂漠が後退して、肥沃な大地が生まれたのだ。

じつは、ホプナイの密かな支持者でもあるひとりの神官が、今回の作戦に必要な情報をもたらしていた。本来〈死者の町〉の外に設けられた水高計が、今では内部にとりこまれているというのだ。長いあいだに、〈死者の町〉が川岸まで拡大したせいだ。

「水面のすぐ下を長いパイプが川岸に向かってのびていて、垂直のシャフトにつながっているのです。井戸のような穴の底に今でも水が見えます。ただ、人が通りぬけられるほどパイプが太いかどうかわかりません」と神官はいっていたという。

携帯式探査装置で、ホプナイはすぐにパイプを見つけた。ホプナイにつづいて黒い穴の中に入っていこうとしたとき、トプラは不安と闘わなければならなかった。ジンベイザメに飲みこまれたときのことが今でも忘れられずにいたのだ。トンネルにたまった泥の層も、ジンベイザメの体内のどろどろとした粘液を思い出させた。マウスピースから空気の泡がもれていく。空気のへり方が速いような気がする。ボンベについているコンピュータが突然震動した。

（あと三分で空気がなくなる！）

ボンベに気をとられているすきに、水中ライトの輪の中にいたホプナイの姿を見失ってしまった。トプラはギョッとした。あわてて水中ライトでまわりの壁を照らした。ようやく水平なパイプが終わっていることに気づいた。頭上に垂直のシャフトがのびている。トプラは急いで水中ライトを消した。トプラが水面に顔を出すと、ホプナイがささやいた。

「あそこに神官がいっていた壁のくぼみがあります。あそこを伝ってのぼれるはずです。潜水具をはずして、水底に沈めてください」

ふたりはお互いに手伝って、潜水具をはずした。トプラは浮力調整用ベストに何度かナイフを刺して、空気を抜いた。そしてウェイトベルトと金属のボンベをおもり代わりにして、潜水具を井戸に沈めた。ホプナイもおなじようにした。それからふたりは壁を伝って、井戸をのぼった。先頭はホプナイだ。「私の黒い頭の方が目立たないでしょう」といって。

水高計は石でふたがしてあったが、ホプナイはなんなくもちあげ、わきにずらしてすべるように外に出た。その姿が一瞬トプラの視界から消えたが、すぐにあがってくるよう手招きした。

大きめの藪に身を隠し、防水バッグから着替えを出していると、遠くで砲声がした。ふたりは、一部にひだのついた白い生地の伝統的な神官の腰巻きを身につけた。それから幅のひろい腰帯をつけた。腰帯の端がだらりとたれさがった。頭巾を鉢巻きでしめ、金糸でできた幅広の首飾りと長いケープをつけて完成だ。肌が見えているのは胸の一部と腹のまわりだけだった。計画を立てたとき、トプラはこの変装に難色を示した。ホプナイが神官らしく見えるはずがないと思ったからだ。だがホプナイは、たしかにネヘシ王の時代からバカト王国の中枢に黒人の貴族や神官を置く規則はなかったが、例外もめずらしくなかったといって反対を押しきった。

ふたりはゆっくりとした足どりで藪から出た。〈死者の町〉の船着き場から大スフィンクスまでまっすぐな道があったが、ふたりの偽神官はその道を避け、もうすこし北を迂回することにした。数千年まえ、大ピラミッドの建設者はそこで石を切った。その後、そのあたりは無数の小さな墓標で埋めつくされ、〈死者の町〉と呼ばれるゆえんになったのだ。トプラとホプナイは、両側に小さなピラミッドや霊廟や死者を祭る祠が並ぶ細い道をすすんだ。

「ここは官吏の墓地ですな。ここのミイラはほかのどこよりも保存がいいといわれています」

「どうして?」

「官吏は現世にいるうちから保身に走っているからですよ」

トプラは小さなため息をついた。

「こんなときに皮肉をいわなくてもいいじゃないか、ホプナイ」

右手にある官吏たちの墓の向こうにクフ王の巨大なピラミッドがそびえている。表面が半月の明かりでうっすら光っている。底辺のあたりで、ときどきたいまつの光が反射している。

「あの照明は生贄(いけにえ)の儀式のためでしょう」ホプナイはそういって歯ぎしりした。地下迷路への表の入口には、新しい遺体を迎えるために、数十人の神官が人垣を作っている。

トプラはぞっとした。

「スフィンクスまではあとどのくらい？」

「すぐですよ。三百歩ほど先の空き地を横切れば、目的地です」

「暗視スコープをつけた近衛兵に見つかったら？」

「今はスフィンクスを見張っている余裕などないはずです」

官吏の墓域を抜けると、ふたりはなだらかな斜面を横切った。そこには身を隠せるところがなかった。市内では、砲声があいかわらずつづいている。だがふたりのいるあたりはしんと静まり返っていた。といっても、トプラの内なる世界は別だ。第六の波動が間近にせまっているのをひしひしと感じ、神経が高ぶっていた。照明弾のように体が輝きださないことを必死で祈った。さいわい、オーラを発することはなく、無事に大スフィンクスにたどりついた。

石造のスフィンクスは、体がライオンで、頭がファラオだった。高さは六十六歩分くらい、基部の全長は二百四十歩分を超す。その大きなスフィンクス像は、巨大な岩をくりぬいたくぼみにすわっていた。階段を伝ってくぼみにおりると、トプラとホプナイはようやくひと息ついた。

「ここで発見されたら、混沌(こんとん)の神セトの世話になりますね」ホプナイはつぶやいた。

「さっそく迷宮の裏口を探そう」

「ではあなたの鋭い嗅覚(きゅうかく)で、この怪物の尻(しり)がどこにあるか嗅(か)ぎわけてもらいましょうか」

ふたりはスフィンクスの左側をまわって尻尾(しっぽ)の付け根で立ちどまった。月明かりだけでは、出入口らしいものを見分けることができなかった。

「ファティマの勘ちがいなどということはないだろうな」ホプナイがうなるようにいった。「懐中電灯をちょっとつけてみますか?」

「いや、待って!」トプラは目を閉じた。探し物のイメージがはっきりしなければ勘もはたらかない。スフィンクスの内部や地下に張りめぐらされているという伝説の迷宮を思いえがいたが、心の目に映るのはどんよりとした霧ばかりだった。第六の波動が近づいて、いつもより強さを増している〈三つ子の宇宙〉の力のせいでもなさそうだ。

「通路が見えない」トプラは肩を落とした。

「がんばってください」ホプナイが励ました。「迷宮のことは忘れるのです。地下に通じる階段を探してみたらどうですか?」

トプラはいうとおりにして、小さな目標物を心の目で探した。すると縦穴が見えた。ファティマのいったとおりスフィンクスの尻尾の付け根だ。

「ちょっとさがって。右に寄った方がいい」そういうと、トプラは尻尾の反対側を指さした。

「見つけたのですか？」

「ええ、入口がある」トプラはさっと数歩さがると、砂漠の砦の廃墟で学んだことを思いおこした。あれから練習を積みかさね、今では空間をゆがめて、ピンポイントで強烈な破壊力を生みだすことができるようになっていた。トプラは、スフィンクスの臀部の一部を内側にへこませた。スフィンクスの外に破片を飛びちらせないことで、見張りに見つかりにくくするためだ。人の目にはわからないほど徐々に岩がゆがんでいった。やがて亀裂が走った。岩がこすれるような音がして、スフィンクスにぎざぎざの穴があいた。

入口をあけるのは、以前、砂漠で土の建物を吹きとばしたときと比べればはるかにやさしいものだった。トプラは、いたずらに音をたてないよう気をつかったのだ。

「テレビで円柱広間の映像を見ていなかったら、目の迷いだと思うでしょうね」ホプナイはすっかりおどろいていた。

「でも、問題はこれからだよ」トプラはそういって、スフィンクスの体内に入っていった。

ホプナイがつづいて入ると、トプラは入口のまえに転がっている瓦礫を動かして、もとのように穴をふさいだ。それがすむと、ふたりは懐中電灯のスイッチを入れた。

目のまえに階段があった。縦穴は底なしに深かった。

トプラはいった。

「イヌキスのことを思いえがいて、だいたいの方角にあたりをつけよう」

「ここは迷宮ですから、目的地の方角がわかってもあまり意味がないです。たいていの通路は袋小路になっています。正しい道は遠まわりするはずです」

「それなら記憶にある場所に来たら教えて」

ホプナイはうなずいた。

「了解です。イヌキスさまとその母が〈英知の間〉にいるといいのですが」

「さっきは〈英知の間〉がネズミ捕りの罠だっていっていたじゃない」

「先に行ってください。あとについていきます」

「もうひとつ。もし近衛兵に遭遇したら、後ろに隠れること。イスフェト王が、ぼくだけ通すように命令していたら、ホプナイは撃ち殺されてしまうかもしれない」

「ウズラを料理するなら、そのまえに捕まえろ」

「えっ？」

「わたしの故郷のことわざです。あなたなら、ものごとには順番があるっていうでしょうね」

トプラは、落ち着きはらっているホプナイがうらやましかった。ふたりのうち少なくともひとりが第六の波動の接近にまどわされずにすむのだから安心すべきなのに、どうしても気持ちを落ち着けることができなかった。懐中電灯の明かりを頼りに、トプラは縦穴をおりていった。

階段が終わると、トンネルは左右にのびていた。トプラは右を選んだ。連絡路のようだ。本当の迷宮はまだその先だった。八百歩ほど進むと次の分岐点があった。そこまでは天井も床も壁も岩をうがった荒削りなものだったが、その先は灰色のタイルが貼られていた。トプラは確信をもって左をさした。そこから先は複雑だった。トンネルはどんどん分岐し、花崗岩の部屋を何度も通った。しだいに地下都市を歩いているような気分になった。トプラが太いトンネルから細い横のトンネルにまがろうとしたとき、ホプナイが声をかけた。

「まちがいないのですか？　太いトンネルをそのまま進んだ方がよさそうに思うんですが」

トプラは細いトンネルの奥をさした。

「〈英知の間〉はこっちだね。ぼくにわかるのはそれだけだけど」

ホプナイはため息をついた。

「あなたの勘を信じましょう」

百歩ほど進んだところで、トプラは左のトンネルにまがった。すこし行くと、懐中電灯の光の輪の中に瓦礫の山があらわれた。瓦礫はトンネルを埋めつくしていた。

「まいったな。この先で落盤が起こっている」トプラは落胆の色を浮かべていった。イヌキスを生贄にするのが、公表されているように真夜中ならいいのだが、そうでなければ時間がない。

「だいじょうぶですよ。瓦礫をどかせばいい」

「ええ、でも、そんなことをしたら音が聞こえてしまうよ」

「待ってください！」ホプナイがいった。懐中電灯の光の中に、なにか小さなものが浮かんだ。瓦礫の山の三十歩ほど手前に落ちている。ボールペンのキャップくらいの大きさで、金色に輝いている。

「なんだろう？」トプラがいった。

「わたしの〈絆〉の破片です」そうささやくと、ホプナイは目をあげて瓦礫の山を見た。「ここを覚えています。当時、あなたの母君を捕まえるよう命じられてきた近衛兵たちを、ここで罠にかけたんです。ほら、あそこ！」ホプナイは懐中電灯の光で瓦礫の山の一カ所をさした。

トプラにもそれが見えた。左上部に、武装した兵士がかろうじてくぐり抜けられるくらいのすきまがあいていた。トプラはほっと息をつくと、瓦礫をよじのぼって、すきまにもぐりこんだ。大柄なホプナイも、なんとかくぐり抜けた。

「ここからはわたしが案内しましょう。この先はよく知っていますので」ホプナイはささやいた。「そこを右にもうすこし行くと、出口に通じる場所を通ります。きっとそこに見張りがいるはずです」

「見張りがいたら、後ろにさがっていてね。ぼくが先に行く。いいね？」

「そんな約束しましたか？　わたしの頭は象なみの記憶力しかありませんので」

「ホプナイになにかあったら大変だ」

「しかし危険はボディーガードにつきものです」

「いつだってそうなんだから！」

「わかっています」

トプラは議論するのをやめて、ホプナイを先に行かせた。

しばらくすると、迷宮の表門に通じるトンネルとの分岐点に着いた。顔の高さの壁面に金色に光る照明があり、温かい光を投げかけている。どこにも人影はなかった。

「イスフェト王はトンネルに手を加えたようですね。あんな照明、記憶にありません」そういってから、ホプナイはトンネルの奥をさした。「こっちです」

トプラは、トンネルの中が静かすぎるのが気になりだした。イスフェト王は、ここでの計画をだれにも見せたくないか、自分をじゃまだてできる者などいないと思っているかのどちらかだ。もし後者だったらどうしようとトプラは思った。手遅れでないことを祈るのみだ。

ホプナイがふいに立ちどまってふり返った。トンネルの奥の、照明の当たっている場所をさしながら、トプラの耳もとでささやいた。

「奥の明かりが見えますか？　〈英知の間〉の手前の控え室のようですね。十九年まえにはなかったものです。どうやら母君の事件のあと、改造したようですね」

それを聞いてトプラが断言した。

「見張りがいるとしたら、あそこだね」

ホプナイはうなずいた。

「先に行くよ」トプラはがまんしきれず、ホプナイのわきをすり抜けた。壁面にくぼみを見つけると、ケープと頭巾をとって投げこんだ。戦うことになったら、じゃまになる。トンネルの先は四角い部屋になっていた。白壁にはなんの飾りもない。トンネルから部屋のようすをうかがった。反対側の壁に分厚い岩でできているらしい扉があり、閉じてあった。母が苦しみぬいた末に死んだ秘密地下牢の入口を思いおこさせる。だがここでは、石の扉を隠そうと思う者はひとりもいなかったようだ。扉の横にテンキーのついたスイッチボックスがある。暗証番号が鍵になっているのだろう。さっきホプナイがいったように、ギザが聖なる部屋に逃げこんだあと、イスフェト王はセキュリティのことを考えたようだ。

扉のまえにはだれもいない。だが部屋が本当に無人か確かめるには、首をのばして、隅々までのぞかなくてはならない。トプラはトンネルの壁に背中を押しあてて、後ろに控えているホプナイをチラリと見た。それからまたまえに向きなおり、深く息を吸って体をまえに出した。

その瞬間、首に冷たい槍の先端を感じた。

「来ないかと心配したぞ」深みのある落ち着いた声だが、一抹の投げやりなひびきがあった。トプラはその声に聞き覚えがあった。のどぼとけのあたりを引っぱられるような痛みを感じた。近くへ来いということのようだ。

「ヴァリス将軍！」トプラはあえぐようにいった。首をのばし、つま先立った姿勢で控え室に入った。だが将軍の姿は目の片隅にチラリと見えただけだった。ヴァリス将軍は迷彩服を着ていた。ヘルメットはかぶっていないが、イヤホンとマイクのついた通信機を頭につけている。手にしている武器は槍形レーザー銃だけだ。

将軍はトプラと距離をとりながら、腰をまげてトンネルのようすを見た。

「だれもいないのか！」将軍はおどろいたようだ。

「ぼくのほかにもだれか来ると思ったんですか？」そのときトプラは、首から血がしたたり落ちるのを感じた。

「勘ちがいか。ささやく声が聞こえたのだが」

「ぼくはひとりごとをいう癖がありましてね。槍をどかしてくれませんか？」

「なぜだ？」

「ぼくののどに穴をあけたら、陛下の楽しみが台無しになるでしょう。陛下がそのことをとても気にしていることはご存じでしょう」

「わしにはどうでもよいことだ」

トプラはぞっとした。将軍の捨て鉢な言い方が気に入らない。

「どういうことです？」

「われらが神なる支配者にして最高位の神官であらせられるお方は、〈英知の間〉でわけのわからぬ怪しげな儀式をしておられる。だがそのようなまやかしで、われわれが救われるはずがない。そなたが王のもとにたどりつこうがつくまいが、しょせんおなじこと」

「しかしイヌキスが死んでしまう……」将軍が槍形レーザー銃をまえに突きだしたので、トプラは息をのみ、かかとをあげる格好になった。

「ああ、死ぬであろうな。イヌキスを救えぬ悔いを残して、そなたも死ぬがよい。そなたはアーブワを殺した。アーブワはわが息子であった。イバー＝アイティは、わしが愛したたったひとりのお方だった。そのイバー＝アイティも、そなたによって命を落とした。これまでふたりに対する愛を公に示すことはできなかった。だがもうすべて終わりだ。そなたに復讐(ふくしゅう)する」

首に槍があてられていなければ、つま先立ちになった偽神官は、古代のダンスの踊り手に見えただろう。冷えびえした地下にいて、トプラは額に汗を浮かべた。まさかこんな状況におちいるとは思ってもみなかった。将軍はトプラをさんざん苦しめてから殺すつもりなのだ。もっとも、トプラが抵抗すれば、即、殺すだろう。トプラは、時間稼ぎをするしかなかった。

「でも挑発したのはアーブワの方ですよ。ご覧になっていたでしょう。ぼくは身を守るしかなかったんです」

「わしのことはまんまとだましたが、王子の目は節穴ではなかった。そなたの裏切りを難じたとき、王子は本当のことをいっていた。そなたは身を守ったのではなく、秘密を知る者をかたづけようとしたのだ」

「ちがう！　ぼくは……うっ！」将軍が槍をさらに突きだした。将軍の返事は冷ややかだった。

「みな、現実を自分の好きなように見ているのだ。わしの場合、そなたは命を失うことになっているのだよ、タクバ。いや、トプラと呼んだ方がよいかな？　だが、死者に新しい名前をあたえてもしかたあるまい」

「待ってください！」もう手遅れだと思いながら、トプラは声をあげた。

そのとき、うなり声と金属がぶつかる甲高い音がした。トプラは、首にあらたな痛みを覚えたが、すぐにガタンという音とともに、槍の圧力が消えた。トプラはひざをつき、熾烈をきわめた格闘を見守った。決着はあっというまについたのだが。

将軍は黒い肌の大男が降ってわいたと思ったろう。ホプナイのこぶしが将軍のあごにのびた。将軍も俊敏な戦士だ。身をかがめて短剣を抜いた。半月刀で払わなかったらホプナイは下から突きあげたその短剣で、左のわきの下を刺されていただろう。払いおとされた短剣は手のとどかないところに転がった。将軍が短剣に飛びつこうとしたとき、ホプナイは右足で将軍の足を払った。将軍は仰向けにたおれざま横転して、ふりおろされる半月刀をかわした。しかしホプナイは将軍を追い、半月刀の背で将軍のこめかみをしたたかになぐりつけた。将軍はひと声うめいて、くずおれた。ホプナイは半月刀を両手でつかんだ。

「殺してはだめだ！」トプラが叫んだ。

「ご心配なく。念のために構えているだけですから」

「あんなにひどくなぐったら、頭蓋骨が割れてしまうよ」

ホプナイは将軍の体を何度かつま先で突つき、ぴくりともしないのを確認してから腰帯でぐるぐる巻きにした。トプラはナイフで腰巻きを切りさき、けがをした首に巻いた。きわどいところでホプナイの半月刀が将軍の槍形レーザー銃をまっぷたつにしたおかげで、首の傷は致命傷にはいたらなかった。そのまえに刺された傷口も、さいわいそれほど深くはなかった。まにあわせの包帯を結びながら、トプラは〈英知の間〉への入口をふさいでいる分厚い岩のまえに立った。手のひらで岩をなでながら、その奥の部屋を頭の中で思いえがいた。

「イヌキスがいる」トプラはつぶやいた。当然といえば当然のことだった。いなければ〈英知の間〉は見つけられるはずがなかった。しかしどうやったら彼女のところへ行けるだろう。指が振動しているが、まだオーラは出ていない。手をぎゅっとにぎりしめ、あせるなと自分にいいきかせてから、ホプナイの方を向いた。

「なんだか力がわいてこない」

「あせってはいけません」ホプナイは縛りあげた将軍のところから扉のそばに駆けよった。スイッチボックスから床と天井に走る筋をじろじろ見てから、下唇を突きだして首をふった。

「気に入りませんな」

「なにが？」

「むりやりこじあけると、警報が鳴るしくみでしょう」

「警備隊がここに駆けつけるまで数分はかかるんじゃない？」

「扉に爆薬がしかけてあったらどうします?」

「いくらなんでも聖なる場所を吹っとばすなんて」

「爆薬の破壊力は一定方向に限定することができます。あなたの〈絆〉がいい例です」

トプラは扉のまえに立つと、〈万世の館〉で幾度となくしてきたように精神を集中させた。

数秒後、ささやいた。

「本当だ。扉枠の内側に爆薬がびっしりつまっている」

ホプナイが眉をあげた。

「まいりましたね。王は、将軍が独走したことを知らないはず。ていねいにノックしても、扉をあけてはくれないでしょう」

「トンネルにもどって、そこから扉を吹っとばしたらどうかな」

「うまくいくでしょう。しかしそれでは不意打ちにならない」

ホプナイは口をつぐんでまっすぐ前を見つめた。イヌキスが扉の向こうで今にも殺されようとしていると思うと、まともに想像力がはたらかない。しばらくしてトプラは頭をあげた。

「いいことを思いついた」

「このまま扉を通りぬけるのですか?」

「それができたらいいんだけど。そうじゃないんだ。アンテロープの骨を見たときみたいにやればいいんだよ」

「はっ？」

トプラは、砂漠を旅していたときに経験したアンテロープの骨にまつわる一件を簡単に説明した。過去の光景が見えるのだから、イスフェト王かヴァリス将軍が扉をあけしめしたときにテンキーをたたいているところを見ることもできるはずだ。

「それからもう一度いっておくけど」トプラは戦う気満々のホプナイにいった。「中に入るのはぼくだけだよ。ぼくらが来たとき、将軍が部下に連絡したかもしれない。だから後ろの守りを固めておいてほしいんだ。わかった？」

「はい」

ふたりはもう一度、お互いの目を見つめあい、かたく握手した。暗黙の内に別れのあいさつを交わしたのだ。それからトプラはテンキーに顔を向けた。スイッチボックスの上に手をかざして、目を閉じた。しばらく精神を集中させていると、現在の霧が晴れて、時間が逆もどりした。乳白色の霧の中からテンキーが浮かびあがった。それから重そうな指輪を三つもつけた指があらわれた。イスフェト王は自分でテンキーをたたいたのだ。

「一……八……三……二」トプラはつぶやいた。

「その暗証番号の数字のキーを線でつなぐと三角形になります」ホプナイがいった。「さっそく暗証番号を打ってください。扉の向こうがどうなっているのか見てみたい」

トプラはゆっくりとキーをたたいた。一、八、三……。トプラはすこしためらってから、二のキーを押した。

見えない装置がすぐに動きだした。モーターの力で、入口の扉が横にすべった。トプラはホプナイとチラリと視線を交わして、〈英知の間〉に入っていった。

〈英知の間〉は、ホプナイとファティマがいっていたとおりの空間だった。なめらかな壁はさまざまな壁画や神聖文字（ヒエログリフ）で埋めつくされ、床の大部分は池になっていて、中央に黒い棺（ひつぎ）ののった四角い島があった。棺はまさに生贄（いけにえ）の台のようだ。魔法の呪文（じゅもん）が刻まれた天板の上に、イヌキスが生贄の子羊のように横たわっていた。

　イヌキスは丈の長い薄手の純白の衣をまとい、手足をがんじがらめにされていた。その首に、イスフェト王がかがみこむようにして、奇妙なサファイアの短剣をあてている。イヌキスは血の気がなく、クリスタルガラスかサファイアのように透（す）きとおって見えた。〈英知の間〉の四隅に立てられた灯火（ともしび）を反射して、カミソリのように鋭く研がれたサファイアの短剣が光っていた。トプラの右手の壁に、使われなくなったたいまつ立てがあり、その鉄輪に鎖を通してもうひとりの女がつながれていた。銀色のテープで口をふさがれていて顔がはっきり見えないが、イヌキスの母にちがいない。鎖をはずそうとしてあばれ、声にならない叫び声をあげている。その女が〈英知の間〉に飛びこんできたトプラに顔を向けた。トプラは体に電気が走ったようにビクリとした。イヌキスの乳母という名目で宮廷に入ったため、公には母と名のれなかったその人は、トプラの母の最期を看（み）とったヴィーラだったのだ。

「時間どおりだな。さすがにおどろいたぞ」イスフェト王が棺のそばから笑顔を見せた。もちろんやさしさのかけらもないあざけるような笑みだった。

トプラはすぐに〈英知の間〉の状況をつかんだが、どうしていいかわからなかった。イヌキスに目をもどす。胸がおびえたように上下している。それでもイヌキスは顔をあげ、トプラに向かって叫んだ。

「トプラ、来てはだめ。逃げて！　罠よ。あなたを……」

急にイヌキスの声がとぎれた。イスフェト王が手で口をふさいで、のどに短剣を押しあてたのだ。ヴィーラが鎖を引っぱってなにか叫んだ。だが口にテープを張られているので、うめき声にしかならなかった。

王はイヌキスの髪をわしづかみにすると、乱暴に頭を玄武岩の天板にもどし、耳もとでどなった。

「だまれ！　口をふさがなかったのはそういうことをいわせるためではないのだぞ。おまえは、あやつに落ち着くよう説得せねばならん」

「殺して」イヌキスがいい返した。

「ならば、だまっておれ。さもないと」

トプラは気をとりなおして叫んだ。

「宮廷では、無実の臣民の首を切るのが最近の流行なのですか？　ほら、ぼくの首に巻いた包帯を見てください。ヴァリス将軍についさっきやられたばかりです。もちろんそうやすやすと殺されはしませんでしたがね。義理の娘とその母を放すのです、父上」

「父上などと呼ぶでない」

「なぜですか？　あなたはギザを愛されたのではないのですか？　ぼくはギザの息子です」

「愛したのも、あやつが余を裏切るまでのことだ。余を裏切れば、何人(なんぴと)もただではすまさぬ。あやつはわしではない者を愛しおった。そなたはわしの子ではない」

「真実の味が気に入らない者は、別の真実を料理するものです」

「そなたの口からそのような言葉を聞くとはな、タクバよ。それよりわが忠臣ヴァリスがどうしたというのだ？」

「陛下を裏切ったのはヴァリス将軍と王妃です。ぼくの母ではありません。将軍は、自分の息子と愛する人を殺したといって、ぼくに復讐(ふくしゅう)しようとしたのです。となりの控え室で気を失って倒れていますがね。もういいでしょう。イヌキスとヴィーラを解放してください」

　王は困惑した顔で目をしばたたかせた。

「ヴァリスがなにをしただと？」

「ですから、イバー＝アイティとヴァリスの息子なのです。アーブワのことです。ご存じなかったのですか？」

　王が一瞬よろめいた。青い短剣がイヌキスののどもとから離れた。イヌキスは上体を起こし、咳きこんだ。

トプラはすかさず池の縁まで進み、王の手に意識を集中させて、力を放った。そよ風が〈英知の間〉に吹き、池の水が波だった。

しかしそれ以外なにも起こらなかった。

トプラの体が凍りついた。〈英知の間〉では別の法則がはたらいているかもしれないと、ファティマが警告していた。それがどういうものなのか、トプラはこのときになって理解した。

そのあいだにイスフェト王は気をとりなおし、あばれるイヌキスに青い短剣をあてた。王は薄ら笑いしながらいった。

「あと一歩だったな。余が立っているこの島は、三つの世界のいわば台風の目なのだ。回転木馬の中心といってもよかろう。〈三つ子の宇宙〉の力をここから外に向けて発することはできるが、内に向けては効かぬのだ。この娘の命を救いたくば、われらは交渉をするしかない」

(扉はなんでしまってしまったんだ?)トプラは心の中で悲鳴をあげた。今ごろ、ホプナイはスイッチボックスをにらみつけて、暗証番号を打つべきか迷っているにちがいない。だが扉をあければ、ホプナイが控えていることが王にばれてしまう。トプラは深く息を吸った。

「ぼくはここに来たじゃないですか。ほかになにが望みなのですか、陛下?」

「今夜は夜の中の夜なのだ、トプラ。かつてひとつであった三つの世界を第六の波動でふたたびひとつにする手伝いをしてもらう」

「それがあなたの聖なる使命だといいたいのですか？」トプラは首をふった。「受けいれるわけにはいきませんね、陛下。〈死者の町〉の外では陛下の王国が崩壊しようとしています。王国よりも大事なものとはなんですか？」

「すでにそなたにいったことがあるはずだ。バカト文明は神々の賜物だ。だからいかなる文明よりもすぐれている。余はメンフィスの三柱神のために、〈三つ子の宇宙〉すべてを手中におさめるつもりなのだ」

「なんということを！　ほかの世界でもわたしたちとおなじ人間が生きているのですよ。男や女や子どもが、ぼくらとおなじように自由を求め、そして自由である権利をもっているのです。それに、宇宙の枠組みをいじるなんて、とんでもないことです。陛下はほかの世界のことをすこしでもご存じなのですか？　ほかの世界を征服しようとすれば、きっと破局が訪れます」

王の口もとにあざけるような笑みが浮かんだ。

「ずいぶん詳しいようだな。別世界のだれかと接触があるとでもいうのか？」

「もちろんです！　顔を見たこともあります。泉に……」トプラはいきなり押しだまった。あざけるような言い方だが、王は意外と真実に近づいているようだ。ホプナイの庭で起こったこと、別世界の兄弟としゃべったことをいってしまってもだいじょうぶだろうか。

王は顔をしかめたが、どこかうれしげでもある。

「ではそなた、本当に〈三つ子の宇宙〉の扉をあけたのだな？　それは好都合。今夜そなたがここにいるとは、なんたる幸運だ！　泉の顔とやら、もっと詳しく話してみよ」

イスフェト王がさっきまでむきだしにしていた敵意が今はあまり感じられない。とはいえ、やさしげなのは見せかけだろう。信用ならない。

（もうひとりの自分をここに呼びだせたらいいのに！　別世界の兄弟なら、バカト王国に特権などなく、王の呪（のろ）われた計画がなにをもたらすか説明できるかもしれない）

だが墓石のまわりの池には、別世界からの訪問を暗示するような青い光などまったく見えない。結局、ひとりでこの難局を切りぬけるしかないのだ。

トプラは慎重にたずねた。

「ぼくが幻で見たものを話したらどうなるというのですか？」

王はほくそ笑んだ。

「敵を知ることはよいことだ。別世界の者が、そなたのいうようにわれらに似た存在であるなら、そなたの力を借りて別世界と余の王国を合体し、数十億の臣民からなる国家を樹立するのもたやすいであろう」

「陛下はバカト一国にすら平和と安全と安心をもたらすことができなかったではないですか。民は陛下の圧政を拒否しているのですよ。それなのに、どうやって三つの宇宙をひとつにしようというのです？」

「力ずくでだ！」そういって、王は本性をあらわにした。「何人（なんぴと）も逆らえぬ暴力によってだ。

そなた、そういう力が己のうちに流れているのを感じないのか？　余はその力をわがものとして発動したいのだ」

　トプラは、口の中がからからになった。怪しく輝く王の狂気の眼差(まなざ)しをじっと見つめ、改心させられるのではという期待を捨てた。イヌキスの息づかいは苦しそうだ。青い短剣の切っ先がのどにあてられたままだ。イヌキス、その母、そして自分を権力の亡者の手から解放しなければならない。トプラは王がにぎる青い短剣を不安そうに見つめた。

「どうやって自分のものになさろうというのですか？」

　イスフェト王は愉快そうな顔をした。あいている方の手でヴィーラが鎖につながれている左側の壁をさした。

「イムホテプがそこに書き残したものを見るがよい。イムホテプの名が神聖文字(ヒエログリフ)で書きこまれた楕円の枠(カルトゥーシュ)の横だ。そこに〈見えざるピラミッド〉が隠されている。見えるか？」

「いいえ」そうはいったが、トプラは王が指さした壁面に見覚えがあった。〈英知の間〉を忠実に再現したという〈影の間〉で、その御印(みしるし)を二度も見ていたからだ。しかしあいにく神聖文字を解読することができない。

　王はがっかりしたそぶりを見せた。

「残念だ！　それでは、宇宙合体の儀式にあたって、余がそなたの手伝いをせねばならぬな。余のもとへ来るがよい。はじめようではないか」

「イヌキスは？」

「この娘は母親と仲良くやっておればよい」

「イヌキスをすぐに解放するよう求めます」

「そなたにはそんな権利などない」

「では池を渡らないだけです」

「よかろう。交渉が決裂したのではいたしかたない。古(いにしえ)のやり方でやるしかあるまいな」王は青い短剣の先端をイヌキスののどに強く押しあてた。

　イヌキスが痛みに耐えかねて悲鳴をあげた。

「トプラ、わたしにかまわず逃げて！　このままでは……」

　王は短剣をふりあげた。トプラは不安と絶望のあまり大声を張りあげた。ヴィーラもくぐもった叫び声をあげた。しかしイヌキスのこめかみにふりおろされたのは三角形の刃先ではなく、丸みを帯びた握りの方だった。イヌキスの頭が力なく横を向いた。

「なにをしたんだ？」トプラはどなった。今にも池に飛びこみそうになった。

「うるさくてかなわぬからな。ことがすむまで眠ってもらうことにした」

　怒りが頂点に達したトプラはわれを忘れてしまった。ファティマのいうとおりだった。イスフェト王を信用するのは禁物だ。けっして彼と組んではならない。さもなければ、恐ろしいことが起こるだろう。トプラの目がチラッと右を見た。昏倒(こんとう)した娘の安否を気づかう母が鎖を引っぱり、怒りの声をあげている。そのときひらめいた。水のバリアのせいで力がふるえなくても、池の外側で鎖と格闘している母親には使えるはずだ。

　ヴィーラの近くでなにかが砕ける音がした。王がそっちを見やった。たいまつ立てが壁からはがれ、御影石（みかげいし）の化粧壁の一部と鎖が床に落ちた。ヴィーラはすぐ鎖をとって、ふりまわしながら王にかかっていった。

「動くんじゃない、ヴィーラ！」トプラが叫んだ。右手はヴィーラに向け、いつのまにかはずした黄金の首輪を左手で王に投げつけた。

　ねじまがった〈絆（きずな）〉が飛んでくるのを見て、王はがくぜんとした。すぐにバシャンと水がはね、首輪が背後の水に落ちた。だれもが、輪となってひろがっていく水紋に目が釘（くぎ）づけになった。それから爆音が静寂を破った。池の水が天井に飛びちった。風圧は棺（ひつぎ）の上に横たわるイヌキスをそのまま通りすぎたが、立ったままの王の足もとをぐらつかせた。王はバランスをとろうと懸命に手をふりまわしたが、仰向けに池に落ちた。そのすきをついて、トプラは奇妙な攻撃に出た。ヴィーラには、トプラがふわりと宙に浮いて、王にまっすぐ飛びかかっていったように見えた。が、池の真上で力が効かなくなったトプラはそのまま池に落ちた。王は水を吐き、ひざくらいの深さの池の中で立ちあがろうともがいていた。その眼前にトプラはいた。

　生死をかけた格闘がはじまった。イスフェト王は若いころ、恐怖の戦士として名をはせたものだ。それに短剣を手にしている。だがトプラは、それがどうしたとばかりに捨て身でぶつかっていった。負けることはぜったいに許されない。負ければ、ファティマが警告していた恐るべき事態になってしまう。王は何度もこぶしをふりおろした。だがまともにトプラに当たらない。爆風にやられて、まだ意識がはっきりしていなかったし、トプラは風になびく葦(あし)のように巧みに身をかわした。トプラ自身がおどろくほど自由自在に体が動く。そして、池の中なら少しは力が使えることに気づいた。王は、いくらなぐりかかっても当たらないので、しだいにあせりはじめた。ふたりはにらみあった。そのとき入口からズズッと音がした。扉があいたのだ。爆発音を聞いて、ホプナイがいてもたってもいられなくなったようだ。

　トプラが気をそらしたその瞬間、サファイアの短剣がトプラの心臓めがけて突きだされた。トプラはかろうじてわきに飛びのき、王の腕をつかんだ。王もすぐにトプラを引きよせた。ふたりの引きつった顔がふれそうになった。トプラの心臓が早鐘のように打った。短剣はすぐそばだ。いくらすばやい身のこなしでもかわしきれないだろう。それに腕力は王の方がはるかにまさる。まさに死力をつくした戦いとなった。

　そのとき鎖の音がした。ヴィーラが背後から近づき、渾身(こんしん)の力でイスフェト王の頭に鎖をふりおろしたのだ。王が痛みと怒りの叫びをあげた。王の手の力がゆるみ、トプラは逃れようと激しく身をよじった。必殺の一撃とばかりに、王は大きく短剣をふりかぶった。と、そのとき、突然王が悲鳴をあげた。それも瀕死(ひんし)の声だ。そしてあっというまにあえぎ声に変わった。

　トプラは後ろによろめいて、父親の胸に刺さっているサファイアの短剣をぼうぜんと見つめた。王はおどろきの表情を見せながら後ろに倒れ、バシャンと池の中に沈んだ。

　トプラはひたすら首をふった。

「こんな、こんな」

　ホプナイがトプラの視界に入った。ホプナイは、王の手首をつかむとうつぶせにしてようすをうかがった。

　ヴィーラは王をさげすむように見下ろしていた。

「手を放してもだいじょうぶだろう、ホプナイ。もう立ちあがることはないだろうからね」

　ヴィーラは死者に背を向けると、娘のようすを見るため島に渡った。

「ほかにどうしようもなかったでしょう」ホプナイはトプラにいった。

　だがトプラの返事は絶望に充（み）ち満ちていた。

「ぼくは自分の父親を殺してしまった！」

「自業自得です。短剣を捨てていれば、王は今でも生きていたはず。しかし王は、息子を殺すことしか頭になかったじゃないですか」

「そうだね。それがねらいだったのだろう」トプラはつぶやいた。そして、イヌキスに思いをはせた。イヌキスはいまだに黒い御影石（みかげいし）の天板の上で意識を失っていた。彼女の体を包む薄い純白の衣がはかなげに揺れている。ヴィーラがイヌキスを見守っていた。

「生きているわ！　ふつうに息をしています。思ったほどひどくなぐられたわけではないようです」

イヌキスが無事だと知って、トプラはへなへなとしゃがみこんだ。そのとき、ザバザバと水の音がした。ホプナイがイスフェト王の亡骸を池からかつぎあげ、池の縁に横たえた。そして、胸から短剣を抜いて、背を向けた。

ホプナイは無意識に、その血ぬられたサファイアの短剣をトプラに見せていった。

「王は、あなたになにをするつもりか打ち明けたのですか？」

「間接的には。あとはファティマの話と、円柱広間で体験したことから類推したんだ。アーブワはぼくとおなじ存在だったし、イスフェト王がぼくの心臓にそのサファイアの短剣を突きさしていたら、〈三つ子の宇宙〉はまずまちがいなく崩壊していただろうね」

「どうしてそのようなことがわかるのです？」

「青いレーザー光線でアーブワが死んだとき、三つの世界の骨格にものすごい衝撃が走って、神殿はくずれてしまった。あれが第五の波動のときで、〈三つ子の宇宙〉の力が彼の中を流れているときだったら、たぶん今ごろメンフィスは跡形もなくなっていただろう」

「それで王は、怒りくるった王子を止めに入ったのですね」

「たぶんそうだね。アーブワを犠牲にしたくない以上に、ぼくを必要としたはずだからね。王は、時が満ちるまえにぼくを死なすわけにはいかないといっていた。答えは簡単。第六の波動がまだ来ていなかったからだ。ファティマは〈影の間〉で、イムホテプの儀式を二度とくり返させてはいけないといっていた。もし今夜、アーブワかぼくが死神に襲われたら……」

考えただけで恐ろしく、トプラはその先を口に出していえなかった。

「イスフェト王は愚か者です。危険なことだとわかっていたはずなのに」ホプナイはいった。

「そうだね。でも、権力をにぎりたいがばかりに、危険を顧みなかったのだろう。〈三つ子の宇宙〉の力を自分のものにすれば、三つの世界を支配できると信じていたんだよ」

ホプナイは池の縁に横たわるイスフェト王の遺体をチラリと見て首をふった。

「そうならなくて本当によかったです」

「このようなことは、二度とくり返されることはないだろう。まずまちがいなく」トプラはこぶしを胸にあてた。「そう感じるんだよ、ここの深いところで。特別な夜に、母がぼくを産んでくれたこの場所にいるからかもしれないね。〈三つ子の宇宙〉はぼくの心臓とおなじように脈を打っている。ぼくにはわかるんだ。何人(なんぴと)も、それをさまたげてはならないんだよ、ホプナイ。なぜならそれが止まったとき、宇宙の調和が失われるからね。三つの世界が均衡を保ちながら揺れつづけるかぎり、そう、三つの世界がそれぞれのリズムで動きつづけるかぎり、三つの世界はうるおい、花を咲かせるんだ」

ホプナイは、トプラの呪文(じゅもん)のような言葉を聞いてもおどろかなかった。〈均衡の守り手〉が「感じる」といえば、彼にしかわからないことが現実に起こっているのだ。ホプナイはそのことに感動しながらも、どこか悲しげにいった。

「大昔に分裂したこの世界は、二度と統一されないのですね？」

「統一することと多様であることとは相容れないものなのかな？　ぼくは船乗りに育てられ、海賊に歓待されたこともある。そしてテグアル族のもとでは、砂漠の道にも見えないさまざまなものにも価値があることを学び、ファティマの知恵にふれ、ホプナイ、あなたの献身的なはたらきに助けられた。この数カ月で、多様であることがどんなに人を豊かにしてくれるか知った。イスフェト王が〈三つ子の宇宙〉を征服しようとしたのは、バカト文明こそどこよりもすぐれていると思いこんだからだ。でも、長く放浪してきたぼくにいわせれば、そして今、心底感じることだが、イスフェト王の考え方は危険な誤りだということだよ。いつか人間が、互いにちがうのは淘汰しなければならない欠陥だと思うのをやめたら、三つの世界はふたたびひとつになれるかもしれないね」

「そのことを伝道するのに人が必要になったら、まずわたしに声をかけてください」

トプラは放心したようにうなずいた。そしてすぐに池を渡ると、島にあがり、ヴィーラの横に立った。トプラはイヌキスの髪をそっとなでた。イヌキスの頭にはこぶができていた。こめかみにさわると、脈は安定していた。

「ずいぶんひどくなぐられたようだね。ヴィーラ、あなたはだいじょうぶですか？」

ヴィーラはいつもの元気な助産婦にもどっていた。

「イヌキスなら、息づかいもふつうですし、心臓もしっかり動いています。意識がもどったらひどい頭痛がするでしょうがね。脳震盪(のうしんとう)を起こしているかもしれません。でも、いずれ元気をとりもどすでしょう」

そのときイヌキスが大きく息を吸って、唇を動かした。

「意識がもどったようね」ヴィーラがいった。

トプラはイヌキスの手をにぎった。イヌキスが目をあけた。

「トプラ！　あいつはどこ？」そうつぶやいて、イヌキスは首をまわし、母がいることに気づいた。それからまた自分を救ってくれたトプラの方に顔を向けた。

「イスフェト王は死んだよ」トプラはイヌキスの額にキスをした。「きみのことが心配でたまらなかったよ」

イヌキスはやっとの思いで笑みを浮かべた。

「それなら、わたしがあなたのことを心配する気持ちもわかった？」

「きみがアーブワと結婚することにうなずいたのは、ぼくを守るためだったっていうんだろう。そんなことしなくてよかったのに」

ホプナイが池からあがってヴィーラのわきに並んだ。

「どうもおふたりに重荷を背負わせてしまったようですな。しかし国王一族を排除して、おふたりが結婚なさるまでのあいだ、イヌキスに政権を担っていただくには、これしか方法がなかったのです」

「ぼくらが、なんだって？　それも計画のうち？」トプラは言葉を失った。

イヌキスはひじを立てて、体を起こした。

「わたしと結婚するのはいや？」

トプラはほうけたようにイヌキスを見た。そして自分がファラオとしてバカト王国の玉座につくなんてありえないことだと思った。だがそれでも、力強くうなずいた。

「そんなことはないさ。きみと結婚したい。じつはきみがアーブワを選んだとき、ものすごくショックだったんだ」

「あいつには手もにぎらせなかったの。それでなぐられたのよ。あいつは、あなたとわたしのことを知っているっていったわ。あいつは嫉妬（しっと）の虜（とりこ）になって、怒りを抑えられなかった。あなたはあやうくあいつに……」

「そのことはあとで話そう。ぼくは、きみが円柱広間で死んだと思って、いったんは生きる気力を失った。愛しているよ、イヌキス」

「わたしもよ」

ふたりはまわりの惨状が目に入らないほど幸せだった。棺（ひつぎ）の横でふたりを見守るホプナイとヴィーラもおなじ思いだった。トプラはイヌキスの腕をとり、抱きよせて耳もとでささやいた。

「もうだいじょうぶ。なにもかもうまくいくよ」

ところが、イヌキスを抱きしめているうちに、なにかが心に引っかかった。すべて丸くおさまったはずなのに心がざわつく。深い無意識の闇からいいしれぬ不安が立ちのぼってきた。第六の波動はまだ心のざわつきを感じはじめただけだ。トプラはこっそり〈英知の間〉を見まわした。だがなにも怪しいようすはない。

しばらくして、ホプナイがイヌキスにやさしい声でたずねた。

「具合はどうだね？」

イヌキスはトプラの肩ごしにホプナイの大きな体を見て、ほほえんだ。

「心はときめいているわよ！　でも頭が割れそう！」

「近衛兵が来て、ファラオがどこにいるかたずねられるかもしれない。そのまえにここから姿を消した方が無難だ。さあ、わたしの背中に乗って」

「シバであなたのうちにいたときみたいに？」

トプラはイヌキスから離れて、けげんな顔で三人を見つめた。三人はわけしり顔でニコニコしている。

「ホプナイ、どうやらあとで聞かせてもらうことができたようですね」

「喜んでお答えしましょう。しかし今はここを出ませんと。アスファハンは信号を受けとったはずです。反乱軍がいつ〈死者の町〉に攻撃をしかけてきてもおかしくありません」

「信号？」ヴィーラがたずねた。

トプラがうなずいた。

「ぼくの〈絆〉ですよ。ホプナイが、ムスタファの店であれを改造してくれたんです。本来の装置では爆発しないようにしたうえ、ほら、それを知らないアーブワが発火装置のボタンを押したでしょう。あの時点で衛星測位システムが作動停止したんです」

「そんなことができるんですか?」

「ホプナイにはできないことがない。ぼくもびっくりしました。ホプナイの仲間が奴隷監視センターの宇宙衛星の電波を傍受して、ぼくの〈絆〉が消えていることを確認してくれました。そして改造した装置でさっき爆発する直前、測位送信機がまた作動したんです。アスファハンは電波を傍受して、ぼくの〈絆〉の認識番号の電波が入ったら、攻撃の合図を仲間に知らせる手はずになっているんですよ」

「だけどあなたが生まれるとき、ギザさまがわざわざここに逃げこんだのは、この迷宮ならホプナイの首輪の位置が確認できないからだったんですよ」

「それは十八年以上まえの話でしょう。イスフェト王はそのあと、二度とあのような不祥事が起こらないよう命令したはずです。おしゃべりな神官からも確認をとりましたけど、そういう信号を転送する発信装置が地下にとりつけてあるのだそうです」

ホプナイがニヤリと笑った。

「ファラオのおかげで、われわれの作戦はうまくいったというわけですな。さて、では決戦の火ぶたが切られるまえに行きましょう。近衛兵の中に、地下に立てこもろうと考える者がいるかもしれません。そうなったら逃げ道がなくなってしまいます」

トプラはイヌキスが棺からおりるのに手を貸した。心のざわつきを知られないように気を配った。

「すべてうまくいきそうでよかったわ」イヌキスがほっとしていった。

ところがそのイヌキスが急に体をこわばらせた。気づいたトプラがたずねた。

「どうしたの？」

「トプラ、あなたの手。光っているみたい」

「お生まれになったあの日とおなじだわ！」ヴィーラがいった。

オーラを何度も目にしていたホプナイが静かにいった。

「いよいよ第六の波動が近づいたのですね」

突然、〈英知の間〉がふるえだした。

「なに？　地震？　それとも砲撃？」イヌキスがおびえてたずねた。

ホプナイが真剣な顔をして首をふり、池の水面を指さした。無数の水しぶきが踊っている。

「地震でも砲撃でもない。こんなのははじめてだ」

「あそこ！」トプラが興奮して、棺の向こうをさした。水しぶきをあげる水面に青く輝く霧が立ちのぼっていた。はじめはもやもやっとした霧だったが、〈英知の間〉の揺れが激しくなるにつれ、なにやら輪郭がはっきりしてきた。まず人の姿が浮かんだ。足もとの床は、ちょうどゲーム盤のように白と黒のマス目状になっている。まわりはどこもかしこも瓦礫の山だ。円柱が何本も浮かび、そしてあれは……棺だろうか？

「だれ……あれはだれ？」イヌキスは口ごもり、しだいに目鼻立ちもはっきりしてきたその人影を指さした。

トプラは悲しそうにイヌキスのほおをなでた。

「ぼくの心が召喚したぼくの分身だよ」

「あなたの分身？　それ、どういう意味？」

「終わりのはじまりだ。決着はまだついていない」

第17章 ドームの下で

道案内もなしにバッダ族のトンネルを進むのはほぼ不可能に近い。しかも二十三冊もの分厚い本を引きずっていては、もはや拷問（ごうもん）に等しい。だがウルフから逃げるのに、ほかに行き場はなかった。ブリタニア図書館地下のトンネルへ跳躍したのは、どちらかというと条件反射のようなものだった。このまえウルフに遭遇したときにこの逃げ道を使ったからだ。

できることなら重たい本の束を先にケオッバの宮殿に送ってしまいたかった。だがウルフと出くわしたせいですっかり力を消耗してしまった。それに宮殿の方角がわからない。宮殿のあるあの丸い空洞がどこにあるかまるでわからなかった。第五の波動が過ぎたばかりで、物探しの力はロウソクの火程度にしか役立たなかったが、それでも、必死で使った。ウルフが回復して、追跡をはじめるまでどのくらい時間の余裕があるだろう。

　トレヴィルは、オルリクだけが頼りだった。あれだけいろんなことがあったのに、オルリクは元気いっぱいだった。なにか障害物があると、バッダ族のマントが照らすまえに教えてくれた。そうやって人とコウモリのペアは、なんとかピカデリー・サーカスの大きなホールにたどりついた。人の気配はないが、焼けこげたにおいがただよっている。〈黒軍団〉が侵入したにちがいない。トレヴィルは、プラットホームを横切って、鉄路をおおうホールから立ち去った。

「下の階におりるところはどこだったかな?」そうつぶやきながら、トレヴィルはあちこち手探りした。入口は見つからなかった。だんだん不安になった。必死に精神を集中して、めざす入口を探した。何度か試して、ようやく下に通じる縦穴を見つけだした。

　しかし穴はふさがっていた。バッダ族は入口を大量の泥でうまく隠していたのだ。トレヴィルは乾いた泥の表面を杖の先で突ついたが、それくらいでは、泥を押し分けることはできなかった。やり方を変えるしかない。トレヴィルは目を閉じて、泥の奥の縦穴を思いえがくと、心の中ではずみをつけて跳躍した。が、目をあけてみると、おなじ場所に立っていた。

「だめだ」情けない声をあげると、トレヴィルはトンネルの壁にもたれて、ゆっくりしゃがみこみ、首を横にふった。

　そのときかすかな物音を耳にした。足音だ!

(ウルフ!)最初に脳裏をよぎったのは彼のことだった。トレヴィルは杖を構え、同時に首を

のばして耳をすました。（ウルフがこんなに早くあとをつけてくるなんて）

ふと気づくと、春先の日光みたいな緑色の光が見えた。小柄な人影がいくつも、わらわらと近づいてくる。それがだれか、トレヴィルが気づくまえに、闇の奥からよく知っている甲高い声が聞こえた。

「批判しているように聞こえたらお許しください。しかし近ごろ御無沙汰でしたな」

「ケオッバ！」トレヴィルはへとへとなのを忘れて飛びあがり、ケオッバに駆けよると、ひざをついて抱きしめた。

「こう申しあげるのはなんですが、あなたさまはずいぶんおとなになられたようですな」

トレヴィルは笑った。

「ひげのせいでしょう。中身はたいして変わっていませんよ」

ケオッバが大きな目を輝かせた。

「すみません、若き感応者殿。あなたさまの無事な姿を拝見できて、わたくしは春のモグラのように感激しております」

「ぼくの方こそうれしいです、ケオッバ。こんな言い方をするのはなんですが、さっきのはじつにみごとでした。あなたがフェイントをかけてくれたおかげで、なんとか逃げられました。あなたたちがモロクの兵士たちに捕まってしまったのではないかと心配しました」

ケオッバがクスクス笑った。後ろに控えていた五、六人の連れも笑った。

「バッダ族の基準でいえば、わたくしはかなりおいぼれですが、あのようなのろまな連中から逃げるのなど、たやすいことです。いや、これは自慢しているわけではありません」

「ぼくに助けがいるって、どうしてわかったんですか？」

「わたくしどもはブリタニア図書館を四六時中見張っておるのです。夜中は屋根から、昼間はとなりの廃墟の暗がりから。どうか気を悪くなさらないでくだされ。あなたさまは忍びこむのがあまりお上手でなかった」

「えっ、うまくやったつもりなんですけど」

「まあ、モロクに仕える木偶の坊たちになら通用しますでしょう。ところで立ちいったことをうかがいますが、さきほどよりあなたさまのえりもとにぶらさがっているそれはなんでございますか？」

トレヴィルはコウモリを人差し指にぶらさがらせると、ケオッバの目のまえにもっていった。

「これはオルリクです。暗いところで道案内してくれるんです」

「ほほう！」ケオッバは感心して、オルリクのお腹をさすった。連れの男たちも寄ってきて、小さなコウモリをのぞきこんだ。オルリクは注目の的になったのを喜んでいるようだった。

「コウモリはわたくしどものあいだでは尊敬の的でございます。あなたさまがうらやましい。あなたさまは地下でほとんどなにも見えないわけで、おお、どうかごかんべんくだされ」ケオッバはあわてて口に手をやった。「まったく失礼なことを申しあげてしまいました」

トレヴィルは笑った。

「かまいませんよ。事実ですから。この数カ月、あなたに会えなくてさみしかったです。いきなり姿を消してしまってすみませんでした。ぼくがいたら、捕まえに来たウルフがあなたたちの洞窟(どうくつ)を廃墟(はいきょ)に変えてしまうと思ったんです。それで、逃げることにしました」

「知ったかぶりに聞こえたらお許しください。しかし、わかっておりました。ドウィーナさまが、あなたさまの気持ちを説明してくださいましたので」

その名を聞いて、トレヴィルは心が躍った。

「ドウィーナ？　無事にロンディノールから逃げだせましたか」

「いいえ」

「なんですって！」トレヴィルはめまいがして、トンネルの壁に手をついた。「まさかドウィーナが……」

「死んだと申されたいのですか？」ケオッバは激しく頭をふった。「とんでもない。なんたること！　まったく軽率な返事をしてしまいました。どうかごかんべんくだされ！　わたくしはただ、ドウィーナさまがロンディノールを去らなかったということを申しあげたかっただけでして。ドウィーナさまは今でも宮殿にお住まいです」

「十カ月も？　なんで？」

「あなたさまがおもどりになると確信されていたからです。あなたさまはドウィーナさまに手紙を残された。『時が来たら、ぼくはもどってくる。それを止められるのは死だけだ』そうお書きになったでしょう」

トプラは恥ずかしそうに顔を赤らめた。

「ご存じなのですか？」

「プライベートなことに立ちいってしまい申しわけありません。しかしあなたさまの手紙はドウィーナさまを勇気づけました。いえ、ドウィーナさまだけでなく、わたくしどものことも勇気づけてくれる内容でした。ですから、ドウィーナさまはわたくしどものまえで手紙を読みあげたのです。あの方はじつに勇敢です、若き感応者殿。あの方が〈黒軍団〉の内情に詳しかったので、わたくしどもは侵入者に対して幾度も輝かしい勝利をおさめました。モロクの戦士たちは少人数ではけっして都に足を踏みいれなくなりました。戦士たちは二カ所に分散して陣を張っております。ブリタニア図書館とセント・ドライデン寺院です」

トレヴィルは耳をそばだてた。

「寺院？　もしかしたら、くずれかけたドームがある建物のことですか？」

「そのとおりです」

「やはりぼくの勘ははずれていなかった。モロクはそこで三重宇宙をつなぎとめるつもりなんです。そのセント・ドライデン寺院に連れていってくれませんか？」

「かまいませんよ。すぐに向かいますか？」

「いや、待ってください、ケオッバ。ぼくが疲れきっているということは、ウルフもおなじ状態のはずなんです。このすきにしてしまいたいことがあるんです」

ケオッバはピンときて笑みをこぼした。だがそれでもたずねた。

「といいますと？」

トレヴィルはケオッバの肩に手を置いた。

「ドウィーナに謝らなければならない」

「ドウィーナさまがお許しになったら？」

「そうしたら」

「そうしたら？」

「急いで結婚式の準備をしてもらわなくちゃ」


トレヴィルはおずおずとドウィーナの部屋のドアに近づいた。以前小ぶりの食堂だったところだ。そこで立ちどまり、考えこんだ。なんと声をかけたらいいのだろう。どういう言葉を使えばいいだろう。ドウィーナはどういう反応をするかな？　結局、勇気をふるってドアをノックした。

「どうぞ」ドアの向こうでドウィーナの声がした。

トレヴィルは取っ手をまわして、そっと扉をあけ、中に入った。そこは天井がすこし高かったので、体をまっすぐのばすことができた。明るい色の石の床は鏡のように磨きあげられ、分厚い絨毯が敷かれていた。調度品としては、以前と同じようにベッドを縦につないだもの、椅子が数脚と安楽椅子が一脚、そして机に、タンスが二台にチェストが三台、それと飴色の光を部屋に投げかけるいくつかの電気の照明器具。

トレヴィルとドウィーナの目が合ったとき、部屋は静寂に包まれ、落雷直後のように毛が逆立った。草の茎や石にふれようものなら火花が散りそうだった。ドウィーナは四角い机のまえに立っていた。机の上にはごつごつした石のランプがあり、紙の束がひろげてあった。ドウィーナは口を半分あけたまま、琥珀に閉じこめられた虫のようにかたまっていた。

「約束を守ったよ」トレヴィルはこらえきれなくなって口をひらいた。

ドウィーナはまだかたまったままなにもいわなかった。

「もどってきたんだけど」トレヴィルがしかたなくまたいった。

ドウィーナはつんのめるようにしてトレヴィルに飛びつき、ひろげたトレヴィルの腕の中に飛びこむと、こぶしでトレヴィルをたたきはじめた。そして、沈黙の壁を破った。

「このごくつぶし、ならず者、人でなし、裏切者！」ドウィーナはありったけの悪態をつき、じっとこらえてきた気持ちを一気に吐きだした。「食わせ者、ペテン師、うそつき、風来坊、高慢ちき」ドウィーナのほおを涙が流れ、トレヴィルをたたく勢いがだんだん弱くなっていった。「へそまがり、古ギツネ、石頭、あんたなんて大嫌い」ドウィーナはたたくのをやめた。

トレヴィルの胸にほおをあてて、すすり泣いた。「なんでこんなひどいことをしたのよ。ひとりで逃げてしまうなんて。あたしを連れていってくれないなんて。あたしがどんな思いをするか、これっぽっちも考えなかったんでしょう」

「きみのことは毎日思っていたよ、子羊ちゃん」

ドウィーナはチラッとトレヴィルを見て、またすぐほおをトレヴィルの胸に押しあてた。

「あたしは子羊じゃないわよ！」

「知っているさ！　いや、でもきみは子羊だ。くだらない話かもしれないけど、ぼくにとって、きみはずっと子羊だったんだ。いいかい、ぼくは子羊のドウィーナを救うために命をかけたことだってあるんだ。そしたら、きみがあらわれて、名前をいった。よりによって子羊とおなじ名前をね。まるで運命の糸につながれているみたいじゃないか。きみのためなら、ぼくはいくらでも命をかけるよ」トレヴィルはやさしく話しかけながら、ドウィーナの背中をなで、気持ちが静まるのを待った。ドウィーナはひとことも返さなかった。

ドウィーナはトレヴィルの耳もとでなにかいおうとして、つま先立ちになったかと思うと、急に体をこわばらせた。

「どうしたの？」トレヴィルがたずねた。

「これ、なに？」ドウィーナの声が鼓膜にひびいた。

ドウィーナはトレヴィルから離れると、目のまえに手をさしだした。大きな耳と皮の翼をした小さな黒いものが人差し指の先にぶらさがっていた。

「コウモリだけど」トレヴィルはニヤニヤしながら答えた。ドウィーナが悲鳴をあげてもおかしくないのに、コウモリを指にぶらさげている。けれどもドウィーナの声はけわしかった。

「そのくらいわかるわ。こんなものを連れているなんて、あなた、どこをうろついていたの？」

「オルリクは友だちだよ」

「オルリク？」

「そいつの名前さ」

ドウィーナは鼻先にオルリクをもってきた。

「オスなの？」

「さあ、どうかな。メスと仲良くする方がよかった？」

「なにそれ！」ドウィーナはコウモリをテーブルのランプに移らせた。

トレヴィルはドウィーナを抱いた。

「ごめん」

「ねえ、胸がやけにかたいんだけど」

「筋肉だよ。自然の暮らしできたえられたからね」

「うそばっかり」ドウィーナはトレヴィルの胸を指ではじいた。コツコツとドアをノックしたみたいな音がした。「筋肉をきたえても、こんな音はしないわ」

トレヴィルはわざと大きなため息をついた。

「ばれてしまってはしかたがない。きみが発見したのはアバクックの宝だよ」

「『均衡の書』？　そんなふうにもち歩いているの？　ケオッバが聞いたら、心臓発作を起こすわ」

「いつなにが起こるかわからないだろう。だから肌身離さずもっていることにしたんだ」

ドウィーナはトレヴィルの目をのぞきこんだ。

「またどこかへ行く気ね。そうなんでしょう？」

「きみやここの仲間といっしょにいたいさ。だけど危険すぎる。ウルフが第五の波動の疲れから回復したら、ぼくを捜すはずだ」

「それなら、いっしょに行くわ」ドウィーナはあごを突きだした。拒否されると思ったようだ。

「そのことをずっと考えていたんだ」

「いい逃れはさせないわよ」

「結論は出ているさ」

「男って、これだからかってよ。頭がはたらくのは自分たちだけだと思っているんでしょう」

「でも、きみにうんといってもらわないと」

「答えは決まっているわ。いやよ」

「まだなんにもきいていないじゃないか」

「次の波動が過ぎるまであたしをひとりにしてって、あたしからいわせたいわけ？　自分の良心がいたまないように」

「いや、じつはそうじゃないんだ。僕と結婚してくれないかってきこうと思ったんだ」

ドウィーナはぽかんとした。目を丸くし、赤い唇をふるわせた。

「今、なんていったの？」

「ひとりでいるのにうんざりしたんだ。でも、いっしょに逃げたいと思える人ってきみくらいしか思いつかなくて。もちろんオルリクは別だけど」

最後のひとことがよけいだった。トレヴィルはまたドウィーナにたたかれた。

「ろくでなし。まったくどうしようもなく救いようのない、いかれた、汗くさい、ひげもじゃでシラミだらけのろくでなし」

「体は洗うし、ひげもそる。約束するから、返事を聞かせてくれ」

「返事をしなくちゃいけないの？　ええ、結婚するわ、トレヴィル！」

「モロクとウルフはぼくをしとめるつもりだ。危険な目にあうことになるよ」

「あなたがいないあいだ、〈黒軍団〉と何度も戦ったわ。危険がどんなものかくらいわかっているつもりよ。もうあなたとは離れないわ、トレヴィル」

トレヴィルはほっとして、ドウィーナを抱きよせた。

「ぼくがどんなにうれしいか、わからないだろうね」

それは急ごしらえの結婚式だった。ドウィーナが承諾してからわずか二時間後、ふたりはケオッバと急ぎ集まってきた百人近くのバッダの民に囲まれた。ロンディノール地下都市の長(おさ)ケオッバは、司祭として結婚式を執(と)りおこなった。場所は宴会場が使われた。ドウィーナは、金髪を花輪で飾り、キラキラ輝く長いマントを身にまとった。風呂に入り、ひげをそり、軽食を口にして元気をとりもどした花婿は、バッダ族のスーツを身につけた。といってもドウィーナと比べればずっと質素だった。トレヴィルの服はひどく傷(いた)んでいたので、キッタが大急ぎでつくろい、洗濯してくれたのだ。キッタはトレヴィルの逃亡を手伝ったかどで非難されたが、ドウィーナの口添えで彼女の付き人になっていた。

ケオッバは時間がない中、花嫁花婿に心のこもった祝福のことばを贈った。それも、はじめて友だちのような口調で。ケオッバは、夫婦の心得や子どもを慈(いつく)しむことや全能の神への献身などを並べたてたが、冗談もずいぶんまじえた。もちろんいったそばから、すみませんと謝ったのはいうまでもない。感動にすすり泣いたり、歓声をあげたりしていた参列者のあいだからも、すみませんという声がたびたび聞こえた。そして式はクライマックスに達した。

「それではわたくしにつづいて、結婚の誓いをしてくだされ」ケオッバは花婿にいった。「わたくし、スケイルグ・ダナーン島の巡礼者にして、〈三位教団〉の長であり、〈均衡の守り手〉

であり、三重宇宙の力の感応者であるアンヌンのトレヴィルは、そなた、イルフラコムのドウィーナを妻にめとり、われらが三重宇宙の全能の神がくだされた夫の務めにしたがってそなたを愛し、トリムンドスの神聖なる結婚のしきたりどおりに暮らすかぎり、そなたに心を配ることをここに謹んで宣言する」

トレヴィルは結婚の誓いをくり返したが、自分につけられた長々とした称号は省略した。そして期待に胸をふくらませながら、花嫁の顔を見た。

「では、あなたさまもわたくしにつづいて、結婚の誓いをしてくだされ。わたくし、イルフラコムのドウィーナは、そなた、スケイルグ・ダナーン島の巡礼者にして、〈三位教団〉の長であり、〈均衡の守り手〉であり、三重宇宙の力の感応者であるアンヌンのトレヴィルを夫とし、われらが三重宇宙の全能の神がくだされた妻の務めにしたがってそなたを愛し、トリムンドスの神聖なる結婚のしきたりどおりに暮らすかぎり、そなたに心を配ることをここに謹んで宣言する」

ドウィーナは、夫となるトレヴィルの称号を一気にいえなかったので、「均衡の長」とひとくくりにして素知らぬ顔をした。

「これにて、両人が夫婦になったことを宣言する」そういうと、ケオッバはニコニコしながら両手をひろげた。ふたりがキスをしてもよいという合図だ。

トレヴィルとドウィーナは手をとり、幸せそうに見つめあった。そしてみんなの期待に応えたた。ふたりがキスをすると、宴会場は歓声であふれ返った。涙でぬれたハンカチをふったり、投げたりする者もいた。そして祝福の言葉がこだました。

「では、これより披露宴にいたします」ケオッバがいった。

トレヴィルはケオッバの方にかがんでささやいた。

「披露宴は今度にしましょう。ウルフが追跡をはじめるまえに、ぼくらはすぐにここを出なければなりません」

ところがケオッバはニコニコとほほえみ、わざと間をもたせてから答えた。

「あなたさま方に贈り物があるのです」

「えっ！」

「ハネムーンをロンディノールでお過ごしくだされ」

「でもそれは危険では……」

「すみません、その点はご心配なく。あなたさまが『禁断の都』と呼ばれるこの町に、あなたさま方にとって安全な場所が一カ所あるのです。わたくしども筆頭俚諺（りげん）学者がわたくしに示唆（しさ）してくれました」

「ダムバラグが？」

ケオッバは重々しくうなずいた。

「波動の結節点は上下方向には無効」

「なんですって？」トレヴィルは目をしばたたかせた。

「ダムバラグがアバクックさまの教えから抜きだした言葉です。三重宇宙の波動が作用しているあいだ、波動の結節点が無効になる静寂と不動の場所があると教えているのです。三重宇宙の力がいかに激しくあばれまわろうとも、その場所にだけは押しいることができないのです」

「アルウィン導師から重心の話は聞いていますけど……」トレヴィルは信じられないというように首をふった。

しかしケオッバは気にするようすもなくいった。

「すみません、お疑いになりたいお気持ちはわかりますが、〈三位教団〉の創設者アバクックさまの言葉は信用してだいじょうぶです。それに、ハネムーンをじゃまされたくないのではありませんか？」ケオッバは右目でウィンクしてみせた。

ドウィーナがすりよってきたのに気づいて、トレヴィルは顔を赤らめた。

「ひょっとして、それはセント・ドライデン寺院のことですか？」

「はい」

「では、そこがモロクの邪な計画で重要な場所になっていることもご存じなんですね？」

「はい」

「だけど、〈黒軍団〉はブリタニア図書館だけでなく、そこにも見張りをつけているっていいませんでした？」

「はい」

「はい、しかいえないのですか?」

「はい」

トレヴィルはため息をついた。

「ケオッバ、申しわけないのですけど、なんでよりによってその寺院が安全なのか、ぼくにはさっぱりわからないんですけど」

ケオッバがいたずらっぽくニヤニヤした。

「まずそこが重要な結節点だからです。次にモロクが厳重に警備させているからです。わたくしどもが監視したところ、モロクとその養子はおろか、兵士たちもけっして寺院の中に入ろうとしません。明らかにその場所を恐れています。あるいはそこがけがれるのを望んでいないか、なにかを壊したくないようなのです。たしかに寺院は〈黒軍団〉にすきまなくとりかこまれていますが、みな、寺院とは距離をおいています」

「第六の波動が来るまでまだ二十日間あります。偶然、見つかってしまうこともあるんじゃないですか?」

「寺院の下で過ごせば、その心配はありますまい」

「トンネルがあるんですか?」

「そして洞窟(どうくつ)があります。ダムバラグはよくそこにこもって研究にいそしんでいるのです。そこにいると霊感がはたらくというのです。わたくしどもの王国の上に地下聖堂があります。寺院の大ドームはその上になります」

トレヴィルは花嫁のドウィーナにたずねた。

「どう思う?」

ドウィーナは顔を輝かせた。

「あたしたちだけの場所。あなたは研究がつづけられるし、仲間も近くにいる。モロクと対決する準備をするには理想的な場所じゃない? これ以上の場所がある?」

ダムバラグは、セント・ドライデン寺院の地下にある別宅を新婚夫婦にあけわたした。岩をくりぬいて作ったその別宅は、上下に重なる五つの部屋からなっていた。ダムバラグはずっと一人暮らしだったので、部屋のかたづけ係を四人、先発させていた。そのうちのひとりはキッタだった。そのおかげでトレヴィルとドウィーナが受けたかもしれないショックは和らげられた。なんの準備もなしにダムバラグの別宅に入っていたら、あまりの乱雑ぶりに絶句していただろう。書斎をのぞけばどの部屋も、じつに居心地よくかたづけられていた。

トレヴィルとドウィーナが「愛の巣」に入ると、拍手がわき起こった。コウモリのオルリクはおどろいて暗がりに飛んでいったが、トレヴィルは、歓迎してくれたバッダ族に感謝した。

だがそれからがひと苦労だった。いつもは控えめなバッダ族が、なぜかいつまでも部屋から立ち去らず、興味津々の目でふたりを見ていたからだ。心のひろいドウィーナもさすがに困惑していたが、好奇心いっぱいのバッダ族を適当に礼をいって追いだすことはできなかった。バッダ族が部屋を出ていくのは、それからしばらく待たねばならなかった。

夕食をすますと、トレヴィルはドウィーナの手に引かれて寝室に入った。小さなベッドがふたつ縦につながれ、純白のシーツが敷かれていた。部屋の隅の小さなテーブルには飴色の小さな明かりがあり、部屋はかぐわしいにおいに包まれていた。キッタが気を利かせてくれたのだ。

トレヴィルはベッドのまえでどうしたものかと立ちつくしていた。トレヴィルの上着を脱がしはじめていたドゥイーナの手が突然、すっと離れたと思ったら、『均衡の書』をつまんでいた。ドウィーナはつまらないものでも見るように、ぽいとベッドに投げた。

「あなたって、ほんとにぐずなんだから。でも、そこがいいところでもあるのよね」ドウィーナはトレヴィルの首に手をまわしてキスをした。ところが急に、ドウィーナが凍りついた。

「ぼく、いけないことをしたかな？」

ドウィーナはトレヴィルの肩ごしになにかを見ていた。

「いいえ」ドウィーナがそっけなく答えた。

「それじゃ、どうしたの？」

ドウィーナが天井の隅を指さした。そこに小さな黒いシミのようなものがぶらさがっている。

「夜はあなたとふたりだけになりたいの。オルリク、出ていきなさい！」

トレヴィルは、こんなに落ち着かない日々を過ごすことになるとは思いもしなかった。なにかというとドウィーナがいっしょにいたがって、『均衡の書』の研究になかなか打ちこめなかったし、キッタやダムバラグやケオッバたちが順ぐりにご機嫌うかがいに来る。すると、ふたりだけになりたいドウィーナはいつも、彼らにすぐお引きとりねがう。

ロンディノールの地上に日が昇ると、バッダ族の夜になる。それからしばらくがふたりだけの時間だ。そしてセント・ドライデン寺院のドームに夜の帳(とばり)がおりると、ふたりは『均衡の書』と〈知の円形閲覧室〉からもってきた二十三冊の分厚い本をひもといた。

ところで、オルリクをめぐってはふたりのあいだで何度ももめた。ドウィーナは、トレヴィルがオルリクと仲よくするのが気に入らないようだ。ちゃんとそれなりの理由があってオルリクに芸をしこんでいるんだと説明すれば、そのときはドウィーナも納得してくれるのだが。

結婚式の翌日、ふたりはダムバラグの案内でセント・ドライデン寺院にあがってみた。雲ひとつない夏の昼間だった。太陽の光が壊れかけたドームからさしこんでいた。

「ちょっと試したいことがあるんだ」トレヴィルはそういうと、ドウィーナをドームの真下に立たせてお盆をもつような格好をさせた。トレヴィルは五十歩離れ、ドウィーナのいる方向に精神を集中させながら胸に手をやって、胸もとに隠している『均衡の書』がドウィーナの手の上に飛ぶよう念じた。

実験は失敗に終わった。それでもトレヴィルはがっかりしなかった。ここでは三重宇宙の力がはたらかないと、ケオッバにいわれていたからだ。

「よし、場所を変えよう」今度はトレヴィルがドームの真下に立って試してみた。すると突然、『均衡の書』がドウィーナの手に飛んだので、ダムバラグは肝をつぶした。

「すみません、ひとつ忠告をいわせてくだされ。あなたさまがアバクックさまの書をそのような実験に供したことをケオッバ殿に知らせない方がよろしいでしょう」

トレヴィルはニヤリと笑った。

「あなたがいわなければ、ケオッバには伝わらないでしょう。彼には、ちょっとした実験をしたとだけ伝えてください。ケオッバのいったとおり、ぼくの力はこのドームの中心に向かってはまったく効き目がありませんでした。これなら、ウルフはぼくらがここにいることに気づかないでしょう。不思議なことですが、これでひと安心です」

「この寺院は不思議なことだらけです。ささやきの回廊をのぞいてみませんか?」

この寺院にはドームの下に回廊があった。その回廊のことで、ダムバラグはおどろくべきことがあるといった。

「小声でいったことが、反対側の人にもはっきりと聞こえるのです」

トレヴィルとドウィーナはさっそく試してみようと回廊の対角線上に立った。

「昨日はとっても楽しかったわ」ドウィーナがつぶやいた。

ドームの直径は三十メートル近くあるのに、トレヴィルはひとこともらさず聞きとれた。

「どうですか？　うまくいきましたか？」

ダムバラグが下から声をかけた。

トレヴィルはてれくさそうにいった。

「ええ」

「ドウィーナさまはなんといわれたのですか？」

「それはちょっとプライバシーにかかわるので」

「おお、それは失礼いたしました」

トレヴィルはうなずいた。それから回廊の壁にほおをあてて、ドウィーナに返事をした。

「この地上のだれよりも、きみのことが好きだよ」

このささやきの回廊のおかげで、ふたりはこの巨大な寺院に好印象をもった。だが上からのながめはけっして気持ちいいものではなかった。縦方向に巨大な身廊がのび、横方向にもすこし小ぶりな翼廊がある。昔はそこにたくさんのベンチがならんでいたのだろう。だが今はその大部分が破壊され、くずれおちた天井の残骸で埋まっていた。建物のいたるところにハトやツバメなどが巣をかけていた。数百年にわたるそうした鳥たちの営みのあとは、海鳥に埋めつくされたスケイルグ・ダナーン島の絶壁を思い出させる。それに、白と黒のタイルで碁盤の目のように飾られた床のいたるところに、雑草が生えていた。風が砂や種をすこしずつ運びこんだのだろう。それでも、セント・ドライデン寺院が偶然ここに建てられたのでないことはわかった。トレヴィルは、イダナの小屋の裏手に生えていた菩提樹のそばで感じたのとおなじような感覚を覚えたのだ。もちろんアンヌヌン村ではこれほど強烈に感じることはなかったが。

　トレヴィルは回廊をたどってドウィーナのところへ向かった。壁面には、漆喰を盛りあげてさまざまな生き物をかたどった装飾がある。鳥、ネコ、ヘビ。昔も恋人たちが回廊にあがってきて、愛の言葉を交わしたことがあるのだろうか。そんなことを考えながら歩いていたトレヴィルが急に立ちどまった。生き物ではないある図像に目が釘づけになったのだ。

　すぐにドウィーナがやってきてたずねた。

「どうしたの?」

　トレヴィルは無言のまま手をのばして、そのシンボルをさした。三角形で、その中心に目がついている。それはまわりの漆喰装飾とはちがって、壁に刻みこまれていた。

「三重宇宙と関係があるのかしら?」ドウィーナはそういって、指先でそのシンボルをそっとなぞった。

　トレヴィルは静かにいった。

「〈三位教団〉には三つの階梯があった。まず修練士見習いは最初の階梯に入って三角形の入れ墨を彫られる。もちろん目はないけど。そして残るふたつの階梯をへると、入れ墨は見えざるピラミッドの形になるんだ。ぼくの背中にある母斑を見ただろう」

「でもこれはただの三角形だわ。特別な形じゃないもの、関係ないんじゃないの」

トレヴィルはドウィーナの手をそっとつかむと、壁からはなした。そして首をふりながらいった。

「よく見ているんだ」

トレヴィルは三角形に手のひらをあてて目を閉じた。トレヴィルが手をのけると、ドウィーナが小さな声をあげた。さっきまで見えていた三角形のまわりに帯がめぐっている。中心の目をのぞくすべての線が星明かりで描かれたみたいに青く光っていた。だが光はすぐに弱まり、最初の三角形にもどった。

「なにをしたの？」ドウィーナは目を丸くしてたずねた。

「ずっとここにあった印を見えるようにしただけさ」

「でも、ただの三角形以外にはなにも見えてなかったのに、なんでわかったの？」ドウィーナはわけがわからないというように首をふった。

「きみへの愛は見える？　あるいはきみのぼくへの愛は？　見えないだろう。でも感じる。そういうことさ……」トレヴィルはそこで言葉を切った。下からダムバラグの声がしたからだ。

「すみません、そこでなにをしておられるのですか？」

「重要なものを見つけたんだ。ぼくらの勘が当たっていたという証拠さ」トレヴィルが小さな声で返事した。

「つまらぬ質問かもしれませんが、勘が当たったとはどういうことでしょうか？」
「ここが三重宇宙の命運を決する結節点だということさ」

トレヴィルの人生最大となる第六の波動がいよいよ間近にせまってきた。いつものように心がざわつく。

だが、気持ちが落ち着かない理由はほかにもあった。アバクックのあげた参考資料のおかげで「三重宇宙のメカニズム」はかなりわかったが、モロクのたくらみがなにか、いっこうにつかめなかったからだ。

モロクは三つの世界を融合するつもりらしい。だがいったいどうやるつもりだろう。それに均衡をどう保つつもりだ。閲覧室からもってきた二十三冊の資料のひとつには、波動の結節点が生じるには、三つの世界が互いに補完しあわなければならないとあった。どうやったら、そんなことができるのだろう。アバクックの言葉がトレヴィルの脳裏を離れなかった。

結節点を手中にする者は
すべてのシステムを支配する。
結節点を解き放つ者は
すべてのシステムのたがをはずす。

どうやら行方不明だった二十四冊目の蔵書番号「物理一二二一」がこの謎を解く鍵のようだ。だがもう一度ウルフに遭遇したら、うまく逃げる自信がないし、知の円形閲覧室のあるブリタニア博物館一帯には、厳重な警備網が敷かれている。ドウィーナの提案で、バッダ族はモロクを直接攻撃することが可能か斥候を出したが、無謀すぎるという結論が出た。モロクは野営地に立てこもって、数百人の戦士に守られているという。

第六の波動が来る二日まえ、トレヴィルは、ケオッバとバッダ族の評議員たちにいった。

「ぼくらに打てる手はひとつしかありませんね。明後日、セント・ドライデン寺院で待ちぶせして、モロクがなにをするか見とどけようと思います。別世界の兄弟とうまくコンタクトがとれるといいんですが。〈見えざるピラミッド〉が、ぼくらのところに伝わっていない知恵をあっち側に残しているかもしれません」

トレヴィルの声には元気がなかった。いずれにしても、想像を絶する破局を阻止するには、モロクとウルフのふたりと対決しなければならないと感じていたからだ。

次の日、斥候が寺院の中が騒がしいと知らせてきた。夜中にトレヴィルは上のようすを見に行った。ドームの下の床はきれいにかたづけられ、くずれおちた天井の残骸は隅に寄せてあった。しかも縦にのびる身廊の西端にある石の祭壇が、ドームの真下に動かしてあった。

(なんでこんな大がかりなことをしたんだろう?)トレヴィルは不思議でならなかった。(モロクは三重宇宙をつなぎ止めるために神々を召喚しようというんだろうか?)

トレヴィルは寺院の地下にもどった。ケオッバは寺院の周辺と内部に見張りを配置し、なにか動きがあったときはすぐにトレヴィルに知らせることになった。

その夜、トレヴィルはドウィーナとふたり、将来のことを話しあった。オルリクはこっそり寝室に忍びこみ、天井の暗がりからふたりを見守っていた。

「あたしたちの世界に未来なんてあるのかしら?」ドウィーナが小声でいった。

トレヴィルの返事はお告げのように聞こえた。

「希望を捨ててはいけない。捨てたときが敗れるときだ」

「ウルフは残忍な奴よ。あなたのことを殺すんじゃないかって心配なの」

「ぼくだって不安さ、ドウィーナ」

「あなたの別世界の兄弟たちが本当にあたしたちを助けてくれるかしら?」

「アルウィンが、三つの世界に散った〈均衡の守り手〉のことを話してくれたことがある。『危難に襲われたとき、〈均衡の守り手〉たちは手をとりあい、力を合わせる。そうすることで、使命をまっとうできるのだ』っていっていた。それにかけるしかないさ」

「でも、お椀の中に顔が映ったっていう人とあれっきり会えていないんでしょう?」

「第五の波動のときは、ウルフに遭遇しちゃったからね。そっちで手いっぱいだった。別世界の兄弟もなにか大変な目にあっていたんじゃないかな」

「今、呼んでみたらだめ？」

「じつは一週間まえから試しているんだ。でも、うまくいかない」

ドゥィーナはトレヴィルの胸に頭をのせてだまりこんだ。トレヴィルはなにやら考えこみながら、ドゥィーナの柔らかい髪をなでた。ドゥィーナはすすり泣いた。しばらくしてからドゥィーナがいった。

「あなたの心臓、ドキドキいっているわ、トレヴィル。はっきり聞こえるし、感じることもできる。あなたの心臓が止まるなんて、あたし、ぜったいに許さないから。いい、あたしがその鼓動を聞いていたいって思っているかぎりね」

「来ました！」バッダの見張りがダムバラグの別宅に着くまえに、トンネルの奥から声が聞こえた。

セント・ドライデン寺院の上に月が昇っていた。だが半月だ。光も半分しかなかった。この夜のあとにやってくるのが明るい朝なのか永遠の暗黒なのか、判断しかねているかのようだ。トレヴィルとドゥィーナはすぐに起きあがって、見張りを玄関で出迎えた。

「モロクはいっしょ？」トレヴィルがたずねた。

「はい。ウルフもいます。ふたりそろって正面玄関にやってくるのが見えました。今ごろはもう寺院に入っていると思います。ただ急いでいるようではありませんでした」

トレヴィルは目を落として、両手を見た。まだオーラは出ていない。

「まだすこし時間があるようだ。だれか、ケオッパを呼びに行った？」

見張りがうなずいた。

「長たちのところにも伝令が走っています」

「ありがとう。では見張りにもどってくれ。ドウィーナとぼくはすぐに行く」

見張りは立ち去ろうとして、ふと立ちどまった。

「もうひとつありました、やんごとなき感応者殿」

「なんだい？」

「日が沈むすこしまえに夕立が降りました。ドームの下のタイルの床に水たまりができています。すべりやすいので気をつけてください」

トレヴィルは、ありがとうというと、ドウィーナに向きなおった。

「決めた場所に隠れてるんだ。絶対に出てくるんじゃないよ」

ドウィーナは目尻にたまった涙をぬぐいながらいった。

「でも、連中があなたにひどいことをしたら、だまっていないわ」

「ドウィーナ！　またむし返すの？　もう議論してるひまはないんだ。きみは身をひそめていること。いいね？」

ドウィーナは返事をしなかった。

「わかった?」

「ええ、わかったわよ」

「よし、それじゃ、ここで待っていてくれ。すぐにもどる」トレヴィルはいったん寝室にもどると、左手にアルウィン導師の杖をもってもどってきた。肩からは大きな袋をさげ、オルリクをえりにぶらさげていた。

ドウィーナは目をむいた。

「オルリクは連れていくわけ!」

トレヴィルはドウィーナの背中を押しながら、洞窟から出た。

「オルリクには一度、命を救われているんだ。今日もきっと役立ってくれるはずだよ」

「そうでなきゃ、とっくに翼のついたネコの餌にしていたわ」

「そんなものいないじゃないか」

「そういい切れるかしら?」

ふたりは寺院に向かった。地下礼拝堂まで来ると、トレヴィルは立ちどまって、ドウィーナを抱きしめ、耳もとでささやいた。

「愛しているよ、ドウィーナ。なにがあっても、そのことだけは忘れないでくれ」

ドウィーナはトレヴィルにやさしくキスをした。それから声をふるわせながらいった。

「さようならはなしよ、アンヌンのトレヴィル。あたしはいつも、あなたのそばにいるわ」

そうはいっても、ふたりはひとまず別れなければならなかった。ドウィーナは秘密の階段から横にのびる翼廊の北側にあがり、瓦礫と柱の陰に隠れているふたりのバッダと合流した。トレヴィルは別の階段を使って、ホールの南にある礼拝堂にあがった。暗闇の中で道案内をしたのはオルリクだった。

階段をのぼりきると、トレヴィルは用心しながら闇にまぎれて寺院にもぐりこんだ。内部にはたいまつが何本か立ててあり、炎が揺らめいていた。床にできた大きな水たまりに光が映っている。ドームの真下に祭壇がすえられていた。その反対側にウルフとモロクの姿を発見して、トレヴィルはドキッとした。ふたりは静かに話をしている。なにかを待っているようだ。

（第六の波動が最高潮に達するのを待っているんだ）

トレヴィルは直感した。ウルフも胸騒ぎを感じているにちがいない。

彼らにしたらまず危険をとりのぞく必要がある。そのためにモロクは護衛をあちこちに配置しているだろう。といっても秘密裡にしてきたことだから、トレヴィルたちの目につかないように人数を最低限に抑えているはずだ。トレヴィルは目をこらして護衛を捜した。だが暗すぎてよくわからない。トレヴィルはこういうことも計算に入れていた。オルリクの出番だ。翼のある斥候が飛びたって、暗闇に消えた。トレヴィルは待っているあいだにそっと杖を階段に置き、袋に手を入れた。粘土と薬草を練った丸薬が入れてある。偽医者クルタリガスに教わったものだ。トレヴィルは丸薬の数が足りることを祈った。

しばらくしてオルリクがもどってきた。小さな鳴き声で、トレヴィルは護衛のいる方角と高さを読みとった。

二階席に弓をもった戦士を見つけた。トレヴィルは丸薬を手のひらにのせて、戦士の胃袋に飛ばした。暗くてさだかではないが、戦士が突然ビクッとして、意識が遠のいたのはわかった。立つには立っていたが、すでに見張りとしての用をなしていない。体をこわばらせて目を下に向けているだけだ。尻に火がついても、二時間は身じろぎひとつしないだろう。

しばらくしてオルリクがふたり目を見つけてきた。甲冑の置き物みたいに暗がりに立っていたその戦士も、すぐに催眠状態におちいった。こうして護衛たちは次々と戦線離脱していった。そのうちトレヴィルは不安になってきた。丸薬が足りなくなりそうなのだ。オルリクがささやきの回廊に最後のふたりが隠れていると教えてくれたとき、心配は現実のものとなった。袋をさぐると、丸薬は一個しかなかった。

トレヴィルはその一個をとりだして、しばし迷った。ひとりにこれを飛ばしたのでは、残る反対側の護衛が異変に気づいてしまうかもしれない。その戦士が警告を発すれば、すべて水の泡だ。トレヴィルはあらためて袋の中をかきまわした。丸薬の屑や粉しかない。手のひらにあけて丸めたが、お粗末なほど小さな粒にしかならなかった。危険な賭けだが、ふたりのうちのひとりにはこの小粒でやるしかない。最後の一個を半分に割ったのでは、ふたりとも効かない恐れがある。小粒の方が効かなかったら、最後の護衛を自分のところに呼びよせて一騎打ちするしかない。考えただけでぞっとするが。

トレヴィルはほぼ同時にふたりの護衛に丸薬を飛ばした。大きな丸薬はすぐに効き目をあらわした。戦士は木像のように硬直した。しかし小さな粒が胃に入ったもうひとりの方はふらっとよろめいただけだ。トレヴィルは息をのんだ。戦士がまえにつんのめって、回廊から落ちてしまうかと思ったのだ。しかも、チラッと光の当たったその顔は、〈黒軍団〉に入隊させられたとき世話になったフェザーベアードだった。

（なんてことだ。やめてくれ）

トレヴィルは心の中で悲鳴をあげ、じっと上を見つめた。フェザーベアードは両手で手すりをつかんだ。モロクとウルフはまだ気づいていない。やがてフェザーベアードは壁に背中をあてずるずるとしゃがみこんだ。一見、急に用を足したくなったみたいに見えた。トレヴィルはしばらく上のようすをうかがってから、モロクとウルフの方に目を向けた。まだなにか話しあっている。護衛が役に立たなくなったことにまったく気づいていない。

トレヴィルはほっと息をついた。祭壇のまわりの見えない結界のせいで、トレヴィルの力がその中に及ばないのは好都合だった。おかげでウルフは、トレヴィルにまだ気づいていない。念のため、トレヴィルはオルリクをもう一度偵察に出した。オルリクは巨大な寺院の中を飛びまわりながら、人の耳には聞こえない音波を出して、その反射を自分の大きな耳でとらえた。オルリクはそうやって偵察をすますと、トレヴィルのところにもどってきて、敵は全員麻痺（まひ）し、味方は配置についていると伝えた。

「ここまではちょろいものだったな」トレヴィルはオルリクをなでながらささやいた。そのあとオルリクを肩に乗せ、アルウィン導師の杖（つえ）をもちあげて、残るふたりの敵にこっそり近寄っていった。ドームの下の床には、瓦礫（がれき）がいびつなリング状に積みあげてあった。トレヴィルはその瓦礫の陰に隠れて、ふたりの会話に耳を傾けた。

「なんにも感じないですよ。まちがったんじゃないですか？」ウルフの声だ。

「あいつはきっとあらわれる」モロクが落ち着きはらって答えた。

ウルフが祭壇からなにか青いものをもちあげた。それを見て、トレヴィルは鳥肌が立った。半透明の短剣だ。その忌まわしい光景が床にできた水たまりに映っていた。

「あいつの心臓をひと突きするのはおれにやらせてよ、父上」

「だめだ、ウルフ。むりな相談だ。そち自身、三重宇宙の結節点なのだ。そのようなことをしては均衡をくずしてしまうかもしれない。われらがここでしようとしているのは、複雑なことなのだ」

「では、あとであいつをくれる？」

「死んでいてもか？　なぜだ？」

「矢を射る標的にしたいんだ」

モロクは顔をこわばらせて、ウルフを見つめた。そして首をふりながら、うなるようにいった。

「かってにするがよかろう」

「ドゥィーナはどうする？」

「娘には興味ない。ここでのことがうまくいけば、もはや危険な存在ではないからな。そちの好きにするがよい」

　トレヴィルは暗がりにさがった。体がブルブルふるえていた。トレヴィルとウルフは似たところがある。だがコインの裏表みたいに正反対でもあった。日の光と夜の闇だ。

「はじまったな！」モロクがいった。そのとき、トレヴィルも気づいた。まだほとんど見えないくらいのうっすらとした青い光が両手をおおっていた。ついにはじまったのだ。バッダ族もそのことに気づいているといいのだが。すぐにトレヴィルの居場所はばれてしまうだろう。

　モロクは目を輝かせて養子のウルフを見つめていた。青いオーラはみるみる明るさを増した。

「さあ、その短剣を渡すのだ」モロクが小声でいった。

「なぜです？」ウルフがたずねた。

「そちの同類がいつあらわれてもいいようにそなえておかねばな」

「あのトレヴィルが、おれと同類なもんですか」

「血のつながりはないだろう。だが本質は非常に似ている」

「あんな腰抜けが。おれは戦士ですよ。あいつは妖精の森の出。おれはサリスベリーの丘のストーンサークルで生まれたんですよ。あいつに価値はない。おれは王です」

「王となるまでは、余の意向にしたがうのだ。さもなければ、すべてがむだになる。余がそちの母をあの場所に連れていき、魔女に大金を払って、そちをしかるべきときに産みおとさせなければ、そちはただの人であった。そちを育て、そちに眠っていた力を覚醒させたのも余だ。そのことを忘れるな、せがれよ！　さあ、そのサファイアの短剣をよこすのだ」

　そのとき、ウルフの緑色の目が大きく見ひらかれた。父モロクの肩ごしになにか見つけたのだろう。短剣をもつ手をあげて、北側の翼廊の薄暗がりをさした。

「地霊だ！」

　モロクがさっとふり向いた。たしかに人影が見えた。ウルフの光がまだとどいていない柱の後ろ、闇の中を緑色に光る人影がさっとよぎった。モロクはすぐにまわりを見た。横にも背後にも小さな人影があった。あわてて護衛を呼んだが、だれも返事をしない。回廊を見上げたモロクはがくぜんとした。

「射手が眠っているぞ」モロクは上を指さした。

「閲覧室のときとおなじです」

　モロクはうなずいた。

「いったろう。あいつはきっとあらわれるとな」

「そうですね。してやられましたね。なにをする気かな?」

モロクは剣を抜いて、リング状の瓦礫(がれき)の南側をさした。

「すぐにわかるだろう」

ウルフはふり向いたとたん、腹わたが煮えくり返った。憎き仇敵(きゅうてき)が瓦礫の上でお粗末なごつごつした杖(つえ)を突き、ウルフたちをにらんでいたのだ。

「ふたりとも袋のネズミだ。武器を捨てろ。そうすればなにもしない!」トレヴィルは叫んだ。

「おまえの言いなりになるか」どなると同時に、ウルフはだれにも予測がつかないほどすばやく反応した。モロクが止めるまも、トレヴィルが身を伏せるひまもなかった。青い短剣がトレヴィルの心臓めがけて投げつけられた。筋肉のかたまりでもあるかのように、一直線に標的に向かうや、トレヴィルが体をひるがえしてもついてきた。逃げる獲物に飛びかかる鷹(たか)さながら、光りかがやく短剣はトレヴィルの胸をえぐった。その衝撃で、トレヴィルは後転して、ウルフとモロクの視界から消えた。

寺院のあちこちで悲鳴があがった。とりわけ大声をあげたのは、柱の陰から飛びだしたドウィーナだった。両手で髪をかきむしり、激しく首をふった。

モロクとウルフはドウィーナに気づかなかった。モロクは激怒した。

「なんということをするのだ!」

「あんな奴(やつ)におどされて引っこんでいられますか?」ウルフはとっさの行動を正当化しようと

した。「それに、父上はあいつを殺したかったんでしょう」

「そうだ。余がこの手で殺したかったのだ。そこの祭壇の上でな」モロクはどなった。血管が浮きあがるほど顔を真っ赤にして、トレヴィルが落ちた瓦礫の山を荒々しくさして命じた。「まだ生きているかもしれん。あやつをここへ連れてこい!」

ウルフは目をしばたたかせた。魔法の手にすくいとられたように、瓦礫が浮きあがり、ドームの真下へと飛んだ。真っ先にサファイアの短剣が青い彗星(すいせい)のように飛来すると、たいまつの明かりを受けてきらめきながら、祭壇の上にのった。ウルフは先端に血糊(ちのり)がついた短剣を見つめた。モロクは、トレヴィルが倒れているはずのところを凝視した。が、そこに人影はなかった。

「ど、ど、どこに行った?」モロクが口ごもった。

「まんまと逃げられました」ウルフはうなるようにいうと、短剣に手をのばした。しかし、それよりも速くモロクがさっと奪いとった。

そのとき、敵意をむき出しにしたうなり声が堂内にひびいた。暗がりから、はげ頭で大きな目をした小人たちがあらわれた。この数カ月、〈黒軍団〉を翻弄(ほんろう)し、戦士たちから地霊と恐れられていた異形の者たちだ。

「人殺し!」怒声は壁にこだまし、祭壇のそばにいたモロクたちには、声の出所がわからなかった。そのときこぶしをにぎりしめたドウィーナが柱の陰から姿をあらわした。

ウルフがゲラゲラ笑った。

「あいつは裏切者だ。始末して当然だ。あいつに手を貸したおまえもこうしてくれる」ウルフは肩に手をやり、箙から矢を抜いたかと思うと、ドウィーナめがけて放った。だが的をはずした。ドウィーナが忽然と消えたのだ。

バッダ族が雄叫びをあげた。まわりの瓦礫から手ごろな石を拾うやモロクとウルフに投げつけた。モロクは飛んでくる石つぶてを剣でたくみにはじいた。

ウルフもかがんで石をよけると、力をためた。と、いきなりまわりの瓦礫が宙に浮き、祭壇を中心にまわりはじめ、回転する防壁となって、バッダ族の石つぶてをはじき返した。ドームの下はものすごい轟音に包まれ、バッダ族はあとずさった。前に出すぎたひとりが瓦礫の渦に巻きこまれ、悲鳴をあげた。瓦礫が頭に当たって気絶し、そのまま祭壇のまわりを回転した。

ウルフは笑い声をあげた。

「見ましたか、父上。やつらが総出でかかってもだいじょうぶです」

「そうだな」モロクは妙に落ち着いた口調でいった。「だがそろそろ、そちの中にある力を解放せねばならぬ。余が三重宇宙すべてを支配する王となるためにな」

ウルフの高笑いが消えた。

「それをいうなら、王となるのはおれたちでしょう?」

モロクはウルフのすぐ後ろに来ると、かたい表情で首をふった。

「いや、今聞いてのとおりだ、あさはかでまったく世話の焼けるせがれよ」いったいどういう意味なのかウルフが理解するまもあたえず、モロクは左手ににぎったサファイアの短剣でウルフの胸を刺し貫いた。

トレヴィルは大理石の床に体をぶつけた。短剣が刺さったところが、ずきずき痛む。ウルフの攻撃には不意を突かれた。まわりで仲間が悲鳴をあげている。トレヴィルはうめきながら短剣を胸から抜いた。いや、命を救ってくれたものから抜いた。意識がもうろうとする中で、モロクの声が聞こえた。「あやつをここへ連れてこい！」

その直後、トレヴィルが乗っていた瓦礫の山が動きだした。なにが起ころうとしているかすぐにわかった。ウルフの見えない手がトレヴィルを見つけだし、にぎりつぶそうとしている。トレヴィルはギュッと目をつむった。三週間まえのようにバッダのトンネルに逃げこむわけにはいかない。瓦礫が激しく音をたてた。トレヴィルはアルウィンの杖(つえ)をしっかりにぎりしめると、精神を集中させ、跳躍した。体のオーラよりも明るいたいまつの後ろにやっとの思いで着地すると、トレヴィルはそこからモロクとウルフをうかがった。ウルフはトレヴィルの死体の代わりに、短剣を瓦礫から祭壇の上へと飛ばした。トレヴィルがなにをしたか感づいたようだ。すぐに短剣に手をのばした。だがモロクの方が速かった。

いきなりあらわれたトレヴィルにおどろかされた四、五人のバッダ族以外、だれもトレヴィルが無事だということに気づいていなかった。てっきりトレヴィルがやられたと思いこみ、みんな、絶望的な気持ちで、モロクとウルフに向かっていった。トレヴィルは杖にすがって立ちあがった。ウルフが力をふるうまえにバッダ族を止めなければならない。と、そのとき、ドウィーナの姿が目に入った。

ドウィーナは翼廊の反対側に立っていた。距離にして四十歩ほど。髪をかきむしっていたが、今は柱に寄りかかって口に手をあてている。ドウィーナの気持ちがトレヴィルには手にとるようにわかった。ドウィーナは短剣がトレヴィルの胸を刺し貫くのを見た。ウルフの犯行であることは明白だ。ドウィーナの中で怒りが爆発した。トレヴィルはがくぜんとして首をふったが、すでに遅かった。

「人殺し！」ドウィーナの怒声が寺院にひびきわたった。ウルフはドウィーナを見つけた。ドウィーナはウルフに突進した。ウルフはゲラゲラ笑った。トレヴィルは、どうしたらいいか必死で考えた。

（ドウィーナを救わなくちゃ。ウルフが矢をつかんだ。もうこれしかない）

トレヴィルは杖を放すと、青く光る両手をドウィーナに向け、三重宇宙の力を操った。

アルウィンの杖が床に転がるより早く、ドウィーナはトレヴィルの腕の中にいた。ウルフが放った矢は石の柱に当たって落ちた。トレヴィルの胸に激痛が走り、ドウィーナもろとも引っくり返った。寺院はバッダ族の怒声であふれ返り、ドウィーナの喜びの声は、モロクとウルフまでとどかなかった。

「トレヴィル、生きていたのね！」

「でも、そんなに抱きしめたら窒息死してしまうよ」

「だって、短剣が胸に刺さるのを見たんだもの」

トレヴィルの体からすべりおりると、ドウィーナはトレヴィルの服にあいた穴を見つけた。トレヴィルのオーラが、ドウィーナのほっとした表情を照らしている。ふたりをとりまく状況はまだ予断を許さなかったが、それでもトレヴィルは笑顔を隠せなかった。服の下から例の本を出していった。

「『均衡の書』はもうケオッバに返せないね。こんなのを見たら、八つ裂きにされちゃうよ」

ドウィーナは本を手にとると、短剣が刺さった穴に細い指を入れてみた。穴に血がついていることに気づくと、心配そうにトレヴィルの上着をめくって、けがの場所を探した。

「かすり傷さ」トレヴィルはいった。

「男ってみんなそういうわ。でも、すぐにバタッと倒れて死んじゃうのよ」

トレヴィルはそっとドウィーナの手をどかして、上着をおろした。

「治療はあとで頼むよ。仲間に加勢しなくちゃ」トレヴィルはドームの下をさした。

ドウィーナも、下の状況にようやく気がついた。瓦礫(がれき)の渦がバッダ族のひとりを巻きこんで旋回している。バッダ族は攻撃の手をゆるめなかったが、なんら打撃をあたえていない。

「あれじゃ、手も足も出ないわ」ドウィーナがいった。

「だいじょうぶ。ウルフは頭をはたらかせたつもりだろうけど、あんなものいつまでもつづかない。第六の波動が過ぎれば、ウルフは疲れて足腰が立たなくなるさ。それでトリムンドスは救われる。それまで包囲網をくずさないようにしないと。さもないとモロクに……」そのとき目にした信じられない光景に、トレヴィルは言葉を失った。

「モロクはなにをしているの？」ドウィーナが声を張りあげた。

トレヴィルはささやくようにいった。

「結節点を手中にする者はすべてのシステムを支配する。結節点を解き放つ者はすべてのシステムのたがをはずす」

「えっ？」

トレヴィルは答えるまもなくガバッと起きあがって叫んだ。

「みんな、伏せろ！」

危機一髪だった。トレヴィルはドウィーナを抱いて床に伏せ、バッダの民も柱や瓦礫(がれき)の山に身を隠した。旋回する瓦礫がウルフの意識から解かれて、弾丸のように四方に飛びちり、逃げ遅れた数人のバッダ族に当たって、堂内に悲鳴がこだました。

「だいじょうぶか？」トレヴィルが急いでたずねた。

「もうだめ。けがはないけどね」いったとたん、ドウィーナははっとした。寺院が突然、ぐらぐら揺れたのだ。「どうなっているの？　地震？」

　壊れかけたドームからバラバラと瓦礫が落ちてきた。トレヴィルは首をふった。

「ちがう。アバクックの仮説が証明されたんだ。彼の手記に、三重宇宙の重心を内にもつ存在のことが書かれている。ウルフとボクはそういう存在なんだ。そしてアバクックの説では、そういう存在は三重宇宙にさまざまな影響をあたえる力があるんだ。三重宇宙を破壊することもできる」

「だけどなんでモロクは自分の養子を手にかけたの？」

「三重宇宙を思いのままにしたいからさ。だけどこのままでは均衡がくずれて、三重宇宙が崩壊するだけだ。寺院が振動しているのはその証拠さ」トレヴィルはアルウィン導師の杖（つえ）をつかむと起きあがった。

「どうするつもり？」

「わからない。でも、ウルフが死んだら、なにもかもおしまいだ」隠れているところから飛びだすと、トレヴィルはまっすぐモロクに向かっていった。

　モロクはウルフを祭壇にかつぎあげたところだ。青い短剣がウルフの胸に深々と刺さっている。ウルフにはまだ息があった。心臓へのひと突きをかろうじてかわしたようだ。モロクは手荒に短剣を抜きとった。とどめを刺すつもりだ。

「待て！」トレヴィルがどなった。

モロクはふり返ると、短剣を左手にもちかえ、右手には剣をにぎった。

トレヴィルは杖を手にしているだけだ。だが心の中にコード・オブ・リザードの言葉がひびいていた。「アルウィン導師のため、トリムンドスのため、三重宇宙の全能の神のために事を成せ！」トレヴィルはモロクに近づきながら、剣を奪えと心に念じた。だが思いどおりにはならなかった。祭壇の結界をまだ破っていなかったのだ。

（よし、いまだ！）

トレヴィルは一気に床をけった。左足がバシャンと水たまりについた。水しぶきが飛び、とたんに足がすべった。あせりからか、それともそこが三重宇宙の重要な不動結節点のひとつだったからかバランスをくずして転倒し、一瞬、宙に浮いたように感じた直後、頭を大理石にぶつけた。意識を失いそうになりながら祭壇へとすべるトレヴィルをモロクの足が止めた。

ドウィーナが悲鳴をあげた。トレヴィルには分厚いウールを耳にあてたようにくぐもって聞こえた。そのとき、のどもとに冷たい剣先があてられるのを感じた。ドウィーナの悲鳴が消えた。モロクがニヤニヤしながら、床に横たわるトレヴィルを見下ろしていた。モロクの唇が動いた。トレヴィルには、妙にうつろに聞こえた。

「そちたち若い者はいい気になるところがよくない。じっとがまんすればよいものを自分から危険に飛びこんでしまう」

トレヴィルは吐き気がした。剣を突きつけられていなくても返事はできなかっただろう。そのとき、自分が横たわっている床が振動しているのを感じた。モロクのねらいがわかった。「さあて、だれにサファイアの短剣を突きさしたものか。ウルフか、それともそちか？」まるでワインを選ぶような調子でモロクはいった。それからため息をついた。「まったく、そちのせいで、余はウルフを犠牲にしたのだぞ。ウルフはもう助かるまい。均衡がくずれはじめているからよくわかる。ウルフには、千年後の世にも残る名誉の死をあたえてやろう。みすぼらしい巡礼者にはこの剣でじゅうぶんだ」

トレヴィルはモロクから剣を奪おうと必死で念じたが、頭が割れそうな痛みを感じただけだった。もうおしまいだ。トレヴィルは目を閉じて、ドウィーナの顔を思いうかべようとした。命がつきるとき、悪意のこもったモロクの笑みだけは見ていたくない。

「ところで」モロクは得意そうにいった。トレヴィルは目をあけた。「そちは〈三位教団〉の最後の生き残りだと思っていたようだが、じつはそうではない。余もアルウィンから後継者に選ばれたことがあるのだ。しかしくだらぬ理由で破門されてしまった。残念ながらそちも教団を去らねばならぬ。そちになりかわって、余が教団に新たな命を吹きこもうではないか。教団はこれからも三重宇宙の均衡を守る。もちろん今までとやり方はちがうがな」モロクは醜く笑い、剣をふりあげた。

そのとき、シュッと風を切る音がした。モロクは目をかっと見ひらいた。体をこわばらせた。ふた呼吸ほどのあいだ、トレヴィルは頭上で揺れうごく剣を見ていた。とっさに床に転がっていた杖をつかみ、ふりあげた。剣に当たって杖はまっぷたつに切れたが、剣先をはじいた。トレヴィルは左に転がって、剣のとどかないところまで逃れた。そのときモロクの首に矢が刺さっているのが見えた。モロクはガクッとひざまずき、うつろな目をして倒れた。

トレヴィルは水たまりから体を起こして、回廊を見上げた。モロクを倒した矢は、上から射られたとしか考えられない。目を向けるとそこに射手がいた。

「フェザーベアード！」

戦士は顔をこわばらせてうなずいた。

「おめえはいい奴だからな。ほっておけなかったんだ」

「ありがとう。あんたは命の恩人だ」

「ぼちぼち親父の仇を討つ潮時だったしな。それよりこの振動をなんとかしてくれ」

トレヴィルは祭壇に駆けより、ウルフの胸に手をやってからふたたび上を見た。

「虫の息だ。なんとかしないと、すべてが水の泡だ。仲間に遠くに逃げるようにいうんだ」

フェザーベアードがすぐに走りだした。そのおぼつかない足音からすると、まだ薬が効いているようだ。

トレヴィルはケオッバの名を呼んだ。暗がりからあらわれたケオッバは、トレヴィルのオーラから目を守ろうとしてか、マントで顔をおおっている。

「なにか手伝えることがございますか？」

「なにもない。みんな、地下深くもぐるんだ。そこならきっと安全だ。まえにも地の底にいて助かったわけだからね」

ケオッバは一瞬ちゅうちょしたが、仲間に撤退するよう指示した。

「あたしは残るわ」ドウィーナも、トレヴィルがまぶしいのか、目を細めている。

トレヴィルはドウィーナを見た。オーラを浴びて輝くその顔には、なにをいっても、ここから立ち去りはしないと書いてあった。トレヴィルはドウィーナのほおをなでてうなずいた。

「ウルフを見ていてくれないか」

ドウィーナはうなずいた。

「なにをするつもり？」

「アルウィン導師がいっていた。『危難に襲われたとき、〈均衡の守り手〉たちは手をとりあい、力を合わせる。そうすることで、使命をまっとうできるのだ』と。今こそそれを試す時だ」

そのときウルフが弱々しい声でいった。

「トレヴィル！」

トレヴィルはウルフの手をにぎった。

「がんばれ、ウルフ。ドウィーナが手当てをしてくれるからな」

ウルフは苦笑いしたが、すぐに咳きこんで血を吐いた。

「むだなことはするな。おれはどうせくたばるんだ」

トレヴィルはドウィーナと目を見交わした。ドウィーナは必死で止血をしていた。トレヴィルはふたたびウルフに顔を向けた。

「ぼくらだけの問題じゃないんだ。トリムンドスが、いや三重宇宙全体があぶないんだ。きみの父親はこの……儀式でなにをやろうとしていたんだ？」

「三つの世界をつなごうとしたのさ」

「それはわかっている。でも、ここでなにが起こるんだ、ウルフ？　それがわからなくちゃ、もとどおりにできない」

ウルフは祭壇の上で首をふった。声がしだいに小さくなっていく。

「もう……もう、止められやしない。悪かったな、兄弟。モロクの奴、おれたちふたりをまんまとだましやがった」ウルフは目を閉じた。

「どうした？」トレヴィルはドウィーナにたずねた。

ドウィーナはバッダ族のマントを傷口にあてながら脈をみた。

「まだ生きてる。でも、どんどん脈が弱くなってるわ」

「死なせるな、ドウィーナ！　もうすこし時間がいるんだ」

トレヴィルは祭壇から数歩離れた。三つ子の兄弟を意識的に呼びだしたことはないし、その方法もわからない。トレヴィルは水たまりの真ん中に立った。しだいに振動が激しさを増し、水面が波立ち、まわりの柱や壁から照り返す光を反射した。トレヴィルは、白と黒の碁盤の目状の大理石の床が波紋のように波打っていることに気づいた。あぜんとして首をふった。さっき転んだときの衝撃でそうなっているのかもしれない。

「どこにいるんだ？」トレヴィルはつぶやいた。とにかく呼びだしてみることにした。

返事がない。床の波動が激しくなった。近くに天井の一部が落ちてきた。

「ウルフが死ぬわ！」祭壇の方からドウィーナが叫んだ。

「兄弟、きみたちの助けがいるんだ。来てくれ！」

するとそれまでとちがう光がさした。青い霧が浮かんだかと思うと、一条の光が放たれ、またたくまに寺院を埋めつくした。トレヴィルの立っていた水たまりが、奈落（ならく）の底に浮かぶまばゆい流氷のように見えた。トレヴィルは生きた心地がしなかった。すると突然足もとに、人影があらわれた。若者だ！　手をのばしたらふれそうなところに黒髪がある。上半身は裸。腰には……ひだのあるスカートだろうか？

トレヴィルが一歩わきにどくと、その若者が水たまりの中から出てきた。モロクがもっていたサファイアの短剣みたいに半透明で、星のように光を放っている。トレヴィルは、その背後にさらに三人、石のかたまりを囲む人影を見たような気がした。それはセント・ドライデン寺院の祭壇に似ていなくもなかった。その先には池がある。そこは窓のない広間の中らしく、なめらかな壁一面に見たことのない記号が描かれている。その広間もグラグラ揺れて、霧が揺らめいているのか、はっきり見えたりかすんだりしていた。トレヴィルは目をこすってみきわめ青白い。ただひとり、すぐそばで目を丸くしてトレヴィルを見ている、光りかがやく若者だけがはっきりと見えた。

（ちがう。このあいだお椀に映ったフランシスコじゃない）

「きみはだれ？」トレヴィルがたずねた。

相手はきょとんとした顔をした。それから矢継ぎ早に意味のわからない言葉をいった。

「知らない言葉だわ」ドウィーナがいわずもがなのことをいった。

「やっぱりぼくは三つ子だったんだ」トレヴィルはドウィーナを見ないままいった。自分の胸をさしてから、相手を指さし、そのあと指を三本立て、手をひろげてたずねるしぐさをした。

「三人目はどこだ？　フランシスコが必要なんだ」

目のまえの若者も、いっていることがわかったようだ。自分をさしていった。

「トプラ」

トレヴィルも名のった。その瞬間、大理石の床が海の波にもてあそばれる木の葉のように盛りあがった。だがトレヴィルは〈均衡の守り手〉だ。転げおちはしなかった。背後でドウィーナが悲鳴をあげた。

「やだ！」

「どうした？」トレヴィルは肩ごしにたずねた。

「ウルフの心臓が止まっちゃったのよ！」

ドームの一部が落ちてきた。トレヴィルは目を閉じて心の中で念じた。

「フランシスコ、来てくれ、頼む！」

そのときトレヴィルは手に温もりを感じ、だれかの手をにぎりしめた。まぶたをあけると、青い霧の向こうからトプラの腕が出ていた。トレヴィルはギョッとなった。分身の手は、自分の手とおなじように生身のものだったのだ。

トプラはトリムンドスにやってこようとしているのだ。トレヴィルはあわてて首をふり、手はにぎったままトプラの腕を押しもどした。

「だめだ。来ちゃいけない。均衡がくずれる」

（ぼくのいっていることをわかってくれ！）

そう願いながら、トプラの顔を見つめ、もう一度くり返した。

「三人目はどこだ？　フランシスコが必要なんだ」

トプラがうなずいて目を閉じた。トレヴィルもそれにならった。

「フランシスコ！」ふたりは声をそろえてささやいた。「フランシスコ！」ふたりの心は、かなたの世界に通じる扉をあけようとした。その世界が地球という名であることも知らずに。ふたりが知っていることはただひとつ、求める相手の名前だけだった。「フランシスコ！」

ドウィーナが悲鳴をあげた。

「あなたたちが呼んだの？」

トレヴィルは目をあけた。一瞬、立ちくらみした。はじめは鏡像を見たのかと思った。それくらいトプラのいる四角い広間と、今見ている広間はそっくりだったのだ。そこも揺れていた。天井から瓦礫が落ち、そして祭壇の上に……。

「フランシスコ！」トレヴィルが叫んだ。フランシスコの手足が奇妙な形の鎖で黒い石のかたまりにつながれている。フランシスコは身じろぎひとつしない。死んでしまったのだろうか。ウルフのようにだれかに心臓をひと突きされたのだろうか。だが、血の流れた跡はない。それによく見ると、胸が上下している。

「フランシスコ！」トレヴィルとトプラがもう一度、声をそろえて呼んだ。

フランシスコが目をあけた。

「だれ？」

「ぼくだ、トレヴィルだ。トリムンドスにいるきみの兄弟だよ。それにトプラもいる。えーと、彼の世界がなんていう名前か知らないけど。死んでしまったかと思ったぞ」

フランシスコは一瞬おどろいた顔をした。トレヴィルを見ているようだ。

「また感覚がおかしくなったのかと思ったよ。ヴィセンテが、ぼくの心臓に短剣を突きさす気なんだ。だけど、そのまえに天井が落ちてきてつぶされそうだ。なにもかも、ものすごく揺れている」

「短剣？　その……ヴィセンテという男は青いサファイアの短剣をもっているのか？」

「どうしてそのことを？」

「説明しているひまはない。ぼくのとなりにいるトプラが見えるか？」

「ああ、もちろんだよ！　ネオンサインみたいによく見える」

「トプラの言葉がわからないんだ」

「むりもないさ。きみがしゃべっているのは英語だし、トプラは古代エジプト語だ」

「古代エジプト語がわかるなら、ぼくの世界トリムンドスで、三重宇宙の可動結節点がひとり殺されたって伝えてくれ」

「なんていえだって？」

「ウルフワーズワースだよ！　ぼくらと同類だったんだ。だけど、モロクにサファイアの短剣で胸を刺されて」

「なんてことだ！」フランシスコはトプラと目を見交わした。そして記憶を頼りにゆっくりと言葉を探しながらいった。トプラはうなずいて、すぐに答えた。フランシスコはトレヴィルの方に向きなおって通訳した。

「彼のいるアンクスでも、おなじようなことが起こったらしい。でも彼は危機を脱することができた。きみのいったことが本当なら、おしまいだ」

「いや、まだあきらめちゃいけない」トレヴィルがそういうと、フランシスコがまた通訳した。

「均衡をもとどおりにする方法があるはずだ。ぼくのところには、今の状況を警告する書がある。きみたちの世界に、それと似たような、三つの世界を救うことのできる知恵を伝えているものは残っていないか？」

「〈英知の間〉」フランシスコがトプラの返事を訳した。

「〈英知の間〉？　部屋を探す時間なんてないよ」

「探す必要はないいんじゃないか」フランシスコがきき返した。「ぼくはその〈英知の間〉にいるんだけど、どうやらトプラがいる広間も、〈英知の間〉の複製みたいだ。でも問題がある」

トレヴィルがうめいた。

「なんだい？」

「ここにある碑文を訳すとなったら、何週間もかかりそうだ。壁という壁に碑文が書かれている。まにあわないよ。今にもくずれようとしているんだから」

「トプラにきいてみてくれ！」トレヴィルがいった。「もしかしたらなにか知っているかもしれない」

フランシスコはいわれたとおりにした。そしてトプラの返事を聞いて、いきなり叫んだ。

「トレヴィル！」

「ぼくはここだ、フランシスコ」

「ちょっと待ってくれ。またためまいがしてきた」

「トプラはなんていっているんだ、フランシスコ?」

「『融合の儀式』について書かれた場所を知ってるっていっている。左の池の向こうらしい。イムホテプの名を描いた楕円(カルトゥーシュ)の枠のすぐ横。そこに〈見えざるピラミッド〉の紋章が隠されているらしい」

トレヴィルははっとして上を見た。ささやきの回廊で見つけたピラミッドの印が脳裏をかすめた。そこに亀裂(きれつ)ができてばっくり口をあけていた。その亀裂は床まで走り、祭壇に達している。トレヴィルは血が凍りそうになった。祭壇のそばには、ウルフの亡骸(なきがら)につきそうようにドウィーナが立っている。亡骸の下の大理石の祭壇は砕け、黒々とした亀裂がさらにふたつ、別々の方向に走っている。トレヴィルはフランシスコの目を見た。

「その碑文が読めるか?」

「むりだ。読もうとしたんだけど。天井からほこりが降ってくるし、目がかすんで」

「それなら起きて、近くに行けばいいだろう!」

「冗談をいうなよ」

「鎖をはずせばいい」

「できるものならしているさ。どうやればいいんだよ」

「どこかに飛ばせばいい」

「なんだって?」

「鎖にどこかへ飛んでいけって念じるんだ」

「なにをしろだって？」

「やるんだ、フランシスコ！」

　フランシスコはギュッと目をつむった。だがフランシスコが三重宇宙の力を操る訓練を怠っていたことは歴然だった。じっさい、なにも起こらなかった。手錠の鎖はすこしだけギシギシいったが、どこへも移動しなかった。

「むりだよ！」フランシスコは音をあげた。

「待っていろ！」トレヴィルは大きく息を吸った。さっきトプラはどうやった？　振動が激しさを増す中、トレヴィルはそっとフランシスコの方に手をのばした。ピリピリとしびれる。熱い温泉に手を浸したような感覚だ。手が青白くなった。すぐにフランシスコの足を縛っている鎖にふれた。次の瞬間、鎖は消えた。つづいて手枷（てかせ）もとりのぞいた。

「どうやったんだ？」フランシスコはびっくりしてたずねた。

「ぼくらにそなわっている力だよ。どうやらそれぞれ使い道はちがうようだけど。さあ、早く、フランシスコ！　碑文のところに行って、読みあげてくれ！」

　フランシスコは棺（ひつぎ）からだるそうに足をおろすと、必死で踏んばった。めまいがしていたし、〈英知の間〉の揺れがひどかったからだ。トレヴィルとトプラはかたずをのんで見守った。フランシスコはふらふらしながら池を渡った。一度転んだが、なんとか立ちあがった。

天井からは大小さまざまの石が落ちてきて、池の水をはねとばした。いずれ石はフランシスコに当たるにちがいない。ようやく池を渡りおえ、周囲をめぐっている通路にあがると、四つん這（ば）いになって壁の方へ進み、そこで立ちあがった。

「これだ！」フランシスコがいった。トレヴィルにはわけのわからない図像ばかりだった。「これがイムホテプをさす楕円（カルトゥーシュ）の枠に囲まれた神聖文字（ヒエログリフ）だ。そしてこれ」フランシスコはトレヴィルもトプラもよく知っている図像をさした。「メビウスの帯だ」

「なんの帯だって？」

「〈見えざるピラミッド〉の紋章だよ」

「それはわかっている。それより……」突然、耳もとでコウモリが鳴いた。とっさにトレヴィルは横に飛んだ。頭くらいの大きさの石がトレヴィルのいたところに落ちて砕けちった。トレヴィルはえりにぶら下がっているコウモリに手をやっていった。「ありがとう、オルリク」それからまたフランシスコに向きなおっていった。「図像に囲まれている碑文には、なんて書いてあるんだ？」

「待ってくれ！」

「時間がないんだ。こっちは……」

「だまっていてくれ！」フランシスコが両手をにぎりしめてどなった。「もう何カ月も神聖文字を訳していないんだ。数秒待ってくれないか」

トレヴィルは「秒」とはなにかたずねようとしたが、わけのわからないままふたりのやりとりを見守っていたもうひとりの分身が、フランシスコのじゃまをするなというしぐさをした。

トレヴィルとトプラはそれぞれの世界から、フランシスコが激しい揺れの中で必死に神聖文字(ヒエログリフ)を解読するのを見守った。ようやくフランシスコがうなずいて、ゆっくりと、だがきっぱりとした口調でいった。

「よし、これだ」

「なんて書いてあるんだ?」トレヴィルがせっついた。

フランシスコはふり向くとほほえんだ。と、突然、なにかが頭に当たった。フランシスコの笑顔が凍りつき、ひと声うめいてずるずるとくずおれていった。フランシスコの意識が遠のくのにつれて、トレヴィルとトプラの目のまえからフランシスコの世界が色あせていった。ふたりが最後に見たのは、フランシスコにかがみこむ人影だった。

その男のベルトには、青いサファイアの短剣が輝いていた。

Erde 地球

第18章 英知の間

フランシスコは、ハエ捕り紙にからめとられた虫さながら、その金髪美人から目を離すことができなかった。ラ・ラビーダ修道院では、院長のペドロの方針で、女性とはどういうものか、せんさくしないことになっていた。例外は聖画を描くときだけだ。まさか聖母マリアをカバのような体格に描くわけにいかない。

タイム誌の八十三ページに載っていたその美女はビキニの水着姿でほほえみながら、傷んだ髪には、この新しいシャンプーがいいのよ、と宣伝していた。聖母マリアが髪の毛に悩んでいるところなんて、フランシスコは想像できなかった。

だがその美女はクララを連想させた。

ヴィセンテの謎のアタッシュケースに手紙の束を見つけてから、ずっとクララのことが頭を離れなかった。フランシスコがチラッと右に視線をやると、窓側の席のヴィセンテが、ニヤニヤしながらフランシスコを見ていた。

「かわいい子じゃないか」

フランシスコはわざとページをパラパラめくった。あと一時間でエール・フランス機はパリに着陸する。問題はそれからだ。まだ決心がつかなかった。

フランシスコはまた雑誌に目を落とした。その瞬間、ギクッとした。催眠術をかけられたように、目のまえのページに引きよせられた。数点の絵がレイアウトされているのだが、そのうちの一点がフランシスコの母斑におどろくほど似た絵柄だった。フランシスコがしばらくかたまったようになっていると、またヴィセンテのからかうような声がした。

「どうした。ずいぶんご執心だな」

フランシスコはまだ母斑をヴィセンテに見せたことがなかった。恥ずかしかったからだ。あるいはオーラを発するときひとりになりたいと思うのとおなじ理由かもしれない。フランシスコ自身、その気持ちをうまく説明できなかった。それにしても、ヴィセンテはなんでからかうような目つきをしているのだろう。なにか知っているのだろうか。

「これはオランダの画家エッシャーの記事だよ」

「おまえ、エッシャーを知っているのか？」

フランシスコは首を横にふった。

「その図像は知ってるか？」ヴィセンテは、ねじった帯の中心に三角形をかたちづくる図像をさした。

　フランシスコは返事をしなかった。

「それはメビウスの帯の一種さ。メビウスっていうのはアウグスト・フェルディナント・メビウスっていうドイツの数学者の名前さ。エッシャーはそういう絵をいっぱい描いている。ほら、それを見てみな」ヴィセンテは8の字状の帯の上をアリが動いている絵を指さした。「それが本当のメビウスの帯さ。長い帯を一回ひねって端を糊でつなぎあわせるとそういう輪になる。面白いのは帯には表裏ふたつの面があるはずなのに、こうすると面がひとつになるところさ」

「ふたつがひとつになる。なるほどね」フランシスコは気のないふりをしようとした。

「面白いだろう！　ところでその帯の中央に刃先を入れ、ぐるりと一周して二分割したら、輪はどうなると思う？」

「もちろんふたつに切りはなされるだろう」

「はずれ。これが、ひとつにつながったままなんだな。おまえが今、いったとおり、ばらばらに見えるものも、じつはおなじ平面の別の場所にすぎないってことさ」

「そんなことといった覚えはないけど」しかしフランシスコは、ヴィセンテがなにをいおうとしているかだいたい察しがついた。

「おまえのいうことにはどうも詩情ってものがないな。ところでもっとすごいのはメビウスの帯を三分割したときだ。いいかい二分割ではなく三分割だ。どうなると思う？」

フランシスコはコーラをひと口飲んで顔をしかめた。炭酸が飛んでいてまずい氷水のようだったからだ。

「工作をするのは面倒だ。教えてくれればいいだろう」

「いや、機会があったら試してみるといい。ふたつの輪になるんだ。だがふたつの輪は鎖のようにからみあって離れない。三重宇宙にぴったりの象徴だと思わないか？」

「ちょっとむりがあると思うけど。それにしても、三という数字へのこだわりはちょっと病的じゃない。医者に診てもらった方がいいよ」

ジェットエンジンの轟音のせいか、フランシスコは数千匹のスズメバチを瓶に閉じこめたみたいに頭の中がブンブン鳴っていた。

「そうだな。エジプトでの用事がすんだらな。そういえばエジプトには昔、季節の概念が三つしかなかった。洪水期と種蒔き期と収穫期だ。知っていたかい？」

「だからどうなのさ？」

「三という数字は古代エジプト人にとって重要だった。三柱神だって……」

「しつこいな」

「それにファラオの葬祭もだ」

「どういうこと？」

「大昔のファラオは墓を三つ作ったんだ。今では学問上の常識さ。世界が三つに分裂するのを恐れ、それぞれの世界で力をもとうとしたみたいに思える」

「古代エジプト人は来世でも生きつづけられるように自分の亡骸をミイラにした。でもミイラは一体だ。三体はない」

「だが人は三つの要素からなっていると信じていた。肉体と名前と影だ。なにかいいたいことは？」

　フランシスコは背もたれに頭をのせてため息をついた。

「降参だ。まったくこだわり方がはんぱじゃないよ」

　ヴィセンテはニヤッとした。

「まあ、三つのピラミッドを見ればわかるさ。きっと考えが変わる」


　北京からのフライトで疲れきったふたりは、カイロに直行するのをやめ、パリで一泊することにした。フランシスコが、ヴィセンテのように本当にエジプトへ行ってみたいのか確信をもてなかったからでもある。飛行機をおりる直前、またしてもけんかになった。入国検査を待つあいだ、腹にすえかねたフランシスコはすぐにもひとりでスペインに飛んで帰りたいと思った。このばかげたピラミッド・ツアーにはもううんざりだった。〈英知の間〉はいつかひとりで探せばいい。ヴィセンテは、アタッシュケースに入っていたクララの手紙はヴィセンテ宛だというのだが、どこか腑に落ちなかった。ヴィセンテが急に押しだまったのも気にくわない。入管でフランシスコはヴィセンテとは別の列に並んだ。白髪のやせた男の後ろについて、手荷物を肩にかけなおし、飛行機からもってきたタイム誌をひらいた。読むためではない。ヴィセンテを無視するためだ。ヴィセンテなんかどこかに行ってしまえばいいと思っていた。

　そのあとフランシスコは、よく起こることだがどうしてそうなるか説明しきれない現象に遭遇した。フランシスコが並んだ列は短かったのになかなかまえに進まず、列が長かったヴィセンテの方がどんどん進んでいくのだ。フランシスコはこれからの展開を頭に思いえがいてみた。ヴィセンテは先に検査を受けるだろう。だが弟のきまじめな顔のサポートなしには、アタッシュケースの中身をめぐって女性係官とひと悶着起こすはずだ。そのあいだに、フランシスコは追いつき、追い越し、先に待合室に着く。そして……。

　フランシスコはニンマリしながら雑誌を閉じ、わきにかかえると、まえにヴィセンテからもらった八レアル銀貨を出して、爪で上にはじきはじめた。トライアングルを鳴らすような音がする。ヴィセンテが音を聞きつけて、きっと腹を立てるだろう。ところが、反応したのはまったく別の人物だった。三度目にはじいた瞬間、だれかの手がさっとのびて銀貨が消えた。

　あまりのすばやさに、フランシスコは言葉が出なかった。フランシスコがいつ銀貨をはじくかまえもってわかっていなければ、こんな芸当はできるものではない。びっくりした拍子に雑誌を落としてしまった。拾いあげようとしたとき、フランシスコはまえによろめき、銀貨を奪った白髪の男にぶつかった。男もわきにかかえていた雑誌を落とした。偶然にもそれはタイム誌のおなじ号だった。

「すみません」フランシスコは英語で謝り、すぐにかがんで雑誌を拾い、まえに並んでいるその男に返した。

男は五十歳くらいか。細面に鋭い光を放つ青い瞳。だが粗相をした若者を見下ろすその顔はおだやかだった。

「わたしの方こそ謝らなければ。あなたがコインをはじく音が気にさわりましてね。これをお返ししましょう」そういって、男は八レアル銀貨をフランシスコに返した。

フランシスコはだまって銀貨を受けとった。

（なんだ、泥棒じゃなかったのか）そう思いながら見ると、フランシスコは、その男を知っているような気がした。有名人だろうか？　しゃべり方からするとイギリス出身みたいだが、保守的な感じの白いサマースーツ以外は、アメリカ人に見える。フランシスコは勇気を出してほほえみかけた。

「たしかに長旅をすると神経がまいってしまいますものね。ぼくもそうです」

男は顔をほころばせた。どこか大きな年老いた狼（おおかみ）を思わせる表情だ。

「ニューヨークからですからたいしたことはありません。それより昔の記憶がよみがえりましてね。わたしの親友が、あなたのようにいつもコインをはじいていたのです」

「でも、そのお友だちはもうやめたように聞こえますが」

「ええ、ドイツ軍の銃弾で遊びは終わりになりました。ニックは第一次世界大戦を生きのびることができなかったのです」

「それはお気の毒に」

「もう過ぎたことです。彼のコインは今でも大事にとってあります。いつか大切な人に贈るために。で、あなたの場合はどうなのですか？　その銀貨は記念の品ですか？」

「ええ、もらったものです。人は勘ちがいをするということを肝に銘じるために」

「それはまた意味深長ですね。そして今、どっちが正しいか迷っているというわけですか」

　フランシスコの笑顔は引きつった。

「どうしてわかるのですか？」

　男はフランシスコをくい入るように見つめた。

「人の心を見抜くのがわたしの仕事ですから」

「そうなんですか」フランシスコは汗がにじんだ。白髪の男の青い瞳になにもかも見透(みす)かされているような気がした。「もしかして精神科医でいらっしゃるのですか？」

　笑い声があがり、男は首をふって答えた。

「いいえ。しばしばそう思われますが、わたしは物書きです。ちょうどわたしたちがもっているこの雑誌にも、たくさん記事を書いたものです」男はフランシスコに手をさしだし、声を低くしていった。「わたしはプラット、デービッド・プラットです。あなたは？」

「フランシスコ・セラフィンです」フランシスコは天にも昇るような心地でつぶやいた。というのも、目のまえにいる人物の名前をよく知っていたからだ。突然、バッグのなかをさぐりながら、滝のように言葉をあふれさせた。

「ぼくはあなたの記事を読んで英語を学んだんですよ、プラットさん。ラ・ラビーダ修道院に、三十年代のタイム誌が何年分かそろっているんです。全部なめるように読みました。ムッソリーニやヒトラーへのインタビュー。歯に衣着（きぬき）せぬみごとなものでした」ようやくボールペンを見つけたフランシスコは、タイム誌といっしょにさしだした。「サインをいただけないですか？」

「ただの記者ですよ。まあ、いいですけど」デービッド・プラットはサインしてからいった。

「あなたはなかなか変わった方だ、セラフィンさん」

「そうでしょうか」

デービッド・プラットはタイム誌をフランシスコに返した。

「変人という意味ではありません。あなたは本当にほかのひととちがうところがある」

フランシスコはまたしても青い瞳に見透かされたような気がして、口ごもった。

「あ、ありがとう、ございます」

「ところで長旅だったのですか？」

「ええ、北京から来ました」

「それはたしかに近くない。そして次の目的地に不満があるというわけですか」

「どうして……」

「それがわたしの職業ですから」

「そうでしたね。先に入管を通った兄が、ぼくをカイロに連れていきたがっていまして」

「ギザのピラミッドですか。悪くないですね」

「ええ、でも……」フランシスコは肩をすくめた。「よくわからないんです」

「本当に行きたいかどうかがわからないというのですか？」

フランシスコはうなずいた。

「ひとつ忠告させてください。心はエジプトに行きたがっていますね。しかしなにか気になることがあって不安を抱いている」

「記者って、みんな、そんなことがわかるんですか？」フランシスコはすこし気味が悪くなってたずねた。

デービッド・プラットはほほえんだ。

「できる者はほんの数人しかいませんよ。それより、いいですか。気をつけるのです。あなたが気に病んでいるのには、なにかわけがあるはずです。そこから目をそむけてはいけません。

あなたの将来がかかっているかもしれませんからね。とにかくカイロには行きなさい。心の底では行きたいと望んでいるのですから。そこで答えが見つかると期待しているのでしょう。それが問えるのはあなただけです」

「ありがとうございます」デービッド・プラットの言葉で、フランシスコの心は決まった。話をつづけようとしたとき、入管の係官が咳払い(せきばら)いした。

デービッド・プラットはフランシスコにやさしくうなずいた。

「よいご旅行を。そして気をつけなさい」そういうと、まえを向いてすぐに係官のまえを通っていった。

プラットの姿が視界から消えると、フランシスコはあらためてタイム誌の表紙に目を落とした。まさか！　冗談だろうか、それとも長年にわたっていくつものペンネームを使いわけてきたせいで本名をまちがえたのだろうか。表紙に書かれたサインは、インタビューの王者プラットではなく、デービッド・キャムデンとあった。

パリのシャルル・ド・ゴール空港からカイロまではノンストップだった。まえの晩、急にフランシスコがおとなしく考えこむようになったので、ヴィセンテはおどろいていた。フランシスコが断固としてこばめば、計画は頓挫(とんざ)する。だがそんなそぶりはすこしも見えなかった。照りつける七月の太陽の下、ナイル川の東岸に着陸した。

ふたりの逗留先はホテル・ル・メリディアン・カイロに決まった。ヴィセンテにいわせると、中心街のこのホテルに宿をとったのは、現地で〈英知の間〉探しをはじめるまえに役所と交渉をしなければならないからだという。ヴィセンテの交渉術はいたって単純だ。以前、世界的に有名なピラミッドの調査をしたさい、ヴィセンテはパキ・ヘルワーン博士と昵懇の間柄になっていた。

「おれたちは同業者で、大親友なんだ」ヴィセンテはいった。「パキはエジプト考古最高評議会の議長で、ギザ地区の発掘の監督をしている。だからパキがうんといえば、文化省も許可してくれる」

パキ・ヘルワーン博士との面会は、文化省にあるエジプト考古最高評議会事務所でおこなわれた。それは庁舎四階にあるつつましい事務室だった。いかに多忙とはいえ、フランシスコたちがヘルワーン博士に面会を求めてからすでに二時間たっていた。

ようやく小さな執務室に通されたが、すぐにはヘルワーン博士がどこにいるかわからなかった。もうもうとした紫煙が充満していたからだ。どうやら博士はヘビースモーカーらしい。ギシギシきしむ床を奥まで進むと、古ぼけたデスクについている人影が見えてきた。博士はがっしりした体格で、眉毛が濃く、短く刈った髪はちぢれていて、白髪まじりだった。着ているものは、どぎつい赤シャツと黒ズボン。ストレスがたまっているようだ。フランシスコは、博士とヴィセンテのあいさつを聞いて、ふたりが本当に大親友なのか疑問を覚えた。

「セニョール・アルヴァレス、また来たのかね！」ヘルワーン博士はわかりやすい英語で話した。そしてごつごつした腕をあげて、ため息をついた。

ヴィセンテはスペイン人らしいお世辞をいった。

「またお会いできてうれしいです、博士。お元気そうでなにより」

「なにをいうかね。今にも心臓発作を起こしそうだよ」

「あなたにかぎって、そのようなことはありますまい！」ヴィセンテはガハハと高笑いしながら歩みより、博士とがっしり握手を交わすと、弟だといってフランシスコを紹介し、そのままかってに椅子(いす)にすわった。

「今度はだれのことを怒っているのですか？　いまだにナポレオンの盗品をもどさないルーブル美術館ですか？」

ヘルワーン博士は手で払うしぐさをしたが、くわえタバコの煙が目にしみて顔をしかめた。

「そのくらいならまだいい！　われわれのピラミッドをユダヤ人が建てたなどとデマを流している輩(やから)がいるんだ。想像できるかね？　われわれの偉大な、太古の、天才のなせる技の結晶であるピラミッドがだぞ！」

ヴィセンテは、いらぬ刺激をしてしまったと気づいたのか、あわてててなだめにかかった。

「そのようなことを真に受けてはいけませんよ。たしか十九世紀にスコットランドの占星術師がすでにそのようなことを主張しています。名前は……」

「チャールズ・ピアッジ・スミス」フランシスコがすかさず名前をいった。

ヘルワーン博士がじろっとフランシスコをにらんだ。

「きみも、お兄さんとおなじ似非考古学者なのかね？」

「いいえ。でもエジプト学には興味があります。あなたの先祖が成しとげたことは他に例を見ませんから」

ヘルワーン博士はふっと緊張を解き、デスクのまえの二つ目の安楽椅子をさしていった。

「まあ、すわりたまえ。ピラミッドやスフィンクスを盗もうとしていない人物に出会えるとほっとするよ」

「盗もうなんて気は毛頭ありません。その逆で、ぼくたちはあるものをプレゼントしたいのです」

博士の眉がぐっとあがった。

「援助なら、どんなものでもありがたい。それで、どういう用件なのだね？」

「〈英知の間〉です」ヴィセンテが単刀直入にいった。交渉の主導権を失いたくなかったのだ。

「なんだと」博士が金切り声をあげた。

「ですから……」

「いや、ちゃんと理解しているとも、アルヴァレス君。〈英知の間〉やら〈記録の間〉とかいう怪しげな地下室を求めて、いかれた連中が毎日のようにやってくるからな。いちいち発掘許可を出していたら、大ピラミッドはとっくの昔にスフィンクスごと地中に沈んでいるよ」

「その心配は無用です」

「ほう！」

フランシスコがすこし身を乗りだしていった。

「ぼくらの調査はピンポイントでおこないます」

「みんな、そういうよ」

「証拠をお見せできますけど」

「見なくてもわかる。新しい探査機を発明したというんだろう。イオン共振センサーかなにかかね？」

「それはなんですか？」

「知るもんか。ただの思いつきだよ」

「弟は千里眼なんです」ヴィセンテがフランシスコとヘルワーン博士の会話に割って入った。

「ほう、それは新手の方法だな」博士ははじめてフランシスコをじろじろとながめた。「姓がちがうし、顔もぜんぜん似ていないではないか。きみの父か母はエジプト人ではないかね、セニョール・セラフィン？」

「父親がちがうのです」ヴィセンテがすかさずいった。

フランシスコは雷に打たれたみたいにがくぜんとした。ヘルワーン博士のいうとおりだ。どうして今まで気がつかなかったのだろう。たしかにスペインよりも、カイロの街中で見かける人々の方が自分に似ているじゃないか。もちろんどうして肌が浅黒いのかとか、顔立ちが北アフリカの人に似ているのかとか、これまで納得のいく説明がつかなかったが、フランシスコは今、そのわけがわかった。

「スペインの一部は八百年近くムーア人（八世紀初め以降、イベリア半島を支配した北アフリカのイスラム教徒）に支配されていました。たぶんぼくの中にはアラブ人かベルベル人の血が流れているのでしょう」

ヘルワーン博士はその説明が気に入ったようだ。タバコの灰を灰皿がわりのイタヤガイの貝殻に落とし、やさしい笑みを見せた。

「きみのお兄さんがいった件だが、正確にはどのように探すのだね？」

「千里眼のことですか？　北極をさすコンパスみたいに、なんでも見つけだせます」

「つまり、きみは鉱脈や地脈をさぐる占い師ということかね？」

「ちがいます。じっさいにお見せしましょう。最近この部屋でなくしたものはないですか？」

ヘルワーン博士は安楽椅子に深々とすわり、うさんくさそうにフランシスコを見てからぽつりといった。

「指輪だな」

「どのような指輪ですか？」

「大きな黄金の印章指輪だよ。指を蚊に刺されたときにあわてて指から抜いたんだが、気づくとなくなっていた」

「なるほど。盗まれたのかもしれませんね」

博士はニヤッとした。

「きみが千里眼なら、それもわかるのではないかね？」

フランシスコは立ちあがると、ゆっくりとブラインドがおりた窓のそばに行った。日の光が数本の筋となって、煙でもうもうとした部屋にさしていた。フランシスコはそこで一瞬立ちどまった。背後のふたりが緊張した面持ちで押しだまっている。フランシスコはふり返ると、無表情のままゆっくりとデスクにもどった。ヴィセンテとヘルワーン博士にはフランシスコがなにを考えているのかさっぱりわからなかった。フランシスコはデスクをまわりこむと、博士の右側でしゃがんだ。

「すこしどいてくれますか、博士？」

「なにをする気だね、セニョール・セラフィン？」

「指輪をとるのに、デスクをすこし動かしたいのです」

「なんだって？」

ギギッと古いデスクをすべらせると、フランシスコは床にしゃがみ、床板のすきまをのぞきこむと、手だけのばしていった。

「ボールペンを貸してくれませんか、博士？　できるだけ安いのをお願いします」

ヘルワーン博士はタバコを貝の灰皿に押しつけ、赤いプラスチック製のボールペンを渡した。フランシスコはエジプト航空の名前が入ったそのボールペンから芯をとりのぞくと、床のすきまを突っつきだした。すぐになくなった黄金の指輪が出てきた。

ヘルワーン博士はあっけにとられた。

ヴィセンテはニヤニヤした。

「いったいどうやって？」博士はそれ以上なにもいえなかった。

「博士が説明してくれた指輪を心の中でイメージして探したんです」

「いくらなんでもそれだけで」

フランシスコはほほえんだ。

「本当にそうなんです。ほかに説明のしようがないんです。どうしてこんなことができるのか、自分でもよくわからないんです」

「渡り鳥はその方法を知らなくても、地球を半周して古巣にもどることができますからね」

ヴィセンテがいった。

ヘルワーン博士は困惑した表情で、ヴィセンテとフランシスコを交互に見比べた。気ぜわしくタバコに火をつけると、一度、胸いっぱい吸ってから口をひらいた。

「つまり、あれだな、爆薬などでわれわれの文化財を壊さずに〈英知の間〉を見つけだせるということだ」

フランシスコはうなずいた。

すかさずヴィセンテがいった。

「入口がわかれば、もちろんあけてみるしかないでしょう。その方法はそちらにおまかせします。弟とわたしは七月十五日に中に入れれば、それでけっこうです」

「それはまた急だな。なぜそのように急ぐのだね？」

ヴィセンテがニヤッとした。

「ちょっと賭けをしていまして」

「しかし文化省の役人は慎重だからな」

「のろいといいたいのでしょう。七月十五日までに〈英知の間〉が見つかれば、あなたが発見者になってもかまいません」

「それはご親切に、セニョール・アルヴァレス。しかしそれだけでは」

ヴィセンテは立ちあがると、バシンとデスクに両手をついてヘルワーン博士を見すえた。

「ものごとを円滑に進めるにはいくら必要ですか？」

豪華ホテルのル・メリディアン・ピラミッズは大ピラミッドから歩いてわずか五分のところにある。フランシスコは個室を要求した。パリでデービッド・プラットに警告された。「気をつけるのです」と。彼の言葉を思うと、フランシスコは考えこまざるをえなくなったのだ。グラストンベリーでもおかしな出会いがあった。あのとき、トレヴィルと名のる分身がいった。

「均衡を破ろうとする敵に気をつけろ」と。

敵ってだれのことだろう。ヴィセンテだろうか。

（まさか、そんなはずはない）フランシスコはそう打ち消して、客室の窓からライトアップされたピラミッドをながめた。ピラミッドを見れば、いらついた心を鎮めてくれると思ったが、じっさいはその逆だった。第六の波動が近づいているせいだろうか。まちがいない。兄を突きうごかしている動機もいらいらの原因だ。考えれば考えるほど矛盾を感じる。理想を達成するために無数のしかばねを乗りこえていくヴィセンテの姿が目に浮かぶ。だがそれでいいのだろうか。ヴィセンテがめざしているのは、人類に英知と幸福の泉をひらくことにあるはずだ。そのために世界をひとつにしたいと望んでいる。いや、ちがう。三つの世界をつなぎとめようとしている。それ自体はべつに文句のつけようがない。

フランシスコは、パリからクララに電報を打っておいた。クララはフランシスコの泊まっているホテルを知っているはずなのに、いまだになんの知らせもない。フランシスコはホテルのフロントに、手紙がとどいたら直接手渡してくれるようにいっておいた。だからヴィセンテには手が出せないはずだ。待てよ、ホテルのボーイにワイロをつかませていたらどうしよう？

ドアをノックする音がした。フランシスコはベッドわきのデジタルの目覚まし時計を見た。ちょうど九時だ。オリエントの人はみな、時間にルーズだといわれているが、ヘルワーン博士はそうした偏見をくつがえすつもりのようだ。ドアをあけるとヴィセンテが立っていた。

「ヘルワーン博士が下で待っている。来るかい」

ふたりはエレベーターでロビーにおりた。ヘルワーン博士はくわえタバコで待っていた。これからフランシスコの最初の〈英知の間〉探しがおこなわれる。こんな遅い時間にしたのは、観光客やみやげ物屋やラクダ引きにじゃまされたくなかったからだ。日中のギザ地区はそうした人々でごった返している。この数日、フランシスコは〈英知の間〉のイメージをリフレッシュしていた。古代ギリシアの歴史家ヘロドトスから現代の霊能者エドガー・ケイシーまでさまざまな人たちが、地中に埋められた知の宝庫についてふれている。たとえばケイシーは、スフィンクスの右の前足に入口があるといっているが、地下に空洞があるらしいということしかわかっていない。フランシスコは他人(ひと)の意見を聞くよりも自分のイメージを固めることに専念した。〈英知の間〉はどんな空間なのだろう。だいたいのイメージがつかめれば、時空のひだをしかるべき状態にして〈英知の間〉を探しだせるはずだ。フランシスコの千里眼は分厚い岩盤でも透視できる。中国の雲居寺(うんごじ)で経験ずみだ。

三人はホテルから〈死者の町(ネクロポリス)〉へ通じる道を歩いた。大ピラミッドの手前で道が分かれていた。ヘルワーン博士はチケット売り場から〈死者の町〉の敷地に案内した。こんな遅い時間でもまだたくさんの人がいて、博士に親しげにあいさつしてきた。ギザ地区にあるのは、かの有名な、鼻のもげたスフィンクスや三つの大ピラミッドだけではない。ほかにも小ぶりの〈王妃のピラミッド〉や無数の墳墓が点在する。それにいくつかの神殿にも目を奪われる。フランシスコは〈死者の町（ネクロポリス）〉がこれほど広大だとは思っていなかった。

〈英知の間〉探しはクフ王のピラミッドの東側ではじめられた。高さが百四十メートルに達するそのピラミッドの内部と地下に、すでに部屋がいくつか発見されている。隅々まで調査されたといわれているが、まだ未発見の部屋があるといううわさが、いまだにメディアを騒がせている。ケイシーのいう「記録の間」もここにあるのではないかという。

フランシスコは目を閉じて、かつてクフ王の太陽の船が収められていたところを思いえがいた。太陽の船は全部で五つ発見されている。それから床が真四角な質素な部屋をイメージし、天井がピラミッドのようにとがっていて、壁面が神聖文字（ヒエログリフ）で埋めつくされているところを想像した。サッカラでは、テティ・ピラミッドの中でそういう部屋が見つかっている。その部屋の碑文にはファラオの天界への旅が語られ、亡くなったファラオに新しい命を吹きこむ呪文（じゅもん）も含まれていた。それに〈英知の間〉には棺（ひつぎ）もあるはずだ。ヘロドトスは、盗掘されないよう、堀割のように水を張った砦（とりで）のような島形墓所があると書いている。これも欠かせない。そうしたパーツを組みあわせて、フランシスコは〈英知の間〉の想像図を思いえがいた。じっさいの〈英知の間〉に似ていることを願うのみだ。さもないと、千里眼が役に立たない。

「なにか感じるか?」ヴィセンテがしばらくしてから声をかけた。

フランシスコは目をあけてため息をついた。

「うるさいな。集中できないだろう」

「そのとおりだ」ヘルワーン博士がいった。

「まだ一回しかきいていないじゃないか」ヴィセンテがブスッとしていった。

「ああ、今日はね」そういって、フランシスコはまた目をつむった。いらだっているのを気づかれたくなかったのだ。しばらくして目をあけると、ふたりを見て首をふった。

「ここじゃない」

フランシスコは時計まわりに大ピラミッドを一周し、三つの小さな〈王妃のピラミッド〉を通りすぎ、大ピラミッドの南側に建つ太陽の船博物館を横切り、官吏の墳墓が集まる墓地に通じる小道を進んだ。そこからふたたび北側に向かったが、そこにはさっきのチケット売り場くらいしかなかった。

フランシスコは最後に皇后ヘテフェレスの墳墓のまえで立ちどまり、小さくため息をついた。

「霧笛を聞いているような感じだよ。なにか感じるのに、はっきりとした場所がわからない」

「感じてはいるわけだな」ヴィセンテが興奮してたずねた。

「そんな予感がするっていった方がいいね」

「スフィンクスのあたりをさぐってみたらどうかな。〈英知の間〉はあっちにあるという専門家もいるからな」

「予言者ケイシーのことかね」ヘルワーン博士がからかうようにいった。いつもならとうに腹を立てているところだ。しかし、ヴィセンテがスフィンクス修復委員会をはじめとする博士の関係する機関に多額の寄付をしたのでご機嫌だったのだ。そうして今晩、「学問繁栄を目的にした裕福なアマチュア考古学者向け特別ガイド」を実施し、あわせてフランシスコの無能ぶりを確かめたことで俄然（がぜん）元気になっていたというわけだ。

フランシスコは、石のスフィンクスがいる南の方を見ながら考えこんだ。

「いや、スフィンクスはそんなに遠くないから、〈英知の間〉があればここからでもわかると思う」

「なにを探しているかわからぬままに見つけだすのはむずかしいことだ」ヘルワーン博士がいった。

「どういうことですか？」ヴィセンテがたずねた。

「ぼくが想像している〈英知の間〉のようすがまちがっているっていいたいんでしょう」フランシスコはいった。

博士はうなずいた。

「知の宝庫はどんなところだと思っているのかね？」

フランシスコは自分が思いえがいた想像図を説明した。

ヘルワーン博士は無精ひげの生えたあごをかいた。タバコの長い灰が落ちた。どうやらこの遊びを楽しんでいるようだ。しばらくして、博士は首を横にふった。

「とがった天井は忘れた方がいいね。『記録の間』がピラミッドの中にあるのならそれでもいい。上からの重圧を支えるためにそういう構造が必要なのだ。だが『記録の間』は岩をくりぬいたようなものだと思う。そういう場合、天井は平面でいいはずだ。それから水を引くための堀割も気に入らないね。ヘロドトスは誇張しすぎるところがある」

「中央が島のようになっているのはどうですか？」

「今のところそれはそのままでいいだろう」

フランシスコはうなずいて、また目を閉じた。乳白色の霧が見えた。その場で体をまわした。

突然、霧が晴れ、体に衝撃が走った。

「感じたのか？」すぐにヴィセンテがたずねた。

フランシスコはうつろな目でヴィセンテを見た。

「ああ」静かにそう答えると、歩きだした。〈王妃のピラミッド〉のあいだを抜け、東側の墓地に通じる道を進んだ。まもなく別の道路と交差した。

大スフィンクスに近づくと、歩みが遅くなった。あちこちで立ちどまると、岩を透視するように地面を見つめ、それからまた歩きだす。突然、フランシスコは立ちどまった。

「ここだ」

「本当か？」ヴィセンテは口に手をあてた。

ヘルワーン博士が下を見て、何度か地面をけった。あからさまにフランシスコの千里眼を信用していない態度だ。

　フランシスコはいった。

「そんなことしても、地下に空洞があるかどうかわからないでしょう。〈英知の間〉は地下三十メートルくらいのところにあります。ところで、博士のおっしゃるとおりでした。天井はとがっていなくて、平らです。床は三つに分かれていますね。回廊、池、そして真ん中に棺（ひつぎ）のある島」

　ヴィセンテは聞こえるほど大きく息をのんだ。

「そんなことがどうしてわかるんだ」ヘルワーン博士がいった。

「印章指輪を見つけたときも、そう思われたでしょう」

「どうやって中に入るんだ、フランシスコ」質問したのはヴィセンテだ。

「最悪の場合、ボーリングするしかないでしょうね」

「三十メートルも岩をくりぬくのか？」ヘルワーン博士は首をふった。「あきらめたまえ、セニョール・セラフィン。一九七〇年代のはじめ、アメリカの調査隊がそのやり方で、あやうくスフィンクスを壊すところだったのだ。七メートル掘ったところで、彼らは断念したよ。それ以来、ボーリングとかダイナマイトとかいう言葉を聞くと、考古管理局は大騒ぎになる。ヘラで地面を引っかくだけでも、許可をとるのはむずかしいだろう」

　ヴィセンテは顔をこわばらせて博士を見た。

「そんな悠長なことをやっているひまはないんです、博士。ギザの発掘を統括しているのはあなたではないですか。スフィンクス修復のためにさらなる寄付の用意があるんですがね」

ヘルワーン博士は落ち着かなげにタバコを吸った。心が揺れているようだ。ヴィセンテの寄付はのどから手が出るほど欲しい。しかし博士の影響力にも限界がある。

「あなたが賭けに勝つには、あと一週間しかないのだよね、セニョール・アルヴァレス。だとすればむりだ」

「〈英知の間〉の存在を地震波測定で証明してみてはどうですか?」ヴィセンテが提案した。

ヘルワーン博士は顔をしかめた。

「それでも文化省は納得しないだろう。その方法ですでにスフィンクスの下に空洞をいくつも発見しているが、結局、自然の産物だった」

フランシスコはクフ王のピラミッドをながめながらつぶやいた。

「ヘロドトスは、大ピラミッド近くの地下にトンネルと地下室がいくつもあると書いています。それにクフ王の墓を隠すため、迷宮のような作りになっているとも書いていますよね。たしかクフ王のミイラはまだ発見されていないはずですけど」

「たしかに。クフ王のピラミッドにある王の玄室を最初にあけたのはツタンカーメン王だといわれているが、そのときすでに棺は空っぽだったと伝わっている」

「ヘロドトスが書いている部屋は、この足の下にあるとしかいえませんが、もしかしたら迷宮もあるかもしれませんね」

「千里眼でためしてみてはどうかね」

「兄はぼくのことを千里眼といいましたが、ぼくの力は物理の法則にのっとっているんです。ただじゅうぶん説明できないだけです。兄なら、コウノトリを例にあげるでしょう。ヨーロッパからまだ見たこともない南アフリカの越冬地へ飛ぶことのできるね。それだって、超能力とは関係ありません」

「わかった、セニョール・セラフィン。ではこういっていいだろう。きみが、迷宮とそこへの入口を正確な図にしてくれて、なおかつ地震波測定で空洞があることがはっきりすれば、予定どおりに発掘できるだろう、とな」

フランシスコはうなずいた。

「迷宮の完全な図はちょっとむりですが、〈英知の間〉から入口までの道は突きとめられると思います」

「ではよろしく頼む」

ヴィセンテは感激して手をたたいた。

「よし、早くやってくれ！」

フランシスコはため息をついた。

「もうくたくたなんだけど」

「あとひと息じゃないか、兄弟。頼むよ！」
「しょうがないな」もちろん、フランシスコも伝説の部屋が気になっていた。ヴィセンテや、いまだに懐疑的なふりをしているヘルワーン博士とおなじだ。しかし心のざわめきを抑え、集中するのがだんだんつらくなっていた。

フランシスコはあらためて目をつむると、さまざまなトンネルを思いえがいた。だが探しもとめるトンネルを見つけだすことはできなかった。もっと具体的にイメージしないとむりなようだ。方向は正しいと思ったが、どうやらもうすこし手前にあるようだ。入口はおそらくクフ王のピラミッドのそばか、スフィンクスの下にあるはずだ。フランシスコはスフィンクスを試してみることにした。

ふたたび霧が晴れた。

真っ黒な岩の中に明るい筋が浮かびあがった。ちょうどレントゲン写真に映った骨のようだ。
「ヴィセンテ、地図を描いてくれ」そうささやくと、フランシスコは歩きだした。

ヘロドトスが書き残したトンネルと部屋の迷宮は本当にあるようだ。フランシスコは行ったり来たりしながら、あちこちに横道や部屋があるといった。トンネルは直進していることもあったが、たいていはすぐに右や左に折れまがった。ヴィセンテは目印になる遺跡を紙に描き、フランシスコのいう目印をまにあわせの地図に書きこんだ。ヘルワーン博士はさらにまがり角ごとに道ばたの石に太いフェルトペンで印をつけた。フランシスコはいったん大ピラミッドに向かっていたが、やがてまた大きく向きを変えて、スフィンクスにもどった。だが行きついた先は、アメリカの調査隊が予言者ケイシーに影響されて試掘したスフィンクスの前足ではなく、尻の部分だった。正確には尻尾の付け根の左側。

「迷宮の入口はここです」

フランシスコは地下鉄の入口でも説明するような感じでいった。

「確かかね？」博士が念を押した。

「確かです。そこに穴をあけて、地図のとおりに進めば〈英知の間〉にたどりつきますよ」

ヴィセンテが自信満々にいった。

博士は懐中電灯でスフィンクスの臀部を照らし、フランシスコがさした場所に小さな×印を書いて体を起こした。だがふり返ったとき、博士は情けない顔をしてこういった。

「スフィンクスに人工の腸をつけることになるなら、きみがいくら寄付してくれてもむりだな、セニョール・アルヴァレス」

ヘルワーン博士がエジプト考古管理局にかけあって、スフィンクスに穴をあける許可を得るまでやはり時間がかかった。やっと作業がはじまると、フランシスコは小さな子どものように興奮した。考古学者としてファラオの国で重要な発見をすること。たしかにそれは小さいころからの夢だった。泉にあらわれたやさしげな顔やパリの空港で出会った白髪の記者があれほどしてくれた忠告を夢中になったあまりすっかり忘れてしまった。三つの世界をひとつにするというヴィセンテの口癖まで、頭の片隅に追いやった。フランシスコは人生最大の冒険にのめりこみ、ツタンカーメン王の墓を発見したハワード・カーターになったような気でいた。

スフィンクスの臀部一帯は立ち入りが禁止され、日が落ちてから作業がおこなわれた。ヘルワーン博士は世界じゅうの報道機関が無関心なのでほっとしているようだ。ギザの大スフィンクスという重要な遺跡を傷つけるのだ。世間から、待ってましたと拍手されるようなくわだてではない。作業は尻尾の付け根の近くに不必要な振動をあたえないように小さな穴をあけるところからはじまった。石に四角い入口があくまでまる四日かかった。フランシスコは最後の石を慎重にとりだすところを興奮しながら見守った。といっても、ドキドキするのは、歴史的瞬間を意識したためか、人生六度目の波動がせまっているからなのか、いまひとつよくわからなかった。あと一日で、第六の波動がやってくる。

「さあ、これを使って」ヘルワーン博士はそういって、フランシスコにガスマスクを渡した。

フランシスコはなにかの冗談かと思ったが、博士の説明を聞くうちに納得した。

「きみをファラオの呪い(のろ)から守りたいのだよ」

「いいえ、けっこうです。ぼくは迷信を信じませんので」

博士はオリエントの呪いの言葉のようなものをつぶやいた。

「弟は神秘体験とかにあまり理解がないのです」すでにガスマスクを頭に半分かけていたヴィ

センテがいった。フィルターのついた鼻の部分が額にかかっている。一見するとサイのようだった。

「それなら、きみが説明したまえ」博士はため息をついていった。

「王家の谷でツタンカーメン王の墓を発掘するために出資したカーナボン卿(きょう)の物語を知っているだろう?」ヴィセンテがいった。

「知らないわけがないよ」フランシスコは答えた。

「一九二二年十一月の末、王墓の入り口をあけたときに立ち会って、数週間後に死んだんだ。彼の死をめぐってはいろいろ怪談話が残っている」

「そんな話、みんな眉唾(まゆつば)さ」

「そうともいえないんだな。一九二四年にも、ツタンカーメンの王墓を訪ねた者が四人死んでいる。もちろん呪(のろ)いなんかじゃない。カビかバクテリアに感染したようなんだ。死んだのは年寄りや病気にかかっていた者たちだというから、ひとたまりもなかったんだろう」

フランシスコはそのことをどこかで読んだことがあった。

「たしかに」

「アスペルギルス」ヘルワーン博士がいった。

「えっ?」とフランシスコ。

「カビの一種だよ。アスペルギルス・ニゲル、アスペルギルス・フラヴス、アスペルギルス・

テレウス。ファラオの呪いを今に伝えた張本人にはほかにも候補があるがね。ただ糸状菌の危険性は大げさにいわれすぎている。糸状菌との因果関係はいまだ論争中だ。しかしガスマスクをつけるのは規則なのだよ。理解してほしい。不必要な危険をおかしたくないのだ」

まあ、用心にこしたことはない。役所というのはそういうものだ。それでもフランシスコは鳥肌が立った。ヴィセンテにガスマスクをつけてもらっているあいだ、あぜんとして博士を見つめた。博士はさらに青いヘルメットをかぶり、タバコを消した。こうして三人は大きな懐中電灯とロープの束をもってスフィンクスの内部に入っていった。

新しくあけた、というよりあけなおしたというべき入口の奥には地下に通じる急な階段があった。

ヘルワーン博士、フランシスコ、ヴィセンテの順で階段をおりていった。博士もかなり興奮しているはずだが、表情に出さない。ガスマスクのせいでくぐもって聞こえる博士の声が縦穴にこだました。

「きみが突然立ちどまって、下に〈英知の間〉があるといったとき、わたしがなににびっくりしたかいったかね、セニョール・セラフィン？」

ガスマスクをつけているのに、というかおそらくそのせいで、フランシスコはかなり息苦しかった。どんな形にせよファラオの呪いを吸いこむかと思うと、肺が鉛の板のように重く感じられた。フランシスコは「いいえ」というだけでもつらかった。

「ご存じと思うが、クフ王のピラミッドの地下でも石室が発見されている。しかしその石室が地下三十メートルにあることはあまり知られていない」

「たぶんどっちも迷宮の一部なのでしょう」ヴィセンテが後ろからいった。

「であるなら、両方をつなぐトンネルはじつにうまく隠してあるというしかないな」

「落とし扉」フランシスコはそれしかいえなかった。

「石の落とし扉で迷宮の通路をふさいでいるというのかね」博士は首をかしげた。「隠し扉は探したがなかった。いや、もしかしてきみなら……」

「ガスマスクをつけなくていいならやりますけど」

「そのくらいならなんとか……道がある！」なんと、階段をおりたところに左右の闇（やみ）の中にのびる通路があった。フランシスコとヴィセンテもおりたった。ヴィセンテは、最初のスケッチをもとに地震波測定で正確に作成しなおした地図をひらいた。

「右です」ヴィセンテが地図を確かめるまえにフランシスコがいった。

三人は迷宮の奥深くへと分けいった。岩壁がむき出しなところを見ると、スフィンクスの下にあるトンネルは裏口にあたるようだ。最初の角をまがると、トンネルは花崗岩（かこうがん）でていねいに加工されていた。しばらくして三人は瓦礫（がれき）の山に行き当たった。

「落盤ですね」ヴィセンテは絶望したようにいった。

「落盤があっても不思議ではない」博士はまったく動じなかった。

「しかし明日までに〈英知の間〉に行かなければならないのです」

「落盤が広範囲にわたっていたらあきらめるしかないだろうね、セニョール・アルヴァレス」

「それじゃ帰ることにしましょう」フランシスコがいった。

ヴィセンテは懐中電灯の光で瓦礫の山を照らした。

「あそこ！　左の上の方！　すきまがあるんじゃないか？」

フランシスコと博士もそこに懐中電灯を向けた。

「すきまの向こうにトンネルの天井が見える」ヴィセンテが叫んだ。

手間どりはしたが、まずフランシスコがなんとかそのすきまを通りぬけた。ところが、太った博士は瓦礫に引っかかって身動きできなくなった。博士は笑いの発作に襲われ、ブリキのバケツに顔を突っこんで咳（せ）きこんだみたいな笑い声をあげた。徴兵されてワジ・アル・ジュバルの基地で泥の中を匍匐（ほふく）前進した若いころを思い出しておかしくなったというのだ。まわりの瓦礫をとりのぞいて、ようやく博士もすきまを通りぬけた。

次はヴィセンテの番だ。博士より体が大きかった。上半身がすきまを抜けたとき、ビリッと大きな音がした。

「今のはなに？」フランシスコがたずねた。

「ズボンが破けたようだ」ヴィセンテはいった。すきまをくぐりぬけてみるとポケットがちぎれていた。

フランシスコはまただまりこんだ。このあとどんな障害物が待ちうけているのだろう。ドキドキした。どうでもいいから、早くガスマスクをとりたい。ヴィセンテはズボンのことは気にもしないで、感動に浸りながらトンネルの壁を見ていた。博士はシャツやズボンのほこりをはたき、「地下都市」の広大さをオリエント特有の美辞麗句でほめたたえた。

「古（いにしえ）のモエリス湖の忘れられた迷宮に迷いこんだような気分だな。あそこには三千の部屋があり、その半数が地下にあるといわれている」

「読んだことがありますよ。オシリス神殿だったのでしょう」吐き気を忘れるため、フランシスコは話にのった。

「オシリス、ホルス、イシスは三柱神だ」後ろからヴィセンテの声がした。

フランシスコはあきれて、ガスマスクの奥で目を丸くして天井を見上げた。

「通路はこの奥で行き止まりのようだ」そういって、博士は懐中電灯の光で奥を照らした。

たしかにトンネルは石の扉のまえで終わっていた。赤花崗岩（かこうがん）の扉だ。そこへ押し入ろうとする者に対して呪（のろ）いの言葉が刻まれていた。フランシスコは楕円の枠（カルトゥーシュ）に囲まれた神聖文字（ヒエログリフ）に気づいたが、それを解読するまえに、博士が翻訳した。

「イムホテプの平安を壊すものよ。汝（なんじ）のもとへ死神が羽ばたき来たらんことを」

「イムホテプ！」ヴィセンテは、ついに夢が実現したとでもいうようにうっとりとささやいた。

「今日はここまででいいんじゃないの」フランシスコはいいしれぬ不安を覚えた。

博士は花崗岩に手をあてた。

「すばらしい！　クフ王の墓が見つかると思っていたが、イムホテプの墓を発見したとは。イムホテプ、ピラミッドの建設者にしてエジプト文化の傑人であり、神聖なる賢者……」

「そしてこの世界を言葉によって創造したプタハ神の末裔（まつえい）」ヴィセンテがつづきをいった。

「気に入らないな」フランシスコはうなるようにいった。「死神の子孫がどうして墓を必要とするんだ。不死身なんじゃないの？」


　数日まえから、フランシスコは第六の波動が間近にせまっているのを感じていた。今までの波動ではこれほど心が揺れなかった。真っ赤な血の色の太陽がギザのピラミッドの向こうに沈もうとしている。明日の朝、太陽は新しい世界に昇ると、ヴィセンテはいっている。

　フランシスコは地下迷宮を出てからというもの気持ちの高ぶりが消え、不安感が骨の髄までしみこんできていた。大発見の高揚感はすっかりしぼんでいた。だから〈英知の間〉へもどる気になれず、ホテルにとどまった。だが発掘経験が長いヘルワーン博士の動きは早かった。地上に出ると、当然のように何カ所かに電話を入れた。その夜のうちに作業班が現場に駆けつけ、殺菌剤入りの空気を迷宮に注入し、花崗岩の扉をあける作業にとりかかった。扉があくと、ヴィセンテが最初に中に入ったという。あとでヴィセンテが興奮してフランシスコに話したところによると、〈英知の間〉は予言の書にあった記述と寸分たがわなかった。しかしフランシスコは満足感を得られなかった。

突然、電話が鳴った。ヴィセンテが出かけようと誘ってきたのだと、フランシスコは思った。

ダブルベッドに仰向けになり、天井を見た。しばらくしてだるそうに受話器をとった。

「はい？」

受話器から聞こえてきたのは女の声だった。

「もしもし、フロントの者です。セラフィンさまですか？」

フランシスコはベッドから足を出し、体を起こして答えた。

「はい！　なんですか？」

「たいへん申しわけないことをしてしまいました、セラフィンさま。連絡不行届きで、お渡しすべきものを忘れておりました。なんといっておわびしたらいいか」

「いったいなにを忘れたのですか？」

「お手紙です」

「何日まえに来た手紙ですか？」

「四日まえです」

「なんですって？」

「すぐボーイにとどけさせましょうか？」

「あたりまえでしょう。すぐにもってきてください」

「かしこまりました、セラフィンさま。まことに申しわけありませんでした」

フランシスコはドアのまえでボーイが来るのを待った。ヴィセンテが来るまえに読みたかった。待ちに待ったクララの手紙にちがいない。

エレベーターの止まる音がして、やせたボーイが、じりじりして待っているフランシスコの方へ歩いてきた。フランシスコは銀の盆にのせてあった手紙を奪うようにとった。

「ありがとう」

ボーイは根が生えたようにそこに突っ立っていた。

フランシスコはジーンズのポケットに手を突っこんで小銭をとりだすと盆の上に置き、不満そうなボーイを無視して部屋に入った。

ドアをしめてから、ようやく差出人の名前を見た。C・アルヴァレス・イ・モゲール。

(やった！　クララからだ)

フランシスコは封筒に鼻をつけてにおいをかいだ。紙のにおいしかしなかった。トランクからポケットナイフをとりだすと、封をあけた。ビリッと破くのはとんでもない冒瀆(ぼうとく)のように思えたのだ。封筒からは一枚の便箋(びんせん)と二枚の写真が出てきた。一枚目には五十代はじめくらいのエレガントな女性が写っていた。ほっそりとして、髪は栗色(くりいろ)、目が青く、きれいな人だ。身につけているものは麦わら帽子、クリーム色の夏服、幅広の赤いエナメルベルト、そしておなじ色の手袋とサンダル。その人は頭上の大きな時計の文字盤を指さしている。それで写っている場所がセヴィーリャで、何時に撮ったのかわかった。よく見るとほかにも小さな時計がいくつも写っている。そこは、フランシスコも以前からのぞくのが好きだった時計屋のショーウィンドーのまえだった。フランシスコは写真を裏返した。女の筆跡でメモが書いてある。

エステファニア・モラレス　一九七五年九月十四日

フランシスコの手がふるえた。

「母さん?」フランシスコはつぶやいた。母の写真を見るのははじめてだ。だが……そんなはずはない。フランシスコが生まれたのは一九七五年十一月二十日だ。九月半ばなら、妊娠七カ月のはずだ。ところが写真のエステファニア・モラレスはすらっとしている。それにもう子どもの産める年齢ではない。

フランシスコはもう一枚の写真を見て背筋が凍った。祭服を着た高位聖職者のポートレートだ。すでに六十歳近い。年齢を無視すればばヴィセンテにそっくりだ。

フランシスコの手がさらにふるえた。すでに予感していたが、それでも写真を裏返した。

ペドロ・アルヴァレス　一九七四年十二月二十四日

「おなじ筆跡だ」フランシスコはつぶやいた。

ヴィセンテは暗殺されたというフランシスコ会管区長と顔がうりふたつだった。父親にまちがいない。だがフランシスコにはどこも似たところがなかった。エステファニア・モラレスとも似ていない。

「なんでうそをついたんだ?」ヴィセンテが目のまえにいるかのようにつぶやいた。

ラ・ラビーダ修道院ではじめて会ったとき、ヴィセンテはなんていった?「ほら、おまえにこの銀貨をやるよ。人は勘ちがいをするということを肝に銘じるために、これをもっていたまえ」なんという言いぐさだ。フランシスコはあきれて首をふった。

「勘ちがいって、あんたが兄でないということだったんだな」

急いでクララの手紙をひらいて読みはじめた。

フランシスコへ

あなたの最後の手紙を読んで、わたしはとても心配しています。もう何通も返事を出しているのに、あなたにとどいていないようだからです。あなたが「大切な兄」と呼んでいるヴィセンテがわたしの手紙を横どりしているのではないかしら。わたしの父親であるあの男は、思った以上の悪党です。でも、あの男のことでわかったことを伝えるまえに、兄弟ペドロのことを知らせます。

兄弟ペドロはふたたび職に復帰しています。疑いが晴れたのです。わたしはペドロを訪ねて、あなたのことを話しました。あなたの気持ちをわかってくれました。怒っていないそうです。あなたが望むなら、修道院にもどってきてもいいといっています。それから他人には話さない約束で、どうして疑いが晴れたか教えてくれました。ペドロは、わたしの祖母であって、あなたの母ではないエステファニア・モラレスの生涯について知っていることを、包み隠さず打ち明けたのです。

そしてここからがあなたにとっては恐ろしくもあり、喜びでもある知らせです。ヴィセンテは……


ドアを激しくノックする音で、フランシスコはギョッとした。

「はい？」

「ヴィセンテだ」偽の兄のくぐもった声がした。

「くそっ！」フランシスコは舌打ちをした。さっと立ちあがったが、凍りついたみたいに体が動かない。クララは今でもぼくを好いてくれている。まちがいない。さもなかったら、何通も手紙を出すはずがない。そう思うだけで天にも昇る心地だ。

「フランシスコ？　どうした？」ドアの向こうでまた声がした。

フランシスコはしぶしぶ手紙から目を離した。急いで便箋をたたみ、写真といっしょに封筒にもどすと、Tシャツの中に突っこんだ。それからドアをあけた。

「だいじょうぶか？」ヴィセンテはそういったが、返事を期待しているわけではなかった。黒い布のバッグのひもを肩にかけなおすと、エレベーターに向かおうとした。

フランシスコはどうしようかちゅうちょした。このペテン師にぐずぐずするなと文句をいわれたくなかったが、かといってヴィセンテのやったことを許すこともできなかった。

「どうした？」エレベーターに向かいかけたヴィセンテがふりむいた。

「行かない！」フランシスコはきっぱりいった。

「いったいどうしたんだ？」

ヴィセンテはゆっくりもどってきた。

「もしかしたら、あんたは兄じゃないんじゃないの？」

ヴィセンテの顔から血の気が引いた。

「だれにいわれた？」

「あんたの娘だよ」

「クララ？」

ヴィセンテはフランシスコのわきをすりぬけて、部屋に入ってきた。

「また手紙を書いてよこしたのか？」

「やっぱりあの手紙の束はぼく宛だったんだな」

「えっ？」

「クララは何通も手紙を送ってたんだ。それをあんたが奪いとって、あんたの大事な宝箱に隠したんだろう」

「どこにだって？」

「だから、アルミのアタッシュケースだよ」

「そんなにどならなくても聞こえるよ。ウェルバにもどってクララに再会するまで、こっちの仕事に集中してほしかったんだ」

　フランシスコはあきれて首をふった。

「信じられない。ずっとぼくをだましていたんだな。あんたは兄でもなんでもない。ペドロ・アルヴァレスとエステファニア・モラレスの息子はあんただったんだ」

　ヴィセンテはがくぜんとしてフランシスコを見つめた。この期に及んでこんな事態になるとは思っていなかったのだ。ヴィセンテは首をふりながらいった。

「それでも、おまえは弟さ」

「エステファニアが一九七五年九月に妊娠していなかったことはわかっているんだ。そもそも妊娠なんてできなかった。もう五十歳にはなっていたんだからね」

「五十二歳だよ」

「ほら、やっぱり！」

「お袋はおまえを養子にしたんだ」

「えっ？」

「おまえの本当の母親は死んでしまったのさ。おまえの親父ペドロ・アルヴァレスが、生まれたばかりのおまえをおれのお袋のエステファニアにこっそりあずけたのさ」

「管区長がぼくを……こっそりあずけた？」

「言い方がよくなかったかな。おれのお袋は、もうひとり子どもが欲しかったんだ。養子縁組の経験はまえにもあったしな」

「それ、どういうこと？」フランシスコは頭がくらくらした。口から出まかせの作り話だろうか。

「つまりだな、おれもお袋の養子ってことさ」

「なに、それ。墓穴を掘ったな。今エステファニアは母親だっていったばかりじゃないか」

「お袋さ。ちょっと話がややこしいんだけど、お袋も〈見えざるピラミッド〉に関係があるってことさ」

「うそをいうな！」

「本当だよ。お袋は経済的に破綻(はたん)し、親父は子どもが欲しかった。理由は〈見えざるピラミッド〉の言い伝えに関係しているんだ。親父は自分が〈均衡の守り手〉だと思いこんで、多重宇宙の三つの世界をひとつにすることにとりつかれていた。それを達成するには、しかるべき時にしかるべき場所で生まれた子どもが必要だった。お袋は親父の内縁の妻になって、予定されている大きな波動の八カ月まえ、子を宿したのさ」

「エステファニア・モラレスが！」フランシスコはようやく事情がわかってきた。

ヴィセンテは苦笑いした。

「親父は抜かりなかったから、保険としてさらに十人以上の女たちにおなじことをしたんだ」

「だけどエステファニアは身ごもった」

「そういうことさ。敬虔なるペドロ・アルヴァレスはポルトガルの医者に大金をつかませて、しかるべき時に赤ん坊が生まれるようにしたんだ」

「しかるべき時にしかるべき場所で」

「少なくとも、親父はそう思っていた。そしてポルトガルのトマールにお袋を連れていったんだ。そこの城塞修道院には聖堂騎士団の円形礼拝堂がある。聖堂騎士団はそこでバフォメットをあがめていた。三つの顔をもつ邪神さ」

「うそだ！」

「うそだと思うなら調べてみればいい。聖堂騎士団の円形礼拝堂の要石には、三つの顔をもつバフォメットが彫られている。その石をはずせば、円形礼拝堂はくずれ去る」

「ぞっとする。とても聞いていられないよ。あんたの神秘主義熱は病的だ。ぼくだったら、人には話さないね」

「話すのはおまえがはじめてさ」

「じゃあ、なんで話したんだ？　あんたのいかれた人生に、ぼくはどうかかわっているってい
うんだ」

「おれの弟だってことさ」

「笑わせるな！」

「親父はお袋の名誉よりも自分の名声を大事にしたんだ。そして教会の力を使って、おれを孤児ということにしてお袋にあずけたのさ。ふたりが残した手紙によると、役所も積極的にかかわっていたみたいだ。相手が教会の大物っていうだけじゃなく、お袋自身、貴族だったわけだからね。いたるところに人脈があったのさ。そうしておれを養子にとって、それからまたもうひとり子どもを養子にしたんだ。それがおまえさ。だから法の前では正当な兄弟なのさ。親父たちは養子縁組を正式に終わらせるまえに暗殺されたけど、そんなことはおれにとっちゃどうでもいいことだ」

「あんたにとっては、今晩計画している儀式の方が大事なんだろう。あんた自身がぼくみたいに波動の〈波乗り〉ができるなら、なんでぼくが必要なんだ？」

「さっきいっただろう。親父は、用意周到に準備した息子が多重宇宙の力を操れると思いこんでいたんだ。だけど、時間の計算をまちがえていたのさ。〈見えざるピラミッド〉の言い伝え

はところどころあいまいだからな。まちがいに気づいたとき、期待の奇跡の子であるおれは、親父にとってただの人間のクズになったんだ」

「人間のクズ」という言葉を聞いて、フランシスコはドキッとした。ヴィセンテがその言葉でどんなに傷ついているか、その口調からよくわかった。親から人間のクズといわれたらたまらない。急にヴィセンテがあわれになった。フランシスコは声をやわらげてたずねた。

「父親が死んで悲しい?」

ヴィセンテは目をそむけた。

「親父たちにとって、おれは目的を果たすための道具でしかなかったんだ。お袋は金。親父は奇跡の子。だけどおまえの助けがあれば、おれはライフワークをやりとげられるんだ!」

ヴィセンテのとりつかれたような顔とらんらんと光る目を見て、フランシスコは背筋が寒くなった。だが、傷つけられた自信をとりもどそうと必死なヴィセンテをあわれにも思った。明日の朝別れるにせよ、今晩くらいは協力してやってもいいような気になった。そのとき、パリで出会ったデービッド・プラットの言葉が脳裏をかすめた。「とにかくカイロには行きなさい。心の底では行きたいと望んでいるのですから。そこで答えが見つかると期待しているのでしょう。それが問えるのはあなただけです」不思議なことだが、デービッドはフランシスコの魂の底にまどろむ、本人も気づいていない真実を見いだしたのだ。それはこれまでフランシスコを駆りたててきた冒険心やアマチュアエジプト学者としての発見者魂ではない。自分はだれなのか、いったいなんのためにここにいるのか、そして自分の道はどこへつづいているのか、そういう、だれもがいつか自分に問いかけたくなる人生の疑問だ。それはフランシスコの場合、こうも問えるだろう。どうして自分にはこんな不思議な力がそなわっているんだろう。なにかわけがあるにちがいない。第六の波動が来たときなにもせずに傍観していては、そのわけを突きとめることはできないだろう。フランシスコの心は決まった。ヴィセンテの言い逃れに、しばらく目をつぶることにしたのだ。だがひとこと釘（くぎ）を刺した。

「ここの用事がすんだら、ぼくはすぐスペインに帰るからね」

「いいとも」ヴィセンテはようやくニヤッと笑った。「もうじきおれの義理の息子になるかもしれないな。祝福するよ」

「クララがあんたの祝福を喜ぶとは思えないね。それよりこれからは、別々に生きよう。いいなりになるのはもううんざりなんだ」

ヴィセンテの表情ががらっと変わった。仮面をかぶったかのようだ。

「まさか〈英知の間〉に来ない気か？」

「いや、いっしょに行くよ」

ヴィセンテはほっと息をもらした。

「よかった」

「だけどそれでお別れにする。本気だよ。これが最後だ！」

ヴィセンテは唇にうっすらと笑みを浮かべ、何度もうなずいた。

「わかったよ」

日の光はすぐに消えた。文化省の許可証があったので、フランシスコとヴィセンテはどの検問もなんなく通ることができた。スフィンクスでの最新の発掘調査は〈死者の町(ネクロポリス)〉でちょっとした騒ぎになっていた。しかもヴィセンテが形相を変えてどうしてもすぐに〈英知の間〉への扉をあけろといいはったので、数時間まえからふたたび急ピッチで作業が進められていた。

スフィンクスの尻尾(しっぽ)の付け根にできた入口に、ヘルワーン博士は木の扉をつけさせていた。その扉の鍵(かぎ)を袋に入れたはずだといって、ヴィセンテは黒い布の袋の中をかきまわした。懐中電灯のほかに世界を合体させる儀式に使う道具がいくつか入れてあるという。鍵を探しているヴィセンテを見ながら、フランシスコは、どういう儀式をするつもりなんだろうと疑問に思った。フランシスコはキリスト教の修道院育ちだ。古代エジプトの儀式など考えただけでぞっとする。そんなもので、ばらばらになった人類をふたたびまとめることなんてできるのだろうか。フランシスコにしても、理解を超えた力があるのだから、今晩、その力によって想像を絶することが起こってもおかしくない。もしその儀式が怪しげなものなら、その時点でヴィセンテと縁を切っても遅くないだろう。

ヴィセンテはようやく扉をあけた。扉の裏側にヘルメットがいくつもかけてあった。ふたりはそれをかぶると、懐中電灯のスイッチを入れて、階段をおりた。トンネル内は換気と殺菌処理がすんでいるので、もうガスマスクは不要だった。通路にはナイロンのロープが二本張ってあった。はじめてトンネルに入ったとき、道順がわかるようにヘルワーン博士がつけたものだ。古いロープは往路用、新しいロープは帰路用だ。ヴィセンテはときどき後ろからついてくるフランシスコの方をふり返った。フランシスコは攪拌器で心をかきまわされたみたいに気持ちが落ち着かなかった。〈英知の間〉へ期待をふくらますことでなんとか気をまぎらわしているような状態だった。その日の午後、花崗岩の扉をあけたとき、フランシスコは立ちあわなかったから、〈英知の間〉に入るのは今回がはじめてだ。

まもなくふたりは落盤のあったところに着いた。瓦礫はわきに寄せてあったが、それ以上の整備をする時間はなかったらしい。瓦礫の山を這いあがる必要はなくなったが、それでも足もとには気をつけなくてはならない。

「壊れかけた花崗岩の化粧壁があちこち突きでている。ズボンを破かないように気をつけろよ」ヴィセンテは冗談を飛ばしながら、せまい場所をさっと通りぬけようとした。そのときフランシスコをチラッと見て、ヴィセンテは凍りついた。

「おい、もう光りだしているぞ。痛っ！」

ビリッとなにかが破れる音がして、ヴィセンテがつまずいた。バランスをとろうとして手をふりまわしたが、今度は布袋が瓦礫の突起に引っかかってビリッと破け、体ごと壁にぶつかった。袋の中身が床にばらまかれ、ヴィセンテが悪態をついた。

「だいじょうぶ？」そういって、フランシスコは顔のまえに手をもっていった。ヴィセンテがバランスをくずした原因でもあるオーラが、かすかだがたしかに出ていた。

「ああ、なんとかな。それより急ごう」ヴィセンテはため息をつきながら散らばったものを拾いあつめ、破けた袋につめた。懐中電灯の光の中に、黒くて薄い革装の本と小さな木の箱と金属のような音がするメッキ製のなにかが浮かんだ。そしてヴィセンテの肩。

「けがしたの？」フランシスコは、血の跡のように見えた傷を確かめようと手をのばした。そしてはっとした。

ヴィセンテはフランシスコの手を払い、袋を腕にかかえてトンネルを駆けだした。そしてふり返りもせずに叫んだ。

「あとで見るからいい」

フランシスコも急いであとを追った。走るうちに、見たものがなにかしだいにわかってきた。血のにじんだ傷とは別に、もう少し大きな赤いあざがあった。フランシスコはヴィセンテを止めようと手をあげていった。

「肩に母斑（ぼはん）があるの？」

「それがどうした？」

「大きな母斑だった」

ヴィセンテはロープをたどりながら走りつづけた。

「おまえの背中にだってあるじゃないか」

フランシスコが立ちどまって、ヴィセンテを見つめたが、また走りだした。

「どうして知ってるんだ？」

「沖縄でおぼれかけただろう。おまえがむせていたとき、荒竹とおれで浮力調整用のベストを脱がしたんだ。下に着ていたTシャツが透(す)けて見えたのさ」

フランシスコはつまずきながらヴィセンテを追った。

「だけど、形がちょっとちがうみたいだ」

「あたりまえだろう。おれは本当の守り手じゃない。おまえがいうところの〈波乗り〉はできないってことさ。おまえのはメビウスの帯の中心に正三角形ができている。完璧(かんぺき)に調和している。しかるべき時にしかるべき場所で生まれたのはおまえで、おれじゃないってことさ。おれはただの人間のクズだ。だからおれのピラミッドは古い小屋みたいにひしゃげていて、メビウスの帯もぼやけているのさ」

「気にしすぎじゃないの、ヴィセンテ？」

「かってにいっていろ！　おまえには、父親じゃないけど愛してくれる人がいた。だがおれの親父はおれを利用しようとしただけなんだ。ふざけんなっていうんだ」

「どういうこと？」

「とにかく〈英知の間〉に行くぞ。そこで教えてやるよ」

「今ここで教えてくれ」

「青いオーラが強くなっている。くだらないおしゃべりで感傷に浸っているひまはない」ヴィセンテはそのまま歩きつづけた。

やがて〈英知の間〉にまっすぐ通じる長いトンネルに着いた。懐中電灯の光の輪の先に真四角の黒い穴が見えた。〈英知の間〉にあけた穴だ。それを遠くから見たとき、フランシスコの心臓がドクンと強く打った。アイルランドでケリー周遊路をドライブした日のことが脳裏によみがえった。スケリグ島を見たときも、おなじような感覚を覚えたが、これほど強い衝撃ではなかった。

一歩近づくごとにその感覚が強まった。アイルランドでも経験したことだが、既視感をいかがわしいと思う気持ちは今も変わらない。訪れたことのない場所の記憶があるなんて……。説明がつくとしたら、それは、グラストンベリーの血の泉でかいま見た、分身トプラが〈英知の間〉を見たからにちがいない。それとも、そのとき自分もその場にいたとか……。

「ほら、ここ」ヴィセンテは数千年まえの墓所を公衆便所を教えるような感じでいった。

フランシスコは入口で立ちどまった。ヘルメットをとり、腕で額の汗とほこりをぬぐった。ヴィセンテが四角い広間の隅に懐中電灯を置いたので、広間の中がすこし見えた。照明を順につけていくと、自分の透視の力でうっすら見えていたものがくっきりと姿をあらわした。四方の壁にびっしり描かれた神聖文字(ヒエログリフ)、壁まわりにつけられた回廊、池と玄武岩の黒い棺(ひつぎ)の置かれた中島。棺のふたに鉄輪がついている。それを見て、フランシスコはなにかいやな気分がした。

「棺のふたをあけたの？」フランシスコがたずねた。

「ちょっとのぞいただけさ」そういいながら、ヴィセンテは袋を抱きかかえて、中島に渡った。

「それで？」

ヴィセンテは四角い中島にあがると、ヘルメットと袋を棺の上に置き、さらに手ものせた。

「イムホテプは向こうの世界を旅行中のようだ」

「クフ王の場合とおなじか。棺は空。ミイラはない」

「ファラオの玄室では棺のふたがあいていた。だがここは閉じていた」

「形だけの棺かもしれない」

「あるいは復活して、棺を出てからしめたのかもしれない」

「やめてくれ！」

「どうやらここのことを知っているようだな」

「どういう意味？」

「おまえがイムホテプの生まれ変わりかもしれないってことさ」

フランシスコは池の縁に立ち、ヴィセンテを人差し指でさした。

「もう一度いってみろ。儀式はひとりでやることになるからな」

ヴィセンテが薄ら笑いをした。

「いうくらいいいじゃないか」

フランシスコが冷たい眼差しを向けたので、ヴィセンテは腕をひろげていいたした。

「とにかくここが伝説の〈英知の間〉だ。準備にすこし時間がかかるから、そのへんを見学してるといい」

ヴィセンテは背を向けて、袋からさっきの革装の本や木の箱などを出しはじめた。

フランシスコは緊張を解いて、壁に目を向けた。すばらしいのひとことにつきる。感動しながら回廊を歩いた。フランシスコをうっとりさせたのはなんといっても壁面の神聖文字だ。ビュッフェでいろいろな料理をつまみぐいするように、呪文や頭蓋骨の穴のあけ方などが書かれた神聖文字を拾い読みしていった。後ろで準備をしているヴィセンテのことなどすっかり忘れてしまった。しばらくしてヴィセンテに声をかけられ、フランシスコはようやく太古の知の宝庫から目を離した。

「約束したとおりだろう?」

「なにが?」フランシスコは中島に顔を向けた。ヴィセンテはあいかわらず背中を向けて、棺にかがみこみ、袋の中をかきまわしている。

「『おれについてくるんだ。おまえは目を見ひらくことになるだろう』っていっただろう。そのとおりになったじゃないか」

フランシスコは首をふりながらいった。

「たしかに……おどろきだよ」

「だがもっとおどろくことがあるんだな。こっちを見てみな！」そういうと、ヴィセンテがふり向いた。祈るように胸もとで手を重ねている。

そして、ヴィセンテはガスマスクをかぶっていた。

フランシスコがおどろくのは計算ずみだというように、ヴィセンテはゆっくりと胸もとに重ねた手をひろげ、フランシスコの方にさしだした。手には小さなガラス玉がのっていた。透明な液体が入ったガラス玉だ。ヴィセンテが投げキスをするようなしぐさをしたかと思うと、ガラス玉が宙に浮いた。フランシスコは、目の錯覚かと思った。ガラス玉は、はじめはゆっくりと、だがみるみる速度をあげ、フランシスコめがけて飛んだ。フランシスコはおどろきのあまり、ぼうぜんと見ていることしかできなかった。ガラス玉はフランシスコの頭をかすめ、壁に当たってガシャンと割れた。フランシスコはパニックにおちいった。

（どういうことだ？　ガラス玉が宙に浮いた。それにガスマスク……）

マスクの奥からあざ笑う声が聞こえた。

「おれは、おまえのようにちゃんとした〈波乗り〉はできないが、ちょっとは力が使えるのさ」

突然、アンモニアのような鼻につんとくるにおいがして、目まいがした。壁の方によろめき、つかまれるところを探して腕をあげた。ところがひざに力が入らない。体重をささえられずによろよろとしゃがみこんだ。そして目のまえが真っ暗になり、意識を失った。

フランシスコの意識が徐々にもどってきた。頭のまわりに心地よい温もりを感じる。それから金属のこすれる音。だれかに腕と足首を引っぱられているような感じもする。

「よし、これでだいじょうぶだ」もうろうとした意識の中で人の声が聞こえた。

(ヴィセンテ?)

だれかがフランシスコの顔を引っぱたいた。

「ほら、起きろ、兄弟。おまえの偉大な時間が来るっていうのに、寝過ごしたらもったいないぞ」

フランシスコは頭がくらくらして吐き気がした。舌が思うように動かず、呂律がまわらなかった。

「な、な、なにを……し、し、してるんだ?」

「ちょっと眠ってもらったのさ。おまえが相手じゃ、勝てないと思ったんでな。催眠ガスには都合のいい副作用があってね、精神集中ができなくなるんだ。おれがガラス玉で見せたような芸当は、今のおまえにはできないってわけさ」

ようやくフランシスコは目をあけた。うっすらとロウソクの灯が見えた。頭の両側に一本ずつ立っている。それで温もりを感じたのだ。こんなに不安なのに、いや、そのせいですっかり気が動転してしまい、多重宇宙の力がまるで使えなかった。

「ど、ど、どういうこと……？」

「まあまあ、落ち着くんだ、兄弟」ヴィセンテの顔がおおいかぶさってきた。青いオーラを浴びて、その顔は冷たく青白く見えた。狂気に走ったように目がらんらんとしている。ガスマスクははずしていた。代わりに古代エジプトの神官がかぶっていたような頭巾(ずきん)をつけ、ニヤニヤしている。

「なんで手錠をはめられて鎖につながれているのか不思議だろう。答えは簡単。おまえが異教の儀式を毛嫌いしているからさ。おまえに逃げられたくないんでね」

ミイラのしあがり具合を確かめているミイラ作りみたいに、ヴィセンテは、鎖につながれたフランシスコの体をなでた。額から口、胸……。

「おっ？　これはなんだ？」ヴィセンテは、フランシスコがTシャツの下に隠していた手紙に気づいた。Tシャツのすそをたくしあげ、封筒をとると、便箋(びんせん)を抜いてざっと目を通した。

「『フランシスコへ……わたしはとても心配しています……わたしの父親であるあの男は、思った以上の悪党です』か。おまえのことを心底心配しているようだな。なんとまあ、けなげなことだ。それにしても、おれのことをここまでひどく書くかね。今までこんなにひどくは書かなかったのに。これで、さっきおまえが変なことをいいだしたのもうなずける。おれの娘だというのに困ったものだ。だが、まあいいか」ヴィセンテは封筒と便箋(びんせん)を床に投げすてた。「もはやどうでもいいことだからな。さあ、はじめようか」

フランシスコは目をむいて儀式のはじまりを見つめた。ヴィセンテは黒い小さな革装の本を手にして、なにやら読みあげた。

最初のふたこと三ことで、フランシスコはそれがなにかわかった。『死者の書』だ。死者があの世で生きつづけることを祈る呪文(じゅもん)や図像を集めたものだ。だが『死者の書』は死んだ者といっしょに棺(ひつぎ)に入れるものだ。どうして今、読みあげているんだろう。

……おお、汝(なんじ)を崇(あが)めん。オシリスよ、アメンテトの雄牛よ！
汝の口もて
とこしえの王、偉大なるトトが語る！
われは天空をわたる太陽の船を導く神なり。
われこそは太古の大いなる神のひとり。
思考と言葉がこの世を生みし日に、
神々はオシリスに手を貸し、敵を打ちはらいぬ。
かくてオシリスの姿にてわれは生きる。

フランシスコはパニックにおちいった。『死者の書』の言葉が不安を駆りたてる。この恐ろしい儀式がどういう結末にいたるかおぼろげにわかったのだ。イギリスでアヴァロンの名で知られる「ガラスの島(イニス・ウィトリン)」が話題になったとき、ヴィセンテはそこが異界に通じる場所だといっていた。フランシスコはそのとき、死者の世界を連想したじゃないか。そういえば、ヴィセンテがいっていた。「おまえにこの銀貨をやるよ。人は勘ちがいをするということを肝に銘じるためにもっていたまえ」と。あるいは「しっかり聞くんだ。さもないと真実を知ることはできないぞ」とも。ひどい皮肉だ。内なる声を沈黙させ、見せかけの現実の裏に隠された真実に目をつむる人を見て、フランシスコはこれまで何度腹を立てたか。それなのに、自分自身がそういう無知な人間になっていたとは。いや、だがまだ遅くないかもしれない。恍惚(こうこつ)として『死者の書』を読みあげるヴィセンテを、なんとかして止めなければ。偽神官の朗唱は最高潮に達していた。

「かの者は神のごとく生きながらえる……」

「ヴィセンテ!」フランシスコは叫ぶと、痛さに耐えられなくなるまで鎖を引っぱった。「ヴィセンテ、目を覚ませ!」

ヴィセンテが朗唱するのをやめて、うつろな目で生贄(いけにえ)を見下ろした。

フランシスコに新たな希望がわいた。

「なにをしているかわかっているのか? それはヘビになってエバをだました悪魔の言葉とお

なじだ。『あなたたちは死ぬことはないでしょう……神のようになるでしょう』」フランシスコは、ヴィセンテに言葉がとどいたか確かめるため、言葉をとぎらせた。ヴィセンテがじっとフランシスコを見つめたままだったので、さらに声をかけた。「サタンは偽りの父だと、キリストはいわれた。考えろ！『死者の書』は偽りの誘惑をくり返しているじゃないか。だとすれば、それは偽りの書だ。こんな儀式をしてどうなるっていうんだ。とんでもない過ちだぞ。手錠をはずしてくれ、ヴィセンテ。頼むよ！」

この何カ月間か兄と思いこんでいた男が正気にもどるのではないかと、一瞬思った。ヴィセンテが悲しげな顔をした。

「おまえのいうとおりだ、フランシスコ。おれは学者だ。こんな呪文はただのお飾りにすぎない」

「わかってくれたんなら、手錠をはずしてくれ」

ヴィセンテがニタリと醜く笑った。

「悪いが、希望はかなえてやれない。さあ、ではいよいよだ」

ヴィセンテの笑い声に、フランシスコは背筋が凍った。ヴィセンテはかがんで、棺のわきの床に置いた袋をかきまわしはじめた。

（サファイアの短剣だ！）フランシスコはそのことに気づいてギョッとした。（ぼくを子羊みたいにここで生贄にする気だ）フランシスコは鉄輪につないだ三本の鎖を揺すった。手は左右に引っぱられ、両足はまとめてつながれている。鎖はびくともしなかった。

　そのときヴィセンテは、理性の最後のかけらまで失ったみたいに叫びはじめた。頭が棺の向こうでさかんに動いている。

「どこだ？」

「なにが？」フランシスコは、ヴィセンテがなにを探しているかわかった。だが、まだほっとするわけにはいかない。

（オーラが消えるまで時間を稼がなくちゃ！）まだオーラの頂点に達していない。頂点に達したら、まぶしくて目をあけていられないだろう。

「ペーパーナイフだよ！」ヴィセンテがどなった。

「親父さんの遺産？」

「遺産だって？」ヴィセンテがゲラゲラ笑った。「あの老獪(ろうかい)なペドロ・アルヴァレスが進んでおれにあの短剣を遺(のこ)すわけがないだろう。盗んだんだよ！　あいつは自分が完全無欠な〈均衡の守り手〉で、三つの世界をひとつにできると思いこんでいやがった。その夢をおれがかなえると思って、〈見えざるピラミッド〉の知識を伝授したのさ。だけど、おまえが完璧(かんぺき)な母斑(ぼはん)をつけて生まれたので、親父はおれが期待どおりの役をこなせないって気づいたんだ。あいつはおれをひどく傷つけることばかり口走りやがった」

　ぞっとする考えがフランシスコの脳裏をかすめたが、今はそのことを確かめている場合じゃない。フランシスコはヴィセンテの気持ちを落ち着かせようとした。

「ぼくらを傷つける言葉はたいていがうそっぱちだよ。ヴィセンテ、あんたは人間のクズじゃない。あんたは……」そのとき〈英知の間〉がぐらぐらっと揺れ、フランシスコはその先がいえなかった。

「くそっ！　はじまりやがった」ヴィセンテが吐きすてるようにいった。

「地震なの？」

「地震だって？　おまえも、親父とおなじまぬけだよ。だれかが、多重宇宙のネジをいじっているんだ。この世界をおれから盗む気だ。そうはさせないぞ」ヴィセンテはさらにぶつぶついいながら池に飛びこんだ。「くそっ、くだらないおしゃべりで時間をつぶしちまった。さっき袋が破けたときに落としたんだな。見つけてこなくちゃ……早く見つけないと……」そうつぶやきながら池を渡り、ヴィセンテは迷宮につながる黒い穴の中に姿を消した。

　フランシスコは声をあげて、鎖を引っぱった。手首も足首もすでにはれあがっていたが、鎖も鉄輪もはずれなかった。フランシスコにそなわった力も思うように操れなかった。だが力が使えてもどうにもならないと、フランシスコは思った。もののバランスを変えて動かすのがせいぜいだ。手錠をはずせるわけがない。

　疲れきったフランシスコは、棺（ひつぎ）のふたに頭をもどし、すこし気持ちを落ち着けることにした。頭がもうろうとして考えがまとまらない。

（集中しなければ！　催眠ガスのせいで、当分均衡の力は使えそうにない。ヴィセンテを思いなおさせるしかない。そうだ、手紙！）クララの美しい手書きの字がもうろうとした頭に浮かんだ。（クララは「恐ろしくもあり、喜びでもある知らせ」と書いていたじゃないか。ヴィセンテにかかわることにちがいない。だけどヴィセンテにじゃまされて最後まで読んでいなかった。手紙はどこだ。ヴィセンテは床に投げすてたはずだ）フランシスコは棺の縁から床をのぞこうとしたが、鎖のせいでうまくいかない。（もしかしたら均衡の力で……）

フランシスコは必死で気をためた。便箋なら軽い。中島が上下逆さまになるよう念じた。そして……。

便箋が宙に舞った。だが思いどおりに飛ばない。ふたたび部屋が激しく揺さぶられた。天井の塗り壁がはがれたのか、池になにかがバシャバシャ落ちてきた。フランシスコの額に玉の汗が浮かんだ。羽のように軽い便箋を操るだけで精いっぱいだった。やっとのことで多重宇宙の力を動かせた。自分の方に舞いおりてくる便箋を頭上で止めた。そして、やっとの思いで、文面がロウソクの火で見えるように便箋を傾けた。どのあたりまで読んだんだっけ？

……そしてここからがあなたにとっては恐ろしくもあり、喜びでもある知らせです。ヴィセンテは自分でいっているような人間ではありません。とにかくあなたの兄ではないのです。ラ・ラビーダ修道院の番人ペドロは、ヴィセンテを子どものころから知っていて、ペドロ・アルヴァレスの息子だということもわかっていたそうです。けれどもエステファニアは、若いころの恋人で、あなたの友であり養育者であるペドロにそのことを他言しないように頼んだのです。ペドロはエステファニアが死んだあとも、約束を守りとおしました。でも、あなたがラ・ラビーダ修道院を出奔したあと、ヴィセンテが両親を殺害したかもしれないという疑いが浮上してから、あなたのことが心配でヴィセンテ・モラレスの秘密を打ち明けたのです。ペドロは殺人事件があった夜、エステファニアの屋敷を訪ね、彼女とヴィセンテの父親が死んでいるところを発見しました。そのとき暗がりで人影を見たそうです。人影はたったひとつで、しかもヴィセンテのようだったといっています。でもペドロはそれ以上の推察をやめ、殺人事件があったことを匿名で警察に通報し、ラ・ラビーダ修道院にもどったのです。雪の中であなたを見つけたのはそのあとです。その後ヴィセンテは、父親の遺産を受け継ぎ、アルヴァレスを名のって、父親が残した書類をよこせとフランシスコ会を脅迫したのです。教会はペドロ・アルヴァレス管区長の名をけがしたくないばかりに、ヴィセンテの要求を受け入れました。あなたのおじいさんが遺したものは修道会や教会にとって百害あって一利なしという代物だったらしくて、ペドロ・アルヴァレスのありがたくない遺児にいかがわしい書類とともに引きわたしたというのが真相のようです。

修道院の番人ペドロが証言したので、両親殺しの容疑が固まって、ヴィセンテは国際指名手配されたそうです。だから血のつながりということでは、わたしたちはなにも心配いらないのです。でも、フランシスコ、あなたのことが心配なので、母に頼んで、貯金をおろしてエジプト行きの航空チケットを買ってもらいました。七月十六日土曜日の朝、カイロに着きます。ホテル・ル・メリディアン・ピラミッズであなたと会えることを願っています。話したいことがいっぱいあります。そしてあなたといっしょにこれからを生きていきたいと思っています。

愛しています。
クララより

便箋(びんせん)がゆっくり床に落ちていった。均衡の力が限界に達したのだ。がっくり頭をたれ、目を閉じた。

フランシスコの全身から、力が抜けていった。ヴィセンテの殺人事件を知ったからではない。そのことはすでに予感していた。なによりフランシスコの心を苦しめたのは最後の言葉だ。クララはフランシスコを許してくれたのだ。手紙の後半を読めば、ホテルで期待したことが思いちがいでないことは明らかだ。それなのに……。

〈クララはぼくを好いてくれている。話したいことがいっぱいあって、いっしょに生きていきたい。だけど明日じゃ遅すぎるんだ……)

棺(ひつぎ)がぐらぐら揺れた。またもや瓦礫(がれき)が池に落ちた。サファイヤの短剣でヴィセンテに刺しころされるくらいなら、天井に押しつぶされた方がましだ。もはや死を免れる術(すべ)はなさそうだ。だが狂気に駆られたヴィセンテが古代の儀式を執(と)りおこなったら、なにが起こるのだろう。

そのとき〈血の泉〉で見た分身の言葉が脳裏によみがえった。「均衡を破ろうとする敵に気をつけろ」

(トレヴィルと名のったあの分身は「次の波動までがんばれ!」ともいっていた。第五の波動は、中国でヴィセンテと石経板探しをしたときに起こった。しかし今は……)

「フランシスコ!」

その声ははるかかなたから聞こえてきた。ずしんと揺れる震動音と瓦礫が落ちてくる音にかき消されそうだが、なんとか聞き分けられた。

「フランシスコ!」

フランシスコは目をあけた。

「だれ?」

「ぼくだ、トレヴィルだ。トリムンドスにいるきみの兄弟だよ」ちょっと奇妙になまった英語だった。その声がつづけていった。「それにトプラもいる。えーと、彼の世界がなんていう名前か知らないけど。死んでしまったかと思ったぞ」

声は左からした。フランシスコがそっちに顔を向けると、自分のオーラとおなじような光と薄い霧がちょうど映画のスクリーンみたいに池の上に浮いているのが見えた。しかもそのスクリーンは二重写しになっている。映像には立体感があるが、全体に青味がかっていた。スクリーンのひとつは戦争映画でも映しているようだ。トレヴィルの背後には、セント・ポール大聖堂のドームを思わせる大広間がうっすらと見える。まるで集中砲火でも浴びているみたいにガラガラと天井の破片が降っている。よく見ると、トレヴィルのそばに若い娘がひとりいて、棺を置く台にのせられた死者を悼(いた)んでいるようだ。もうひとつのスクリーンは一見、鏡のようだった。映っているのは〈英知の間〉だ。両方のスクリーンが交差しているあたりで、フランシスコのふたりの分身が手をにぎっている。ふたりとも奇妙ないでたちだ。トレヴィルは紺色のロンパースみたいな服、トプラはひだのついた純白の腰巻き。

それが妄想でないことにようやく気づくと、フランシスコはいった。

「また感覚がおかしくなったのかと思ったよ。ヴィセンテが、ぼくの心臓に短剣を突きさす気なんだ。だけど、そのまえに天井が落ちてきてつぶされそうだ。なにもかも、ものすごく揺れている」

三人の中でいちばん話したのはトレヴィルだ。フランシスコの置かれた状況をかなり理解しているようだ。そして古代エジプト語をしゃべるトプラに通訳してくれとフランシスコに頼んだ。おかしなことになった。フランシスコは黒い棺の上に縛りつけられ、自分を殺そうとしている者がいつもどってくるかわからない状況で、通訳をしなければならないのだ。だがウルフが殺された件についてのトレヴィルの話から、のっぴきならないことになっているのがわかった。トリムンドスでは、地球でこれから起ころうとしていることがすでに起こってしまったのだ。多重宇宙が破局を迎える寸前で、もう一刻の猶予もならない。だがどうすれば三つの世界の均衡をもとどおりにできるのだろう。だれか答えを知らないか。それがトレヴィルの問いだった。

答えは〈英知の間〉の壁に神聖文字（ヒエログリフ）で書かれている、とトプラがいった。だがトプラにはそれが読めないという。フランシスコにも読めなかった。文字を知らないのではなく、天井から降ってくる瓦礫（がれき）や細かいほこりで、トプラがさした場所の神聖文字が見えないからだ。おまけに頭がくらくらして吐きそうだった。

「それなら起きて、近くに行けばいいだろう！」トレヴィルが容赦なくいった。

フランシスコは笑いたくなった。冗談がきつい。棺（ひつぎ）につながれているのが見えないんだろうか。もちろん見えるはずだ。それとも三重宇宙には、フランシスコの知らない縄抜けの術でもあるというんだろうか。

（鎖を飛ばせだって？　そんなむちゃくちゃな）フランシスコは懸命に念じてみたが、やはりうまくいかなかった。

「むりだよ！」フランシスコは音をあげた。

「待っていろ！」そういうと、トレヴィルは池の方から棺の足もとの方にふわっと飛んできて、信じられないことをした。さっきトプラと手をにぎっていたときのように、トレヴィルはフランシスコにふれようとしたのだ。フランシスコは顔をあげて、トレヴィルの手を目で追った。すぐにトレヴィルの手を包んでいた青味が消えて、自然な色になった。その手が足の鎖にふれた瞬間、鎖は消えた。つづいてふたりの分身を映す明るい霧が棺を包み、手錠も消えた。フランシスコは上半身を起こし、棺のふたの縁からぶらさがっている鉄輪と鎖を見た。手錠はひらいていなかった。

「どうやったんだ？」

「ぼくらにそなわっている力だよ。どうやらそれぞれ使い道はちがうようだけど。さあ、早く、フランシスコ！　碑文のところに行って、読みあげてくれ！」

催眠ガスがまだ効いているのか、手足が思うように動かない。歯をくいしばって、トプラが指さす方に向かって池を渡った。水深はひざまである。壁面や天井に亀裂（きれつ）が走り、花崗岩（かこうがん）の瓦礫がぼろぼろ落ちてくる。突然、〈英知の間〉が激しく揺れて、フランシスコはバランスをくずし、池の中に転んでしまった。びしょぬれになったまま立ちあがると、なんとか池からあがり、這（は）うようにして壁にたどりつくと、体を起こした。問題の神聖文字を急いで探さなければならない。イムホテプの名を示した楕円（カルトゥーシュ）の枠に囲まれた神聖文字と〈見えざるピラミッド〉の紋章が目印だ。

「これだ！」フランシスコはそういって目印をさした。一瞬、トレヴィルが妙な表情をしたかと思うと、天井から落ちてきた頭大の石をよけた。今のはなんだ。トレヴィルはコウモリと話している。トレヴィルがすぐわれに返っていった。

「図像に囲まれている碑文には、なんて書いてあるんだ？」

「待ってくれ！」フランシスコは神聖文字(ヒエログリフ)に目を走らせた。

「時間がないんだ。こっちは……」

フランシスコはすこしだまっているようにいって、人差し指で神聖文字をひとつひとつ解読していった。フランシスコは興奮した。いつのまにか激しくうなずいていた。

（信じられない！　ヴィセンテがなにを計画していたかこれでわかったぞ。だけど、どうやったら破局を阻止できるんだ……）

フランシスコがつぶやいた。

「よし、これだ」

「なんて書いてあるんだ？」トレヴィルがせっついた。

フランシスコが青く光るふたりの分身に体を向けた。そのとき、目の端に人影が見えたかと思うと、後頭部に激しい衝撃を受けた。頭蓋骨(ずがいこつ)が粉々になったかと思った。体の奥底から吐き気がせりあがり、耳が燃えるように熱くなって、そのまま意識を失った。

フランシスコの精神はふたたび暗い闇(やみ)へと落ちていった。

つんとするアンモニアのにおいでフランシスコの意識がもどった。吐き気がして、気つけ薬から顔をそむけた。すぐにすべての記憶がよみがえった。〈英知の間〉の震動、パラパラ落ちてくる天井、自分のオーラで青く染まった室内、手錠、狂気にゆがんだヴィセンテの顔。そのヴィセンテは、サングラスをかけていた。

「時間だ」ヴィセンテの声はかすれていた。額から血を流している。揺れる迷宮で短剣を探すのは大変だったようだ。

フランシスコは、鉄の爪を突きたてて頭を割られるような感覚を覚えた。意識を失っていたのはわずか数分だったようだ。

「うう……」

あまりの苦痛にまた気を失いかけた。ヴィセンテがすかさず気つけ薬をフランシスコの鼻先にもっていった。顔をそむけると、棺（ひつぎ）のすぐそばの池の上をただよう青い霧が目に入った。

ヴィセンテがクスクス笑った。

「あの霧にはちょっと遠慮してもらったよ。手錠もかけなおさなくちゃならなかった」そういって、ヴィセンテは右手をあげた。青く光るものが手の中にある。

（サファイアの短剣だ！）

「待ってくれ！」フランシスコが叫んだ。「その短剣でぼくを殺したら、多重宇宙が破壊される。こんなこと、すぐにやめないと……」

「うるさい！　親父みたいな口をききやがって」ヴィセンテは、ペドロ・アルヴァレスの声色を使っていった。「いいか、わしにはわかったのだよ、あわれなせがれよ。弱者と強者のあいだに均衡などないとな。だから修道会の決まりを破り、三つの世界で生まれる子どもを見いだすことにしたのだ。そうすれば次なる世界の大接近で、わしは三つの世界をひとつにまとめることができるのだ。わしはそなたが選ばれし者だと思っていたのだぞ、ヴィセンテ。しかしそなたはただの人間のクズだった」ヴィセンテは狂ったように高笑いした。「親父はおれのことを人間のクズっていったんだ。おまえにおれの気持ちがわかるか？　お袋はあいつのいいなりになって、うぬぼれの残りかすであるおれを産みおとしたんだ！　だが今、すべてが変わる。人間のクズは浄化しなくちゃな。べつに大した作業じゃない。しかるべき時にしかるべき場所で短剣をひと突きするだけでいいんだ」ヴィセンテは短剣を両手でにぎってふりあげた。

「やめろ！」フランシスコは叫んで鎖を引っぱった。

（トレヴィルとトプラはどこだ）絶望的な気持ちで池の上に浮かんでいる青い霧を見た。ドームともうひとつの〈英知の間〉はぼんやりとしか見えない。だが、分身であるふたりの姿はまだはっきりと見えた。いや、もうひとり、三人目の姿がある。あれは……。

「神なるイムホテプよ、汝(なんじ)の呪(のろ)いを解き、今ここで成就することが祝福されんことを」

恍惚(こうこつ)としたヴィセンテの声を聞いて、フランシスコはまたふり向いた。サファイアの短剣を見てがくぜんとした。フランシスコのオーラを浴びて白く輝いている。フランシスコは覚悟して目をつむった。刺される！

〈英知の間〉に悲鳴がこだました。

だがそれは生贄となるフランシスコの声ではなかった。フランシスコがまぶたをあけてみると、偽神官はまだ短剣をふりあげたまま突っ立っていた。よく見ると、太い腕に羽交いじめされている。ヴィセンテの後ろに立っていたのは、さっきまでトプラのとなりにいた第三の男だ。トプラの赤銅色の腕がその男の腰巻きのひもを巻きつけていた。まるでトプラの腕に導かれて、男はアンクスから地球へとやってきたかのようだ。ひげ面の大男は身長が二メートル二十センチ近くあり、肌が夜のように黒かった。

ヴィセンテの両手がフランシスコの顔のそばの棺にたたきつけられ、サファイアの短剣がチャリンと音をたてた。大男はすぐヴィセンテの腕をつかみあげると、頭から池に投げこんだ。

「放してください、トプラさま！」大男が古代エジプト語で叫んだ。トプラが男の腰巻きのひもを放すと、男は池の中で体を起こしたヴィセンテに飛びかかり、恐ろしい復讐の天使のように半月刀をふりあげた。

「殺さないで！」フランシスコが叫んだ。

興奮のあまり、うっかりスペイン語で叫んでいた。ヴィセンテの首が飛んだと思ったとき、ドスッと鈍い音がした。大男はヴィセンテのこめかみを峰打ちにしたのだ。倒れこむヴィセンテの体が、バシャンと水をはねた。突然降ってわいたようにあらわれた救い主は、池の中で浮き沈みしている敵に半月刀を向けていた。

フランシスコは命拾いをした。だからといって手放しで喜ぶ気にもなれなかった。二年近く兄だと思っていた男がおぼれるのは、見るにしのびなかったのだ。そこで古代エジプト語で大男にいった。

「池からあげてやってください！」

大男はヴィセンテのベルトをつかむと、中島に引っぱりあげ、ぬれたずだ袋みたいに棺の横にドサッと落とした。

「ありがとう」フランシスコはいった。

「動かないでください」救い主はフランシスコの足もとに半月刀をふりおろした。

フランシスコは目をつむった。ガシャッと音がして、足枷がとれ、おなじように手枷もはずれた。このときになってフランシスコは大男の名前をたずねた。

「モロエのホプナイ、バカト王国のファラオのボディーガードです」大男は答えた。

「ファラオの？」

「トプラさまのことです」

「彼は……」

「ホプナイはよく願望と現実を混同してしまうんだ」トプラが話に割って入った。青い霧が棺のそばで揺らめいている。フランシスコは分身の手が霧から出ていることに気づいた。手招きしている。

「さあ、もどってくるんだ、ホプナイ！」

そのとき、一連の救出劇をぼうぜんと見ていたトレヴィルが声をかけてきた。

「こっちはすぐになにもかも崩壊してしまう。フランシスコ、碑文の言葉を教えてくれ」

碑文！　フランシスコはすっかり忘れていた。ホプナイがフランシスコを助けおこした。

「もどるんだ、ホプナイ！」トプラがいった。「いつまで行き来できるかわからないんだ」

「おひとりでだいじょうぶですか？」ホプナイは半月刀を鞘におさめながらフランシスコにたずねた。

「なんとか」フランシスコはうなずくと、足を一歩踏み出した。と、そのとき〈英知の間〉がふたたび大きく揺れた。倒れそうになったフランシスコを、ホプナイがうまくささえてくれた。

「やはりむりです」ホプナイは肩ごしに青い霧の方に向かって叫んだ。「この方を神聖文字のところまでお連れせねばなりません」

まるで大きなぬいぐるみでもかつぐように、ホプナイはフランシスコをかかえて池に飛びこんだ。一気に池を渡ると、回廊にあがり、フランシスコの体を碑文の方に向けると、ホプナイはいった。「手伝いますから早く読んでください」

フランシスコはあらためて碑文を解読した。さっきより速く読み解き、発音に関してはところどころホプナイが直してくれた。おかげで作業がはかどり、トレヴィルに英語訳を教えることができた。

イムホテプ、神なるファラオ、ジョセル王の宰相にして太陽神ラーの高級神官、またトト神の神官団の長にしてホルス神の従者、聖なる英知の書を受けつぐ者にして医術を司り……

「ちょっとあいだをはしょってくれないか」トレヴィルがじれていった。

「わかった。ごめん」フランシスコは、イムホテプの称号の羅列が終わり、本題に入る箇所を探した。

三は愚かな者にとって呪いなり、そして賢き者にとっては祝福なり。

天をあざける者に呪いあれ。泉に毒を流し、ナイルの水をけがすものに呪いあれ。だがすべての呪いは、青き天の光を閉じこめて世界の動きを止め、己の権勢を高めようとする者に向けられるものなり。

神の秩序にしたがう者に祝福あれ。隣人を敬い、愛するものにも祝福あれ。だがすべての祝福は、世界の動きを止めるくびきを断ちきる者にあたえられるものなり。


フランシスコがそこで言葉を切ったので、トレヴィルはがくぜんとしていった。

「それで全部か?」

「〈英知の間〉はこういう碑文で埋めつくされているんだ。もしかしたら、どこかにこの呪いと祝福についてもうすこし詳しく書いてあるのかもしれないけど、それを探しだすのはとてもじゃないけど……」

「もうだめだ」トレヴィルがいった。

フランシスコは頭ががんがんしていたが、けっしてあきらめる気はなかった。ヴィセンテが宇宙のはかなさについていっていた言葉がある。「あるがままでありつづけるものなどひとつもない。すべてが変わっていくものなのだ」と。頭に痛みが走って、また意識が遠のいていく。とてもではないが、世界の流れにかかわるような大問題を解き明かせる状態じゃない。と、そのとき、トレヴィルがさっき口にした奇妙な言葉が脳裏をよぎった。

「待ってくれ。さっき、きみの世界で三重宇宙の可動結節点がひとり殺されたっていわなかった?」

「ああ、いったとも。ウルフがモロクに殺されたんだ」

「ということは、ぼくらの仲間なの、三重宇宙の可動結節点とかいうそのウルフなにがしは？」

「ウルフワーズワース。そうだよ、彼はサファイアの短剣で殺されるまで、ぼくらとおなじように三重宇宙の力を操れたんだ。ぼくの後ろに横たわっている」トレヴィルは親指で背後の祭壇をさした。

「しかるべき時にしかるべき場所で」フランシスコはそうつぶやいて、ずきずきしている頭をふった。歯車が砂をかんだような感じで、まともに頭がまわらない。

「なにか思いついたのなら、いってくれ」トレヴィルがいった。そのとなりに金髪の娘が立った。不安そうにトレヴィルに寄りそい、天井から落ちてくる瓦礫（がれき）を見ている。

「可動結節点があるということは、不動結節点というものもあるの？」

「もちろんさ。ぼくが立っているここがそうだよ。きみとトプラが立っているところもおなじような場所のはずだ」

「それだ！」フランシスコは歓声をあげた。「イムホテプの言葉を借りれば、三つの世界それぞれに、『己の権勢を高める』ため世界の流れに干渉しようとした者がいたんだ。だけど、そいつらは手を組むことはしないで、互いにぶつかりあった。だから均衡がくずれたんだ」

「天の光が閉じこめられたってこと？」トレヴィルがけげんな顔をした。

「それはエジプト人の言いまわしさ。サファイアの短剣といいかえてもいい。とにかく青き天の光を閉じこめる道具のことをいっているんだ」

「だけど、モロクが三つの世界を縛ったくびきを、どうやったら断ちきれるんだ？」

トリムンドスからものすごい音がひびいた。フランシスコはびっくりしてホプナイにしがみついた。もうもうと立ちのぼるほこりで、トレヴィルと娘の姿が消えた。ホプナイとフランシスコはじっとようすをうかがった。最悪の事態を覚悟した。〈英知の間〉が激しく震動し、天井がゼリー状にぐにゃぐにゃ揺れたが、地球はまだ崩壊していない。まばゆい光の中に、ようやくトレヴィルと娘の姿があらわれた。

「おしまいかと思ったよ」フランシスコがあえぐようにいった。

「たしかにもうすぐおしまいになる」

「いや、まだだ、トレヴィル！　そのモロクという奴は、生きている結節点と不動結節点を、えーと、なんていったらいいかな、そうだ、釘づけにしたんだ？」

「ウルフは三重宇宙の結節点で殺されたんだ。まさか彼を生き返らせろなんていうんじゃないだろうな」

「いや、それだ！　彼から命が消えると、不動結節点と合体するんだよ。彼をその場所から離さなくちゃだめだ！　今すぐに！」

「だれを、ウルフをか？」

「そうだよ、トレヴィル！　きみたち、ふたりいるんだろ。すぐにそこから運びだすんだ。できるだけ遠くに」

セント・ドライデン寺院がまた揺れた。今回はアンクスと地球まで震動が伝わり、それぞれの〈英知の間〉が苦痛に身もだえたかのようだった。分厚い岩をうがった空間だったからもちこたえたが、そうでなかったらとっくにつぶれていただろう。

「いいことを思いついたぞ」トレヴィルはいった。

別の世界にいたフランシスコとトプラたちは、トレヴィルが祭壇に手をのばすのを見た。するとフランシスコたち三つ子は、体を引きさかれるような強烈な引力を感じた。三重宇宙、多重宇宙、三つ子の宇宙、呼び名はいろいろあるだろうが、互いに揺れうごくその三つの世界もまたその引力に引っぱられた。トレヴィルが腕をのばしたままウルフの遺体の方へ吹っとんだ。

ウルフの遺体が突然、姿を消した。

トレヴィルは祭壇に胸から激突し、悲鳴をあげた。娘がすぐ駆けより、トレヴィルを助けおこした。フランシスコとトプラはすぐに変化に気づいた。震動がしだいにおさまり、静かになった。

「やったぞ！」トプラがいった。そばには初老の女と、長い黒髪の娘が立っていた。

フランシスコもうなずいた。青いオーラが弱くなったので、あわてて声をかけた。

「トレヴィル、どうやったんだ？」

トレヴィルは娘を抱きよせて、ほっとしたようすで答えた。

「前に魔術師と組んで仕事をしていたんだ。コルクで栓(せん)をした瓶や湯気を立てている馬糞(ばふん)に印章指輪を飛ばしていたのさ」

「なんだって？　なんだかわけがわからないよ」

「ほら、さっききみの手錠をはずしただろう。あれとおなじ方法さ。ウルフの遺体はずっと大きかったし、移動した場所も遠かったけど、原理はおなじ。彼を飛ばしたんだ」

フランシスコは笑った。

「まさか」

「本当さ。第六の波動でぼくの力が増幅しているんだ。というより、第六の波動が彼を押しながしたのかもしれない。彼の遺体は今、ロンディノールの東の洞窟にあるはずだ。オルリクの親戚たちが見張ってくれているよ」

「オルリク？」

「ああ、ぼくの水先案内人だよ」トレヴィルは腕をのばすと小さな黒い影がパタパタと飛んできて、トレヴィルの指先にぶらさがった。「紹介しよう。オルリクだ」

フランシスコは首をふった。

「コウモリじゃないか。妙な友だちがいるんだね」

「あたしもよくそういうのよ」トレヴィルの横にいた娘が口をはさんだ。するとトレヴィルがいった。

「もうひとり紹介しよう。ドウィーナ、ぼくの妻だ」

　突然、クララのことが脳裏をかすめたフランシスコはせつない思いにとらわれ、トプラとそのとなりの美しい黒髪の娘の方に顔を向けた。

「きみたちも結婚しているの？」

「まだだけど、たぶん……」トプラの横に立っていた娘がいった。トプラは彼女の肩に腕をまわし、もうひとりの初老の女も引きよせていった。

「こっちはヴィーラ。ぼくの母を世話してくれた人だ。彼女はぼくのことを、いや、ぼくだけじゃない。ぼくら三人が生まれてくる手助けをしてくれたんだ。ぼくらはそのあと〈三つ子の宇宙〉にわかれて育った。ところでヴィーラはもうすぐぼくの義理の母になる。イヌキスとぼくは結婚するからね」

　黒髪の娘はおどろきを隠さなかった。目を丸くして、トプラの首に抱きつき、キスをした。

　ふたりはすぐに身を離した。トプラには、なにか気にかかることがあったようだ。ヴィーラから放した手をホプナイの方へのばした。

「なんてことだ！　うそだろう」トプラは一歩前に足を踏みだして、ぼうぜんと首をふっている。

「どうしたの？」とフランシスコ。

「ホプナイに手がとどかない。三つの世界が離れればなれになろうとしている」

「でも、そうしたら……」フランシスコは心配そうにホプナイの顔を見た。

ホプナイは、しだいに消えていく霧をぼうぜんと見つめていた。だがとり乱すこともなく、フランシスコに顔を向けた。

「どうやらあなたの世界にとどまるしかないようです」

「ホプナイ！　そんなのいやだ！」トプラは声がかれるほど叫んだ。その顔には、絶望の色が浮かんでいる。ヴィーラとイヌキスもがくぜんとしていた。

ところがホプナイは、トプラたちになぐさめの言葉をかけた。

「そんなに悲しむことはないでしょう。つい数時間まえ、この世界が多様性に富んでいるとおっしゃったのはトプラさまではないですか。人々がお互いのちがいを欠点だと感じなくなれば、三つの世界はふたたびひとつになるかもしれないのでしょう。わたしは未来のファラオであるあなたに、そのメッセージを伝道する者になると申しあげた。わたしは、アンクスの人間がだれも経験できないような多様な世界を見てまわれるのです。こちらの世界であなたの言葉を伝道する者となりましょう、陛下」

「ぼくのことをそんなふうに呼ばないでくれ」トプラは涙声だった。しかもその声は、ずっと遠くから聞こえてくるようだった。

青いオーラがいよいよ消えそうになると、トプラはあわてて叫んだ。

「お別れだ、友よ！　ぼくの兄弟を守ってくれ」

フランシスコになぐさめられながら、ホプナイは答えた。

「かしこまりました。わたしの命にかえて。イヌキスとともにどうかお幸せに。ふたりはバカト王国とアンクスの未来そのもの。そしてヴィーラのことをよろしく。彼女はつねにわたしの忠実なる友でした」

青い光の霧はもうかすかに見えるだけだ。

「トレヴィル！」フランシスコが叫んだ。別れを告げそこなうかと思ったのだ。

すぐに小さな声で返事があった。

「ここにいるよ、フランシスコ」

「ありがとう、トレヴィル。多重宇宙が救われたのはきみのおかげだ」

快活な笑い声が、長いトンネルの向こうから聞こえるように〈英知の間〉にひびいた。

「ぼくのおかげ？　ぼくら〈均衡の守り手〉がいっしょになったからできたことだよ。恩師アルウィンのいうとおりだった。『危難に遭遇したとき、〈均衡の守り手〉たちは手をとり、力を合わせる。そうすることで、使命をまっとうできるのだ』――このことをそれぞれの世界の人々に伝えようじゃないか、フランシスコ、トプラ。どんな世界であれ、人を支配しようとしちゃいけないんだ。モロクはすべての人を征服しようとして、ぼくらの中にあるちがいを根こそぎなくそうとした。ちがいがなくなれば、多様性から生まれる強さを壊れやすく弱いものに変えられるからだ。〈見えざるピラミッド〉をあらためて築こうじゃないか、兄弟。次の波動が来たとき、お互いのちがいがなくなることを恐れずに、平和のうちに出会えるように」

「そうしよう！」三人が別れたあと、本当にそんなことを実現できるのか自信はなかったが、フランシスコはそう答えた。そしてすぐにトレヴィルの言葉を、消え去ろうとするアンクスにいるもうひとりの分身に通訳した。もう一度、三人は別れの言葉を告げあった。トレヴィルとトプラのオーラは消えた。

フランシスコのオーラも急速に消えていった。〈英知の間〉はもう揺れていなかったが、天井のあちこちから土くれがポトポト落ちてくる。

「すぐにここから出なくちゃ。このままだと生き埋めになってしまう」フランシスコはホプナイにいった。

ホプナイがひざをついていった。

「背中に乗ってください。わたしが背負いましょう」

小さな子どもになったようで、すこし気が引けたが、フランシスコはたしかに足腰立たないほど弱っていた。ホプナイのすすめにしたがって腕をホプナイの首にまわしたとき、中島から悪意のこもった声がひびいてきた。

「おれを放っておいて、どこに逃げる気だ？　万事解決したと思っているのか？　おまえらが勝って、ヴィセンテが負けたとでもいうのか？」

ふたりははっとして棺（ひつぎ）の方に顔を向けた。ヴィセンテが石像のように棺の上に立っていた。サファイアの短剣を手にしている。一段と狂乱の表情を浮かべ、目がらんらんと光っていた。

ホプナイはすぐに半月刀を抜きはなち、フランシスコをかばうように立ちあがった。

　フランシスコが叫んだ。

「あきらめろ、ヴィセンテ！　第六の波動はもう過ぎ去ったんだ。あんたにはもう勝ち目はないよ」

「おれが人間のクズだからか？　おれにはどうせなにもできやしないっていうんだろう。なら試してみようじゃないか。おまえが世界統一の生贄にならなくても、ちゃんと二番手がいるんだ。おれは不死鳥だ。多重宇宙の力を手に入れて、復活してみせる！」

　ヴィセンテがサファイアの短剣を自分の胸にあてるのを見て、フランシスコは蒼白になった。

「やめろ！　ぼくら、もう一度……」

　ヴィセンテは短剣を突きさした。体がのけぞり、目をむいた。そしてもう一度、池の端でがくぜんとしているフランシスコたちに顔を向け、悪魔のようにニタリと笑った。そのままくずおれるかに思えたが、突然、体が旋回しはじめた。つむじ風に巻きこまれたみたいに見えたが、風はそよとも吹いていなかった。ヴィセンテの遺骸はしだいに旋回速度をあげ、宙に浮いたかと思うと、棺のふたも舞いあがり、やがて棺までまわりはじめた。

　恐ろしい死者のダンスは突然、終わりを告げた。ヴィセンテの遺骸が口をあけた棺に入った瞬間、ふたがしまったのだ。フランシスコは、今起こったことはだれにも信じてもらえないだろうと思った。

「あれはだれだったのですか?」ホプナイがたずねた。

フランシスコは棺のふたを見すえたまま、やっとの思いで口をひらいた。

「人間のクズだって自分ではいっていたけど、なんというか、ぼくにとっては兄だった」

そのときフランシスコの目のまえに、ふわふわっとなにかが降ってきた。

ホプナイがその紙切れをつかむと、ちらっと見てから、フランシスコに渡した。

「読めますか?」

それはクララの手紙だった。フランシスコはそっと折りたたんだ。そこにはこう書いてあった。「話したいことがいっぱいあります。そしてあなたといっしょにこれからを生きていきたいと思っています」フランシスコは笑みを浮かべた。

「ああ、あとで何度も読み返そうと思う。なんて書いてあるか、もう知っているけどね」


ホプナイはフランシスコを軽々と背負ってトンネルを進んだ。迷宮はいたるところに震動の傷痕(きずあと)を残していた。だがホプナイはそれらをものともせず歩きながら、トプラやその母である〈ナイルの華〉のことを話した。

「わたしはギザさまを崇拝していました。いや、愛していたのです。もちろんギザさまはわたしのことを友としか見ませんでしたが。イスフェト王の秘密警察(アムジプ)から守るためトプラさまを船倉にお隠ししたとき、わたしの心は張りさけそうになりました。ヨバクス船長に不満はないのですが、わたしは自分の手でギザさまのご子息を育てたかったのです」

「ぼくには父がいないんだ」フランシスコはすこし悲しそうにいった。

「本当ですか？」

「もちろんペドロは別だけど」

「その方に育てられたのですか？」

「そうだよ。修道士なんだ」

「おお、ではあなたも聖なる方なのですね」

フランシスコは苦笑した。

「そんな特別な人間じゃないよ。でも、そう信じている人はいっぱいいるけどね。ねえ、ホプナイ」

「なんでしょう、フランシスコさん？」

「トプラとぼくはそんなに似ている？」

「心根もそっくりだと思います」

「それなら、ぼくがトプラの代わりになれるかな」

「わたしがあなたを養子にとるということですか？」

フランシスコはすこし迷ったが、笑いながらいった。

「それもいいかもね。あなたがぼくの父親だっていったら、みんな目を丸くするだろうな」

ホプナイまで大笑いしたものだから、壁から土くれがサラサラと落ちた。

それからしばらくして、ふたりは天井が落盤を起こした場所にたどりついた。震動のせいですっかり穴が埋まっていた。

「これじゃ、通りぬけられないな」フランシスコが泣きそうな声でいった。

「妙ですね」ホプナイがつぶやいた。

「なにが？」

「アンクスでも、おなじ場所で落盤を起こしているのです。犯人はわたしですが」

「両方の世界が影響しあっているのかもしれない。でも今はそんなことを考えている余裕などない」

「いや、そうともいえません。アンクスとおなじなら、もうひとつ出口があるのです」

「本当？　どこに？」

「大ピラミッドの地下です」

「クフ王の玄室？」

ホプナイはうなずいた。

「じゃあ、そっちに行こう！」

ふたりはクフ王のピラミッドに通じる横穴までトンネルをもどった。だが、〈三つ子の宇宙〉が分裂してから、地球とアンクスではやはり別々の発展を遂げたらしい。ホプナイの記憶とちがって、その横穴はなめらかな壁で行き止まりになっていた。右にも左にも通路はない。

「行き止まりだ」フランシスコはがっかりしていった。

ホプナイは〈英知の間〉からもってきたランプを壁にかざした。

「これはトゥーラ産の石灰岩ですね」

「だとしたら？」

「クフ王のピラミッドの地下には、トゥーラ産の石灰岩で作られた宝物庫があるのです」

フランシスコはヘルワーン博士と話をしたときのことを思い出した。

「地下の石室だ！」

「ではあなたの世界にもあるのですね」

「うん、でも中は空っぽで、もともとなんのために作られたのか、学者のあいだで議論になっているんだ。そこから十五メートルほどで行き止まりになる通路があるんだけど、なんのためなのかだれにもわかっていない」

「地上に通じているのです」

「でも行き止まりなんだよ」

「アンクスでは通じています。おそらく宇宙が分裂するまえに完成していなかったもので、こちらではそのままになったのかもしれません」

「そうかもしれない」

「あなたの世界ではどうやってその石室に入るんですか？」

「ピラミッドをすこし登ったところに入口がある。通路は途中でふたつにわかれて、地下の石室に通じる通路はさらに百メートル近くにのびている。通路の高さは一メートル二十くらいだ」

「メートルってなんですか？」

フランシスコは古代エジプトの単位に換算した。

「それでは這って出なければなりませんね」ホプナイがつぶやいた。

「明日までここで待った方がよくないかな。ヘルワーン博士、ああ、〈死者の町〉の管理人みたいな人なんだけど、彼の話だと石室の調査がおこなわれているらしいんだ。壁をたたけば、聞こえるんじゃないかな。もしだめなら……」フランシスコにはその先をいう勇気がなかった。

「そうしたら、落盤したところにもどって穴をあけましょう。心配しないでください、フランシスコさん。このホプナイにおまかせください」

ワファー・エル・サディク博士ははじめ自分の耳を疑った。壁をたたく音がするのだ。サディク博士は、さまよい歩くミイラなどの怪談をこれっぽっちも信じていない女性科学者だ。それにスフィンクスの地下で見つかった迷宮の発掘調査隊が、夜通し、生き埋めになった人を捜している。物音が幽霊のしわざでないことは確かだ。

ヘルワーン博士は知らせを聞くと、ただの壁に見える石室の壁面にただちに穴をあけるよう命じた。調査結果では、その壁の向こうに通路があるとはされていなかったが、たしかにその奥から壁をたたく音がする。

岩をうがっていくと、やがて人の声が聞こえるようになった。穴が開通したとたん、泥だらけの、黒人の大男があらわれた。サディク博士は腰を抜かさんばかりにおどろいた。

「だいじょうぶかね？」ヘルワーン博士がたずねた。

「信じられません」

「なにがだね」

「生きたミイラに出会うなんて」

「まさか」

サディク博士がヌビア人の黒い頭をさしていった。

「だって古代エジプト語をしゃべっていますよ！」

「すいません、水はないですか？　のどがからからなんです」フランシスコの声がした。

「セニョール・フランシスコ・セラフィン！」ヘルワーン博士がほっとしたようにいった。「われわれはてっきり……」

「死んだと思ったんですか？　なんでまた？」フランシスコがきいた。

「われわれは早朝、落盤箇所の瓦礫をどけて〈英知の間〉まで行ったのですよ。ひどいありさまでした……そして恐ろしい発見をしたのです」

そのとき、ホプナイがさがって、やっとフランシスコのほこりだらけの顔がのぞいた。

「棺の中をのぞいたんですか？」

ヘルワーン博士はうなずいた。

「そしてミイラを見つけのです」

「えっ？」

「一見、骨まで粉々になったようなひからびた遺体でした。ところが、その遺体はなんとセニョール・アルヴァレス、あなたのお兄さんの服を着ていたのです」


太陽の下に出たフランシスコはくたくたに疲れていたが、心はさわやかだった。太陽がギザの〈死者の町〉にさんさんと降りそそいでいる。フランシスコにつづいて、ホプナイもクフ王のピラミッドから出てきて、背筋をのばした。

「こんな穴を抜けるのは二度とごめんです」そういうなり、ホプナイは一瞬押しだまったが、すぐにまた口をひらいた。「これがあなたの世界ですか。わたしの世界とそんなに変わらないですね。あっちに見えるのがメンフィスですか？」

フランシスコは手をかざして、かなたの家並みを見ると、ニヤリとした。

「メンフィス？　この世界のメンフィスには遺跡しか残っていないよ。あそこに見えるのはカイロ、エジプトの首都だ」

「下から一生懸命あなたに手をふっている娘さんはだれですか？」

フランシスコはドキッとして、ホプナイが指さす方向に顔を向けた。クフ王のピラミッドの下に人影がある。ふたりの警官と栗色(くりいろ)の髪の娘だ。その娘が連れの警官から離れると、フランシスコがいるところにのぼってきた。

フランシスコは疲れきっていることを忘れ、娘に駆けよった。

ピラミッドの斜面の途中でふたりは抱きあい、キスをした。

「クララ！」夢中でくり返し叫んだ。「クララ！　クララ！」

「もう会えないかと思ったよ」フランシスコは声をふるわせながら、クララの耳もとでささやいた。

「ウェルバで最後に会った夜、ヴィセンテの話を聞いて、あたし、ものすごく傷ついてしまったの。あなたのことが好きだったから、裏切られたような気がして。でもあなた、何度も手紙をくれたでしょう。あなたの気持ちがわかったのよ。それで……」

「好きだよ、クララ。ずっといっしょにいたい」

「あたしもよ、フランシスコ。祖父母の殺人事件のことを知ったときは本当に生きた心地がしなかったわ。あたしの父にあなたが殺されるんじゃないかと思って」

「危機一髪だったよ」

「それじゃ、あたしの父は？」

フランシスコは悲しそうにうなずいて、クララを抱きよせた。

「永遠の眠りについた」

ふたりは手をにぎりあった。しばらくしてフランシスコは背後に重い足音を耳にした。クララが耳もとですこし不安そうにいった。

「フランシスコ？」

「なに？」

「そこに黒人の大男がいて、あたしたちを見ているんだけど」

「わかってるよ」

「なんでじろじろ見ているのかしら？」

「ぼくのことを気にかけてくれているんだよ。父親ってみんな、息子のことを心配するものだろう」

終章　それぞれの旅立ち

朝九時すぎのレティーロ公園。マドリードの屋根が太陽に焼かれることもなく、木陰のベンチにもちらほらとしか人が見えないこの時間を、フランシスコはいつも楽しんでいた。こののどかな場所に来て、彼が担当する作家たちにどんな作品を書いてもらうか、その新しいアイデアを考えるのが好きだった。だが月曜日の午前である今、フランシスコは「瞑想」にふけっているわけではなかった。早退して、待ちあわせをしていたのだ。十年まえとおなじ場所で。

アスファルト舗装の遊歩道や砂利道をなにげなく見ていた。年配の夫婦が散歩していった。夫は背広にネクタイ、妻は赤いスラックス。ハトが鳴いている。ジョギングする人々が荒い息づかいで走りすぎた。自転車でパトロールしている警官がふたり、体にぴったりの制服を着て、ヘルメットをかぶっている。ひっそりとしたベンチには恋人たち。レティーロ公園のもっとも美しい時間だ。フランシスコはそんな風景を、とくにどこを見るでもなくながめていた。

すわっているのは堕天使(だてんし)広場の南側のベンチ。かつてここでヴィセンテと会い、ここからいっしょに旅に出たのだ。あやうく破局を迎えそうになった旅だった。円形広場の中央にある銅像に目をやった。泉の上にそびえる白い台座。水を吐きだす魔物の口。傲慢(ごうまん)ゆえに地に堕(お)ちようとしている美しき天使。

(ヴィセンテにそっくりだな)フランシスコは思った。

栗毛(くりげ)の馬にまたがった騎馬警官がふたり、通りすぎた。堕天使は結局、十年まえに修道院を出奔した修練士ではなく、じつはヴィセンテだったのだ。もしかしたらヴィセンテは、フランシスコに罪の意識を植えつけ、自分を救い主のように見せるためにわざとここを待ちあわせ場所に指定したのかもしれない。あるいはヴィセンテ自身、自分が堕天使だと自覚していたのかもしれない。真相は闇(やみ)の中だ。それとは別にひとつだけはっきりしたことがある。フランシスコが逃げだしたせいで、兄弟ペドロがそれまでの立場をなくしたことだ。今は名誉を回復して、別の修道院で一介の修道士として静かな余生を送っている。

ヴィセンテはそういう平穏な暮らしを一度として体験したことはなかっただろう。知性はあったが、心は病んでいた。フランシスコを「弟」と呼んで、昔語りした多くのことは、じつは自分のゆがんだ人生だったのだ。

ペドロ・アルヴァレスは多重宇宙を合体させてわがものにするため、ヴィセンテがしかるべき時としかるべき場所で生まれるようにしくんだ。アルヴァレスとエステファニアはヴィセンテの実の両親で、フランシスコとはなんの血のつながりもなかった。

だが傲慢なのはヴィセンテひとりにとどまらない。

「堕天使はたくさんいる」フランシスコは堕天使ルシファーの翼の上でバランスをとっているハトを見ながらつぶやいた。バカト王国のファラオ、イスフェト王は〈三つ子の宇宙〉に君臨する神になるという誘惑にとりつかれた。モロクもまた最強の戦王として三重宇宙を制服しようとした。フランシスコは、ふたりを夢で見て知っていた。

〈英知の間〉から救いだされたあと、フランシスコは別世界で生きるふたりの兄弟と何度も夢の中で語りあった。三人の出会いの場は、森の空き地のこともあれば川辺や宮殿のこともあった。空想のいたずらじゃないかと思うこともあったが、今でははっきりとした証拠がなくても事実にまちがいないと確信するようになった。こういう感覚を多くの人は霊感と呼ぶのだろう。昨晩、その霊感がここへ来るように告げた。堕天使の銅像を見上げながら、フランシスコは霊感に満たされるのを感じていた。堕天使は朝日に光りかがやく神の顔を見いだし、おどろき、ひるんだかのように腕をあげている。

第六の波動が過ぎ去ると、三つの世界は離ればなれになった。その後、フランシスコの不思議な力はしだいに影をひそめていった。ヴィセンテの計算式に基づけば、次の大接近まで自分が生きていることはないだろう。だがそのことを残念だと思ったことはない。失ったものは夢で十二分に補われた。〈見えざるピラミッド〉の同胞たちは大昔から、お互いの世界の均衡を守るために行き来する道を自分の中にもっていたのだ。同胞との再会はわずか数日後のこともあれば、何週間も音沙汰がないこともある。フランシスコは同胞を通して、アンクスやトリムンドスがその後どうなったか知っていた。

アンクスでは、ファラオとなったトプラとその妻イヌキスが、数百年つづいた暗黒の時代に終止符を打ち、さまざまな民族が平和に暮らす光の世界へとすこしずつ人々を導いていた。

トレヴィルはドウィーナにささえられて、別の方法でおなじ目的のためにはたらいていた。トレヴィルは〈トリムンドスの救い主〉として、生きた伝説となっていた。その伝説をひろめたのはフェザーベアードをはじめとする、四方に散った〈黒軍団〉の元戦士たちだった。トレヴィルは約束どおりアンヌン村にもどり、イダナを喜ばせた。〈三位教団〉はトレヴィルの意志で、人里離れたところで隠遁するのをやめ、均衡を守ろうという人々にささえられた世界規模の運動へと発展した。若き〈均衡の守り手〉トレヴィルはアンヌン村の人々から村長になってくれるよう請われたが、ドウィーナとともに設立した「均衡アカデミー」に身を投じるためことわった。男女の分けへだてなく迎え入れるこの学校では、アバクックの教えだけでなく、トリムンドスの人間がより緊密に協調していくための価値観や原則が教えられた。

ふたりと比べたら、フランシスコははるかにつつましい目標を立てた。人間の思考力にうったえて、人々の心を揺さぶることにしたのだ。その手段として、フランシスコが最もふさわしいと思ったのは、「書く」ということだった。フランシスコは昔から本をこよなく愛していた。マドリードに移りすみ、大学で歴史学を学んだのち、オドネル十番地にある出版社に編集者として就職した。そして今、三つの世界で生きる三人の若者を、自ら――ペンネームで――描いた物語を出版しようと考えている。

ところでホプナイもマドリードに居を構えた。考古学博物館でエジプト考古学の専門家として職を得たのだ。古代エジプト語についてのおどろくべき知識は高い評価を受けていた。またフランシスコの「父」としての役目も立派に果たしていた。ギザへの果たされなかった愛は結局、記憶の庭に静かな居場所を見つけた。ついに実を結ぶことはなかったが、いつまでも花の散ることがない高貴な木となって、気が向けばいつでもそこを訪ねることができるのだった。ふたつの世界をまたぐ旅人となったホプナイは、定期的にアヤーラ通りに住むフランシスコを訪ねた。そこはかつて貴族が住んでいた屋敷で、およそ三年まえにフランシスコが一大決心で手に入れたのだ。おかげで懐はさみしくなったが、家族が増えて手ぜまだと嘆かなくてもよくなった。

「パパ！」幼子の声がした。

フランシスコは堕天使から、まっすぐにのびるクバ通りへと目を向けた。栗色の髪の若い母親がフランシスコの方へやってくる。ぼさぼさの黒い髪の少年が手をつないで、興奮して騒いでいる。近づくにしたがって、ふたりの姿がはっきり見えるようになった。フランシスコはベンチからさっと立ちあがった。

「パオロ！」そう叫ぶと、まるで子どものようにふたりの方へ駆けだした。

フランシスコのすぐ目の前で、クララは子どもの手を放した。フランシスコはひざをつき、腕をひろげて、飛びついてくるパオロを受けとめた。うれしそうにはしゃぐパオロを抱きあげて、フランシスコが何度かぐるぐる体をまわしていると、クララがやってきた。

「なによ、いっしょに朝食をとったばかりじゃない。よく飽きないわね」そういうと、クララはフランシスコにキスをした。

フランシスコは朝の空気を胸いっぱいに吸って、子どもの背中をなでながら幸せそうに笑った。

「人生にとってよいことは、飽きることなんてないさ。そして、きみとパオロは、ぼくにとって最高の存在だ」

訳者あとがき

本書は上下巻合わせて一千ページになろうかという大長編ですが、普通の小説の三倍、いや、三つの物語が絡み合った妙味もありますから四倍楽しめる作品です。

物語はスペインの独裁者フランコ将軍が亡くなった一九七五年に、アンダルシアのとある修道院で孤児が見つかるところからはじまります。やがてこの宇宙には太古に分裂した三つの世界が存在し、同じ日にそれぞれの世界で生まれた子どもが、三つの世界をつなぐ結節点であることがわかります。三つの世界とは、「地球」とケルト的な中世世界の「トリムンドス」、エジプト的世界の「アンクス」。作者イーザウはこれまで好んでパラレル・ワールドを描いていましたが、ここではトリプル・ワールドにパワーアップし、三つの世界は波動を繰り返しながら折り重なります。

三つの世界には宇宙を統合して支配しようと企む独裁者がいて、三人の主人公はやがてこの宇宙の謎を解きあかし、対決することになります。そこに古代と現代がクロスオーバーするイーザウらしい破天荒な展開が待っています。三という数字をめぐってピラミッドや古代遺跡、神話や現代科学がめくるめく迷路をなし、脳内がブレークすることまちがいなしでしょう。

イーザウは代表作『ネシャン・サーガ』（あすなろ書房）以来、毎年のように大作ファンタジーを発表していますが、二〇〇三年はもっとも実り豊かな年でした。〇二年に『モモ』を彷彿（ほうふつ）とさせる『パーラ』（あすなろ書房）、〇三年に『はてしない物語』の前史ともいうべき『ファンタージエン　秘密の図書館』（ソフトバンク・クリエイティブ）と、ファンタジーを通して現代社会に警鐘を鳴らした作家ミヒャエル・エンデへのオマージュを立て続けに書き、その一方でイーザウ・ワールドを前面に押しだした本書を世に問いました。この年にはさらにもう一作、インカ帝国、ナチとＣＩＡをからめた、強い感応力をもつ一族の物語『銀の感覚』を出版しています。この二作で共通するキーワードは「太古の知」です。現代人が失った「知恵」の探求という隠れた壮大な物語に、ようやくはっきりとした輪郭が見えてきました。そこにつながる重要なキーワードは『銀の感覚』では「感応力」、『見えざるピラミッド』では「均衡」です。

イーザウは、均質化し、画一化する現代社会を問い直し、多様性の豊かさを感じとり、外的な世界と内なる宇宙に折り合いをつける鍵（かぎ）を見いだそうとしているように思います。ぜひみなさんの心の波動を「トリムンドス」「アンクス」そして「地球」に送って、この宇宙を多様で豊かな世界にしてください。

二〇〇七年五月

酒寄進一

ラルフ・イーザウ
1956年ベルリン生まれ。コンピュータ・プログラミングの仕事のかたわらファンタジー小説を書きはじめ、作品がミヒャエル・エンデの目にとまり、作家デビュー。1997年、『盗まれた記憶の博物館』（あすなろ書房）で、ドイツ児童書界で権威あるブックステフーダー雄牛賞を受賞。おもな著書に『ネシャン・サーガ』『パーラ』（ともにあすなろ書房）『暁の円卓』（長崎出版）『ファンタージエン 秘密の図書館』（ソフトバンククリエイティブ）などがある。

酒寄進一
1958年生まれ。上智大学、ケルン大学、ミュンスター大学に学び、新潟大学講師を経て、現在、和光大学表現学部教授。児童文学を中心に、現代ドイツ文学の研究・紹介をおこなっている。おもな訳書にラルフ・イーザウの諸作品、『ベルリン』三部作（理論社）、『影の縫製機』（長崎出版）などがある。

Isa 21 Un 79 jaa - 2 (1)

見えざるピラミッド…赤き紋章の伝説 ㊦

2007年7月10日初版発行

著　者　ラルフ・イーザウ
訳　者　酒寄進一
画　家　佐竹美保
発行所　あすなろ書房
162-0041　東京都新宿区早稲田鶴巻町551-4
電話 03-3203-3350（代表）
発行人　山浦真一
印刷所　佐久印刷所
製本所　ナショナル製本

Japanese text © S.Sakayori 2007 ISBN978-4-7515-2377-3　NDC943　Printed in Japan